33세의 팡세

『33세의 팡세』는 여성판 『데미안』이다

글쓰기는 나의 예술 치유

나의 문학,
나의 자살미수

언제부터인가 헤르만 헤세의 『데미안』이나 제임스 조이스의 『젊은 예술가의 초상』 같은 책을 써보고 싶다는 꿈을 가지고 있었습니다. 인간이란 누구든지 '홀로 가는 한 사람'이며 그러나 '한 사람이 된다는 것이 얼마나 무시무시하도록 고독한 일'인지를 어렴풋이 깨닫게 된 때부터가 아닌가 싶습니다. 인간이란 숙명적으로 '홀로 가는 한 사람'이면서도, 또한 그 한 사람이 진정한 의미에서의 '유일한 한 사람'이 되기 위해서 얼마나 많은 숙명의 시련과 세속적인 박해와 자기 자신의 파괴를 견뎌야 하는지요. 이 책은 여성판 『데미안』이라고 할 수 있습니다. 데미안처럼 통과의례로서의 절망과 우울을 이기고 새로운 자아를 만들어가는 자아 형성 과정의 슬픈 이야기입니다. 여성적 자아라고 해야겠지요. 연속성을 가진 스토리를 다루는 것이 아니라 퀼트를 얼기설기 깁듯 조각조각을 단편斷片적으로 엮어놓은 책입니다.

냉혈적 비인간의 시대에 시인으로 산다는 건
황당무계한 이방인 같은 길

'태초에 꿈이 있었다. 모든 사랑은 그렇게 시작된다'고 합니다. 그렇듯이 나는 시인이 되고 싶은 꿈을 꾸었고 시를 사랑하기 시작했습니다. 왜 시인이 되었는가? 더군다나 오늘날과 같은 물신物神의 시대, 철면피하도록 냉혈적인 비인간의 시대에 한 사람의 예술가가 된다는 것, 한 사람의 시인으로 산다는 것은 얼마나 슬프고 황당무계한 일일까요?

어느 시대 어느 사회에서나 시인 또는 예술가는 이단자나 이방인 같은 존재였겠지만, 오늘 우리의 이곳은 온통 예술의 황혼으로 저물고 있습니다. 그런데도 아직 많은 사람들이 시인으로 살고 있으며 시인이 되기 위해 살고 있습니다. 왜, 어떤 사람이 시인이 되는 것일까요? 원죄인가, 업보인가—이런 숙명적인 말밖에는 물을 수 없다는 것일까요?

자전적 사실fact을 기록한
상상적 이야기fiction로 읽어주길

조금 더 자라서 예술가의 내부에 도사리고 있는 검은 독사와 같은 절대적인 광기의 덩어리를 알게 되었을 때, 나는 시인이란 황폐한 정원에 자기만의 공작새를 기르는 어느 절름발이 여성시인과 같은 황폐하고도 퇴폐적인 이미지, 광기와 오만으로 점철된 '악마적인 천재성' 같은 것으로 이해하기 시작했습니다.

모든 이해란 결국 오해에 지나지 않기 때문에, 나는 이제 시인이란 '큰 바위 얼굴'처럼 현실 지배적인 인물도 아니며 '공작새를 기르는 절름발이 시인'처럼 현실도피적인 환각의 불구자만도 아니라는 것을 깨닫게 되었습니다.

시인이란 결국 숙명적인 한 사람이며 우리가 자궁을 선택할 수 없듯이 업보를 선택할 수도 없기에 시인이 될 업보를 타고난 한 사람이라는 것을 말입니다. '나의 문학은 나의 자살미수'라는 말을 쓴 적이 있는데, 결국 자살미수라는 것은 우리가 타고난 개인적 업보(이 시대, 이 땅에 살고 있다는 숙명)를 끊고 싶고 그에 저항하고 싶다는 또 다른 고백이 아니었을까요. 자살미수——그것이 내 문학의 의지였고 그것은 결국 모든 업보를 넘어 새롭게 태어나고 싶다는 끝없는 부활 미수의 의지였을 것입니다.

이 책은 하나의 팩션fiction입니다. 자전적인 사실fact을 가공한 상상적 이야기fiction로 읽어주십시오.

어둠이라는 같은 태胎에서 태어나
빛을 찾는 혈연 같은 분들께 감사

"우리는 노래에 얽매인 죄수. 우리는 떠

날 수가 없구나. 우리의 노래를……"(존 키츠)—바로 이런 예술
가의 숙명적인 율법을 지칠 줄 모르는 예술의 강신적降神的인 아
름다움을 통해 보여주신 이어령 선생님께 감사를 드립니다. 그
분의 애정과 배려가 없었다면 아마 이 책은 지상에 존재하지 않
았을 테니까요. 그리고 이 글을 연재하는 동안 뜨거운 애정과 관
심을 보여주신 독자 여러분께 머리를 숙여 감사합니다. 독자로
부터 전화를 받을 때나 편지를 읽을 때, 우리는 어쩌면 어둠이라
는 같은 태胎에서 태어나 빛을 찾는 같은 혈연들이라는 생각을
하게 되었습니다. 그리고 그 애정과 지속적인 격려가 없었다면
이 어둡고 부끄러운 책은 아마 일찍이 지속을 포기해버린 채 미
완성의 거품이 되었을 것입니다.

"엄마, 엄마가 나를 낳았던 것처럼
나도 나를 낳았어요"

이 책을 나의 슬픈 어머니께 바칩니다.
'세상에서 가장 푸르고도 오욕스러운 것이 사랑'이라는 것을
나에게 가르쳐주신 엄마—슬픔 때문에 거룩하시며 절망 때문에
성스러우신 늙은 엄마의 무릎에 나는 여섯 살 때 국화를 치마폭
위에 놓아드렸던 것처럼 이 책을 바치고 싶습니다. 그리고 이 못
난 딸은 조용히 말하겠어요.
"보세요 엄마. 언젠가 엄마가 나를 낳았던 것처럼 나도 나를

낳았어요! 문학이라는 기적을 통해서요!"

가을이 옵니다. 천재 이상李箱은 말했습니다. "삶이여! 발달도 아니고 발전도 아니고 이것은 분노이다!"라고요. 분노일지라도 꽃은 또 향기롭고 우리는 또 살아야 합니다. 첫사랑이 마지막 사랑이 될 수 있도록 숙명적으로 나는 삶을, 시를 지순하게 믿어보고 싶습니다.

만일 내 삶에 자살미수가 없다면 삶이란 기계적 반복에 불과할 것이며, 만일 그 자살미수에서 반야의 꽃과 같은 시가 태어나지 않는다면, 삶이란 단지 혼돈한 테러리즘과 같은 것이 될 것입니다.

마지막으로 이렇게 말해보고 싶군요. "보다 찬란한 절정의 목숨을 위하여 나는 목매달아 죽을 밧줄을 매달 큰 못이 필요하였네. 그리고 그 못[釘]의 이름이 시라네……"라고요.

1985년 가을 서오릉 부근에서
김승희

차
례

나의 운명을 완성시켜 버릴지 누가 알겠는가?

나는 나의 과거를 마치 슬픈 왕릉을 돌아보듯 조용히 돌아봐야 한다. 사람이 33세 이상을 살아가기 위해서는 반드시 회상이라는 검고 어두운 터널을 뚫고 다녀오지 않으면 안 된다. 흡사 저승에 다녀오는 오르페우스처럼 결국 과거란 한 개의 굳어버린 돌멩이에 지나지 않는다는 것을 배우게 될 뿐일지라도 가장 잘 부활하기 위해 우리는 가장 잘 회상하지 않으면 안 된다. 회상은 자살의 방법이고 또 부활의 방법이기도 하다.

삶이란 지킬 박사와 하이드 씨가
격렬하게 연출하는 한 편의 처절한 드라마

한 사람의 삶이란 어찌 보면 지킬 박사와 하이드 씨가 격렬하게 피 흘리며 연출하는 한 편의 처절한 드라마와 같다. 하이드 씨가 시시하고 멍청하면 결코 좋은 문학(예술)을 기대할 수 없다. 하이드 씨는 격렬하고 또한 찬란해야 한다. 그것이 게임의 법칙이다. 그러나 누가 한 치의 꾸밈도 없이 한 치의 상징적 채색도 없이 자기의 하이드 씨를 표출해낼 수 있을까?

예수는 자기의 예술적 숙명을 완성하기 위해 자기의 하이드 씨인 유다를 재촉한 감이 없지 않다.

"유다가 그 빵을 먹자마자 사탄이 그에게 들어갔다. 예수는 그때에 유다에게 말하였다—어서 가서 네 일을 하여라."

아름답고 신비로운 배반의 열정들 사이에 신성한 금단은 더욱 선명하고 강건하다. 지킬 박사와 하이드 씨의 이 영원한 대결—그것 또한 우리의 게임의 법칙이다. 하나의 숙명이 완성되기 위해서는 반드시 하나의 배반이 필요하다.

삶이라는—주단 위에—
수놓아진—죽음의
붉은 꽃들—매우 탐미적인
어떤 멸망의—잔인한—
점괘—

—시 「붉은 종양」 중에서

33세의 아침이다.

길지 않은 나의 생애, 그렇다고 짧다고만 말해버릴 수도 없는 나의 생애를 생각해보면 너무 많은 자살미수가 있었다는 생각이 든다. 영원한 자살수첩—그것이 나의 시집일 것이다. 너무 많은 자살미수가 있었기에 지금 내가 아직도 살아 있을 수 있으리라는 그 숙명의 모순!

하이드 씨가 지킬 박사를 살해했는지, 혹은 지킬 박사가 하이드 씨를 학살했는지를 분명히 가려낼 수 없는 지극히 혼란된 순간들이 있었다. 그런 순간에 시들은 태어나는 것이다.

마치 섹스처럼 피해자도 가해자도 가려낼 수 없는 지극히 명멸하는 화재의 극점—그곳에서의 죽음과 삶, 그것들이 나의 시이다.

그러니 사람들이여, 화재경보가 울리거든 울리도록 내버려두시오. 그 불 속에서 나는 사리처럼 찬란한 내 죄악의 광망의 뼈다귀들을 추려낼 것이니 하이드 씨의 붉은 악의 꽃들을 가꾸는 건 지킬 박사. 그리하여 예수가 지극히 신성한 해골산의 산정 위에서 처형되는 동안 유다 역시 가장 어둡고 치욕스런 피의 밭에서 목을 매달고 죽었던 것이다.

**사랑하는 사람 곁에 예약한
나의 묘지**

33세의 아침이다.

이제 지극히 부끄러운 마음으로 나는 하나의 슬픈 에피소드를 고백해야겠다.

언젠가 나는 나의 묘지를 예약해놓은 적이 있었다. 산정호수 가까운 저 경기도 어느 공원묘지였다. 사랑하는 한 사람이 묻힌 땅이었다.

이런 나의 행적을 그로테스크하다고 비웃는 사람이 있을지 모르겠다. 그러나 열여섯 살에 죽은 어린 약혼녀 조피 폰 퀸을 묻은 무덤가에서 천 날을 밤새운 노발리스가 쓴 불후의 작품이『밤의 찬가』였음을 기억해보라.

어떻든 나에겐 귀중한 다섯 평 묘지였다. 마치 성지를 순례하듯 나는 시외버스를 타고 흔들리며 예약된 묘지를 다녔고 그 땅에 발을 디디고서야 살아 있는 기분이 들었다.

흔해빠진 열다섯 평짜리 서민아파트도 없었던 주제에 그 다섯 평 분묘의 땅은 나에게 얼마나 거룩한 호사였으며 준엄한 약속이었던가. 평당 삼만 원이라는 거금을 투자하고서 나는 그제야 나의 땅, 백골을 위한 내 마지막 자유의 땅을 사들였던 것이다. 나의 단 하나의 부동산이었던 셈이다.

사랑하는 사람 곁에 누울 땅이 있다는 것이 나의 파멸의 의지를 더욱 키웠던 것일까? 나는 자신의 호흡을 스스로 중단하여 살기를 거부했던 디오게네스만큼 준열한 용기를 가질 수는 없었지만 나름대로 삶을 거부하는 여러 가지 해프닝들을 조용히 획책하고 있었다. 94세까지 살았던 로마의 철학자 세네카가 말했던가. "인간은 누구나 조금씩 조금씩 모두 매일 자살하고 있는 것이다"라고.

삶을 거부하는 작은 해프닝들. 이것은 나의 경우 너무나도 일상적인 것이기에 거의 논란할 여지조차 없다고 느낀다. 아니 적어도 그 당시에는 그랬었다는 것이다. 그 예약된 나의 묘지에는 봄이면 민들레꽃과 개달개비꽃이 피었고 명아주풀과 망초꽃, 우산풀들이 우거졌다. 그것은 사랑하는 사람이 누운 지하의 땅속에서부터 탐욕스럽게도 기름진 자양을 섭취해 오는 것처럼 풍요하게 우거졌고 치렁치렁 요기로 번뜩였다. 악의 꽃들이었다. 퇴폐의 밭이었다. 그러나 그리운 땅이었다.

나는 그 풀 하나하나에 입술을 대보고 붉은 흙의 냄새와 그리운 죽음의 냄새와 잔인한 삶의 유혹을 느꼈다. 죽고 싶은 나의 마음에 역설이라도 이루려는 듯 그 땅에 가면 나는 또 몹시 격렬하게 살고 싶었던 것이다.

소쩍새가 울고 구름이 흘러가고 그 평화로운 공원묘지의 녹음 사이사이로는 태양이 이상스런 심연처럼 온화하게 열려 있었다.

때때로는 죽음이 자비롭고 삶이 잔혹하다. 죽음은 금욕적인 온화한 분위기로 오히려 삶을 용서하고 원한을 쓰다듬는다. 죽은 망령들이 원한에 차 있다는 건 아마 산 자들의 샤머니즘적인 오해에 지나지 않는지도 모르겠다. 그러나 아마 그 반대도 역시 진실이리라.

나는 지극히 빠른 속도로 내 삶을 탕진해버릴 것을 바라고 있었다. 그리하여 한시바삐 그 다섯 평 그리움의 땅에 기어들어가고 싶었던 것이다. 나의 삶을 향해 깊은 우월을 느끼고 있었고 배수진을 쳐놓은 싸움터의 장수처럼 마음속으로 늘 여유가 있었다. 이것은 분명히 모순이다. 그러나 그것이 당시의 내 유일한 자존이었을 것이다. 상처와 속물근성에 같이 분노하고, 너무나 억울하고 비속해질 때 나는 내 예약된 묘지를 찾아가곤 했다.

깊은 상처를 입었을 때나, 사람들의 속물성에 깊이 분노하여 너무나 억울한 생각이 들 때, 자꾸만 비속해질 때 나는 성당을 찾는 신도처럼 그 묘지를 향해 떠났다. 정말 그곳은 나의 성당이었고 미사였다. 나의 모태였다.

여자로서는 거의 절망적이라 해도 과언이 아닐 만큼 몰취미하고 황폐한 내가 봄이면 팬지꽃이며 스위트피 같은 것의 꽃모종을 떠다 심었으며, 사랑하는 이의 무덤에는 백장미 두 그루를 심는 사치까지 감행했던 것이다.

공원묘지의 묘지 인부들은 나를 보면 서슴없이 술값을 달라고 말할 정도로 가깝게 굴었다. 아마도 나를 자신들과 혈연이 닿는 사람, 죽음동네에 속하는 사람, 삶의 패배자 정도로 느껴서였을지도 모르겠다. 그리고 환희 담배를 태우면서 허망하게 웃으며 말했다.

"아주머니도 참, 정성도 지극허시우. 그만큼 유택幽宅에 정성을 들이시니 죽으면 꼭 극락 가시겠수—."

그리하여 나는 간신히 삶을 버텨나갔다.

죽음이 없다면 어찌 불사조라는 전설의 새가 꿈꾸어졌을 것인가.

봉황으로 번역되는 포이니쿠스, 혹은 피닉스는 아라비아 사막에 사는 황금빛과 진홍빛의 털을 가진 극단적인 아름다움을 가진 화려한 새로서 세상에 단 한 마리뿐이라고 한다. 육백 년을 살고 죽을 때는 사막 한복판에 향목을 쌓아 태양광선으로 불을 붙이고 날개를 파닥여 타오르게 하여 스스로 불 속에 몸을 던져 죽지만 그 재에서 다시 어린 포이니쿠스로 태어난다고 한다.

바로 그것일 것이다. 내가 예약된 묘지를 돌아보고 거기에 정성을 쏟고 유택을 화려하게 꽃으로 치장하는 것은 바로 그것 때문일 것이다. 그런 행위를 통해 나는 포이니쿠스의 그 불사의 몸짓을, 그 부활의 의식을 모방하고 있었던 것이다.

태양과 묘지와 죽은 사람.

그리고 사랑하는 사람의 죽음 때문에 관 속에 함께 들어가기를 요구했던 한 젊은 여자의 비련.

그것은 바로 포이니쿠스의 죽음과 소생을 주술적으로 모방하는 난폭한 행위 이외에 아무것도 아니었다.

그런데 이 슬픈 일화는 여기서 갑자기 코믹 터치로 바뀌어야 한다.

지난해 어느 날, 나는 오랫동안 가보지 못했던 나의 예약 묘지를 향해 떠났다. 그동안 딸을 낳아 갓난아기 치다꺼리에 가볼 마음이 생기지 않았기 때문이다. 여름방학의 어느 날, 나는 자못 설레는 마음으로 묘지에 가는 길 위에 올랐다.

> 배고픈 자들이여—이리 오너라—
> 흘러터진 내장의
> 뜨거운 국물을 밟으며
> 여자는 조용히 흰 길 위를 올라간다.
>
> 뻐꾹
> 뻐—꾹—
> 호—르—르—르—소쩍!—
> 자신의 평화로써
> 새들을 먹였다는 성 프란체스코
> 그—사람처럼—

여자는 선혈의 강을 풀어

새들을 놓아먹이며

마디마디 구멍 뚫린 척추의 흰 뼈로는

굽이굽이—강신降神처럼—

음악이 흘렀다—

—시 「묘지로 가는 길」 중에서

이것이 묘지로 가는 나의 풍경이다. 여전히 녹음이 푸르고 하늘은 맑고 구름은 흘렀다. 그리고 태양은 세상에서 가장 완전한 평화와 조화書花처럼 여전히 자비하고 온화로웠다.

그동안 못 보던 무덤이 여기저기 생겨 나는 한참을 돌아다녔다. 대리석의 비석들 사이로는 은빛의 작은 벌레들이 기어다녔다. 낯익은 무덤과 빈 땅이 아무래도 찾아지지 않았다.

한참을 헤매다가 나는 드디어 그 무덤을 발견할 수 있었는데, 이건 어찌된 일일까? 예약해놓았던 내 묘지 위에 엄연히 다른 무덤이 서 있지 않은가?

나는 급히 관리사무실로 뛰어 내려갔다. 남의 죽음의 땅을 훔치다니 그런 일이 있을 수 있겠는가.

"착오가 생겼군요."

그 남자의 말은 너무나 간단했다. 지극히 단순한 한마디 말이었다.

"그 무덤은 지난봄에 올린 것이니까 당분간은 이장이 안 됩니다. 꼭 그 자리를 묘지로 쓰셔야겠다면 그쪽 유족들과 상의해 나중에 이장을 해드리지요. 그러나 웬만하시면 그냥 두시죠. 한번 묘로 쓴 땅은 다시 안 쓰는 것이 관습이니까요. 세상엔 얼마든지 묻힐 땅이 많지 않습니까?"

우스운 착오로 인해 나는 나의 예약된 묘지를 잃어버렸다.

상실된 묘지. 게다가 한번 쓴 유택의 땅은 다시 쓰지 않는 법이라고 들었다.

나는 이제 얼마간 유예기간을 즐겨도 좋은 것이다. 지극히 통분해야 할 일인데도 웬일인지 그 무덤으로부터 해방된 듯한 신선한 공기가 나의 숨구멍을 벅차게 했다. 하— 하…… 하!

그 코믹 터치의 아이러니! 내가 잠깐 방심하고 있는 동안 유다른 놈이 와서 내 무덤을 팔아치웠던 것이다. 언제나 모르고 있는 동안 완성되는 배신이여!

죽을 땅마저 잃어버렸다는 절박한 용기는 허무에 항거하는 준열한 힘을 부여했다

나는 그리하여 나의 무덤을 잃어버렸지만 그때부터 무섭게 시를 쓰기 시작했다. 지난해 여름의 폭양 속에서 나는 60편의 시를 스트레이트로 써내려갔던 것이다.

죽을 땅마저 잃어버렸다는 그 절박한 용기는 삶을 향해 무섭게 나를 돌려세웠고 오히려 허무에 항거하는 준열한 힘을 부여했다.

　어차피 산 자는 삶의 편이다. 그리고 쓴다는 것은 죽음에 대한 무서운 스트라이크! 찬란한 보복.

　　떠나는 건 쉬워―

　　처음엔 왼발을,
　　그 다음엔
　　오른발,
　　그리고 슬쩍 몸을 날리는 거야.
　　애욕처럼 진하게
　　두 눈을 감고―

　　그런데
　　아직 유서를 못 썼어,
　　나의 사인死因을 포장해줄
　　극비의
　　설형문자를
　　그때까지는 살려고 해―

하하—

이건 변명이

아니라

소명이라오!

—시 「자살자의 노래」 전문

죽음의 편에서 거절당했다고 느낀 나는 이제 오히려 죽음을 희롱할 여유마저를 보인다. 이것 역시 하이드 씨의 장난이다. 그로테스크—부조리와의 게임. 이렇게 말한 것은 볼프강 카이저였던가?

33세의 아침이다.

옆에선 아이가 한 다리를 턱하니 내 배 위에 올려놓고 잠을 자고 있다. 나는 뜨거운 피의 부름을 느끼고 자는 아이를 힘껏 껴안는다.

아이는 얼굴을 찡그리고 내 뺨을 찰싹 때리고는 저편으로 돌아눕는다. 뭐라고 중얼중얼하면서, 어떻게 생각하면 이토록 천진한 아이 옆에서 이토록 파란만장한 자유 연상을 해보았다는 것이 조금 부끄럽다.

내가 꼭 괴물monster 같다.

암캐미가 교미 후에는 군더더기가 되어버리는 날개를 잃어버리듯 여자는 대개 아이를 두엇 낳으면 영혼의 날개를 찢어버리고 무섭도록 자진해서 동물적으로 땅에 속하게 된다.

이것은 쇼펜하우어의 여성에 관한 독설이다. 이런 여성적 숙명까지 짐 지고 나도 나의 해골산을 기어올라야 한다.

33세의 아침.

어쩔 수 없이 십자가의 의미에 눈을 뜨며 한 남자의 음성을 귀청 가득히 듣는다.

지금 죽는 자는 영원히 죽지 아니하리니…… 어서 가서 네 일을 하여라.

불의 딸과
태양 숭배

무수하게 아름답고 행복한 순간들이 많았으리라.

그러나 그런 것들은 덧없이 사라지는 먼지들처럼

시간 속에 흔적을 찾을 수 없다.

다만 남아 있는 것은 무한처럼 하얗게 파괴되어 버린

유령도시ghost city에 홀로 눈부시게 남아 있는

거대한 토템 폴처럼 지울 수 없는 고통의 흔적들뿐이다.

기억이란 괴물이 두려워
기억상실증을 꿈꾸던 시절

나는 한때 기억이라는 괴물을 너무 두려워하여 차라리 광인이 되어 기억상실증에 걸렸으면 좋겠다고 꿈꾼 적이 있었다. 기억이란 엉겅퀴처럼 질기고 민들레처럼 사소하다. 그러면서도 기억이란 프랑켄슈타인 박사와 같다. 자기의 소유물을 상실하지 않기 위해 불사의 것으로 만들려는 다이몬적인 욕망을 지녔다. 게다가 기억은 번식을 한다. 독사가 한배 새끼를 깔 때마다 무지막지하게 많은 숫자로 새끼를 불리듯이 기억은 무섭도록 많은 공포와 죄의식을 새끼를 치듯 기르고 있다.

인간은 현재가 불행한 것이 아니라 무섭고 슬픈 기억 때문에 불행한 것이라고 말한 아우구스티누스는 진정으로 옳다.

나의 소원이 있다면 얼굴을 완전히 성형을 하고 이름을 바꾸고 기억상실증에 걸린 채 아르헨티나만큼 먼 이국의 바닷가에서 숨어 사는 것이라고 대학 시절에 농담으로 말한 적이 있을 정도로 나는 기억이라는 괴물을 싫어했다. 회상이라는 것이 도무지 무서운 것이다.

　그러다 어느 날 나는 마그리트의 저 위대한 그림 「므네모시네」를 보게 되었다.

　바다를 배경으로 이마에 선혈의 꽃 같은 피를 흘리고 있는 대리석 여인. 그리고 므네모시네가 제우스와 아홉 밤을 동침하고 낳은 아홉 딸들이 뮤즈라는 것도 알았다. 기억의 여신이 바로 예술의 원천이자 모태라는 것을, 기억을 회피하고서는 더 이상 문학을 할 수 없다는 것을 알았을 때 나는 하는 수 없이 자기 상처를 스스로 핥아서 상처의 독을 뽑아내는 야생 짐승처럼 살지 않으면 안 된다는 것을 알았다.

　나는 한때 광인이 된 니체의 지극히 평화로운 하얀 치매성을 아름답다고 생각했고 "자연이 그의 극단적인 영혼을 미치게 만든 것은 저주가 아니라 마지막 자비였다"는 의견에 공감했으나, 사람은 살아 있는 한 자기 별에 끼쳐진 점성술을 풀려고 노력하는 동안만 아름답다는 의견으로 바뀌어졌다.

　무수하게 행복한 순간들이 많았으리라. 그러나 그런 것들은 덧없이 사라지는 먼지들처럼 시간 속에 흔적을 찾을 수 없다. 다만 남아 있는 것은 무한처럼 하얗게 파괴되어버린 폐허의 유령도시ghost city에 홀로 눈부시게 남아 있는 거대한 토템폴처럼 지울 수 없는 고통의 흔적들뿐이다.

그것은 생명의 초점인 페니스처럼 어둡고 불확실한 기억의 땅 위에 돌출해 있고 우리가 기억이라고 말할 때 내가 죄와 고통만을 연상한다는 것은 움직일 수 없는 나의 불행이겠으나, 내가 그 다이몬적인 힘에 기대어 아직도 시를 쓰고 있음을 생각해본다면 삶이란 아주 최악의 경우에 있을 때라도 그렇게 나쁜 것은 아닌지도 모른다.

Amor fati! 운명을 사랑하라!

기억은 언제나 희미해지지

않으면

안

되

지

그리하여 죄조차도

아득한 성운 속으로

흘러

사라지지

않으면

아침에 눈을 뜨면 무등산으로부터 무수히 날아오는 검은 새떼들을 볼 수 있었다. 그 새떼들은 마치 검은 죽지마다 태양 빛을 듬뿍 묻혀 오는 듯이 화려하게 번뜩였다. 까마귀 떼들이었다. 아침에 해 뜨는 방향을 바라보면 주상절리가 병풍처럼 펼쳐진 무등산의 입석대와 서석대가 보였다. 신들의 돌기둥이라고 불리는 주상절리는 환한 햇빛 속에 빛나는 무한의 글자가 새겨진 거대한 책의 모습처럼 보였다.

고향에서는 거의 늦잠을 자본 기억이 없다. 까마귀 떼들이 마치 번쩍거리는 거울을 들고 태양을 실어 나르는 듯이 유난히 아침이 환했기 때문이다. 또한 시대의 현상이기도 했겠지만 그 당시 광주에는 문둥이들이 가끔 지나갔다. 소록도에 문둥이들을 격리 수용하는 요양소가 있어서인지 문둥이들이 소록도로 가다가 머무르기도 했고, 소록도에서 도망쳐 나온 문둥이들이 도회지에 대한 회포도 풀 겸해서 배회하고 어슬렁거리기도 했다.

태양과 문둥이—그리고 독사처럼 차갑게 번뜩이던 녹음의 푸른 덩어리들. 그것들은 마치 내 원초의 색상표와도 같다.

어느 날 밤이었다. 식구들은 저녁밥을 먹고 등나무 아래 내놓은 등의자에 앉아 무연히 평화를 즐기고 있었다. 그런데 갑자기 서쪽 하늘이 무섭도록 밝아지는 것이었다. 조금 있다가 하늘은 마치 불꽃놀이 때 폭죽을 쏘아 올리는 것처럼 불꽃으로 수놓아졌고 동네 전체가 마치 조명탄을 받은 듯이 환해졌다.

불이야— 불이야— 하는 함성이 먼 곳에서부터 들렸고 계속 폭약을 터뜨리는 듯한 폭음이 귀를 멍멍하도록 울려댔다. 세상에 불구경만큼 재미있는 것이 또 있을까. 한이 많은 사람은 제 집에 불이 나도 불구경을 하느라 집을 다 태운다는 말이 있다.

나는 아버지와 어머니의 손을 잡고 신이 나서 계속 달려갔다. 그런데 그때의 그 속력 속에는 불에 대한 숨 가쁜 그리움, 충동적인 욕망 같은 것이 묻어 있는 듯이 느껴진다. 불이 유혹처럼 나를 끌고, 나 역시 나체의 울부짖음 같은 격정으로 무섭도록 강력하게 불덩어리에 이끌렸던 것이다.

성냥공장에 불이 났다. 그리하여 깡통에 담긴 유황에 불길이 닿을 때마다 그것들은 샴페인 축제처럼 펑— 펑— 소리를 지르며 터져나가 하늘에 찬란히 명멸하는 갖가지 불꽃의 모양을 수놓고 있었다.

무섭게 많은 성냥들이 마치 다이너마이트의 도화선에 불을 갖다 댄 것처럼 지글거리며 확확 타올랐고 어디에선가 코피가 터질 정도로 향기로운 화약 냄새가 흘러들고 있었다.

사람들은 유령처럼 몰려서서 상상을 초월하는 큰불에 넋을 잃었는지 미동도 못했고 그 어마어마한 아름다움에 현혹되어 최면에 걸린 듯했다.

나는 갑자기 온몸이 가려워지며 불 가까이 더욱더 불 가까이 빠져들고 싶어 못 견딜 지경이 되었다. 성냥공장의 한가운데로 뚫고 들어가 그 불의 중심에 서서 두 손을 앞으로 모으고 내가 가장 잘 부르는 노래를 한 곡만 부르고 싶었다. 뛰어들어 펑— 펑— 터지는 유황을 담은 병처럼 신명나게 온몸을 찢기고 싶었다. 찢어지면서 조명탄처럼 화려하게 높이 솟구치고 싶었다.

바로 그때였다. 한 남자의 그림자가 성냥공장의 타오르는 중심으로 몸을 던져 뛰어들었다. 너무나 순식간의 일이라 그 남자는 마치 진공청소기 속으로 전속력으로 빨려 들어가는 먼지처럼 작게 보였다. 그 순간 나만은 그것을 알고 있었다. 남자가 불 속으로 뛰어들었을 뿐 아니라 불 또한 그를 강력하게 끌어들인 것이라고.

남자의 몸은 춤을 추듯이 파닥이다가 금방 화려한 불기둥이 되었다. 그는 마을에 흘러들어온 불행한 천형天刑의 병을 앓고 있는 환자였다고 한다.

시바의 우주적 무용에
바치는 생명의 책

그 남자를 생각하면 시바의 우주적 무용이

란 말이 떠오른다.

힌두에서 일출의 태양은 브라마, 즉 창조신이고, 정오의 태양은 비쉬누, 보존신이며, 일몰의 태양은 시바, 즉 파괴의 태양신이다.

시바는 한 손에 우주의 끝장을 의미하는 파괴와 죽음과 불타는 터전을 상징하는 불을 들고 있으며, 다른 왼손엔 영원한 축복의 열반을 상징하는 연꽃이 그려진 작은 북을 들고 있다. 즉 시바는 고통받는 인간을 해방시켜 구원하기 위한 파괴신으로서, 고통스런 형상과 이름들을 불로써 멸하고 새로운 생명을 주는 재생산을 위한 파괴신인 것이다.

시바의 불꽃은 영원한 우주적인 에너지다. 시바의 우주적인 무용은(우리의 마음속에 있는) 우주의 중심인 치담바람에서 행해지며 그것은 창조→보존→파괴→망상을 쉽게 함→해방(구원 은총)의 우주적인 몸짓으로 진행된다.

시바의 춤은 영원하며, 어디에서나 그는 춤춘다. 춤을 추면서 그는 자연의 첩첩이 싸인 현상을 이끌어가고, 불로써 고통을 멸하여 새로운 열반의 생명으로 이끌어간다.

지금 그대가 고통스럽고 불행하다면 그대는 자신이 시바신의 우주적 무용의 어느 한 갈피에 들어 있는 것이라 생각하고 시바의 다음 무용을 기다려라. 시바의 우주적 무용은 우리의 피가 돌 듯 순환하고 있으며 모든 곳에 편재하고 있기에 어디에서나 우리는 시바의 우아한 무용을 볼 수가 있다.

시바는 또한 코브라 뱀을 거느리고 있다.

코브라의 나선형의 사리는 우주의 진화나 생명의 원리를 나타내며 이빨에 담긴 치명적인 독은 퇴화 혹은 죽음의 원리를 나타내기 때문에 코브라는 시바의 특별한 표상이 되었다. 그리고 주기적으로 허물을 벗는 습관은 환생 혹은 재생의 상징이었다.

—E. B. 하벨

성냥공장의 화염 속에 스스로 몸을 던져 춤추듯 퍼덕이다 쓰러지던 문둥이의 극채색의 춤은 바로 시바의 우주적 무용의 하나가 아니겠는가. 시바의 불은 파괴이며 자비이고, 멸망이며 쇄신이고, 죽음이며 또한 재생인 것이다. 천형의 병을 앓고 있는 시바의 불로써 자신의 고통을 멸하였다. 그리고 시바의 우주적 무용에 따라 이승의 천형을 벗고 다른 생으로 구원된 것이다.

타오르지 못하면 죄를 느끼는
나는 하나의 양초입니다.

이제 제물은 준비되었으니
부디 나의 심지 위에
고운 불을 놓으십시오—

촛불이 이 세상에 만드는
어둠의 공백을 바라보고 있노라면
모든 벽은 문이 되고,
이해할 수 없게도
고문의 노래는
황홀한 불 속에 작열합니다

누가 나의 운명의 검은 자오선을
저 하얀 불 속에
휘어 넣을 수 있을까요
나 스스로 몸을 굽혀
저 가혹한 불꽃의 먹이가 되지 않는다면
나는 대체 어디에서
삶의 젖을 빨아야 하나요?

오, 그러나, 잠깐만,
나에게 모차르트를 들을 시간을 주세요.

산 채로 번제를 지피기 위해서는
약간의 마취가 필요하지 않을까요?
슬로비디오처럼, 천천히,
나는 나의 나체를 불의 제단에
눕힙니다

인육의 촛불이 꽃처럼 타오릅니다
신이여, 이것이 나의 경배,
나의 포만인 것입니다.

심령이 불태워진 자는 복이 있나니
뼈에서 새가 솟을 것이오—
심령을 불태우는 자는 무궁하리니
태양이 저의 것이라—
누군가 내 긴 뼈의 맥을 짚으며
건반을 누르듯—하염없이—
화음의 우주를 쓰다듬고 있습니다—

—시 「태양성서」 전문

이것은 시바의 우주적 무용에 바치는 나의 생명의 서書이다.

황홀한 불 그러나 위험한 파멸의 불 그러나 그리운 불, 내 뼈를 씻어 죄와 업보를 멸해주는 자비와 세례와 정화의 불, 오 그러나 화택火宅이라 불리는, 삶의 고통이 끝나지 않는 치열한 불도 언제나 이 땅 위엔 존재하고 있다.

사랑이란 목숨 건 남녀의
공중곡예와 같은 것

아홉 살쯤 되었을까. 어느 여름날 저녁이었다. 광주의 여름날 저녁은 매우 길고 파랗고 신비할 정도로 우수가 스며 있고 맑다. 흡사 요술만화경 속의 한 장면처럼 희미한 등불들의 거리엔 불을 그리워하다 죽은 하루살이 날벌레들의 시체가 먼지처럼 날아다니다 때로는 우리의 입 속으로나 눈 속으로 들어가기도 한다. 그런 저녁이면 사람들은 식구들을 대동하고 시원한 물가로 나선다.

강물이라고 부르고 싶지만 그러나 개천에 불과한 광주 천변에 어느 날 저녁 서커스가 들었다. 나도 어머니의 손을 잡고 곡마단 구경을 나섰다. 트럼펫 소리가 흐르고 여기저기 모깃불이 피워지고 울긋불긋 서커스단의 포장이 드리워진 천변 풍경은 마치 비현실의 채색화와 같았다.

슬프고 굼뜬 피에로들, 색 있는 스타킹을 신은 소녀 곡마단원들, 우락부락하고 거친 생의 냄새를 피우는 남자들, 곱추 배우와 난쟁이 단원들 그리고 무엇보다 환상적인 것은 검은 바탕에 은박 금박이 화려하게 찍힌 무대복을 입은 미소년과 미소녀들과 흰 말과 푸른 뱀과 또한 이상한 짐승들이었다.

곡마단원들은 무언가 신비롭고 이상한 삶을 살고 있으리라는 막연한 환상은 동경이라기보다는 불안한 애수를 느끼게 해주었다.

토성의 띠처럼 신비스럽고도 숙명적인 어떤 분위기가 그들에겐 마력처럼 감돌았다. 나는 그들이 돈을 벌면 그것을 모조리 은화나 금화로 바꿔 악마에게 한 닢 두 닢 바치는 것이라고 생각했다. 그러면 악마는 꽃잎처럼 붉은 입술을 내밀어 그들의 검은 머리칼에 입 맞추며 축복하기를 "세상에서 가장 신비한 곡예를 할 수 있는 재능을 받거라"라고 말하는 것 같았다.

나쁜 책을 너무 많이 읽어서인가. 나는 이상하게도 남보다 비범한 천재성이란 반드시 악마와의 비밀 거래로부터 얻어지는 것이라는 생각을 어릴 때부터 가지고 있었던 것 같다. 그리고 나 역시 악마와 거래하고 싶다는 비밀한 욕구에 홀로 얼마나 몸을 떨곤 했던 것일까.

트럼펫 소리가 흘러가고 휘황한 조명등의 붉고 푸른 색채들이 달리고 이승의 사람들 같지 않은 흰 가루 부대를 뒤집어

쓴 듯한 곡마단원들이 모두 막 뒤로 사라지자 드디어 어둠이 내리고 무대 위에 신비가 시작되었다.

여러 가지 마술들, 말을 타고 곡예 하는 소녀들의 번쩍이는 아름다움, 도무지 이 세상 일 같지 않은 줄타기 광대 그리고 종이꽃 드레스로 몸을 치장한 미녀와 푸른 뱀의 위험한 놀이들, 피에로의 무언극 그리고 그 무시무시하게 찬란한 공중 트라피스의 차례가 왔다.

허공에 가느다란 그네들이 매어달리고 은박 금박으로 번쩍이는 푸른 공단 스커트에 꽉 끼는 검은 타이츠를 입은 아름다운 여자와 신비한 남자가 저 높은 하늘 위에서 목숨을 걸고 곡예를 하는 것이었다.

아— 나는 그것을 사랑이라고 생각하고 싶었다. 무시무시하게 높은 하늘의 저 꼭대기에서 남자와 여자는 숙명처럼 흰 그네를 타고 날며, 그네를 굴려 서로의 손을 아프게 붙잡고, 몸을 던져 허공에서 뒹구는 곡예를 하고, 다시 헤어져 자기 그네로 돌아가면 무서운 외로움이 하늘에 번졌다.

남자의 얼굴은 신비에 취한 듯이 아름다웠고 여자의 얼굴은 밀랍을 바른 듯이 하얗다. 그네를 굴려 서로가 몸을 의탁할 줄하나 없는 막막 무한의 허공에서 두 사람은 마치 죽음처럼 굳게 손을 잡고서 폭약 같은 사랑의 꽃으로 절정에서 웃고 있었다.

사방은 쥐죽은 듯 조용했고 가마니를 깔고 앉은 객석엔 한

숨과 같이 경탄이 맴돌았다. 내 손을 잡고 있는 엄마의 손이 경련을 하듯 조금씩 떨리고 있었다. 엄마의 떨리는 손은 아— 저것이 바로 인생이야, 하고 속삭이는 듯했다.

나는 그때 어머니에 대한 어떤 슬픔을 느낀 듯이 생각된다. 저것이 바로 인생인데— 삶이라는 것인데— 어머니는 어쩐지 저렇게 살고 있지 못한 것이라는 비애가 느껴졌던 것이다.

나의 손가락 역시 떨리고 있었다. 두 여자의 피는 마주 잡은 손바닥을 통해 아프게 서로 스미는 듯했다. 어머니와 나의 피는 동시에 보다 강한 생명에의 욕구, 강렬한 사랑에의 부름, 죽음과 맞설 만한 찬란한 절정에의 그리움으로 마치 심한 매질을 당한 것처럼 떨리고 있었던 것이다.

어머니와 딸은 언제나 같은 고향의 사람들인 법이다. 어머니와 나는 공중 트라피즈의 그 완전한 황홀에 취해 울부짖지 않고서는 못 배길 만한 삶의 욕구에 강하게 폭력처럼 머리채를 잡혀 흔들리고 있었던 것이다.

우리가 원하는 건 행복이 아니라
강렬하게 집중된 삶을 사는 것

우리는 행복을 기다리는 것일까? 꼭 그것은

아닌 것 같다. 우리는 행복이 모자라서 불행한 것은 아니다. 다이너마이트와도 같이 아름답고 눈부신 삶의 열정들의 편린에 대한 기나긴 기다림. 그런 찬란한 전설의 부재가 우리를 슬프게 하는 것이다.

행복이란 단지 슬픈 상투어에 지나지 않는다. 그때 그 공중 트라피스의 눈부신 곡예를 바라보면서 나는 이미 결정적으로 운명의 얼굴과 마주친 듯한 기분을 느낀다.

내가 원하는 것은 행복이 아니라 강렬하게 집중된 삶을 사는 것, 자기 몸의 피란 피는 모조리 뽑아 투명한 시험관에 넣고 마치 중세 암흑시대의 연금술사가 했듯이 부글부글 마술의 불을 지펴 끓여 거기에서 형형색색의 비현실의 비약秘藥이 피어오르는 것을 보고 싶었던 것인지도 모르겠다.

그것은 시바의 딸들의 자연스런 소망일 것이다.

시바의 딸들은 파괴하고 저항하고 멸망시키고 구원하며 자신의 자궁으로 무언가 신비스런 생명을 낳는다. 그것은 예술작품과 같은 것일 수도 있고 트리스탄과 이졸데처럼 무섭도록 처절한 사랑일 수도 있으며 잔 다르크처럼 영원히 지울 수 없는 용기일 수도 있다. 시바의 딸들은 생명의 강 속에 멈춰 있지 않고 흐름과 더불어 강렬하게 흘러간다.

어머니와 나는 손을 잡고 여전히 여흥으로 흥청거리는 곡마단의 천막을 떠나 집으로 돌아가고 있었다. 칠석날이 가까워지고 있었다. 하늘엔 온통 별과 은하수들이 바쁜 듯이 분주하게 흘러가고 있었다.

어머니는 무슨 근심거리가 있는 듯이 힘없이 걷고 있다가 불현듯이 입을 열어 말했다.

"애야, 아까 그 공중곡예 참 좋지? 그렇지 않니?"

"네."

"너는 꼭 그렇게 살거라."

그날 밤 나는 꿈에 불타고 있는 그 이층집을 보았다. 부나비처럼 춤추며 퍼덕이던 천형의 병을 앓고 있는 이의 마지막 미소와 공중 트라피스를 하던 황홀한 무희의 모습도 보았다.

그들은 불타는 이층집 계단으로부터 별똥별처럼 마구 떨어지고 있었다. 그것은 황홀한 춤이었고 귀신 붙은 찬란한 무용이었다. 그리고 불꽃들은 하나하나 덩굴장미의 꽃송이들이 넘실넘실 흔들리듯이 가지를 타고 올라가며 그 사람들의 몸을 맛있게 먹고 있었다. 그 불의 한가운데 나의 어머니가 어딘가 아픈 듯이 힘없이 서 있었다. 그녀의 얼굴은 울고 있었다.

이탈리아 말로 죽음은 모르테morte이고 사랑은 아모레amore이다. 사랑 속에는 죽음이 들어 있고 죽음 속에 또한 사랑이 들어 있다는 것이다.

그 둘 사이의 역설적 연관에 유의할 것. 불을 사랑한다는 것에는 어쩐지 모르테와 아모레의 숙명적 뒤얽힘이 가장 강하게 끼쳐져 있는 것 같다. 일몰의 태양신 시바의 춤을 생각해 볼 것. 시바의 우주적 무용— 그 스텝 하나하나를.

태초에
상처가

있었다

하나의 상처는 또 하나의 다른 상처를 만든다.
그리하여 상처와 상처 사이에는 마치
간이역과 간이역을 연결하는 선로처럼 피의 홈이 파이고
우리의 발은 그 피의 홈을 따라 인생이라는 길을 걸어가게
된다. 결국 삶이라는 상처와 또 다른 상처 사이에 파인
피의 홈을 따라 걷는 것이다.

"용기를 내게. 상처는 대단치 않네." 로미오가 말했다. 머큐쇼는 비애를 담은 채 미소했다. "그렇지. 그것은 샘처럼 깊지도 않고 교회 문처럼 넓지도 않네. 하지만 그것으로 충분하다네." 그리고 그 상처로 인해 그는 죽음에 이르게 되었다.

—셰익스피어의 『로미오와 줄리엣』 중에서

타인은 예쁜 지옥

샘처럼 깊지도 않고 교회 문처럼 넓지도 않지만 그러나 '그것으로 충분한' 상처가 있다. 한 사람의 생애—그것은 언제나 '태초에 상처가 있었다'는 하나의 전지전능한 명제로부터 시작된다.

이상한, 아름다운, 불안한, 전지전능의 푸른 상처. 그것은 당신의 태초에도 있었다. 샘처럼 깊지 않고 교회 문처럼 넓지도 않지만 그러나 그것으로 충분했던 상처들. 그리고 그런 상처는 언제나 문장 속의 주어처럼 독재의 성격을 지닌다.

보들레르의 시구가 생각난다. "나는 상처며 또한 칼. 나는 치는 따귀며 또한 맞는 따귀."

'타인들'이란 대체 나에게 무엇이었을까. 내 최초의 타인들은 유치원의 친구들이었다. 나는 유치원을 다니다가 스스로 중퇴하고 말았는데 바로 그것이 타인들에 관한 내 최초의 경험이었고 그것은 바로 실패에 관한 경험이었다.

타인들—이란 집안 식구가 아닌 남을 의미하는 말이 아니다. 그것은 자기의 에고를 담은 채 싸늘한 무감응의 시선으로 나를 빤히 바라보고 있는 불가사의하게도 예쁜, 그러나 내가 쉽게 침투할 수 없는 바로 그런 시선들을 의미한다.

나의 침투를 거절하는, 내 의지에 쉽게 동화되지 않을 것 같은 그 예쁘고 싸늘한 눈초리들. 자기의 에고를 불가사의하게 담은 채로 곧 나를 배척할 것 같은 유리알처럼 푸르고 단단한 눈초리들. 파랑 보석처럼 인간적인 체온을 거부하는 싸늘한 시선들.

내가 그런 눈초리를 타인들에게서 최초로 본 것은 어느 날

'그네 위에서'였다.

나는 그네를 잘 타는 아이들을 항상 몹시 부러워하고 있었다. 하얀 그네, 푸른 하늘과 닿을 듯 그네를 박차고 높이 솟구치는 예쁜 아이들, 아이들의 머리에서 펄럭이는 하얗고 긴 리본의 끈들. 그런 것을 바라보고 있노라면 나는 숨이 막혀오고 너무나 눈이 부셔서 그 아이를 그네 위에서 끌어내려 간지럼을 먹이고 싶다고 느낄 만큼 그 아이가 부러웠던 것이다.

그네 위에서 하늘을 박차고 날아가는 그 가벼운 터치의 비상, 흐르는 구름, 어디선가 풍겨와서 나의 뇌수를 뒤흔드는 이상한 꽃향기, 몽상처럼 부드러운 바람. 그런 것들 속에서 환각의 희디흰 사슬처럼 그네는 하늘로 하늘로 둥글게 치솟아 오르는 것이다.

그네를 가장 잘 타는 아이의 얼굴은 혼자만 천지신명에 통한 듯 취한 빛을 띠고, 머리를 하늘로 쳐든 채 자못 오만한 황홀경에 빠져 위로, 더 위로 새처럼 날아갔다. 아, 새처럼, 땅 위에 초라하게 서 있는 남은 아이들을 마음껏 경멸한 채, 아니 경멸하는 마음 같은 것조차 잊어버린 채, 훨훨—펄펄—새처럼 하늘로 하늘로 가까워지는 것이다. 혼자만 신령님과 통하는 얼굴을 한 채로.

나는 그 아이를 보며 불가사의하게도 강한 욕구에 시달렸다. 아—내가 너라면—내가 너처럼 그네를 잘 탄다면—그리하여 새처럼 가장 높은 하늘과 가장 높은 가지의 꽃향기를 내 것으로 할 수 있다면.

구석의 아이가
발을 구르며 그네를 타다

　　　　　　나는 노래고 유희고 모두 서툴렀기 때문에 한 번도 유치원 생활이 즐거움이었던 적은 없고 언제나 고역이었다. 친구도 없고 나에게 관심을 갖는 사람도 없었다.

　나는 구석의 아이였다. 그러나 나는 구석이 좋았다. 누가 내 이름을 부를까봐 전전긍긍하고 있는 한 구석도 안전한 자리는 못 되었다. 단지 나는 내가 남의 눈에 띄지 않기를 바라면서, 그러면서도 외로움을 느끼지 않기를 바라는 이율배반적인 욕구에 시달리면서 어머니가 시키는 대로 가방을 메고 유치원에 오락가락하고 있었다. 인간에게는 왜 그런 모순이 있을까. 사랑에는 왜 또 그런 모순이 있는가. 가까워지고 싶고 멀어지고 싶은 욕망이 왜 동시에 함께 있는 것인가.

　그러던 어느 날, 봄날이었다. 내가 어떻게 그런 생각을 하게 되었는지 지금 생각해도 모골이 송연해진다. A라는 유치원에서 가장 깜찍한 아이가 마치 무당이 자기의 신통력을 과시라도 하는 것처럼 신나게 그네를 타고 있을 때 어디선가 라일락 향기가 풍겨 왔다. 그리고 어느 하늘에선가 종달새가 울고 흰 구름이 나를 불렀다.

—얘, 너도 그네를 타보렴. 그네를 굴러 높이 지붕 위로 솟구치면 거기 너만의 딴 세상이 있단다. 애야, 애야…….

봄날이었다. 어디선가 감옥에선 죄수들이 탈옥이라도 하지 않고서는 못 배길 것 같은 그런 봄날이었다. 날씨 때문이었다고 생각된다.

A가 하늘에 취하고 봄에 취하고 꽃향기에 취하고 바람에 취한 나비와 같은 표정으로 그네를 타고 내려왔을 때 모든 아이들은 A의 절대적인 아름다움에 기가 죽어 아무도 선뜻 그 그네를 타려고 나서지 않았다. 잠시 동안 그네는 비어 있었다. 그네는 유혹하듯이 흔들리며 나를 부르는 듯했다.

—얘, 이제 네가 타 보렴. 자…… 어서.

나는 무슨 주문에 걸린 사람처럼 비현실적인 기분으로 난생 처음으로 그네 위에 올라섰고 그리하여 나도 모를 힘에 이끌려 그네를 구르기 시작하였다.

시작은 좋았다. 마치 아직 그네에 남아 있던 A의 마력이 존속하고 있기라도 한 듯 나의 그네는 유치원 마당을 박차고 도시의 희게 반짝이는 지붕들을 지나 하늘로, 부드럽게 날아갔다.

평화란 무엇일까—그네 위에서 미소하며 하늘에 취하는 것이 아니라면 평화란 무엇일까. 기쁨이란 무엇일까—그네 위에서 그네와 한 몸이 되어 하늘과 꽃향기와 바람과 구름에 완전히 취해 자기도 모르게 자기 몸속의 모든 에너지와 손을 잡고 순결한 신명으로 흘러넘치는 것이 아니라면 기쁨이란 과연 무엇일까.

나는 마음껏 두 발을 굴렀다. 내 발 아래로 지구가, 내 머리 바로 위로 신령님이 흘러갔다. 그것은 절체절명의 기쁨이었다. 기쁨이었다기보다 무아경의 평화였다.

그런데, 어찌하여서인지, 갑자기, 나는 저 땅 아래를 보게 되었다. 아이들이 입을 벌리고 서 있었다. 그 표정들은 어딘지 서먹한 것 같았다. A를 볼 때처럼 집중된 경탄과 흠모의 표정이 아니었고 어딘지 어리둥절한 표정들이었다. 그 표정은 이렇게 말하고 있는 듯했다.

—쟤가 웬일이지? 멍청하게 유희도 못하고 노래도 못 부르는 바보 같은 애가 웬일로 저렇게 그네를 잘 타지? 이상한 일을 다 보겠다, 낄낄…….

그것은 감탄이 아니라 힐책이었고 내가 그네를 잘 타는 건 경탄의 대상이 아니라 이상한 꼴불견인 듯했다.

그때 나는 그들의 시선을 보고야 말았다. 특히 그 요정처럼 예쁜 A의 시선을. 그것은 나를 인정하지 않으려는 냉정한 거부의 시선과 강한 에고이즘과 나르시시즘으로 나를 배척하려는 싸늘한 빛을 담고 있었다. 그 시선의 단검 하나하나가 내 온몸의 살점을 도려내고 내 눈동자를 찔러대고 있었다.

나의 그네는 휘청거렸다. 나는 두 눈에서 피가 흐르는 것 같아 그네 위에 선 채로 눈에 두 손을 댔다. 유혈의 꽃송이가 나의 눈동자에서 흐르는 것 같았다. 그리고 나는, 그네 아래로 굴러떨어지고 말았다. 아니다, 그것은 정확한 말이 아니다. 나는 그네 아래로 떨어진 것이 아니라 그 애들의 발밑으로 몸을 던지고 말았던 것이다.

나는 흙에 코를 박고 엎드려 있었다. 도저히 그들의 눈동자를 다시 바라볼 수 없을 것 같았다. 눈동자에서가 아니라 코에서 피가 흘렀지만 나는 그대로 영원히 있고 싶었다. 그들의 시선을 작살처럼 등허리에 꽂은 채로 세상에서 가장 어두운 어둠 속으로 도망치고 싶었던 것이다.

—아아, 너희들은 아니야. 너희들은 아니야.

아무도 나를 일으켜주지 않았다. 나는 무한한 수치로 몸을 떨면서도 그러나 또한 흘러넘치는 나만의 기쁨을 힘껏 껴안기 위해 등을 오그리고 계속 엎드려 있었다.

그네 위에서 내가 체험한 그것, 신비한 감응, 하늘과 신령님과 구름과 새소리 같은 것들과의 회귀한 만남—그런 것들만은 저 아이들이 결코 내게서 빼앗을 수 없는 나만의 것이라는 생각이 들었다. 나만의 기쁜 비밀이었다. 그리고 나는 몸을 일으키면 그 비밀이 새나가 버릴까봐 더욱더 단단히 땅을 껴안고 뻗어 있었다.

아무도 나를 일으켜주지 않았다. 다음 날 나는 유치원을 중퇴했다. 타인들은 무서운 질곡이었다. 영원한 객지였다. 유리창처럼 너무나 빤히 서로를 들여다보게 되어 있으면서도 결코 서로 침투해 들어갈 수 없는 불가사의한 투명성이었다.

그럼에도 불구하고 나는 그 아이들을 그리워했다. 만일 그들 중 누가 집에 있는 나를 찾아와 상냥하게 대해준다면 나는 내가 느낀 그네 위의 비밀을 가르쳐주고 싶다고까지 생각했다. 그것은 타인에 대한 나의 사랑이었다. 또한 그것은 세상에 바치는 예술가의 사랑의 방법이기도 할 것이다.

하나의 상처는 또 하나의 다른 상처를 만든다. 그리하여 상처와 상처 사이에는 마치 간이역과 간이역을 연결하는 선로처럼 피의 홈이 파이고 우리의 발은 그 피의 홈을 따라 인생이라는 길을 걸어가게 된다. 결국 삶이라는 상처와 또 다른 상처 사이에 파인 피의 홈을 따라 걷는 것이다.

로버트 프로스트의 시가 생각난다.

단풍 든 숲속에 두 갈래 길이 있었다.

몸이 하나니 두 길을 다 가볼 수 없어
나는 서운한 마음으로 한참 서서
잣나무 숲속으로 접어든 한쪽 길을
끝 간 데까지 바라보았다.

그러다가 하나의 길을 선택하였다.
먼저 길과 똑같이 아름답고
아마 더 나은 듯도 했다.
풀이 더 무성하고 사람을 부르는 듯했다
사람이 밟은 흔적은
먼저 길과 비슷하기는 했지만

서리 내린 낙엽 위에는 아무 발자국도 없고
두 길은 그날 아침
똑같이 놓여 있었다
아, 먼저 길은 다른 날 걸어보리라 생각했다
인생길이 한번 가면 어떤지 알고 있으니
다시 보기 어려울 것 같으면서도

오랜 시간이 흐른 다음
나는 한숨지으며 이야기하리라

"두 갈래 길이 숲속으로 나 있었다.

그래서 나는 사람이 덜 밟은 길을 선택했고

그것이 내 운명을 바꾸어놓았다"라고.

— 「걸어보지 못한 길」 전문

　누가 '가보지 못한 길'과 '가본 길'을 선택하는가? 여행자 자신인가? 혹은 그를 움직이는 어떤 손인가? 그의 줄을 잡고 인형극의 광대놀음처럼 줄을 흔들어 조종하는 바로 그 손인가?

　태초에 상처가 있었고 그 상처의 독재성이 우리의 길을 선택하는 것은 아닐까? '가보지 못한 길'과 '가본 길'을 선택하는 것은 바로 그 태초의 상처가 아닐까?

　'나는 상처요 칼이니' 바로 그 '상처로 인하여' '상처에 기대어' 우리는 세상을 증오하고 혹은 사랑하고, 세상에 굴복하고 혹은 세상을 공격하는 제 나름의 방법들을 만들어가게 되는 것이다.

봄 소풍을 산산이 파괴한
죽음의 전보

　　　　　초등학교 1학년, 내 최초의 봄 소풍 때였다.

봄 소풍의 전날, 나는 다른 모든 아이들과 마찬가지로 마음이 들떠서 재미있는 장면들을 조금쯤은 마음속에 그려보고 있었다. 엄마랑 시장에 들러서 이것저것 맛있는 것을 사고, 메아리처럼 가벼운 망사 천으로 된 예쁜 모자도 사고 홍청이는 마음으로 집에 돌아와 내일은 이것도 먹고 저것도 먹으리라, 신나는 빛깔의 옷을 입고 저 날아갈 듯한 모자도 쓰리라, 등등의 어린아이다운 공상에 빠져 있었다.

봄날 오후의 햇빛은 호사스러울 만큼 화창했고 어디에도 어둠이란 없었다. 모든 것은 햇빛 속에 완성되었고 어머니와 함께 최초의 봄 소풍을 꿈꾸던 마당에는 민들레와 제비꽃과 라일락과 사과꽃이 피어 있어서 마치 동화 속에 나오는 '노래하는 마술의 분수'가 있다는 바로 그 정원 같았다. 완전한 조화를 이룬 공간.

그때였다. 대문을 부술 듯이 두들기는 소리가 들렸다. 불이라도 난 듯이 절박한 사건이 우리에게 닥쳐오고 있는 모양이었다. 어머니가 뛰어나가고 나도 뛰어나갔다.

"전보요! 전보!"

남자의 목소리는 외치고 있었다. 작게 접은 종이를 어머니가 펼쳤다고 느낀 순간 어머니의 몸은 자갈을 깔아놓은 하얀 마당으로 종이인형처럼 쓰러졌다.

자갈돌 위의 햇빛은 하나하나 칼침 같았고 어머니의 불쌍한 몸 위로 바늘이 무수히 꽂히는 것 같아 나는 어머니를 마구 흔들어 일으키려고 했다. 그러나 절망한 여인의 몸은 어린아이에게 너무도 무거웠다. 나는 눈물을 닦으며 허공을 바라보았다.

방금까지는 보지 못했던 흰나비들이 마치 백설처럼 분분히 우리 집 마당을 날아다니고 있었다. 방금 전에 '완전한 조화'라고 느꼈던 공간이 흰나비의 날개에 의해 찢어지고 흩어져 마당은 온통 낙화 분분이었다.

라일락 꽃송이들이 바람에 지고 사과꽃잎들이 찢어진 백지처럼 흩어졌다. 흰나비들이여, 어디에서 왔는가. 말해다오, 흰나비들이여, 너희들은 무엇을 얘기하는가.

나는 어머니의 손에 구겨진 종이를 주워 이해할 수 없는 자음과 모음들을 물끄러미 바라보았다.

—"ㅂㅜㅊㅣㄴㅅㅏㅁㅏㅇㄱㅡㅂㄹㅐㅇㅛㅁㅏㅇ"

이것은 무엇인가. 대체 무슨 소리인가.

흰나비들이 내 주위 가까이, 아주 가까이 다가왔다고 느낀 순간, 나는 그 낱말의 파편들을 이해할 수 있을 것 같은 기분이 들었다.

나는 지금도 그것을 이상하게 느낀다. 나는 자음과 모음들을 조합시켜 그 구절의 의미를 이해한 것이 아니라 흰나비들의 '백주의 야회'를 보며 그것의 의미를 이해한 것이다.

그것은 부고장이었던 것이다. 죽음의 전보, 내 최초의 봄 소풍을 산산이 파괴시켜버린 그 검은 독이 묻은 죽음의 흉보.

당연히 나는 최초의 봄 소풍을 포기해야만 했다. 그 대신 울며 몸부림치는 어머니와 무거운 표정의 아버지 사이에 끼어 정읍의 외갓집으로 가는 시외버스를 타고 밤을 다해 달려야 했다. 밤의 버스 유리창으로 별들이 총총 밝은 것이 보였다.

—아, 내일은 쾌청하리라. 모두들 즐거운 소풍을 가겠지. 색색이 물들인 깃발 아래 모여 하나 둘, 하나 둘 소리 맞추며 떠나서 즐겁게 아, 모두들 즐겁게 놀겠지.

그런데 첫 소풍을 못 가는 것에 대한 쓰라림 같은 것보다는 어쩐지 그것이 나에게는 당연하다는 생각이 든 것은 무엇 때문일까.

손뼉을 치고 노래를 부르고 춤을 추며 노는 것, 보물찾기도 하고 '엄마와 함께 달리기 대회'에 나가 신나게 노는 것 같은 것은 어딘지 나에게 어울리지 않는, 부적당한 일처럼 느껴지는 것이었다. 그것은 당연했고 당연하고, 당연할 것이다—라는 생각은 지금까지도 나에게는 아주 자연스런 발상에 속해오고 있다. 내 최초의 소풍은 그렇게 깨어졌다.

그 대신 춤과 노래 대신 외갓집 문간에 들어서자마자 나는 통곡 소리와 분향하는 사람들 속에 휩쓸리게 되었다.

하얀 베가 걷히자 외할아버지의 깨끗하고 인자한 얼굴은

잠든 것처럼 보였다. 여인들의 통곡 소리, 남자들의 낮은 말소리, 옆방에서 화투치는 소리, 지글지글 고기 굽는 소리, 보글보글 음식 끓는 소리—그렇게 밤이 밝아 드디어 나의 소풍날이 되었다. 바로 그날이 외할아버지의 발인 날이었다.

앙장이 상여 위에 드리워지고 화려한 휘장이 상여 양옆으로 나부끼고 만장이 펄럭이고 베옷 입은 사람들이 홍청댔다. 상복 입은 여인들은 긴 머리칼을 통곡처럼 풀었으며 상복 위의 옷고름들은 차마 떠나지 못한 유정한 마음들처럼 바람 속에 자꾸 얽혔다.

—아이들은 지금 모두 운동장에 모였을 거야. 울긋불긋 새 옷들을 입고 새처럼 즐거운 마음으로 모여 떠들고 야단들이겠지.

그들은 소풍날의 마당에 있고 나는 장례날의 마당에 있었다. 그들은 신나게 놀고 즐기기 위해 줄을 맞추어 떠날 것이고 나는 돌아가신 외할아버지의 시신을 묻기 위해 외갓집의 선산으로 떠날 것이다. 그들은 놀고 밝기 위해 태어난 사람들이고 나는 밝음에 배척당해 어둠을 지키기 위해 태어난 사람 같은 기분이 들었다.

그러나 그 기분은 그네 사건이 있었던 날만큼 충격을 주지는 못했다. 어쩐지 나에겐 그런 것들이 자연스러운 일 같았다. 그것은 '태초의 상처'가 그렇게 생각하기를 시킨 것일 것이다.

나는 그들이 소풍의 장소로 떠나는 시각에 통곡하며 상여를 보내는 바로 그 마당에 있었다. 상여가 있는 장례 마당도 어쩐지 소풍 떠나는 마당 같다는 생각이 들기도 했다.

　죽음이란 피안으로의 소풍이다. 상여란 소풍 옷 못지않게 화려하게 채색된 시신의 의상이다. 그날, 다시 한 번 타인들 (소풍 가는 아이들)은 나에게 영원한 객지가 되고 말았다. 그리하며 나는 점점 더 타인들과 타인이 되는 길을 걷게 되었다. 때로는 순응하며 때로는 선택하면서.

　나는 그것이 내 행복의 얼굴인 것을 오랫동안 알지 못했다. 왜냐하면 나의 행복은 그토록 슬픈 얼굴을 짓고 있었으므로.

　　　　　　　　　　　　　　　　　　—아이리스 머도크

**아무도
오지 않았던

기다림**

물거품보다 더 작은 약속들,

기대와 배반들.

기다림이란 헛된 본능이지만

그러나 기다림을 포기할 수 없어서

또한 인류는 '오지 않는 고도Godot를 기다리는' 것이다.

언젠가 어린 여학생이었을 때

나는 이어령 교수의 이런 에세이를 읽은 적이 있었다.

제삿날에 흥청거릴 수 있는
잔칫날의 풍경

　　　　　제사가 있는 저녁이면 모든 집 안엔 불이
켜지고 애드벌룬 같은 기다림의 풍선들이 여기저기 삼색등불
처럼 너울거리고 흥청이는 음식 냄새가 아이들을 더욱 흥겹
게 만든다.

　아이들에게 제사란 오직 다른 의미는 없다. 음식이 산해진
미로 가득 차려지고 좋은 옷을 입은 일가친척들이 모이고 밤
새 불을 환히 밝히고 누군가를 기다리며 좀 오래 흥청거릴 수
있다는 늘어진 기쁨이 있는 날―어차피 일종의 잔칫날인 것
이다.

　제삿날이면 흩어져 살던 친척들이 닭을 새끼줄에 매 대문
을 들어서고 나는 잡혀 들어오는 닭이 대낮인데도 꼬끼오―

외치며 호들갑을 떠는 것이 참 재미있게 느껴졌다.

울긋불긋 휘황한 벼슬을 힘껏 떨면서 낯선 장소에 대한 두려움을 외치던 수탉들의 호들갑 소리, 또는 암탉들의 수다스런 비명들.

그리고 닭을 사온 친척이 섬돌을 딛고 올라가 아버지와 문안 인사를 나누는 동안 닭들은 아이들의 손에 넘겨진다. 그때면 언제나 돌연히 세상에서 가장 재미있는 막간극이 일어난다. 이른바 '깜짝쇼'가 언제나 되풀이되어 일어나는데 그것들은 언제나 진기명기로 재미있다. 왜냐하면 살아 있는 것들의 놀이란 사실 언제나 새로울 수밖에 없기 때문이다. 무진장 새롭다. 왜냐하면 아이들의 눈에는 진부한 것이 없기 때문이다.

아이들에겐 '진부한 반응stock response'이 없다. 왜냐하면 그들이야말로 가장 흔한 것에서 가장 기적적인 것을 발견해내기 때문이다. 혹은 그것은 발견이 아닌지도 모른다. 발명에 훨씬 더 가까울지도 모른다. 그래서 그들에게 삶이란 기적이 아닌 것이 없게 된다.

기적을 발명하는 신동들—로서 우리도 언젠가 한번 그런 기적들을 살아보았던 사람들이다. 때때로 아이들은 행복의 기적을 그렇게 발명한다. 권태—영혼의 나병이라 불리는 권태란 바로 그런 기적을 살아보았던 행운에 대한 기나긴 보상인지도 모른다. 누구나 길을 가기 위해선 어떤 종류의 도로통

행세건 마땅히 대가를 지불해야 하니까.

자, 이제, 권태가 우리의 뇌세포를 한 주먹씩 나병의 병균으로 부식시키는 것을 그냥 두어야 한다. 그리고 마치 가벼운 망령처럼 우리는 어린 시절의 그 제삿날 마당으로 또 한번 돌아가보자.

닭과 개와 제삿날을
카니발로 만들 수 있는 아이들의 마술

닭이 친척의 손에서 풀려나와 다리에 새끼줄을 맨 채로 옜다 하고 우리 손에 넘겨지면 아이들은 우우 몰려들어 서로 닭의 날갯죽지를 잡으려고 난장을 벌인다.

우리 집 형제들과 또한 일가 집 아이들까지 합세하여 닭을 잡으려고 덤비는 동안 닭들은 잡힐세라 꼬끼오 법석을 떨며 뛰기 시작한다. 안마당 뒷마당 정원을 건너 마루 밑에까지 뛰고 덤비고 소스라치게 법석을 떠는 동안 여의주의 색채처럼 신비롭게만 보이던 닭의 깃털들은 여기저기 마당에 만개하여 제사 마당은 마치 꽃을 잔뜩 뿌려놓은 구식 결혼식의 혼례마당처럼 태양이 듬뿍듬뿍 담긴 밝은 터로 변하고 만다. 모든 마술은 전혀 어렵지 않다. 그 다음으로 나들이 나갔던 늙은 암캐가 느릿느릿 강아지새끼들을 데리고 돌아오기 때문이다.

은도금을 한 방울을 목에 매단 강아지들은 자기 집 마당에 시끄러운 이단의 침입자가 들어와 설치는 것을 보고 앙증맞게 눈을 깜박이며 망설인다. 그 망설임의 순간이 그렇게 이쁠 수가 없다.

우리의 망설임은 불행한 죄의 흔적들이지만 그들의 망설임은 이쁜 망설임이다. 연둣빛 새싹들이 필까 더 기다릴까 긴장하는 전류로 흐르다가 초봄처럼 스파크가 터지는 그런 푸른 색상의 망설임인 것이다.

귀를 쫑긋 세우고 주둥이를 응축시키는 은사슬처럼 조그만 강아지들. 흰 바탕에 검은 점들이 은하처럼 번져 있는 점박이 강아지새끼들. 어미개가 으르렁 하고 공격처럼 신호를 보내면 강아지새끼들은 짤랑짤랑 닭들에게 달려간다. 아니 덤벼든다. 덤벼들어봤자 재롱이기 때문에 닭들도 꼬끼오 하고 제법 맞선다. 아장아장 강아지들이 포위하면 그때서야 적진의 장수처럼 어미개가 본격적으로 뛰어든다. 어미 개에 쫓겨 닭들이 달린다. 꼬끼오ㅡ으르렁ㅡ꼬끼오ㅡ으르렁ㅡ. 딸랑딸랑 강아지새끼들이 달리고 그것들의 그림자가 달리고 아이들이 달리고 아이들의 그림자가 달린다. 부엌에서 고기산적 굽는 냄새가 달리고 생선 위의 실고추가 달리고 삼색과일이 달리고 식혜 위에 실백이 달리고 수정과 속의 곶감이 달리고 순가락과 젓가락과 제사상의 목기木器들이 모두 다 달려간다. 마치 오선지 위의 음표들처럼 모든 것들이 허공을 달리거나 허공에 매달려 있거나 허공에서 뛰거나 한다.

제삿날을 카니발로 만드는 것은 바로 아이들의 마술이다. 그러나 그 아이들 또한 언젠가는 스스로 제사를 받는 혼백이 되고 만다는 것을 그때는 짐작이나 했을까.

놀이에 열중하고 있는 아이들에게 죽음만큼 먼 것은 없다. 돌아가신 조상들조차 그들의 기쁨을 비난할 수는 없다. 놀이는 그때 완벽한 부적의 기능을 가진다. 죽은 사람은 한없이 너 그러워야 할 필요가 있을 것 같다.

반 고흐는 바로 그런 어린아이의 눈으로 죽음을 보았던 것 같다.「밀을 베는 사람」을 그릴 때 그는 썼다.

"밀을 베는 그에게서 나는 죽음의 그림자를 보았다. 그러나 이 죽음에는 어떤 어두움이나 슬픔도 없다. 황금으로 빛나는 태양과 함께 밝은 빛 가운데서 행해지는 것이다. 자연이라는 위대한 책이 말하는 죽음의 이미지들…… 그리고 내가 표현해온 것은 거의 다 미소하고 있는 죽음들이다."

치열하게 놀며 격렬하게 남은 생명을
탄주할 수 있었던 영물—닭

닭들은 이제 발목을 묶은 새끼줄이 풀어져서 뛴다기보다는 날아가고 있다. 양쪽 죽지가 마치 날개처럼 퍼덕이며 허공을 가른다. 흙이 튀고 정원의 나뭇잎들이 근육을 부르릉거리고 마당이 기우뚱거린다.

아이들은 감염된다. 살아 있는 것들의 그 홍청이는 신명에 감염되어 제삿날이 죽음들과 관계된 날이라기보다는 강력한 어떤 생명과 관련된 것을 느낀다. 거의 인간을 초월한 격렬한 맹수성으로서의 원색의 축제.

닭들은 아이들과 강아지들의 쾌감을 더욱 증대시키기 위해서인 것처럼 드디어 감나무를 타고 올라 대추나무로, 대추나무를 기어 올라 지붕으로 점프한다. 강아지들은 우왕좌왕 서성거린다. 어미 개는 으르렁거리며 복수의 기회를 노린다. 지붕 위의 닭은 푸른 색채가 튀도록 몸을 야단스럽게 흔들며 굴뚝 위로 거만스러운 권좌를 옮긴다.

나는 그때 바라본 하늘을 영원히 잊을 수 없을 것 같다. 우리들의 야단법석, 그 홍거운 난리굿판에도 불구하고 하늘은 부고장처럼 쓸쓸했던 것 같다. 아니, 내가 두려움을 느낀 것은 하늘이 쓸쓸한 표정을 짓고 있어서라기보다는 하늘이 우리의 기쁨과는 너무나 무관한 표정을 짓고 있었던 데 있는 것 같았다. 그 느낌은 섬뜩했다. 나의 기쁨을 잠시 망설이게 했다. 그때서야 아침에 들었던 어머니의 말이 생각나는 법이다.

"오늘은 할아버지 할머니 제삿날이니까 너무 설치지 말고 동생들 데리고 차분하게 있거라. 착하고 조용히 있어야지 그렇지 않으면 할머니 할아버지가 슬퍼하신다."

나는 드디어 슬퍼져야 하는가? 우리는 여기에서 우리의 기쁨을 멈춰야 하는가? 착하고 조용해져야만 하는가?

그때 굴뚝 위의 닭들이 마치 우리의 망설임을 힐난이라도 하듯이 반역적인 목소리로 외쳐댄다. 꼬끼오—붉은 낙조의 햇살을 온몸에 받아 닭들은 불사신의 생피를 온몸에 칠한 듯했으며 무척 화려하고 거칠 것 없는 절정의 대담함을 갖춘 듯했다.

굴뚝 위의 화려한 닭들. 웅비하는 생명의 푸른 위용들. 비스듬히 다가오던 황혼의 어둠 속에 절명의 노래처럼 안간힘으로 번쩍이던 닭들의 마지막 합창.

지금 생각해보면 나는 그 닭들이 자신이 이제 곧 제물로서 살육되리라는 것을 알고 있었던 것 같은 기분이 든다. 그것을 알고 있었기에 그토록 마지막 힘을 다해 놀았던 것이 아닐까? 혼신을 다해, 핏줄에 불꽃이 튀도록 막판의 생명을 탄주했던 게 아니었을까?

나는 탄금彈琴이란 낱말을 생각할 때마다 그 제삿날 황혼녘에 미치도록 기쁘게 놀던 그 푸른 닭들이 떠오른다. 그것들은 한낱 가금이 아니라 제 마지막 시간을 느낄 수 있었던 영물靈物들처럼 기억에 남아 있다.

치열하게 놀면서 무엇보다도 격렬하게 자신의 남은 생명을 탄주할 수 있었던 그들. 가령 죽음이란 삶이 가진 충동과 의욕과 온갖 예속과 기쁨과 집착의 실[絲]을 끊는 것이라 할 때 그 닭들은 번쩍이는 위용과 결사적인 놀이로써 기쁨의 한가운데서 그 실을 끊었던 것이다. 마지막 힘과 스피드로써 생명의 죽음을 팽팽히 탄주하며 쫓아오는 개의 위협과 다가오는 죽음의 그림자에 맞섰던 것이다. 닭들의 놀이는 한낱 유희가 아니라 죽음에 맞서는 항거였다. 진지함과 성스러움이 삶의 극치처럼 팽창해 가던 종생終生의 마지막 한 판 향락이었던 것 같다.

굴뚝 위에서 닭들이 홰를 치는 몸짓으로 그 으리으리한 승리의 울음을 울 때 거대한 놀이의 그 우쭐거리는 황홀경은 드디어 막을 내리게 된다. 그쯤 되면 이제 안방으로 인사하러 들어갔던 일가 아저씨 중의 한 분이 으레 제물로 쓸 닭을 잡으려고 마당으로 내려오기 때문이다.

끄슬이 아저씨의 얼굴에 남은
벼락의 흔적

닭은 으레 '끄슬이 아저씨'라는 분이 잡았다. *끄슬이 아저씨*란 시골에 있는 우리 땅을 돌봐주고 가을걷이 때면 쌀이다 고추다 콩이다 해서 논밭 작물을 가져오는 분인데 언젠가 여름 장마 때 길을 걸어가다 벼락을 맞아 얼굴의 반쪽이 시커멓게 그을렸기 때문에 모두들 끄슬이 아저씨라 불렀다. 우리 집이 서울로 떠날 때까지 아저씨는 언제나 우리 집 제사에 왔던 것으로 생각된다.

아저씨가 마당에 내리면 우리는 때가 이른 것을 느꼈다. 아저씨는 지붕 위로 땅거미처럼 기어가 이미 절정의 화려한 열정을 마친 닭들의 모가지를 잡아끌고 내려왔다. 닭들은 슬프게 꼬꼬거렸다.

나는 언젠가 어머니에게 물어본 적이 있었다.

"엄마, 벼락은 왜 맞아요?"

어머니는 한참을 생각하다가 죄를 많이 진 사람이 하늘의 벌을 받는 것이라고 대답했다.

"그럼 *끄슬이 아저씨*는 그렇게 죄를 많이 졌나요?"

어머니는 더 이상 대답하지 않았지만 나는 *끄슬이 아저씨*가 닭을 많이 잡았기 때문에 벼락을 맞았나 보다 하고 혼자 생각하고 있었다.

그 푸르스름하게 검은 벼락의 흔적은 나에게는 신비의 문자와 같았다. 끄슬이 아저씨가 언제나 닭을 잡기 때문에 싫으면서도 그에게 달려가는 호기심과 유혹은 막대한 것이었다.

그에겐 어딘지 보통 사람들과는 다른 비현실적 분위기가 따라다녔고 그것은 어린이들에겐 신이神異의 표적과 같았다. 아무튼 직접 벼락을 맞았다는 사람을 본 것은 그때가 최초였을 뿐더러 지금까지 최후이기까지 하니까 그는 나에게 유일무이한 사람인 셈이다.

언제나 끄슬이 아저씨의 표정은 슬플 정도로 어두웠고 그는 그런 표정으로 아무렇지도 않게 닭의 모가지를 눌러 숨통을 끊어버렸다. 나는 닭들이 죽여지는 현장을 진정 보고 싶지 않으면서도 또한 보지 않을 수도 없는 망설임으로 안절부절못하다가 결국은 언제나 차마 못 볼 것을 다 보고 말았다.

아이들은 언제나 그렇다. 공포의 미적인 가치를 포기하지 않는다. 무엇보다도 공포에 대한 식욕을 즐긴다. 단지 두려워하는 척한다. 그것이 자기들의 공포에의 즐거움을 더욱 증진시키니까.

아저씨는 뜨거운 물에 닭을 넣고 휘저어 닭털을 뺀다. 하나하나 정성들여 뺀다. 그리고 가장 예쁘고 빛이 고운 닭털을 골라 우리에게 하나씩 준다. 우리는 이해할 수가 없다. 그토록

으리으리하게 번쩍이던 닭털이 왜 그렇게 누추하고 하찮은 빛으로 변해버렸는지를.

우리는 그 딱딱한 흰 뼈를 집어 털이 붙은 보드라운 부분을 입술에 대어본다. 아, 이상하게도 아직 따뜻하다. 반짝이는 무엇인가가 아직 느껴진다. 그 닭과 아직도 놀 수 있을 것 같은 기분이 된다.

그러나 우리는 그때 피를 보고야 만다. 끄슬이 아저씨의 칼이 닭의 배를 가르고 모락모락 김이 나는 창자와 그 속에 든 노란 미완성의 달걀 노른자위를 걷어내는 것을 그리고 닭똥집을 갈라 누런 모래주머니를 훑어내고 드디어 피의 흔적들을 말끔히 지워내는 것을.

그때야 우리는 알게 된다. 오늘이 제삿날이라는 것을. 귀신들이 지붕 위까지 오셨다는 것을. 오늘 내내 우리는 죽음을 맞을 준비를 해왔다는 것을. 그리고 이날이면 반드시 피를 본다는 것을. 드디어 우리는 슬퍼져야 하는가? 그러나 아직도 슬픔은 생기지 않는다. 닭들은 팽팽히 바람을 맞은 돛폭이 장렬하게 찢어진 것처럼 한판 잘 놀다가 죽었으므로 그들의 죽음이란 슬프다기보다는 신나는 일의 한 부분처럼 느껴질 뿐이다.

끄슬이 아저씨를 지금 생각해보면 'sacer'라는 말이 떠오른다.

그 말은 '성스럽다'는 뜻과 '저주받다'는 두 가지 모순된 뜻을 함께 지니고 있다. 닭을 잡는 아저씨의 분위기에선 막연히 그 두 가지 의미 '저주'와 '성스러움'의 공기가 맴돌았던 것이다.

그는 정말 죄가 많았기 때문에 벼락을 맞았던 것일까? 그런 순박한 시골 농부의 죄까지 일일이 처벌하는 그런 벼락이라면 오늘날 이 우글거리는 소돔의 인간들에겐 왜 무관심한 것일까? 아예 성스러움이 결핍되어서일까?

집안에 드리워진 6·25 때의
학살의 그림자

　　　　　　마당의 우물가에서 깨끗이 세수를 하고 방안에 들어서면 아버지가 정결한 한복을 입고 밤이나 대추, 사과, 배들을 깎고 계시는 것을 볼 수 있다. 평소에 집안에선 어떤 일도 하지 않던 아버지가 밤을 예쁘게 깎아 목기에 진지하게 올리는 것을 보면 이상한 생각이 들었다. 분명 오늘은 보통날이 아니라는 생각이 확실하게 드는 것이다.

우리가 옷을 갈아입고 머리를 빗고 놀이에 들뜬 산만한 마음을 식히는 동안 우리는 내내 어떤 낯선 엄숙함에 지배당하고 있음을 느껴야 한다. 그리고 어른들은 말한다. "얌전히 기다려라. 할아버지 할머니가 오신다."

우리는 누구도 할아버지 할머니의 얼굴을 모른다. 우리가 태어나기 이전에 돌아가셨기 때문이다. 언젠가 나는 친구들에게 이런 자랑을 하고 있었다.

"얘, 너희 할아버지 할머니는 학살당하지 않았지? 우리 할머니 할아버지는 학살당했다!"

어리석은 어린아이의 마음에 그분들이 학살당했다는 것은 큰 자랑거리요 집안의 전설로 여겨졌던 모양이다. 6 · 25는 우리 집안에 그늘을 심었다. 잠시 인공 시대로 바뀌었을 때 지주였던 할아버지께서 몇몇 소작인들의 반란으로 목숨을 잃게 된 것이다. 가난과 상실, 모든 죄악의 검은 뿌리는 바로 그 속에 원천의 탯줄을 대고 있다. 개인사와 역사는 결코 분리할 수가 없기 때문에.

아버지는 제삿날이면 반드시 느꼈을 비통함을 엄숙함으로 가장하고 있었던 것이다.

나는 '학살'이란 낱말의 무시무시한 어둠과 원한의 측면을 그때는 전혀 몰랐기에 아버지의 처절함을 느끼지도 못했었다. 단지 제삿날의 아버지가 좀 낯설긴 하지만 무척 성스럽고 멋있게 보였다. 혼자서 귀신들과 통하는 듯한 그런 영교靈交의 비현실지대를 슬픔처럼 가지고 계셨다.

그리고 무엇보다 좋은 것은 아버지가 신주로 모실 지방문紙榜文을 작은 붓에 먹을 찍어 직사각형의 하얀 창호지에 정성스레 쓰실 때였다. 으레 먹은 내가 갈았는데 입술연지 바르는 붓만큼 가느다란 붓으로 아버지가 먹물을 찍어 '현고학생부군신위 현비유인안동권씨신위顯考學生府君神位 顯 儒人安東權氏神位'라고 쓰는 것을 바라보노라면 글씨가 잘 되고 못 되는 것에 마치 아버지의 생사라도 달린 것처럼 조심스러웠다. 아버지의 글씨는 명필이었다. 유교에서 장손은 제관祭官이 된다. 아버지에 대해서 내가 경건한 숭배의 마음을 가진 때는 바로 어린 날의 제야祭夜였다.

그리고 병풍을 치고 제상 위에 밤나무로 깎아 만든 검은 신주를 모시고 향로에 향을 계속 사른다. 그때부터 우리들은 어른들의 기다림을 눈치챘다. 그들은 말한다.

"기다려라. 할아버지 할머니가 잡수신 후에 너희가 먹는 것이란다."

상에서 집어먹는 일은 허용되지 않는다. 아이들도 기다린다. 빨리 이 기다림이 다해지기를.

어머니와 고모들과 집안 여인들이 들락날락하면서 제물들은 홍동백서紅東白西로, 조동율서棗東栗西로, 좌포우혜左脯右醯로 방향을 갖춰 차려지고 우리들의 눈동자는 고기전이나 갓 시루에서 꺼내온 하얀 김이 무럭무럭 나는 떡, 그 삼색 나물, 곱게 물들인 파삭파삭한 다과의 고운 살 위에 머무른다. 아, 할아버지 할머니가 빨리 오셨으면 하는 밤이 환하게 깊어간다.

성대한 기다림이 보름달처럼 익어갔다.

아무도 오지 않은 제삿날
어른들의 놀이와 오랜 기다림

　　　　　나는 만년향萬年香을 참 좋아했다. 아버지는
삼대독자 외아들로 백일불공을 들어 낳았다고 한다. 그래서
우리는 올망졸망 아버지의 손에 매달려 무등산 원효사에 가
끔 가보곤 했는데 그때마다 법당에 가득 찬 향 냄새가 참 좋게
느껴졌다.

　향 내음을 맡으면 그 향을 먹어보고 싶어져 모락모락 타드
는 향로에 입을 대고 아— 벌리고 있는 장난을 즐겼다. 그리고
향령무響鈴舞라는 춤은 무척 향기로울 거라는 상상을 해보곤
했다. 향령무란 향령이란 방울을 흔들며 여섯 사람의 남녀가
추는 궁중무용이란 것을 어느 책에서인가 배웠기 때문이다.

　향 내음 속에는 그래서 어디선가 방울 소리가 들리는 듯도
했다. 그건 무당의 방울 소리 같기도 했고 길 잃은 나비의 목
방울 소리 같기도 했다.

　향내음 속에는 그리하여 무엇인가 헤매이는 것들의 소리가
들려왔다. 아마 백귀들이 저승에서 이승을 찾아 헤매어 돌아

오는 소리인지도 몰랐다. 배고픈 귀신들이 우리의 뼛속에서
달그락대는 소리인지도 몰랐다.

　우리들은 자욱한 향 연기 속에 앉아 졸린 눈을 부비고 부비
며 기다렸다. 학살이란 말의 어두운 뜻을 모르는 우리들은 언
제나 할아버지 할머니는 흰 옷에 붉은 핏자국이 물든 옷을 입
은 것으로 상상하면서도 그 핏자국이 동백이나 모란꽃의 분
홍 정도로 아름답게만 느껴졌다.

　그 핏자국은 그들의 의상에 의당히 아로새겨진 신비의 무
늬였을 뿐이다. 아직 역사의 억울한 문신은 아니었다. 원한의
독화毒花도 아니었다. 단지 신비의 장식적 부호였을 뿐이다.

　그렇게 우리는 분홍 꽃이 핀 옷을 입은 할아버지 할머니를
기다리고 있었다. 제상에 피안의 별처럼 맑고 투명한 술을 올
리고 아버지는 일가친척들이 엄숙히 숨죽이고 있는 앞에서
흰밥에 숟가락을 꽂아놓고 두 번 절했다. 어른들이 모두 절하
고 나면 우리 차례가 왔다. "할아버지 할머니 많이 드시고 가
십시오. 마음속으로 말해라."

　우리는 두 번 절하면서 그러나 마음속으로는 찾고 있었다.
그분들은 어디에 왔는가?

　나는 병풍 언저리를 뚫어져라 살펴보았다. 그분들은 어디
에 있는가?

　향 연기가 머리를 풀고 음산하게 허공으로 올라가고 있었

다. 그분들은 어디에 있는가? 병풍이 바람 때문인지 조금 움직였다. 나는 물었다. 거기에 오셨습니까? 거기 계십니까?

바람에 문풍지가 떨었다. 거기에 계신가요? 외등과 대청마루의 등불이 마치 귀신들의 방향을 잡아주려는 북두칠성처럼 환히 밝았다. 거기 오셨나요? 네?— 네?— 네?

아무 소리도 들리지 않았다. 아무 일도 벌어지지 않았다. 아무 흔적도 아무 변화도 일어나지 않았다. 나의 기다림만 홀로 우주 속에 가득했다. 기다림의 만월 속에서 나는 거의 불가해한 굶주림을 느꼈다.

어른들은 마치 지금 누군가 성대한 손님을 치르고 있는 듯이 조용히, 그리고 신중하게 조심하며 묵묵히 앉아 있었다. 위대한 손님, 무언가 성스러운 객이 지금 우리와 함께 있다고 느끼는 듯했다. 어마어마하게 어려운 손님, 지극히 존귀하신 나그네, 거의 신성한 하나의 강림이—드디어—이루어진 것인가? 그러나 나의 마음은 계속 아직도 허공을 더듬어 기다리고 있었다. 어디에 계신가요? 네?— 아직 안 오셨나요?— 아직 안 오셨지요?

너무 많은 기다림이었다고 생각한다.

드디어 숟가락을 물리고 아버지가 신주에서 지방문을 쓴 한지를 떼어 성냥을 그어 태운 다음 맑은 술이 찰랑거리는 술잔에 그 재를 담을 때까지도 나는 계속 기다리고 있었다.

그리고 방문을 활짝 열고 귀신들이 물러나신 밥상에 앉은 친척들이 큰손님을 보낸 뒤처럼 요란스레 떠들며 밥그릇 소리를 쩔렁일 때도 나는 계속 기다림을 멈출 수 없었다. 새벽닭이 울 때까지 나는 잠들지 못하고 홀로 기다렸다. 홍청이는 불빛, 밤의 성대한 잔치, 이상스런 홍분과 숙연함, 팽만하던 기다림, 누가 왔던 것일까? 무엇이 왔던 것일까?

—아무도 오지 않았어.

나는 혼자 환멸에 차서 중얼거렸다. 아무도 온 것은 아니다. 그것은 어른들의 놀이다.

어쩌면 나의 기다림이 너무 많은 기다림이었기 때문일 것이다.

기다림이란 덩굴손식물처럼
허공을 향한 덧없는 본능

그렇게 많은 기다림을 가지고 나는 지금껏 살아왔을 것이다. 무언가를 기다린다. 기다림은 인간의 숙명이다.

밤에 잠을 청하면서는 막연하게 내일을 기다린다. 내일이 고통을 좀 줄여주리라는 보장은 없다. 그래도 기다린다. 아침

밥을 먹으면 점심밥을 기다리고 커피를 마시며 저녁을 기다린다. 기다림의 연쇄와 작은 분쇄들. 행복을 또는 희망을, 행운을 또는 기적을, 애인을 또는 남편을, 언제나 기다린다.

기다리는 것이 절망을 받아들인다는 것보다 더 쉬워서일까? 천만에, 그것도 아니다. 단지 덩굴손식물이 손을 더듬어 더듬어 버팀대를 찾듯 그래서 허공으로 그 새순이 돋은 연약한 덩굴손을 하염없이 뻗지 않을 수 없는 그런 덧없는 본능으로 우리는 단지 기다린다.

물거품보다 더 작은 약속들, 기대와 배반들. 기다림이란 헛된 본능이지만 그러나 기다림을 포기할 수 없어서 또한 인류는 '오지 않는 고도Godot를 기다리는' 것이다.

언젠가 여학생이었을 때 나는 이어령 교수의 이런 에세이를 읽은 적이 있었다.

한 여인이 이웃집에서 저녁이면 어둠 속으로 사라진 개를 부른다.

'해피—'

'해피—'

'해피—'

그 여인은 이웃집의 미망인이다. 그 소리는 개를 부르는 소리가 아니라 아직도 체념하지 못한 행복을 찾기 위해서 고함

치고 있는 소리처럼 느껴지는 것이다. 혹은 좌초된 깨진 선박 위에서 치맛자락을 찢어 흔들고 구원을 청하는 한 여인의 광경이 연상되기도 한다. 죽음의 바다를 떠도는 보트 피플 같다. 더구나 그 개의 이름 '해피'는 '해피니스(행복)'의 형용사다. 그것에는 반드시 수식해야 할 실체가 따라야 한다.

'행복한―'

'행복한―'

'행복한―'

그 다음에 올 말은 실종된 채 영원히 나타나지 않고 있다. 다만 여인의 손에는 쭈그러진 양은그릇이 하나 들려져 있을 뿐이다. 그 속에 생선가시를 담아 가지고 그녀는 해피를 기다린다. 해피는 지쳐 있다. 온종일 쓰레기통을 뒤지다가 하수구 속에서 죽은 쥐를 뜯다가 해피는 배를 척 늘어뜨리고 지쳐서 돌아오는 것이다. 병든 개, 수척하게 게으르고 눈치만 살피는 돌림병을 앓고 있는 늙어빠진 개, 이것이 해피다. 우리들의 행복도 바로 그런 꼴을 하고 쓰레기통과 질펀한 하수구와 연탄재가 깔려 있는 음산한 골목길로 해서 문득 우리 곁으로 온다.

카프카가 말한 '부득이함만이 전부인
세상이 바로 지옥'

소스라치게 하는 지옥도다. 내가 이 글을 처음 읽었을 때 나는 냉소적으로 웃었다. 나는 그러한 수동태受動態로는 살지 않겠다고 생각하면서 강한 거부를 느꼈다. 왜냐하면 그 글이 주는 감동이 사뭇 완전했기 때문이었다. 고작 그런 돌림병에 걸리고 쥐나 뜯는 병든 개를 '해피'라고 부르는 그 여자도 무지무지 한심하고 그러면서도 그런 '해피'를 기다리지 않을 수 없는 그 여자의 기다림도 소름 끼치게 싫었다.

나에게는 그런 지옥—카프카가 '부득이함만이 전부인 세상이 바로 지옥'이라고 말한 의미에서—이 있어서는 안 된다고, 결코 없으리라고 나는 거듭거듭 스스로에게 최면을 걸었다.

오, 그러나 나의 '해피'는 이미 그보다 더해 쓰레기통에서 독약까지 집어먹었다는 끈질긴 루머가 있다. 그리하여 결코 올 수 없었다는 얘기다. 그렇다고 하여 나의 기다림이 조금도 줄어드는 것은 아니다.

그리하여 기다림이란 마니구슬처럼 신통력을 지닌다. 제삿날 누군가를 기다리는 아이들의 성대한 기다림과 해피를 기다리는 여인의 처절한 기다림, 그리고 고도를 기다리는 블라디미르와 에스트라 공의 은밀한 절망 밑에 용왕의 뇌 속에서 나왔다는 신비한 마니구슬이 감춰져 있다. 그것은 삶을 끝까지 견디게 하는 마지막 힘이다.

> 에스트라공 : 디디. 나 이런 생활 계속 못 하겠어. 서로 헤어지는 게 어때? 좀 낫지 않을까?
> 블라디미르 : 내일 목매달기로 하지. 고도가 오지 않는다면 말이야.
> 에스트라공 : 오면 어떡하구.
> 블라디미르 : 오면 구원받게 되는 거지. 자, 떠날까?
> 에스트라공 : 그래, 떠나지.
> (그들은 움직이지 않고 서 있다)

고도는 오지 않는다. 그러나 기다림 가운데는 관심과 희망이 있다.

블라디미르나 에스트라공처럼 우리가 인간적 관계 안에서 기다린다는 것은 소중한 일이다. 기다림 속에 있을 때만 우리는 서로 떨어진 코트나 구두나 무 조각까지 나누어 갖는다.

> "기다린다는 것은 관심을 갖는다는 것이며, 관심을 갖는다는 것은 희망한다는 것이니까." (롤로 메이)

문득
사라지고 싶었던

여름날

나는 우수한 인생의 스냅 속에 든
무수한 나 자신의 모습을 거의 싫어하지만
그날의 그 조그만 아이의 신비만은
무한히 숭배하고 좋아하고 있다.
얼마나 현명한 일이냐.
그 마지막 캐러멜을 벗겨보지 않고 물 위에 던져버린 것은.

초등학교 4학년 때
최초로 시도했던 가출의 모험극

언젠가 신문기사에서 저금통을 털어 집을 나간 다섯 아이들의 이야기를 보았다.

그들은 『로빈슨 크루소』를 읽고 갑자기 집이 싫어지고 어디론가 떠나고 싶은 마음이 생겨 저금통을 털어 지도와 나침반을 산 뒤 '섬'을 발견하기 위해 인천부두로 떠났다. 부두의 음식점에서 밥을 사먹고 배회하다 붙잡힌 그들은 아주 명랑한 표정으로 말했다고 한다. "사회와 가정에 물의를 일으켜 죄송합니다. 그러나 언젠가 때가 되면 또다시 떠나보고 싶습니다."

하하! 어린이들은 언제나 나쁜 책을 너무 많이 읽은 것이다. 우리는 모두 떠나고 싶은 것이다. 때가 되면—때가 되면—이라니? 때는 너무 많기도 하지만 아무튼 우리 모두에게는 똑같이 하나의 무인도가 필요한 것이다. 특히 나 같은 인간에게는 더욱더! 하나의 떠남이—하나의 무인도가!

초등학교 4학년 여름방학 중 어느 날, 나는 내 인생 최초로 가출을 시도했다.

여름방학의 지루하디 지루한 어느 하오, 나는 갑자기 집을 떠나야 한다는, '지금 오늘' 떠나지 않으면 안 된다는 태풍과 같은 회오리에 휩쓸리게 되었다. 그리하여 문득 흰 원피스 한 벌을 보자기에 챙겨 집을 나섰다.

참으로 위대한 용기가 아니냐. 겨우 열 살의 계집아이가 돈 한 푼 없는 빈손으로 집을 떠나 감히 세상과 맞서다니! 얼마나 막무가내로 용감한 아이인가! 게다가 지구는 둥그니까 앞으로 앞으로 도망치다 보면 결국 제자리로 돌아오게 되고 말겠지만 작은 마성의 소녀여, 너는 어디로 가는가. 나쁜 책을 너무 많이 보아서인지 결코 길들여질 줄 모르는 그 태풍의 눈동자를 이글거리며 가랑머리를 땋아 양옆으로 늘어뜨린 작은 악동이여, 너는 오늘도 내 가슴속에서 분연히 문을 열고, 자꾸자꾸만 문을 열고 어디로 가려고 하느냐. 어디까지 가려고 하느냐, 말해다오, 삶이란 얼마나 좁은 것인가. 그리고 나에게 말하게 해다오. 그래도 결국 지구란 둥근 것이라는 것을. 가다 가다 보면 결구 제자리로 돌아오는 것이라는 것을.

나는 그날도, 여느 날과 다름없이, 정오의 10분 전, 즉 오전 11시 50분에 라디오에서 흘러나오는 「김삿갓 방랑기」라는 연속극을 무심중에 흘러듣고 있었다.

다른 날 같으면 상당히 흥미진진하게 열심히 듣곤 했던 미니프로였는데, 그날은 시그널 음악이 시작되는데 갑자기 '아, 또, 저것이 흘러나오는구나. 또 저것을 들어야 하나'라는 강한 역정이 마치 구토처럼 치밀어 올랐다. 매일매일 똑같이 그것을 들어야 한다는 데 대한 역겨움, 또한 그것을 듣지 않는다 해도 달리 신통한 것이 있을 수 없는 데 대한 뜨거운 노여움.

동생들은 모두 나가고 집에는 아픈 엄마와 나와 일하는 언니만 있었다. 우리 엄마는 자주 병석에 있었기에 집안은 언제나 질병과 우울과 끈질긴 침통함과 우수가 감돌고 있었다.

그날도 엄마는 고운 빛깔의 얇은 조각이불을 덮고 안방에 누워서 무언가 깊은 생각에 잠긴 듯 벽을 바라보고 있었다. 환자에게 달리 무슨 할 일이 있겠는가. 라디오란 그러므로 우리 집에선 늘상 배경 음악과 같은 것이었다.

그것은 엄마의 병석에서 누가 듣건 말건, 누가 듣기 싫어하건 말건, 마치 가구의 일부처럼 놓여 있으면서 언제나 제 할 말을 다하고 지내는 것이었다. 그것은 우리 집의 모든 시간을 지배해 나갔다. 가령 매사가 이런 식으로 돌아갔다.

어머니, "얘, 방금 뉴스 끝났으니까 점심 먹자."

일하는 언니, "가요만평 시작할 때쯤이면 애들 돌아올 테니까 그때 먹죠."

어머니, "얘들아, 해가 지는 가정음악실 시작했으니까 손발 씻고 공부해라. 아버지 오시겠다."

아이들, "다이알 009를 돌려라 할 때까지 아버지 안 오시면 좋겠어. 아버지 오시면 연속극 못 듣잖아."

그런데 나는 고전음악을 제외하고는 라디오의 웅얼거리는 소리가 몹시 싫었다. 항상 재잘거리는, 나의 공백을 침범하는 그 소리가 싫어서 공원으로 혼자 돌아다니기도 했다.

그러나 그것은 어머니의 사생활의 일부였다. 어머니는 꿈을 꾸는 듯한 사치스런 표정으로 음악을 듣기도 했고 가곡이 나오면 그 슬픈 듯이 떨리는 듯한 이상한 소프라노로 노래를 따라 부르기도 했다. 어머니는 특히 「가고파」와 이은상 작사 홍난파 작곡의 「사랑」을 좋아했다.

그런데 어린 시절 듣기에 「사랑」이란 노래는 매우 난해한 것 같았다. 이상하게 음울한 곡조로 끊어질 듯 이어지고, 올라갈 듯 내려가면서 가사는 무슨 암호나 주문처럼 알아듣기 어렵게 재빨리 변모했다. 그 노래는 신비한 아름다움을 지닌 것 같았다. 마치 해독할 수 없는 고대 이집트 분묘벽화의 반쯤 지워진 신비한 선의 한 귀퉁이처럼 그것은 푸르스름하고도 장중했다. 음산하면서도 무한의 아름다움을 풍겼다.

어머니는 그 노래가 나오면 진심으로 곱게 따라 불렀다. 마치 혼신을 다한 것처럼 그녀의 목소리는 진지했고 표정은 성스러웠다. 그러나 진지한 만큼 그녀는 무너져 보였다. 슬픔이 낭자한 목소리였다.

탈 대로 다 타시오—타다 말진 부대 마소—타고 마시라서 재 될 법은 하거니와—타다가 남은 동강은 쓰을 곳이 없느니라—반 타고 꺼질진대 애제 타지 말으시오—차라리 아니 타고 생낙으로 있으시오—탈진대 재 그것조차 마자 탐이 옳으니다.

어머니는 그때 문득 자기 인생의 거울을 들여다보고 있었던 것이다.

삶이 잠시 자기를 거울에 비쳐볼 때 흘낏 놀라는 슬픔, 적막, 허망함, 고통을 어머니는 그 노래로써 열심히 열심히 견디고 있었던 것이다.

사랑, 재가 될 수도 없고 다시 탈 수도 없는 그녀의 정지된 사랑. 정열, 엠마 보바리의 정열에 필적하고도 남을 만한 그녀의 화려하고도 파멸적인 정열, 지금 생각해보면 그때의 그녀가 바로 지금의 내 나이와 비슷할 것이다. 그토록 젊은 그녀가 병석에 오래 누워, 장티푸스며 간염이며 심장병이며 온갖 자질구레한 병을 혼자서 다 앓으면서 사랑을 노래하고 있었던 것이다.

사범학교 시절, 학교가 있는 전주에서부터 집이 있는 도시까지 마차를 타고 다녔으리만큼 화려하고 낭만적으로 성장했던 그녀. 일본 여학생까지 통틀어 글짓기와 영어와 자수에서 일등을 했던 그녀. 그녀는 병들지 않을 수가 없었을 것이다. 혹은 자청한 병이었을지도 모르겠다. 현실에서부터 도피하기 위해, 꿈과는 너무나 동떨어진 현실에 처절하게 절망한 나머지 신체기관이 혼비백산했을지도 모르겠다.

아무튼 그녀는 오래 오래 아프고 있었다. 약 냄새는 우리의 요람을 지켜준 우울한 천사들이었다. 그리고 라디오의 음악 소리는 그 천사들의 옷깃이 스치는 정도의 우리 집 특유의 병실적인 분위기의 일부였다.

밤길 가다 성폭행을 당한 충격에
사팔뜨기가 된 가정부 언니의 비극

그런데 그날은 그 라디오 소리가 끔찍하게 싫었다. 도저히 참을 수 없을 정도였다. '언제까지 저 소리를 견뎌야 하는가? 아, 도저히 참을 수 없어!' 나는 그 소리를 뿌리치려는 듯 고개를 흔들었다.

마당은 여름 폭양 아래 놀랍도록 하얗게 비어 있었고, 어머니가 그토록 애지중지 관심을 쏟던 모란과 작약과 장미꽃들이 마치 부패한 죽음의 살점들처럼 뚜욱—뚝—붉게 지고 있었다. 전화벨 소리조차 울리지 않았다. 모든 것은 그대로 움직이지 않은 채 마치 천 년이라도 버틸 듯했다.

공허가 내 몸을 잘디잘게 찢고 있는 것 같았다. 공허 때문에 내 몸은 산산이 부서지고 있는 것 같았다. 이대로 있으면 뼈가 가루가 될 때까지 모든 것을 끝까지 보고 있게 될 것 같은 두려움이 끔찍하게 내 모가지를 눌렀다.

일하는 언니는 마루에 누워 입을 벌리고 자고 있었다. 그녀는 처녀 시절 어느 밤길을 가다 성폭행을 당했다고 했다. 그후 그날 밤 일로 딸아이 하나를 낳았는데 돌 만에 죽고 계모와 다섯 동생을 위해 일하고 있었다. 그녀는 음식을 잘했고 또한 잘 먹었다.

나는 그녀가 그런 비참한 일을 겪고도 탐스럽게 잘 먹고 살이 찌는 것이 언제나 슬프고도 이상했다. 그런 비참한 일을 겪고도 인간이 탐스럽게 먹을 수가 있다니! 어딘가로 향하는지 모를 분노가 어린아이의 마음에 가득 찼다.

그러나 그녀의 사팔뜨기 눈을 생각하자 온몸에 기운이 빠지는 것이었다. 그녀는 폭행당하던 날 밤, 너무 놀란 나머지 사팔뜨기가 되었다는 것이다. 그리하여 그녀의 이상하도록 검고 이상하도록 겁먹어 슬프게 젖은 눈동자는 영원히 사선을 긋고 놀람에 가득 차서 세상을 내다보고 있는 것이었다.

그녀의 신비하도록 슬픈 눈동자는 흰 피부와 어울려 마치 세상을 향해 애소하듯이 '그건 내 탓이 아니에요! 결코 내 탓이 아니에요!' 말하고 있는 듯했다. 내가 느낀 분노와 슬픔은 어쩌면 그녀를 향한 것이 아니었고 그녀의 삶을 그렇게 만든, 아니 한 인간의 삶을 그토록 처절하게 파괴한 어느 신과 같은 힘을 향한 것인지도 모르겠다. 삶이란 왜 그토록 사람을 부수는가. 인간의 저항이란 왜 그토록 부질없이 헛되고 부끄럽도록 연약한 것인가.

폭양의 마술에
걸린 여름

나는 그 분위기의 집요한 강압을 도저히 견딜 수가 없어 밖으로 뛰쳐나갔다. 어머니는 계속 벽을 응시하고 계셨다. 나는 동생들을 찾아볼 생각으로 KBS 방송국이 있는 공원으로 올라갔다. 내 여동생과 남동생이 모두 KBS 어린이 합창단이었기에 그들은 어쩌면 방송국 마당에서 놀고 있을지도 몰랐다.

방송국으로 올라가는 숲길은 어디선가 태고처럼 매미가 울었고 너무나 조용하고 하얀 길이었기에 내가 걸어간다는 것이 비현실적인 일처럼 느껴졌다. 나무들은 죽은 듯이 하얗고 거대하게 움직이지 않았고, 구름조차 너무 더워 움직이기를 포기한 듯 하늘에 무기력하게 몸을 파묻고 졸고 있었다.

　무슨 마술에라도 걸린 듯한 폭양의 거리였다. 살아 움직이는 것은 아무것도 없었다. 나비여, 흰나비, 노랑나비, 금박으로 번쩍이는 호랑나비여, 너희들은 다 어디로 갔는가. 풍뎅이여, 잠자리여, 메뚜기여, 다람쥐여, 너희들조차 다 어디로 갔는가. 말해다오. 여름은 왜 움직이지 않는지. 말해다오. 시간은 왜 폭양 속에 정지해버렸는지. 정지된 시간이 정지된 공간을 만들고, 정지된 공간이 기묘하도록 정지된 침묵을 만들었다.

　나는 그 정지된 시간과 공간과 침묵을 뚫고 지나가느라 힘이 다른 때보다 두 배나 더 들었고, 그러나 이상하게도 '움직여야 한다! 움직여야 한다!'는 어떤 목소리가 마치 소명처럼 내부에서 들려왔다.

　나는 소름이 끼치도록 검은 내 그림자를 묵묵히 들여다보며 그 하얗게 정지된 길을, 폭양의 마술에 걸린 환각의 길을 계속 올라갔다. 그러나 방송국 마당에는 아이들이 한 명도 보이지 않았다. 그들은 아직 연습을 하고 있는 모양이었다.

　나는 방송국 가까이는 다가가지 않고 다만 멀리서 잠시 바라보았을 뿐이었다. 마음에 상실감과 열등감이 있었다. 왜냐하면 나는 동생들과 똑같이 방송국의 어린이 합창단 시험을 쳤으나 나만 낙방했던 것이다. 하얀 방음장치가 된 방에서 시험을 쳤는데 지정곡이 "송알송알 싸리잎에 은구슬 조롱조롱 거미줄에 옥구슬……" 어쩌고 하는 동요였는데 두 번이나 갑자기 가사가 막혀 나만 낙방했던 것이다.

지금도 나는 음악을 그토록 좋아하면서도 성악곡만은 순수하게 좋아지지가 않는다. 열등감 때문이겠지만, 슈베르트의 아름다운 연가곡마저 굳이 좋아지지 않는 것은 지나친 병이라 하겠다.

인간은 자기가 실패한 어떤 것에 대한 동경을 스스로에게까지 감추려고 한다. 그리고 어떤 사람을 사랑할 때도 실패의 기미가 있으면 일부러 먼 길을 돌아 그 사람을 피해 달아나면서 바라본다. 그러면서도 그 바라봄 자체를 자신에게조차 숨기려 한다. 그러나 그렇게 바라보는 방법만이 사랑 자체를 위하는 가장 좋은 길일 수밖에 없는 사람들이 있다.

멀리서 바라보는 것만이 대상을 파괴하지 않고 간직하는 유일한 방법인 사람들. 부나비의 천성을 지닌 사람들. 흡혈귀의 사랑을 원하는 사람들. 그들은 가능한 한 멀리서 대상을 바라보지 않으면 안 된다. 그것이 피를 식히는 현명한 방법이니까. 아니면 자멸의 길밖에 남은 것이 없을 터이다.

'또뽑기'의 마력에 홀려
뽑고 또 뽑고……

          나는 그렇게 방송국 마당을 피해 멀리서 다시 공원 올라가는 길을 택해 걷고 있었다.

냉차 파는 할머니가 그늘에 노점을 벌이고 앉아 있는 것이 보였다. 그 할머니는 너무 늙어 이빨과 머리카락이 마귀할멈처럼 기괴했다. 할멈은 무수한 주름살 사이로 땀방울이 맺혀 흘러내리는데도 마치 좌선에 든 사람처럼 움직이지 않고 앉아 있다가 내가 지나가려고 하자 교활하게도 푸른 실눈을 번쩍이며 나를 불러 세웠다. 더운데 뭣 좀 먹고 가라는 것이었다.

할멈은 공원에 오는 사람들의 심심풀이로 뺑뺑이판을 돌려 송곳을 던지면 송곳이 꽂힌 위치에 따라 담배를 한 갑도 주고 세 개비도 주고 아주 안 주기도 하는 그런 도박판 비슷한 것도 겸하고 있었다. 담배는 시중에서 구하기 힘든 양담배였기에 사람들은 판돈을 걸고 그것을 했으나 대부분 많이 따지는 못했다. 할멈이 무슨 술수를 부린다는 거였다. 남자들이 꾐쟁이 할멈이라고 부르는 이유였다.

아이들이 좋아하는 것으로 '또뽑기'라는 것이 있었다. 돈을 낸 만큼 캐러멜을 사서 종이를 까보면 캐러멜을 싼 껍질 안에 반창고만큼 작은 종이가 하나 있는데 그 속에 '또'라는 글자가 있으면 캐러멜을 또 주는 놀이였다. 그런데 경품으로 받은 캐러멜 속에 '또' 자가 뽑히는 경우가 많아 아이들은 기를 쓰고 또뽑기를 하고 싶어 했다.

그것은 한없는 갈증과 같은 것이었다. '또'를 뽑기 위해 또 뽑고 또 뽑았지만 그러나 거기엔 끝이 없었고 마지막엔 언제나 더욱 강한 갈증과 허탈만 남았다. 그것 때문에 또다시 '또뽑기'를 하고 '또'를 뽑기 위해 또 뽑고 또 뽑고 또 뽑는 것이었다.

그날은 주위에 아무도 없었기에 나는 감히 '또뽑기'를 해볼 용기가 생겼다. 나는 할멈에게 돈 칠십 환을 냈다. 할멈이 땅 위에 펼친 부대종이 위에 칠십 환어치의 캐러멜을 내놓았다. 나는 하나하나 캐러멜 종이를 벗기기 시작했다. 단지 흰 종이만 나왔다. 또 벗겼다. 흰 종이, 또 벗겼다. 흰 종이, 또 벗겼다…… 흰 종이…… '또' 자는 보이지 않았다. '또' 자는 영원히 숨어버린 듯했다. 나는 점점 더 초조해져서 주머니를 뒤져 백 환을 더 냈다. 백 환어치의 캐러멜이 다시 내 앞에 놓였다. 계속…… 계속…… 계속…… 흰 종이만 비웃음처럼 나타났다. 계속…… 계속…… 계속…… 계속, 흰 종이만 멸시처럼 튀어나왔다. 계속…… 계속…… 계속…… 흰 종이는 확실한 불운처럼 더욱 분명해졌다.

나는 흰 종이에 대한 노여움과 계속 사기를 당하는 것 같다는 억울함과 할멈에 대한 말 못할 분노와 나 자신에 대한 수모감에도 불구하고 호주머니를 샅샅이 뒤져 돈을 모조리 꺼내놓았다. 할멈의 기분 나쁜 웃음에도 불구하고 도저히 나는 거기에서 그만둘 수가 없었다.

그것이 '또뽑기'의 마력이다. 또 뽑아야 하는 것이다. 자기 자신의 모든 것을 다 탕진할 때까지 또 뽑아야 하는 것이다. 그만둘 수가 없다. 행운의 '또' 자는 언제 나올지 모른다. 언제 나올지 모르는 '또' 자를 기다리면서 막판까지 계속 뽑는 것은 또한 언제 나올지 모르는 '또' 자를 중도에 포기하고 판을 거두는 것과 똑같이 어리석은 일이지만, 밑천이 있는 한 또 뽑아야 하는 것은 어쩌면 인간으로서의 근본적 갈망이기 때문에 그쪽으로 기우는 경우가 훨씬 더 많으리라고 본다. 행운의 '또' 자를 향해 모든 사람들은 영원히 빈 종이를 뽑고 돌격하는 것이다.

할멈의 캐러멜은 내가 마지막으로 꺼내놓은 돈의 액수와 우연히도 일치했다. 나는 돈을 건네기 전 할멈을 향해 의심이 난다는 듯 눈을 날카롭게 째리며 아이로서는 지나치게 영악하게 캐물었다. 아니, 아이로서는 지나치게 절박하게—라고 말하는 편이 더 낫겠다.

"할머니, 만약 이 나머지 전체에도 또 자가 안 나온다면 할머니는 나를 속인 거예요. 할머니 캐러멜 전체에 또 자가 아예 없었다는 거니까요."

"얘야, 그럴 리가 있느냐. 분명 또 자는 있다. 아까 어떤 애는 두 개에 하나 꼴로 또를 뽑았단다. 그 애가 또 자를 다 뽑아 가지 않았다면 분명 여기 또 자는 있을 거다. 또 자가 아예 없다니, 그런 일이 있겠느냐. 또 자는 분명 있는데 잘 뽑는 애와 영영 못 뽑는 애가 있을 뿐이란다."

자— 나는 눈을 크게 떴다. 할멈의 캐러멜도 나의 돈도 이제 모두 마지막이었다. 하나, 또 하나, 하나…… 눈을 찌를 듯이 하얀 햇빛들이 요염한 기대처럼 내 손가락 사이에서 부서지고 있었다. 지나친 긴장으로 입속이 부어오른 듯했다. 뒷목이 뻣뻣했고 뇌가 터질 듯이 아팠다. 하나, 둘, 하나, 둘…… 모두 빈칸의 종이뿐이었다. 빈 종이들이 하나, 둘, 하나, 둘, 마치 유서처럼 떨어져 쌓였다. 아, 어찌하다 그렇게 되었을까. 어느 순간 오직 하나의 캐러멜이 마치 운명의 마지막 결판처럼 내 앞에 남게 된 것이다.

그 네모난 작은 과자는 실눈으로 웃고 있는 듯했다. 자, 이제 마지막이야, 자, 빨리 나를 벗겨보렴……. 햇빛은 은밀한 저주처럼 그 네모난 과자 사이에 쏟아져 내렸다. 나는 쥐덫에 몰린 새끼쥐처럼 서투르디 서투른 노여운 갈증으로 광기마저 느끼며 그 작은 요물을 노려보았다. 그것은 웃고 있었다. 할멈도 웃고 있는 듯했다. 주위에 늘어선 나무들도 비밀한 웃음을 저희들끼리 삼키고 있는 듯했다.

그것은 웃고 있었다. 할멈도 웃고 있었다. 나는 손이 떨렸다. 가슴이 터질 듯이 고통스러웠다. 그러나 마지막 순간, 내가 그 마지막 캐러멜에 손을 대어 벗기려고 할 때, 너무도 조용히, 마치 과거의 일순처럼 너무나 조용히 나의 뺨 위로 한 줄기 눈물이 흘러내리는 것을 나는 느낄 수 있었다. 그리고 나는 무엇을 흘낏 보았다고 느꼈다. 무언가 영원한 것을, 무한한 환멸, 인간의 힘으로는 도저히 움직일 수 없는 하나의 공허를, 함정을. 나는 평온한 마음으로 마지막 남은 한 개의 캐러멜을 소중하게 주먹 안에 쥐고 그곳을 떠났다.

할멈이 뒤에서 소리쳤다.

"애야, 이 캐러멜 알맹이들은 갖다가 먹어야 할 것 아니냐. 가지고 가거라."

나는 손 안에 든 한 개의 캐러멜을 소중한 비밀처럼 꽉 쥐고 조용히 공원을 내려가고 있었다.

"아녜요. 그런 것은 먹지 않겠어요."

영원한 수수께끼로 남은,
흐르는 물에 던진 마지막 캐러멜의 비밀

내 손 안에 든 마지막 캐러멜이여, 그 속에

는 '또' 자가 있을지도 몰랐고 혹은 없을지도 몰랐다. 그것은 영원히 알 수 없는 일이 되고 말았다. 그 길로 나는 집으로 내려가 흰 원피스 한 벌을 싸가지고 집을 나왔다. 어머니는 여전히 그림처럼 벽을 바라보며 누워 계셨고 일하는 언니는 다른 날과 똑같이, 똑같은 시간에 먹기 위한 똑같은 밥상을 차리고 있었다.

나는 해질 무렵 다리 위에 서서 흘러가는 물을 바라보고 있었다. 물 속엔 슬픔으로 가득 찬 분노한 어린아이의 얼굴이 일그러진 채로 계속 뒤따라 흐르는 다른 물결에 씻기며 그냥 버려져 있었다. 그것은 이제 확실한 환멸과 확실한 비탄과 확실한 고독을 향하여, 자기 몫의 짐을 감내하려고 길을 떠나는, 한 인간의 얼굴이었던 것이다.

그는 그렇게 흐르는 물을 바라보며 오래 서 있었다. 무슨 깊은 생각에 잠긴 듯했다. 아주 오랜 생각에 잠긴 듯했다. 그리고 가랑머리를 길게 땋아 양옆으로 늘어뜨리고 눈썹 위까지 앞머리를 자른 그 강한 표정의 아이는 드디어 결심이 되었다는 듯이 소중히 쥐고 있던 주먹을 펴서 자기의 손바닥을 신비롭게 바라보다가 드디어 손 안의 것을 흐르는 물 위에 던져버렸다.

그는 마치 꿈꾸는 듯했고 오히려 매우 평화롭게 보였다. 흐르는 물 위에 한 개의 캐러멜이 덧없이 흘러갔다. 껍질을 벗겨보지 않았던 그 마지막 캐러멜 속엔 과연 '또' 자가 있었던 것일까 아니면 여전히 빈 종이뿐이었을까. 그런 것은 아무도 모른다. 다만 내가 아는 것이라고는 그것은 캐러멜 한 개의 문제가 아니라는 것뿐이다.

그는 해가 질 때까지 오랫동안 다리 위에 서 있었다. 영원히 홀로.

나는 무수한 인생의 스냅 속에 든 무수한 나 자신의 모습을 거의 낯설어하지만 그날의 그 조그만 아이의 신비만은 무한히 숭배하고 좋아하고 있다. 얼마나 현명한 일이냐. 그 마지막 캐러멜을 벗겨보지 않고 물 위에 던져버린 것은.

인생은 짧다는데 그렇게 긴 하루가 있었다.

평온과
폭풍 사이

그러면서 걷잡을 수 없는 나의 사춘기가 시작되었다.

나 역시 그와 피를 나눈 폭풍의 자손이었기에

언제나 바람 부는 황야에 회오리치는 절벽에 마음은 서 있었

다. 그러나 나에게는 (동생과는 달리) 지성이 조금 있었다.

이성이 아니라 지성 말이다.

지성이란 나에게 글을 쓰고자 하는 힘이었고

글을 씀으로써 내 마음의 폭풍을 조금씩 지배해 가고자 하는

직관적인 노력이었다.

누구나 사물을
있는 그대로 보지 못한다

세월은 겉보기에 그저 평온하게 흘러갔다. 단 한 번의 가출 이후—그토록 '짧은' 가출이었지만 그러나 그것의 영향력은 결코 짧다고는 말해버릴 수 없었다. 그것은 오히려 하나의 시작이었고 하나의 '문을 연 것'에 지나지 않았다.

나는 때때로 세상에는 너무나 많은 문이 있기에 '항상 문을 열고 있지 않으면' 인간이란 덧없이 시들어버리는 것, 덧없이 썩어버리는 것이라는 고정관념에 붙들려 있는 것 같았다. 그런 것을 인식하는 순간이면 나는 너무도 격렬한 폭풍이 나의 내부에서 회오리치는 것을 느꼈으며 내 몸속엔 피가 아니라 반쯤은 독한 휘발유가 흐르고 있는 것이 아닌가, 그래서 금방이라도 내부의 폭발에 의해 화형에 처해지는 것은 아닐까 두려워지곤 했다. 그런 순간은 극히 드물었지만 분명 어린 시절부터 나는 그 순간을 만났었던 것 같다.

그러나 그런 드문 순간을 제외하고는 대개 세월은 평온하게 흘러갔다.

나는 착한 아이였다. 초등학교 시절 내 별명은 '콩쥐'였으니 얼마나 모범적이고 착하고 평온한 아이였겠는가. 공부는 약간 잘했다. 왜 공부를 못하겠는가. IQ검사란 물론 시시한 것이겠지만 초등학교 5학년 때 처음 실시한 IQ검사에서 탁월한 점수를 받은 나는 또한 상당한 우월감을 버리지 못했던 것 같다.

나는 한 번도 수석을 한 적은 없었다. 그러나 그것은 수석을 한 번도 동경해본 적이 없어서였기 때문이지 내가 수석을 할 능력이 없어서, 라고는 생각지 않았다. 그런 증상이 정신병의 일종이라는 글을 나중에 신문에서 보았다.

지금 생각해봐도 그 점은 우습다. '내가 마음만 먹으면 수석 같은 건 아무것도 아니야. 그러나 난 안 해. 왜냐하면 그런 것엔 관심이 없으니까'와 같은 황당무계한 태도로 나는 학교사회에 속해 있었다.

그런 태도는 나의 학창시절을 통해 줄곧 따라다녔다. 어떻게 생각해보면 나는 이십여 년 동안 학교에 다녔지만 학교생활에는 항상 '부재'하고 있었던 느낌이 든다.

당연히 친구도 없고 재미있는 기억도 없다. 마음이 썩 내키지는 않았지만 공부도 다섯손가락 안에 꼽힐 정도로는 언제나 유지했다. 그러나 국어만은 아주 탁월했던가. 초등학교 시절, 선생님이 바쁠 때면 내 국어 시험 답안지를 정답으로 하여 채점을 시키곤 했던 기억이 있다.

그리고 초등학교 4학년의 한글날, 나는 시 비슷한 것을 처음 써서 무슨 대회의 장원상 같은 것을 받은 적이 있었다.

어떤 시였을까. 그런 것은 생각나지 않지만 '나무'에 관한 것만은 생각난다. 그 시를 나는 전체 조회시간에 대운동장의 강단에 올라가 낭독했던 것 같다. 아마 나무의 외로움에 대해서 쓴 시였던 것 같다. 왜냐하면 그것을 들은 선생님께서 내 머리를 쓰다듬어주시며 "나무가 왜 외롭게 보일까. 나무 속엔 새둥지가 있지 않니. 자, 보아라" 하면서 운동장에 서 있는 미루나무며 플라타너스 그리고 울창한 히말라야 소나무를 가리키던 생각이 나기 때문이다.

정말 그곳엔 새둥지가 있고 참새며 까치며 비둘기들이 날고 있었던 것을 나는 그제서야 볼 수 있었다. 그리고 보니 나무마다 까치 둥우리가 있었다. 새들의 보금자리가 있는 나무들은 또한 녹음이 있고 부드러운 햇빛이 포근했고 어디선가 부드러운 음악 소리까지 명멸하여 태양과 음악이 풍성하게 깃들어 있는 듯하였다. 언제 나무마다 새둥지가 생겼을까. 나는 최초로 의아하게 생각했다. 그 나무들은 내가 4년 동안 밤낮으로 보고 다니던 나무들이었기 때문이다.

응시에는 나의 욕망이
들어가기 때문이다

그런데 나는 한 번도 그 속에 새둥지가 있는 것을 보지 못했다. 나무들은 춥고 배고프고 외롭다고 생각했던 것이다. 그래서 바람이 불면 마른 손가락으로 울부짖으며 잃어버린 어머니를 부르고 있다고 생각했던 것이다. 나는 그때서야 '내가 보는 세계'와 '남들이 보는 세계'가 다르다는 것을 최초로 인식하였다. 나는 왜 선생님이 보는 나무와 다르게 볼까. 내가 생각하는 세계는 왜 남들이 보고 느끼는 세상과는 다른 것일까. 아니 왜 있는 그대로의 세상을 나는 제대로 보지 못하는가. 그때 나는 그것이 무척 부끄러웠다.

선생님께 죄송스러운 생각이 들었다. '세상을 제대로 보지 못한다'는 두려움은 평생을 두고 나를 따라다니는 어두운 감정의 하나이지만 그러나 그 정체불명의 망집 때문에 나는 또한 얼마나 남들과 불화를 겪고 단절을 느끼면서 싸워야 했던가.

인간은 누구나 자기 나름의 굴절된 프리즘을 통해 세상을 보도록 운명 지워졌지만 남들이 보는 대로 세상을 그대로 받아들이고 또한 그것에 순순히 응할 수만 있다면 얼마나 좋을까.

나는 나무 속의 새둥지를 가리키는 선생님의 확실한 손가락을 쳐다보며 막연한 두려움과 불확실한 불안으로 어디론가 멀리 가서 숨어버리고 싶었다. 나무를 왜 잃어버린 엄마를 찾아 울부짖는 마음이라고 표현했던가.

실상 아이들에게 '잃어버린 어머니를 찾아서'라는 테마만큼 신비한 것은 없다. 세계명작동화전집을 나는 초등학교 4학년 이전에 이미 다 읽었는데 재미있는 동화는 언제나 어머니가 없는 아이들, 혹은 계모 밑에서 고통받으며 어머니를 찾아가는 아이들에 관한 이야기였으니 말이다.

어머니의 과잉보호와
관심 속에 피곤했던 나날들

어머니를 찾아서 끝없이 모험과 방랑의 길에 오르는 아이들. 그래서 힘센 악당들과 싸우며 때로는 착한 천사(선녀)의 도움을 받아 부유하고 아름다운 어머니를 찾아 행복하게 산다는 동화는 아이들에게 언제나 매혹적이고 감동적인 이야기일 것이다.

나쁜 책을 너무 많이 본 것일까? "아— 나에게는 왜 엄마가 있을까. 엄마가 없다면 얼마나 좋을까?" 하는 것은 한때 나에게도 가장 고통스러운 절망의 테마이기까지 했다.

우리 어머니는 언제나 아팠고 좀 슬픈 듯이 보였으며 나에게 너무나 관심이 많아서 나는 그 과잉보호가 빚어내는 잔소리에 한없이 피곤함을 느끼며 살고 있었기 때문이다.

'옷'과 머리에 관한 문제가 우리 모녀 사이에서 가장 큰 충돌의 하나였다. 엄마는 앞에서 말했다시피 멋쟁이이고 낭만적인 성격이다. 그래서 지나치다 싶으리만큼 옷에 신경을 썼으며 자신이 오래 병석을 지키고 있었으므로 자신이 못 다한 치장에 대한 욕구를 나에게, 오직 나에게 구현시키려고 했다.

나는 맏딸이었고, 내 밑에 여동생이 하나 있고 그 애 밑으로는 남동생이 둘 있었다. 무슨 착각인지 어린 시절 은막의 여왕인 어느 여배우를 닮았다 하여 보는 사람마다 얼굴을 뜯어보고 머리를 쓰다듬고 하는 것이 나는 정말이지 죽도록 싫었다.

나는 한때 초등학교 전체에서 제일 긴 머리를 가지고 있었다. 내 머리칼을 로렐라이의 처녀처럼 길게 길러 아침마다 풀어헤쳐 빗기고 땋고 하는 것은 엄마의 기쁨 중의 하나였다.

엄마는 자신의 낭만적인 창의성을 발휘하여 아침마다 지각하는 것도 불사하고 색다른 모양으로 머리를 빗기고 싶어 했다. 그 당시에 브러시나 플라스틱 빗이 있을 리가 만무하므로 나는 아침마다 그 빡빡한 참빗으로 머리칼을 다 쥐어뜯기는 아픔을 겪으며 머리를 빗어야 했다. 조금만 머리를 움직이면 다시 빗긴다. 그리고 또 움직이면 뒤통수를 쥐어박히고 잔소리를 들어야 했다.

아— 유난히도 숱이 많은 내 머리카락은 한 올 한 올이 모두 세상의 고통을 상징하는 듯했으며 참을 수 없는 수난과 박해의 표상이었다. 고통의 증거였다. 그것 때문에 아침마다 나는 불행했으며 산다는 것이 귀찮았다.

그리고 옷에 대해서는 갈등도 많이 겪었다. 나일론이라든가 하는 실용적인 옷감이 나오기 전까진 대개 포플린이라는 감으로 옷을 만들어 입혔는데 엄마는 거기에 직접 수를 놓아 상당히 화려하고 장식이 많은 요란스런 치장을 했다. 어떤 때는 포도송이를 몇 덩어리나 흰 바탕에 수를 놓았는데 진보랏빛과 연보랏빛의 수실로 한 알 한 알 포도무늬를 색상 있게 자수하며 내가 지나가면 길목의 아줌마들이 불러세우고 "누가 이렇게 예쁜 수를 놓았는가" "세상에 이 작은 포도알맹이가 다 색상이 다르구나" "엄마가 그렇게 곱고 정성스러운 분이니 너는 얼마나 좋겠는가" 따위를 묻곤 했다.

나는 그런 것이 몹시 싫었다. 낯선 사람들이 내 옷을 만지고 머리 모양을 이리저리 훑어보고 괜한 소리를 늘어놓는 것이 싫었다. '왜 나는 남의 눈에 띄는 옷을 입어야 하는가' '왜 나는 머리를 제일 길게 하여 반 전체에서 머리가 제일 긴 아이라든가 학교에서 눈이 제일 올라간(머리를 양쪽 귀 뒤에서 너무나 꽉 묶어 올렸기 때문에 눈이 상당히 올라갔었다) 아이라는 말을 듣고 살아야 하는가' 따위의 싫은 감정에 시달리며 엄마를 미워했다.

그런 실랑이 때문에 엄마는 나의 미움의 표적이었고 '옷'이라는 것은 나의 불행의 열쇠였다. 내 마음대로 옷만 입으면 나는 행복할 것 같았고, 남에게 노출되지 않는 은폐의 편안한 삶을 살 수 있을 것 같았기 때문이었다. 내가 어른이 된 이후 옷에 신경을 쓰지 않고 몰취미하게 된 것은 아마 그때의 부담스러운 경험 때문이 아닌가 한다. 성인이 되자 나는 스스로 자기의 몰취미에 성공한 것이다.

나는 엄마의 장식적인 취미에 희생된 인형이었고 세상은 엄마의 잘 꾸며진 인형이 나가서 환대와 갈채를 받는 공진회의 무대 같은 것이었을까? 물론 그 환대와 갈채는 엄마에게 속하는 것이었고 나는 한 번도 그 따위의 칭찬과 부러움에 기분이 좋았던 적은 없다. 단지 지옥처럼 불안했다. 그것은 내가 아닌 것 같았다.

나는 항시 전전긍긍했다. 남의 눈에 띄는 옷차림과 머리 모양 때문에 나는 한시도 편히 쉬지 못했던 것 같다. 마음을 놓

을 수가 없었다. 그리고 삶이란 옷이나 머리를 꾸미는 일 말고
도 더 중요한 일이 있을 거라는 막연한 생각이 움터 올라서 나
는 더욱 엄마에게 반발했고 학교 가는 길목에서 나를 붙들고
이것저것 너스레를 떠는 아주머니들을 한없이 경원하고 두려
워했다.

여자다운 심미적 취미, 계집애다운 허영, 삶의 디테일을 섬
세하고 공들여 꾸미고 싶은 여성다운 장식 취미는 나에게서
아주 말살되고 말았다. 외모를 사치스럽게 꾸며서 남의 시선
을 끈다는 것은 나에게는 아주 황당무계한 고통처럼 보인다.
옷이란 그 뒤에 사람이 숨기에 좋을 만큼 편하고 무색無色적인
것이어야 한다고 나는 생각했다. 어머니의 화려한 정성에 시
달린 끝에 한 어린 계집아이가 내린 겉늙은 결론이었다.

미쳐버린 예쁜 여인에 대한
숭배와 동경

그 당시 고향에는 아주 예쁜 미친 여자가
하나 있었다. 그녀는 집이 없었던지, 아니면 제정신을 잃어버
린 사람이란 원래 떠돌아다니므로 여기저기 떠돌다가 우리
동네에 가끔 나타나게 되었던지는 알 수 없지만 KBS 방송국

이 있는 공원에 곧잘 나타나서 우리들의 마음을 설레게 했다.

그녀를 우리들은 참 '숭배'했다. 왜냐하면 그 여성은 언제나 옷을 찢고 다녔기 때문이다. 어딘가로 사라져 안 보이다가도 그녀는 비만 오면 공원에 나타나 고래고래 악을 쓰며 일장연설을 하곤 했다. 제일 높은 산봉우리에 전망대라는 것이 있었는데 그 높은 전망대에 올라가 옷을 다 찢어버린 그녀가 하늘을 향해 두 팔을 흔들며 유창한 욕설을 하는 것을 보고 있노라면 나는 말 못할 기쁨이 온몸에 흐르는 것을 느꼈다.

폭우가 쏟아지는 전망대 위에서 그녀는 포악한 꽃처럼 독하게 웃으며 지칠 줄도 모르는 욕설을 계속했다. 남도의 욕설은 얼마나 화려한가. 또한 얼마나 생생한 잔인성으로 꾸며진 다채로운 육담인지 그녀의 말을 직접 육성으로 들어보지 않은 사람은 도저히 상상할 수도 없으리라. 그것은 욕이 아니라 차라리 모국어의 꽃밭에 쏟아지는 깜찍한 테러였다.

그녀에게 말이란 곧 욕설이었다. 한국어의 가장 화려한 외설들이 그녀의 입술에선 링컨의 게티스버그 연설이 무색할 정도로 장엄하고 품위 있게 흘러나왔고 절색에 가까운 그 얼굴은 광기와 미소로 범벅이 되어 세상에서 가장 서러운 색정을 풍기고 있었다. 갈기갈기 찢긴 옷 갈피 사이로 출렁출렁 보이는 그녀의 속살은 놀랍도록 풍부했으며 피부는 금빛이 난다는 중국의 무슨 광석비누로 씻은 것처럼 노란 윤이 났다.

그녀는 욕설만으로도 문장을 만들 수 있는 무슨 실험을 하는 언어학자처럼 보였다. 욕을 하다가 문맥이 통하지 않게 될 것 같으면 고개를 갸우뚱거리며 한참을 심각하게 생각하다가 앞뒤가 맞는 새로운 욕설을 발명해내곤 했다. 그녀의 결론은 언제나 이것이었다. 하늘을 향해 온갖 욕설을 다해도 자기는 결코 천벌을 받지는 않는데, 왜냐하면 자기는 하늘에서 귀양 온 사람이기 때문이라는 것이다. 하늘에서 귀양 온 딸이라는 것이다.

그녀가 더욱더 외설스럽고 더욱더 휘황찬란한 저주의 말을 찾는 것은 그러니까 결코 천벌을 받을 수 없는 자신의 혈통을, 그 신통력을 과시하기 위한 것인지도 몰랐다. 그녀는 더욱더 기상천외한 욕설을 퍼부어댔고 자신의 창조력에 참을 수 없는 희열을 느낄 때면 덩실덩실 찢어진 옷을 휘날리며 춤을 추었으며 휘파람을 불곤 했다.

나는 정신이 돌아버린 여성이란 참 용감한 사람이라는 생각으로 그녀를 숭배했다. 전망대 위에서 신기 들린 눈동자로 욕설을 퍼붓는, 홍조에 물든 그녀의 얼굴은 마치 잔 다르크처럼 화려해 보였다. 아, 그렇다. 그녀가 바로 나의 잔 다르크였다.

인간은 자신이 헤어나지 못하는 금제禁制를 깨뜨린 사람을 숭배하는 법이다. 그녀는 옷을 찢은 사람인 것이다. 그녀 이전의 '옷을 찢고 다닌 사람이야 더 있었겠지만 그녀는 내가 본 최초의 옷을 찢은 인간'이었던 것이다. 그리고 머리카락도 풀어헤치고 다녔다. 그리고도 너무나 당당하고 너무나 희열에 넘쳐 노래하고 있지 않은가.

나는 나의 성녀, 나의 잔 다르크를 한없이 바라보며 기쁨에 몸을 떨었다. 그 성녀는 내가 본 어느 인간보다도 힘이 넘쳐 보였고 가장 아름답게 살아 있는 것처럼 보였다. 마치 화염처럼 아름다웠다.

그녀가 미친 발광을 하고 나면 언제나 산 너머에 무지개가 솟았다. 그러면 그 무지개를 잡으러 가는 것처럼 그녀는 비실비실 공원을 내려갔다.

나는 그 미쳐버린 여성, 나의 잔 다르크의 아름다움에 너무나 매혹된 나머지 어느 비 오는 날, 비를 맞고 머리카락을 풀어헤치고 옷깃을 너울대며 휘파람을 불고 집에 들어가다가 엄마에게 매를 맞았다. 엄마는 휘파람을 불면 뱀이 들어온다고 또 입술을 때렸다.

나는 내 방으로 울면서 들어가 이불을 쓰고 누웠다. 그런데 그 미친 여자의 황홀한 춤이 또 생각나는 것이었다. 정말이지 나는 엄마에게 반항할 생각으로 또 휘파람을 분 것은 아니었다. 그냥 그 미친 여자의 춤이 생각나자 나도 모르게 또 휘파람을 분 것이었다. 내가 휘파람을 불고 있다는 것조차 나는 알지 못했는데 갑자기 문이 열리면서 엄마가 초현실적이리만큼 빨리 들어와 나를 때리기 시작했다. 이불 속의 나를 막 발로 찼다. 그리고 나한테 "미친년이 되지 못해 한이냐"는 것이었다.

나는 정말 순진을 가장하는 것이 아니라 엄마에게 반항할 생각으로 머리칼을 풀어헤치고 옷을 더럽히고 휘파람을 분 것은 아니었는데 그렇게 매를 맞고 보니 '꼭 미친년이 되어야겠다'는 결심이 들기까지 했다. 꼭 미친년이 되어 엄마에게 복수를 해주고 싶었다. 그러면 얼마나 마음 아파 할 것인가. 얼마나 고소하고 통쾌한 일이랴. 나는 그만 너무나 통쾌한 나머지 승리의 기쁨에 도취해 엄마에게 기상천외의 한마디를 던지고 말았다.

"내가 미친년이 되든 말든 간섭할 것 없지 않느냐. 엄마가 계모라는 것을 나는 알고 있으니까 친어머니처럼 너무 그럴 것은 없다"고.

우리 집엔 온통 웃음판이 벌어지고 말았다. 외할머니와 이모들이 특히 나를 놀렸다. 황당무계한 동심이 빚어낸 유치한 반항이었지만 '옷을 찢어버리고 어디론가 떠난 나의 잔 다르크에 대한 순정'만은 진실한 것이었다.

지금도 비 오는 날이면 그녀가 생각난다. 화형대 위에서 성스러운 미소를 짓고 잔 다르크처럼 그녀는 광주의 전망대 위에서 하늘을 향해 욕설의 시를 봉헌하고 있다. 그녀는 누구였을까. 그녀는 지금 어디에 살고 있을까. 화염처럼 아름다웠던 그리운 미친년이여.

내 유년은 행복했지만
어두운 그림자가 다가오고 있었다

　　　　　　　우리 집은 그 당시 마치 암 환자의 초기가 그러하듯이 그저 평온하고 잔잔한 흐름을 타고 살고 있었다.

　아버지는 착실한 공무원으로 그 당시 도청에 다니고 계셨고 엄마는 병석에 자주 눕긴 했지만 곱고 자애롭고 꿈 많은 소녀처럼 때때로 즐거워했으며, 그런 날이면 온 식구가 기분이 좋아 화목하게 외식도 하고 남 보라는 듯 거리에서 가족사진을 찍기도 했다. 그저 평온했고 의식주에 부족함이 없으면 인간성도 여유가 생기는 것인지 그저 평온하게 살았으며, 남부러울 것 없는 지방도시의 그저 소박하게 화목한 집안이었다.

　그 시절을 생각해보는 지금 나는 목이 메어옴을 막을 길이 없다. 그때의 우리 집, 꽃나무와 과일나무가 마치 에덴처럼 향기로웠고, 숨 쉴 산소와 온도와 슬픔과 꿈이 쾌적한 상태를 이루고 있던 그 마지막 절대공간. 숙명의 병균들이 우리의 살을 뜯어먹기 전, 운명의 하얀 낫이 아직 우리의 모가지를 베어가기 전.

어느 날, 최초의 기미가 보이긴 했다. 그러나 그것은 평온이라는 지배적인 흐름에 던진 돌멩이 하나의 파문에 지나지 않았지만 지금 생각해보면 그것은 마치 홍역이 잠복해 있을 때 최초로 미미하게 피어나는 열꽃과 같은 것이었다.

최초로 분홍빛 열꽃이 피어날 때 사람들은 그 흔적처럼 엷은 병의 징후를 손가락으로 문질러보며 무언가 물감이 묻은 것은 아닌가 지워보려고 한다. 그러나 지워지지 않으면 불안해하다가 금세 잊어버리고 다른 일에 몰두한다. 그러는 동안 몸에는 이제 하나 둘 진짜 열꽃이 창궐하게 되고 그것이 열꽃이라는 것을 의심할 수 없을 때가 바로 병자가 홍역이라는 중병에 깊이 빠져 있을 때인 것이다.

그때의 우리 집이 바로 그 최초의 연분홍 열꽃을 하나쯤 피운 때가 아니었던가 싶다. 그래서 그것을 중병의 징후로 생각지 않고 단지 행복의 얼굴에 묻은 오점쯤으로 생각하고 잠깐 문질러보다가 잊어버렸던 것은 아니었을까? 그때 우리 집은 행복했다. 더군다나 막내 여동생이 태어나 하얀 기저귀가 아름다운 마당에 너울거리는 모습은 인간이 산다는 것의 청결한 행복을 신비하게 묵시하고 있는 것처럼 느껴질 정도였다. 그러나 홍역이란 한 아이가 혹은 한 집안이 살기 위해 필연적으로 치러야 할 질병이면서 그 질병의 회복 여하에 따라 생명의 성패가 좌우되는 것이다. 통과의례의 길이었다. 그리고 우리 집은 홍역을 잘못 앓아낼 운명을 안고 시간 앞에 서 있었다. 그것은 누구의 죄도 아니다. 아니면 우리 모두는 서로의 행복에 대해 암살자였으며 동시에 피살자가 될 운명을 안고 그렇게 피를 나눈 채로 한마당에 서 있었던가?

화동으로 나간 어린 남동생의
결혼식장 난동

내 첫째 남동생 C는 딸 둘을 낳고 처음으로 얻은 아들이었기에 집안에서 참으로 떠들썩한 대우를 받고 있었다. 남다른 부자는 결코 아니었으나 그만은 귀공자로 자랐다.

그는 남달리 머리가 좋았고 동화책도 다섯 살 때 이미 하루에 서너 권씩 읽을 정도로 상당히 비범했으며 특히 미남이었다. 어린 시절에 미남, 미녀 소리 안 들어본 사람은 없겠지만 그는 무어랄까, 갸름한 얼굴에 신경질적으로 찌푸려진 굵은 눈썹, 날카로운 눈매에 전반적으로 퇴폐적인 인상을 풍기는 그런 용모였다.

그는 어려서부터 눈을 신경질적으로 깜박거렸으며 무엇을

처다볼 때면 반드시 비스듬히 병적으로 처다보아서 주위의 걱정을 듣곤 했다. 유치원에 들어가자 멋진 양복을 맞춰 입고 그 당시 유행하던 하이칼라 머리를 포마드를 발라 넘겨 빗고 가방을 어깨에 두른 모습은 마치 오스카 와일드의 책에 나오는 공자의 모습 그대로였다.

그런데 이 아이가 이제 집안뿐 아니라 온 동네의 말썽꾸러기로 등장하게 되었다. 그에게서 괴롭힘을 당하지 않은 아이는 없을 정도였고, 우리 집에 와서 하소연을 하다다 못해 분노의 화살을 퍼붓고 가는 어머니까지 생겨나게 되었다. 그는 아이들 싸움 정도로 애들을 때리는 것이 아니라 끝까지 괴롭혔다. 언덕에서 애들을 밀쳐서 다리를 다친 애까지 생겼다.

그는, 마치 공격적이고 호전적인 별 아래서 태어난 아이 같았다. 딱지치기나 땅따먹기를 할 때에도 아주 집요해서 철저한 승부욕에 집착했다. 그는 야수의 눈빛을 하고 부지런히 동네엘 나다니며 작은 일을 연방 저질렀다.

그런데 어느 날, 그는 드디어 생애 최초의 운명의 날을 맞고 말았다. 그는 유치원에 다니고 있었는데 유치원 원장의 따님이 성대한 결혼식을 올리는 데 거기 '꽃뿌리'로 뽑힌 것이다. 말하자면 신부 입장을 할 때 신부보다 한 발 앞서가며 아름다운 신부가 밟고 가는 땅을 축복하기 위해 꽃잎들을 흩뿌리는 화동花童으로 뽑힌 것이다.

그는 멋진 흰색 양복에 하이칼라 머리를 빗고 새 구두를 신고 서양아이들처럼 한 송이 붉은 꽃을 윗주머니에 살짝 꽂았다. 엄마는 걱정이 되기도 하고 또한 하객의 한 사람으로 초청을 받았기에 그 결혼식에 참석하였다.

만장하신 하객들이 꽉 들어차고 광주의 유지들은 거의 모인 자리였다고 한다. 그는 결혼식이 시작되기 전 불안하고 초조하여 어쩔 줄을 몰라 하며 같이 '꽃뿌리'로 뽑힌 여자애와 입씨름을 벌였다고 했다. 그의 초조와는 아랑곳없이 그러나 결혼식은 시작되었다. 화려한 음악이 울려 퍼지자 검은 양복으로 정장을 한 신랑이 입장했다. 그리고 '꽃뿌리'가 꽃을 뿌리고 들어가면 바로 뒤에 순백의 웨딩드레스의 신부가 한 몸에 축복을 받으며 붉은 주단 위를 걸어가는 것이다.

이윽고 꽃바구니를 든 그림같이 예쁜 사내애와 여자애가 신부보다 한 발 앞서 걸어나와 나비처럼 예쁘고 가볍게 꽃을 뿌리고 지나가고 있었다. 그 뒤에 아버지의 팔을 낀 신부가 성스럽고 떨리는 마음으로 행복의 꽃길을 걷고 있었다. 웨딩마치는 울리고 사람들은 모두 신성한 사랑을 축복했다. 그때였다. 꽃을 뿌리던 미모의 소년이 꽃바구니를 던져버리고 울기 시작한 것은.

신부는 영문을 몰라 멈춰 섰다. 웨딩마치도 멈췄다. 모든 사람들의 시선이 꽃뿌리 소년에게 꽂혔다. 그는 몸을 내던지며

울다가 조용조용 타이르며 다시 꽃을 뿌리자고 소곤대는 꽃
뿌리 여자애를 밀쳐서 넘어지게 했다. 결혼식의 꽃바구니는
짓밟히고 꽃은 망가졌으며 축하의 음악은 부서졌다.

　너무나 뜻밖의 일이라 아무도 저지하지 못했으며 그는 달
려온 유치원 선생과 신부측 사람들에게 큰 소리로 흉한 말을
퍼부어댔다고 했다. 엄마는 너무 놀라 기절해버렸다. 끌려 나
와서도 그는 한참을 큰 소리로 울었다고 했다.

폭풍의 자손으로 태어난 사람이 선택할
시인의 길과 깡패의 길

　　　　　　　　나는 때때로 생각해본다. 그날의 그 신부는
어떻게 살고 있을까? 아마 결혼식장에서 꽃뿌리 소년의 돌발
적인 광기 때문에 그런 소동을 당한 신부란 세상에서 그녀 한
명뿐일 테니까, 분명 잘살 것이라는 생각이 든다. 아니 잘살아
주기를, 제발 잘살아주기를 속죄 삼아 빌어보는 것이다. 그녀
를 생각하면 내가 죄인이 된 느낌이다.

　그날 이후, 우리는 이제 평온해도 불안한 생활에 새롭게 직
면하게 된 것 같다. 모든 평온 속에는 폭풍이 있다. 아니 모든
폭풍 속에도 평온은 있는 것이라고 말할까?

에밀리 브론테의 말이 아니더라도 이 세상에는 폭풍의 자손들이 있는 법이다. 폭풍의 자식들은 불같이 맹렬하고 야성적인, 황야지대의 아이들이다. 그리고 그들은 "마치 산에서 흘러내리는 급류를 가로막으면 주위의 평원으로 범람해서 지나는 길에 무엇이든지 다 파괴해버리는 것처럼 세상의 규범과 일상적 기존질서에 대해 어쩔 수 없이 파괴적 힘이 되어버리는 것이다." (데이비드 세실)

세상에는 평온과 폭풍이 있다. 그 결혼식 날의 난동 이후, 우리는 적어도 폭풍의 별 아래 직면하면서 가슴 졸이고 산 날이 훨씬 더 많았다. 광기와 히스테리와 불같은 정열과 맹렬한 야성, 증오와 싸움 그런 것이 이제 그 폭풍의 별 아래 있는 무대에서는 거의 일상사가 되고 말았다.

그러면서 걷잡을 수 없는 나의 사춘기가 시작되었다. 나 역시 그와 피를 나눈 폭풍의 자손이었기에 언제나 바람 부는 황야에 회오리치는 절벽에 마음은 서 있었다. 그러나 나에게는 (동생과는 달리) 지성이 조금 있었다. 이성이 아니라 지성 말이다. 지성이란 나에게 글을 쓰고자 하는 힘이었고 글을 씀으로써 내 마음의 폭풍을 조금씩 지배해가고자 하는 직관적인 노력이었다.

그와 나는 똑같은 폭풍의 자손으로 태어났지만 각기 다른 길을 선택했기에 나는 이제 시인이 된 것이다.

나는 때때로 홀로 물어본다. 폭풍의 별 아래 태어난 사람은 시인이 되느냐, 깡패가 되느냐 하는 길밖에 없는 것은 아닐까 하고. 혹시 다른 길이 있을지도 모르겠다. 내 막내동생은 지금 심리학자가 되려 하고 있으니까.

백합이
흐르는

방

여중 입학 이후, 사춘기가 시작되는 위험한 계절에
내 육체 속에서 울부짖지 않고서는 배겨날 수 없었던
한 마리의 짐승을 나는 언제나 느껴왔다.
짖어대지 않고서는 견딜 수 없는 황폐한 야수.
일종의 미치광이 짐승,
굶주린 늑대 같은 것,
그것이 그때는 침묵으로 울부짖고 있었던 것이다.

여중 입학 기념으로
엄마가 사준 세 권의 책

사춘기란 누구에게나 무서운 다리 위에 한 발을 내디딘 것처럼 시작된다.

이미 지나온 대륙과 앞으로 도달해야 할 불확실한 대륙 사이 사춘기의 검은 다리는 무섭도록 걸쳐져 있다.

다리란 땅도 물도 아닌 어떤 공간이다. 그것은 허공 속의 위기와 같다. 미완성의 절벽처럼 하나의 위험에 처해 있으면서도 실족의 위기와 아울러 동시에 구원의 징후를 내포한다.

어디로 갈까—우리는 누구나 다리 위에서 묻는다. 어디로 가는 것인가, 이 다리는 어디로 가기 위해 서 있는 것인가. 그것은 땅과 땅 사이의 허공의 고리다. 위험의 매듭이다. 심연의 고뇌로 이어진다는 우리 삶의 고리의 이음새이다. 실족과 현기의 나라이다.

나는 언제나 길을 사랑하지만 그 길을 사랑하는 만큼 다리를 무서워하곤 했다.

우리의 삶에는 그러나 가끔씩 다리가 나타나곤 한다. 변전의 포인트가 되는 불안의 계절이 있는 것이다. 그런 다리 위에서 우리는 누구나 공물을 바쳐야 하는 식민지 나라의 슬픈 사람들처럼 심연의 거울에 자신의 얼굴을 비춰봐야 한다.

강물은 덧없이 흐르고 세계는 침묵에 차 있다. 정신을 차리려고 노력하지만 혼란은 너무도 크고 다리는 무섭도록 흔들린다.

과거는 이미 무너졌고 어떤 미래도 아직 오지 않았다. 친숙한 신의 이름—부모와 가족과 스승의 신전은 이미 붕괴했으되 아직 어떤 새로운 신을 찾은 것은 아니다. 뒤에 남기고 온 고향도 낯선 것이지만 아직 만나지 못한 미래는 더욱 낯선 것이다.

이렇게 사춘기 아이들은 두 개의 낯선 이향異鄕에 처형된 채로 과거와 미래 사이에 흔들리는 다리 위에 어둡게 버려져 있다. 부모와 가족은 그들에게 마치 피안처럼 먼 나라가 된다. 차라리 밤하늘에 빛나는 별이 피붙이나 이웃들보다 더 가깝게 느껴진다. 과거를 도살하고 허공을 바라볼 때 누구에게나 확실한 것은 아무것도 없다.

공허를 애걸하며 아— 그들은 어디로 가는가. 묻지를 말라. 그들에게 고향이 어디인가를, 아아— 묻지를 말라, 그들에게 어디로 갈 것인가를.

나는 그렇게 어둠의 강물이 흐르는 다리 위에 홀로 서 있었다—내가 그때 가장 많이 들은 말로는 '모순덩어리'라는 악의에 찬 비난이었다.

차라리 니체의 말을 생각해보고 싶다.

인간은 심연에 가설된 한 줄기 그물. 건너는 것도 위험하고 몸을 떨면서 다리 위에 멈추는 것도 위험하다. 인간에게 있어서 위대한 점은 그것이 다리이며 목적이 아니라는 사실이다. 인간에게 있어서 사랑받는다는 것은 그것이 바로 도상의 과도이며 하나의 몰락이라는 사실이다.

중학교에 입학했을 때 엄마는 나에게 세 권의 책을 사주었다. 그것은 어쩌면 내 정신의 세계지도를 움직여나갈 나침반과 같은 것이 되었음은 부인할 수 없을 것 같다. 그 세 권의 책은 어디에선가 아주 촌스럽게 나온 『그리스 로마 신화』였고 이어령 교수의 『하나의 나뭇잎이 흔들릴 때』 그리고 헤르만 헤세의 『데미안』 번역서였다.

독방,
내 자의식의 인큐베이터

이제 나에겐 독방이 생겼다.

자기만의 독방이 생긴다는 것만큼 좋은 일이 또 있을까. 독방이란 인간에게 자기만의 응급실이고 고해실이고 또한 분장실이 될 수 있다. 뇌출혈—그리고 어떤 뇌출혈이 줄기차게 그 방 속에선 일어나고 있었다.

우리 집은 비교적 새로 지은 한옥이었는데 안채의 끝 방이 내 방으로 정해졌다. 소녀다운 분위기가 흘러넘쳐야 할 그 방엔 그러나 흉측한 관념 덩어리와 애매한 분노와 치열한 의지의 진폭들이 퇴폐적으로 빈 술병처럼 뒹굴었다.

나는 동굴을 원했다. 미개한 짐승들이 상처받은 몸을 숨기기 위해 필요로 하는 것 같은 그런 동굴을 원했다. 침묵과 어둠이 수혈의 피처럼 가득 찬 동굴. 어떤 새로운 태胎를 원한 것인지도 모른다.

부모의 살과 피를 받아 어머니의 태 안에서 어느 날 태어났던 그런 내가 아니고 나만의 자의식의 태 속에서 다시 잉태되어 내가 바라는 어떤 새로운 나가 되고 싶다는 어떤 종류의 강렬한 욕망, 비극적인 이글거림 같은 것을 나는 느꼈다.

나에겐 하나의 태초太初가, 하나의 원초原初가 필요했던 것이다. 그리하여 나의 동굴 속에서 나를 이끌어낼 수 있는 힘은 당분간 거의 아무것도 존재하지 못했다.

나는 점점 말이 하기 싫어졌다. 도대체가 그저 무의미했다. 집에 들어가면 밥 먹는 시간을 제외하고는 식구들과도 낯을 피했다. 서먹서먹한 거리가 마치 식구들을 낯선 사람인 것처럼 대하게 만들었다.

우리 집에 일 년 남짓 세를 살았던 젊은 새댁은 한참 동안이나 나를 벙어리인 줄 알았다고 했다. 어느 날 내가 화장실에 앉아 있는데 그 새댁이 노크도 없이 문을 열었다. 그때 내가 당황한 나머지 "왜 노크도 없이 문을 열어요?" 했다. 그때 새댁은 그 사실에 대한 변명도 없이 "벙어리인 줄 알았더니 말을 다 하네요" 하며 웃기만 했다.

일 년 남짓 같이 살았던 사람이 벙어리인 줄 알 정도로 말을 안 했던 것은 내가 침묵을 앓고 있었기 때문이다. 침묵은 질병처럼 나를 사로잡아 내부에서 백열하는 것처럼 끓고 있었다. 백열의 도가니—그런 것이 내 육체 속에 끓고 있었다. 그때는 그것이 '언어에 이르는 병'이라는 것을 알지 못했다. 침묵이란 말이 없음이 아니었고 어쩌면 '울부짖음의 또 다른 표현'이 아니었을까.

그때 나의 내부는 무성영화의 어떤 클라이맥스처럼 그렇게 침묵으로 울부짖어야 할 무엇이 잠복해 있었다는 것일까? 그것은 무엇이었을까. 나는 때때로 홀로 물어본다. 그것은 무엇이었을까, 아니 누구였을까.

내 육체 속에서 울부짖지 않고서는 배겨날 수 없었던 한 마리의 짐승을 나는 언제나 느껴왔다. 짖어대지 않고서는 견딜 수 없는 황폐한 야수. 일종의 미치광이 짐승, 굶주린 늑대 같은 것, 그것이 그때는 침묵으로 울부짖고 있었던 것이다.

지금도 그것은 나와 더불어 살고 있지만 이제 그것은 자기 나름의 언어를 가지고 있다. 그것은 나와 더불어 오랜 운명을 같이 해오면서 이제 시인이라는 말의 성직에 봉사하고 있다. 누군가는 나를 가리켜 '언어의 테러리스트'라고 불렀지만 그것은 내 육체 속에 깃들어 나와 희로애락을 같이 해오고 있는 그 기갈에 날뛰는 짐승의 성격에서 기인하는 것일 것이다.

나는 때때로 그 괴물이 지겹다. 미쳐 날뛰는 기갈, 골수에 파고드는 환멸과 우울 미치광이, 환상성이 강한 공포—그런 때는 오장육부를 향해 이빨을 갈 듯이 저주한다.

"너는 그 속에 처박혀서 홀로 미치고 날뛰고 발광하여라. 나는 이제 너와 헤어져 맛있는 것을 탐하고 좋은 옷을 입고 즐겁게 살 테야. 내 너를 유폐형에 처하니 그 속에서 나오지 마라. 제발 그 속에서 네가 시를 쓰든 말든 나를 편하게 살게 해다오. 이 괴물아."

그러나 그 시절의 나는 그 괴물의 정체를 알지 못했다.

인간이 진정한 자기를 발견하기 위해 겪는 고통이란 신이 천지창조를 하실 때 겪은 고뇌보다 결코 작지 않으리라. 나는 그렇게 나의 동굴 속에서 정체 모를 욕망에 시달리며 아편과 같은 고통 속으로 탐닉해 들어갔다. 그것이 또 하나의 세계였고 타인들의 천하를 다 합친다 해도 바꾸지 못할 자신만의 지구였다.

나는 누구일까. 나는 무엇일까. 아직 아무것도 아니었다. 단지 침묵으로 울부짖는 한 마리의 날뛰는 기갈이었다. 그 방은 내 자의식의 인큐베이터였다.

친구를 사귈 수 없었던 고독이
나는 좋았다

한 번도 여학생다운 낭만과 두근거림을 가져보지 못한 것 같다. 순결하고 맑고 명랑하고 햇빛처럼 소곤대며 흰 양말을 신고 경쾌하게 걸어가는 그런 소녀다운 순진성을 일찍이 상실당한(상실이었을까? 어쩌면 나는 한 번도 그런 순결한 투명성을 가져보지 못했던 것 같다) 나는 어두운 표정으로 헤매었다.

내 별명이 '블랙'이었는데 그것은 내 피부가 유난히 검기도

했지만 아마 그것은 또한 내 어두운 내면의 반영이었는지도
모른다.

나는 내 검은 피부를 혐오했고 어쩌면 나는 어느 어두운 나라의 혈통이 아닐까, 어쩌면 아직도 식인종이 우글거린다는
어느 아프리카의 토인의 혈족이 아닐까 생각해보기도 했다.

희고 깨끗한 피부의 아이들. 방울 소리처럼 경쾌하고 날렵
하게 움직이는 소녀다운 아이들은 나와는 인연이 닿지 않는
이방의 소녀들처럼 보였다. 나는 하얀 피부에 가벼운 표정의
신선한 소녀들을 몹시 동경했고, 그들에 비해 나는 아주 죄가
많은 사람, 육중한 사람으로 여겨졌다.

나는 그들을 동경했으나 한사코 피했다. 그들 속에 있으면
내 검은 피부 때문에 나는 눈에 띄었고 그들의 신선한 아름다
움에 대조되어 모든 것이 백일하에 폭로돼버릴 것 같았기 때
문이다. 그러면서도 마음속으로는 그들을 또한 경멸했으니,
그들이 한없이 어린 미숙아들로 보였기 때문이다.

그런 모순에 찬 마음 때문에 나는 친구를 사귈 수도 없었고
그렇다고 그들을 완전히 잊어버릴 수도 없었다. 그것은 고독
보다도 더 무서운 잔인한 찢김이었다.

언제나 사랑은 그런 식으로 나에게 다가왔다. 아픈 찢김으
로써만 나는 사랑 앞에 서 있게 되었다. 그리하여 나에게 있
어서 사랑한다는 것은 곧 수형受刑을 받는다는 것을 의미한다.

언제나 그랬던 것 같다.

나는 사련처럼 독서에 열광했다. 위험한 책을 너무 많이 보았다. 책을 읽는다기보다는 책을 먹는다는 표현이 그 시절의 나에겐 적절했다. 독물을 들이키듯 나는 책을 폭음했고 그것이 나의 핏줄 속으로 흘러들어가 불가해한 화인火印의 아라베스크를 이뤘다.

내 방. 엄마의 헌 치마를 뜯은 주홍빛 감으로 커튼을 해 단 내 방은 마치 주홍빛의 방주처럼 문학이라는 매혹적이고도 환상적인 우주 속을 떠다녔다. 나는 우주 고아처럼 외로웠고 더욱 깊이 혼자였다.

내가 사랑한 것은 히스클리프와, 장 크리스토프 그리고 무섭게 이글거리는 사이프러스나무를 그린 반 고흐였다. 사이프러스나무란 무덤에 심는 묘지수라던가. 내가 결국 만날 것은 바로 그 죽음의 얼굴이었다.

나에게 죽음과 삶의 갈등을
불러일으켰던 외숙의 죽음

어느 여름날, 오랫동안 폐결핵으로 앓고 계시던 외삼촌이 세상을 떠났다. 내가 그날 바라본, 병원 정원에서 작열하던 칸나꽃은 영원히 잊을 수 없을 것 같다. 오랫동안 제중병원에 입원해 계시던 외삼촌은 33세라는 젊은 나이로 세상을 떠났다. 세상이란 그에게 있어서 곧 병이었으므로 그는 33세의 젊은 나이로 자신의 고독한 병을 버렸던 것이다.

폐결핵의 지루한 사망은 가족들에게 슬픔조차 잊게 했다. 모두들 '끝이 왔구나' 하는 표정이었을 뿐 땅을 치는 비통함은 일어나지 않았다. 그리고 너무 무더웠다.

제중병원 영안실에서 바라본 병원의 뜨락은 사막처럼 희게 타오르고 있었으며, 흰색 이상의 흰색으로 백열하고 있었고 그 폭양은 모든 기억과 고통과 축축한 연민들을 힘껏 살균시키고 있는 것 같았다. 그것은 폭양의 고독이었다. 탈색이었다. 인간에 속한 모든 비참함과 습기 찬 세균들을 모조리 꺼내 양잿물로 삶은 빨래처럼 희디희게 살균시키고 있는 것 같은 그런 폭양이었다.

"그는 어디로 가는가—"

나는 그 희게 타오르는 마당을 보며 낮게 중얼거렸다. 이상하게도 나에게는 그때 유일한 것에 대한 절망보다는 무한한 것에 대한 그리움이 더욱 크게 느껴졌다.

"영겁의 기슭으로 그는 간다—"

나는 또 홀로 중얼거렸다. 그토록 희게 타오르는 폭양의 마당에서는 그런 생각이 가능하게 느껴진다. 한계를 넘어가는 것, 유한을 버리는 것 그리고 무한 속으로 스미는 것—그런 것이 마치 배를 타고 해안선 너머로 사라지는 사람을 볼 때처럼 부럽게 느껴졌던 것이다.

끝이었다. 끝이었지만 종말이라는 어두운 기분은 들지 않았다. 단지 그것은 끝이었고 새 옷을 갈아입고 어디론가 가는 고요한 외출이었다. 삶이란 그에게 빈궁과 질병과 고독 이외의 무엇을 뜻했는가. 아무것도 없었다. 지긋지긋한 고통뿐이었다.

빈궁과 질병과 고독의 침대 위에서 그는 단지 기다리고 기다렸을 뿐이다. 오늘이 오기를. 끝이 와서 무엇인가 자신의 지리멸렬한 빈궁에 문맥상의 혁명이 일어나기를. 죽음은 콤마였을까, 아니면 피리어드였을까.

나는 하나의 기나긴 말없음표, 허공에 반디처럼 떠다니는 아름다운 무언부無言符라고 고요하게 느끼고 있었다. 삶의 고난과 빈궁과 비참과 원한을 마치 강보에 어린 아기를 소중히 싸듯 감싸는 '죽음의 고결한 괄호'를 나는 경이에 차서 바라보았다. 숨이 막혔다.

관이 마치 요람처럼 느껴졌다. 삼촌은 이제 누추하게 병들어 괴롭게 죽어가는 각혈에 지친 불쌍한 청년이 아니었고, '무한의 요람' 속에서 마음을 편안히 놓고 고요와 황홀에 감싸여 눈을 감고 있는 순백의 생명처럼 보였다.

그의 너저분한 현실을 죽음의 성결한 강보가 괄호처럼 와서 묶어버렸고 이제 그에게 남은 것은 죽음의 후광이었다. 그리고 그것은 바로 여름날 제중병원의 영안실 앞마당에서 백열하는 태양의 손이었다.

나는 그날에야 비로소 태양을 발견한 기분이 들었다. 태양은 우리의 불쌍한 삶을 성결하게 묶은 무한의 괄호였고, 영겁의 강보였고, 애통하는 자의 넋을 감싸는 평화의 요람이었다. 몹시 힘들여 각혈을 하고선 오랫동안 수건에 묻은 피를 바라보던 외삼촌을 생각할 때 죽음은 어떤 은전恩典, 온후한 특사처럼 찾아온 것으로 느껴진다. 그것도 가장 눈부신 태양의 요람처럼 온 것이다.

"죽음은 아름다운 것이야—"

나는 홀로 소리 내어 중얼거렸다. 제중병원의 구석 침대에서 외롭게 빈궁과 병에 시달리던 외삼촌의 마지막 날이 이렇게 화려할 줄은 몰랐다. 그의 애통한 넋은 백열하는 태양으로 살균되었고 그의 뼈는 은백색으로 우주 속에서 홀로 빛났다.

"아, 죽고 싶어—"

그 순간 나의 눈길은 파초 옆에 서 있는 칸나 꽃에 머물렀다. 칸나 꽃 역시 그날에야 비로소 내가 발견한 느낌이 들었다. 그렇다. 모든 사물은 있는 것이 아니고 우리가 발견하는 것이다. 삶은 덧없고 무정해서 우리가 발견하는 순간에만 잠시 현존할 뿐이다.

칸나 꽃은 태양보다 더 뜨겁게 보였고 그것은 외삼촌의 각혈처럼 보였다. 그가 떨어뜨리고 간 삶의 피톨이었다. 젊음의 못 지울 열망이었다. 지옥의 아궁이에서 빌려온 주홍빛의 욕정이었다. 삶에 대한 가공할 만한 뜨거움이었다. 칸나야말로 살아 있는 피였다. 각혈의 꽃이었다.

"그러나 살고 싶다—"

나는 칸나의 주홍빛 말을 들었다. 칸나는 나를 향해 밀회를 고백하듯 은밀히 말했다.

"그러나 살아야 해. 각혈의 피를 토하면서도 산다는 것은 절실한 거야. 우리 칸나는 모두 각혈의 꽃이야. 치열하게 산다는 것이 곧 각혈한다는 것이지."

삶에 대한 열망과 죽음에 대한 열망이 그날 그 마당에선 내 마음속에서 엇갈리고 있었다. 죽음이 삼촌에게서 일어난 것처럼 은전이고 성결한 무언부無言符이고 아름다운 태양의 괄호라면 정말로 죽고 싶었다. 그러나 삶이 백열하는 꽃밭 속의 칸나처럼 뜨겁고 날카롭고 선명한 표현의 힘이라면 또한 무척 살고 싶기도 했다. 나는 언제나 삶을 싫어했다기보다는 삶의 지리멸렬, 진부함, 김빠진 맛, 미적지근한 온도, 밑도 끝도 없는 허황된 공허를 혐오했기 때문이다.

그리고 그 두 마음은 이제 내 마음속을 수시로 오락가락했다. 죽음에 대한 욕구와 삶에 대한 욕구—타나토스와 에로스는 나의 새로운 골고다로 등장했다. 그리고 내 몸속에는 그 미치광이 시인과 우울한 여학생이 공존하느라 언제나 삶은 피폐했고 언제나 나는 고단했다.

토니오 크뢰거의 말이 생각난다. "만일 인간에게 인식만 있고 표현이 가져다주는 기쁨이 없다면 우리는 영원히 우울해질 뿐이다."

나는 아직 표현의 기쁨을 획득하지 못한 까닭으로 그토록 어두운 맹수처럼 부딪치고 다녔던 것이다.

사춘기는 건방진 아포리즘
― 애원컨대 나를 비웃지 말아주기를

독자 여러분, 감히 애원하건대 나를 비웃지 말아주기를 바란다. 나는 어느 날부턴가 문학소녀들이 하는 온갖 치기만만한 만용을 다 부리고 다녔다.

비가 내리는 날이면 일부러 우산도 없이 비를 맞고 다녔고 낙엽이 떨어지면 슬프다고 비애가 젖어 흐르는 표정으로 방황했고 수업시간엔 아주 냉소적으로 노트필기도 하지 않았고 숙제물은 무시했으며 '인생이 무엇이냐'고 아주 현학적인 표정으로 질문을 하기도 했다. 퇴폐적인 멋이 잔뜩 들어 '미성년자 입장 불가' 영화관에 들락거렸고 마치 건방진 '아포리즘'처럼 행동했다. 사춘기는 문학 소년, 소녀들에게 하나의 건방진 아포리즘과도 같으니까.

아주 유치한 문학청년기에는 누구나 '아포리즘'처럼 건방지게 행동하고 자조하고 세상을 비웃는다. 그것이 골수에 박혀 오직 겉멋에 빠진 퇴폐적인 길로 흐른다면 그는 삼류의 싸구려 시인이 될 것이다. 그러나 그것이 마치 하나의 다리 위를 지나가는 것처럼 하나의 도상의 과정이라면 우리는 그를 용서해주지 않으면 안 된다.

아포리즘처럼 행동하고 삶의 거죽을 건방지게 스치기만 할 때 우리는 어떤 진지한 정신도 만날 수가 없다. 진짜 시인이 되기 위해선 아주 고통스러운 내적인 진지함에 도달할 필요가 있다.

나는 '걸어다니는 아포리즘'처럼 삶을 시시하게 내려다보았으며 오직 삶을 걸어찰 이유만을 찾는 사람 같았다. 내가 건방진 아포리즘이 되자 부모님의 세계, 어른들의 세계는 다 시시하게 보였으며 삶이란 것이 과연 살 만한 가치가 있는 것인가, 어차피 삶의 끝에는 죽음이 있는데…… 라는 허무주의에 빠지게 되었다. 건방진 아포리즘의 뒤에는 반드시 허무주의가 따라오기 마련이다. 건방진 아포리즘은 사춘기 시절의 부정적 에너지를 허무주의로, 냉소주의로 포장하여 극단의 이방인적 존재가 되게 한다.

어느 날, 어느 친구에게서 백합 스물일곱 송이를 밀폐된 방에 꽂아놓고 자면 아무 고통 없이 죽는다는 말을 들었다. 그 말을 듣고 '바로 이거야' 나는 무릎을 쳤다.

어느 봄날, 나는 백합을 사려고 시내의 꽃집들을 순례했다. 그러나 그토록 많은 백합은 어디서도 구해지지 않았다. 나는 꽃을 재배하는 화원이 많은 광주 변두리 '경양방죽'이라는 곳까지 걸어갔다. 그곳은 많은 사람들이 자살 또는 정사를 하느라 빠져 죽은 방죽이 있는 곳인데 그 방죽을 지나가면 아름다운 노랫소리가 물속에서부터 들려와 혼을 꾄다고 했다.

으스스한 오후였다. 나는 잡초 냄새가 축축하고 씁쓰름하게 풍겨오는 그곳을 지나갔다. 그리고 누군가가 물속에서부터 몸을 일으켜 '나의 혼을 꾀어가기를' 기다렸다.

'혼을 꾀이는 것'—나는 그런 것을 무척 좋아했던 것 같다. 그래서 나는 어느 조회시간에 간질 발작을 일으켜 운동장에서 넋을 잃고 쓰러진 아이가 몹시 부러워 한동안 그 애 곁을 맴돌기도 했다. '혼이 빠진 동안 너는 무엇을 보았니?'—나는 묻고 싶었다. 독서와 음악에 탐닉하는 것—그것이야말로 '혼을 꾀이는 것'이 아니고 무엇이랴.

그러나 방죽에선 아무도 나의 혼을 꾀어가지 않았다. 나는 혼을 꾀이지 못한 쓸쓸함으로 천천히 방죽의 어두운 물을 바라보면서 걸음을 옮겼다.

백합 스물일곱 송이. 그것을 나는 주홍빛 커튼이 펄럭이는 내 방에 장식했다.

백합 스물일곱 송이로 장식한 방에서
죽음을 마주하고

'오늘 밤 죽으리라' 생각하자 마음속에 무한한 관대함과 부드러움이 솟구쳐 올랐다. 임종의 입술에서 나오는 말은 선하다고 하던가. 그날 밤 나의 말은 마치 유언처럼 선했고 겸손했고 애정으로 말미암아 애잔하기까지 했다. 식구들 하나하나의 얼굴을 들여다보며 나는 조금 서운함을 느꼈다. 우리 앞엔 이제 작별이 있고 우리의 인연은 끊기고 만다. 아, 안녕. 잘 있어요. 나는 자기도취와 감정과잉 때문에 눈물까지 글썽거렸다.

그리고 방으로 돌아와 유언장을 썼다. 시시한 유물의 분배에 관한 내용을 아주 드라이한 사무적인 문체로 썼고 마지막으로 "아버지 어머니 감사했습니다. 먼저 가는 여식을 용서해주세요"라고 썼던 것 같다.

그리고 이제 기다렸다. 죽음은 황홀한 마취처럼 오는가, 고요한 혼절처럼 오는가, 아니면 마비인가, 혹은 무엇인가.

백합꽃 스물일곱 송이는 마치 성당의 촛불처럼 신비했다. 아니면 야차의 눈빛처럼 요염했다. 나는 죽음이 신비에 전율하며 백합꽃 향기가 만개한 저승의 길을 향해 몸을 돌렸다. 갑자기 시가 쓰고 싶어졌다. 너무나 할 말이 많았다. 그러나 또한 모든 것이 귀찮았다. 내일도 모레도 그 다음날도 영원히 백합꽃 향기 속에 묻힐 수 있다면 그냥 조용히 가고 싶을 뿐이었다.

향기로운 잠이 나의 뇌의 수정체들을 하나하나 애무하듯이 감겼다. 향기로운 파문이었다. 나는 지상에서 파문당한 혼을 이끌고 저 멀리 어딘가로 떠나고 있었다. 영원히— 라고 생각하면서.

나는 마지막으로 시체 안치실처럼 꽃단장을 한 내 방을 둘러보며 작별인사를 던졌다. 안녕, 영원히 안녕.

다음 날 나는 부신 햇빛에 눈을 뜨고 늦잠을 자서 지각하게 된 것을 알았다. 환멸도 반가움도 느낄 새도 없이 책가방을 들고 학교로 뛰었다. 그날은 확실히 지각이었다.

살아 있다는 것이, 살아서 뛰어간다는 것이 신비롭게 느껴졌다. 마치 술기운처럼 백합꽃 향기가 나의 뇌의 어느 구석에 괴어 있었던가. 그 향기로운 파문의 황홀함과 고요함은 언제나 나를 마치 고향처럼 불렀다. 그것은 내 최초의 자살미수였다.

기괴한 모습으로 화장하고 자면
죽는다는 황당한 자살 시도

호남지방에선 백일장이 자주 열렸다. 나는 입학하자마자 어떤 계기에선지 글재주를 인정받아 중학 3년 내내 자주 백일장에 참가했다. 그리고 거의 무슨 상인가를 받아 왔다.

졸업식 때 '글짓기를 잘하여 학교의 명예를 고양시켰으므로' 수여한다는 공로상까지 받아 왔으니 얼마나 자주 상을 탔던가는 짐작할 수 있으리라.

그러나 나로서는 그 시들이 한 줄도 생각나지 않는다. 아마 무척 감상적이고 치졸하고 애매모호한 관념어투성이의 난해시 정도였을 것이다. 그것은 분명 망각할 가치가 있는 작품들일 것이다.

'백합 자살미수' 이후 나는 이제 좀 더 삶을 향해 쓸쓸해졌다. 마치 자신의 전 재산을 털린 것처럼 초라한 추위를 느끼고 언제나 오싹오싹했다. 복도의 유리창에 기대어 보면 때때로 학교 담 너머 개울 건너 있는 큰길로 형무소의 죄수들이 사슬에 묶여 느릿느릿 걸어가곤 했다.

우리 학교 뒤쪽 동명동 200번지에 교도소가 있었다. 죄수들은 아침이면 언덕 위의 하얀 집에서 내려와 푸른 옷을 입고 느릿느릿 노역장으로 걸어 나갔고 저녁때면 다시 느릿느릿 교도소로 돌아가곤 했다. 그 광경을 어린 소녀들이 매일 바라봐야 한다는 것은 우울한 일이었지만 내 마음은 아주 흡족했다. 내 마음의 풍경과 그토록 걸맞은 풍경은 그 당시에 달리 있을 수가 없었기 때문이다. 미셸 푸코의 말이 아니더라도 학교와 감옥에는 비슷한 점이 많지 않은가.

푸른 수의를 걸친 사람들이 지나갔다. 나는 덜그럭거리는 무릎의 의미를 이해했다. 무릎의 절망을 이해했고 무릎의 욕정을 느꼈다. 나는 그들이 지나가는 소리를 들으며 언제나 마음속으로 울부짖었다. 탈옥하라. 탈옥하라—고.

어느 가을날이었다. 입학시험을 앞둔 중 3이었으나 내 속의 괴물은 그런 시즌엔 아랑곳없었고 내 속의 여학생은 착실히 공부를 계속해나갔다. 나는 그런 분열된 생활에 지긋지긋한 환멸을 느끼고 '인간사표'라는 낱말을 자주 생각하고 있었다. 그 사정은 지금도 달라진 것이 없다. 하나의 인간이 된다는 것만큼 장렬한 일은 없다. 차라리 천사나 악마가 된다는 것이 훨씬 더 쉬우리라.

인간이란 천사나 짐승 사이에 걸쳐진 하나의 밧줄. 그 모든 옥타브에 모조리 충실을 바칠 때 비로소 하나의 인간이 된다. 그것만큼 장렬하고 그것만큼 힘들고 그것만큼 강인하게 버려야 하는 것이 또 있을까.

나는 어디선가 밤에 진한 화장을 하고 잠들면 죽게 된다는 소리를 들었다. 잠든 동안 빠져나간 영혼이 아침에 자기의 육신을 찾아 다시 돌아오려고 할 때 진한 화장을 하고 있으면 자신의 집이 아닌 줄 알고 다른 곳으로 떠난다는 이야기였다.

아름다운 자살법이라고 생각했다. 혼과 몸의 만남이 삶이고 혼과 몸의 헤어짐이 죽음이다. 그것을 몸소 확인해보고 싶은 유혹에 나는 급기야 빠지고 말았다.

어느 토요일 밤. 나는 가을의 공원을 오랫동안 산책했다. '우주적 우수'라고나 불러야 할 감정이 또다시 나를 에워쌌다. 그것은 작별의 감정이었다. 피안의 다리를 건너려고 할 때의 마지막 보는 세상의 모습만큼 아름다운 것이 또 있겠는가. 내가 그토록 환상적인 자살미수에 자꾸만 혼을 빼앗기는 것도 바로 그 극단적인 아름다움을 찾고자, 나의 눈동자에서부터 상투적인 습관의 헝겊을 벗겨주고자 하는 노력인지도 몰랐다.

절체절명의 자리에서만 인간은 가장 아름다운 것을 본다. 무한대의 사랑, 무한대의 감동, 무한대의 긍정에 이르는 길. 그리하여 그토록 많은 자살미수란 베토벤의 「환희의 송가」, 뭉크의 「검은 마돈나」, 그리고 니체의 차라투스트라가 서 있었던 언덕으로 가는 길목을 찾으려는 내 나름의 집요한 노력이었는지도 모르겠다.

그리고 작별하는 기념으로 나는 공원의 오솔길을 내려오며 많은 낙엽들을 주웠다. 붉은색, 노란색, 갈색, 주홍색의 낙엽들은 모두 자기 나름의 죽음의 마스크로 단장하고 있었다. 그것으로 내 죽음의 요람을 깔아달라고 나는 유언장에 써놓았다.

그리고 그날 밤 나는 몰래 엄마의 화장품을 가져와 세상에서 가장 기괴하고 가장 귀신스러운 화장을 하였다. 내 영혼이 제 얼굴을 알아볼 수 없도록. 그리하며 육신의 집으로 귀소하지 못하도록.

나는 아주 낯설지만 그러나 무섭도록 화려한 내 얼굴을 거울 속으로 물끄러미 바라보았다. 그것은 어둠의 피를 받은 목단꽃 같았다. 나는 주홍빛 커튼을 닫고 이제 자리에 누웠다.

"미운 영혼이여, 안녕. 내일이면 우리 헤어지리니. 안녕. 잘 가."

나는 마치 미친 여자처럼 어둠 속에서 기쁘게 웃었다. 아주 야만인처럼 단순한 잠이 스며들었다. 탈옥의 희열이 마치 꿈처럼 흘러갔다.

그리고 아무 일도 일어나지 않았다.

내 두 번째 자살미수였다.

내 몸속에 숨어 울부짖는 짐승을 배척하지 않고

성스러운 차원으로 끌어올려

현실적으로 나와의 조화를 이루게 해주는 신

고등학교를 나는 서울로 오게 되어서 '백합이 흐르는 방'과는 그때 헤어지고 말았지만 나는 그 방에 대한 아주 진한 향수를 느끼곤 한다. 모든 것은 추억이 되었지만 마치 범죄현장을 잊지 못하는 범죄자처럼 나는 그 방을 몹시 연연해했다.

대학 시절, 여기저기 여행을 다닐 때, 나는 문득 그 방에 대한 미칠 듯한 향수 때문에 포항에서 타려던 배표를 찢어버리고 고향으로 달려갔다.

그 집엔 누가 살고 있을까. 예전에 이 집에 살던 사람이라고 말하고 "방을 좀 보고 싶습니다. 제가 살던 그 방을 좀 볼 수 있을까요?" 정중히 부탁하면 되리라. 나는 너무나 그리운 나머지 두려움도 잊었다.

그리고 내가 그 공원 발치의 그리운 옛 골목에 당도했을 때 나는 말할 수 없이 설레는 공포와 회한으로 목이 메어 오히려 피해버리고 싶었다. 그러다 흘낏 보니 무슨무슨 간판 비슷한 것이 붙어 있었다. 다시 보니 그 집은 무당 점쟁이집이었다.

나는 만유인력의 법칙에 복종하는 사과처럼 그 집 속으로 끌려들어갔다. 커다란 한옥은 오직 교교했고 이상하게도 사람 그림자 하나 없었다. 섬돌 위에 벗어놓은 신발이 여럿 있는 것으로 보아 점을 보고 있는 것이 분명했다. 아니면 무당 점쟁이가 나오기를 기다리고 있는 것일까.

나는 안채 끝, 내 방이었던 그 방을 슬쩍, 마치 이승의 일을 탐하는 저승에서 온 손님의 눈길처럼 슬쩍 바라보았다.

정말 신기한 일이었다. 그 방은 신단이 차려지고 그 위에 제물이 놓여진 무당의 방이었다. 종이꽃들이 백합이 흐르던 방, 내 고해실이자 응급실이었던 그 부끄러운 동굴 속에 떠다니고 있었다. 내 책과 공책이 놓인 적이 있던 그 자리엔 무당의 방울과 울긋불긋한 무신도와 붉은 치마와 남빛 쾌자가 걸려 있었다. 백합이 흐르던 방에 만신의 신령이 살고 있었다. 신지핀 여자가 살고 있었다. 저승 넋을 위한 하얀 종이꽃들이 만발해 있었다. 화려한 신복神服이 걸려 있었다.

나는 마치 도둑질하다가 들킨 것처럼(아니 그보다 더) 마음이 조마조마해 얼어붙은 발길을 비칠거리며 도망 나오듯이 그 집을 빠져나왔다. 그리고 뒤도 돌아보지 않고 힘껏 뛰어 오직 그 집과 멀어지기만을 바랐다.

미치도록 달려가는 나의 귓가에 바람을 가르고 계속 부르는 소리가 들려왔다.

"싱클레어, 우리의 신은 아프락사스입니다. 그는 신이
면서도 악마이고 밝은 세계와 어두운 세계를 모두 자기
속에 가지고 있습니다. 아프락사스를 안 이상은 우리는
아무것도 두려워해서는 안 되고 영원히 우리의 내부에서
욕망하는 것은 무엇이든지 금지되지 않은 것으로 알아야
합니다. 싱클레어, 우리가 보는 사물은 우리의 내부에 가
지고 있는 것과 똑같은 것입니다. 우리가 우리 내부에 가
지고 있는 것 이외의 다른 현실이란 없습니다. 싱클레어,
대부분의 사람들의 길은 쉽고 우리의 길은 어렵습니다.
갑시다ㅡ."

그것은 백합이 흐르던 방에서 내가 읽고 감명을 받았던 데
미안의 한 구절이었다. 나의 신은 아직 어느 이름도 갖지 않았
지만 나는 나의 신을 찾기 위해 아직도 더 많이 달려가야 했다.
나만의 신을 찾아서.
내 몸속에 숨어 울부짖는 기갈에 찬 짐승을 배척하지 않고
오히려 그것을 성스러운 차원으로 끌어올려 현실적 나와 조
화를 이루게 해주는 그런 신을 나는 원했다.

그의…… 이름은……?

비틀즈

—검은 다이몬에
빠져

절대 애인.
모든 남자에게 절대연인으로서 베아트리체가 있듯이
베레란 나의 절대애인이어야 할
하나의 아름다운 추상명사였다. 천사의 이름 같은 것이었다.
먼 곳에 있는 별의 이름처럼 절대 순수의 영역이었다.
그리운 별.
아름다운 하나의 눈동자 같은.

나는 비틀즈다,
라는 사람과의 만남

　　　　　　　이제 나는 고향을 떠나 홀로 서울 생활을 시작한다. 서울에 있는 여고에 입학한 것이다. 서울로 직장을 옮길 계획을 가지고 계시던 아버지는 나의 서울 진학을 반대하지 않았다.

"당분간 가족과 떨어져 서울에서 혼자 살아갈 수 있겠니?"

나는 "아무도 없는 곳에서 혼자"라는 말에 반해 뛸 듯이 기뻤다.

"네! 살 수 있습니다."

"그럼 먼저 가 있거라!"

서울에 올라와 입학시험을 치르고 합격하자 이제 나의 거처 문제가 대두되었다. 어디에서 살아야 할까? 엄마는 아버지에게 이번 기회에 서울에 미리 집을 사두자고 제의했고 아버지는 아버지대로 무슨 계획이 있으신 듯 아직은 안 된다며 완강히 거절했다. 하숙집을 알아본다고 엄마와 나는 청진동 골목을 헤맸으나 도저히 살고 싶지 않은 그런 분위기의 한옥집들만 하숙을 열고 있었다.

서울의 빈곤, 비좁음, 누추함에 나는 환멸을 느꼈다. 서울사람이라면 모두들 이층 양옥집에 하얀 커튼을 드리우고 상아처럼 반짝이는 유리창문에서 모차르트의 피아노 연습곡이 흘러나오는 서양풍의 집에서 사는 줄만 알았다. 나무를 심어놓은 전원풍의 잔디밭이 있고 그리고 하얀 목책이 둘러진 그런 이방의 냄새가 나는 거리를 나는 꿈꿨다.

그러나 청진동에 있는 여고를 중심으로 원을 긋고 그 원 안의 범주에 드는 동네를 샅샅이 뒤졌을 때 나는 한없는 환멸에 제정신을 가누기가 힘들 정도였다. 그것은 시골뜨기의 어안이 벙벙한 놀람과 같은 것이었다.

"어디 변두리에라도 집을 삽시다!"

엄마와 나는 명동에 있는 중앙우체국에 가서 광주에 시외전화를 했다. 대답은 역시 아직 안 된다는 것이다.

비좁은 마당이 있고 ㅁ자로 방들이 서로 마주보고 있는 그런 전형적인 하숙집의 분위기 속에서 나는 도저히 살 수 없을 것 같았다. 시골에서 올라온 학생들이 우글거리고 하숙비를 더 많이 받아내려고 약아빠진 서울아주머니가 눈을 반짝이는 그런 직업적인 집에서는 한시도 배겨날 것 같지 않았다. 아무리 먼 곳이라도 아무리 외진 곳이라도 나는 여백의 환상이 남아 있는 그런 분위기를 원했다. 헛되게도 상상력이 있는 공간을!

엄마와 나는 골목골목을 들어갔다 나오고 들어갔다 나오며 더욱더 현실을 직시하게 되었고 더욱더 아버지의 무능함과 소심증을 원망했다. "시골 땅을 조금만 팔면 될 텐데…… 네 아버지는 결단력이라고는 없는 워낙 겁 많은 양반이니까……."

집을 떠난다는 건 무엇이던가. 그건 잠잘 곳이 없다는 것을 의미하고 끝없는 거리에서 서성인다는 것을 의미한다. 그 촌티가 뚝뚝 떨어지는 이불보따리를 들고 우리는 우주의 먼지만도 못한 하나의 방을 찾아서 이리 기웃, 저리 기웃 하고 방황했다.

그러다가 엄마의 머릿속에 전광석화와도 같은 한 줄기 빛이 스쳐갔다.

"자, 가자. 엄마에게 좋은 생각이 떠올랐다!"

나는 예수를 따라가는 순한 양처럼 졸졸 엄마의 뒤를 따라갔다.

그리하여 우리가 간 곳은 사직공원 바로 아래 있는 내자동이었다. 그곳은 엄마의 이모 집, 그러니까 나에게는 이모할머니의 집이 되는 셈이었다. 나는 그곳에서 일 년을 살게 되었고 하나의 잊어버릴 수 없는 독특한 만남을 가지게 되었다.

그는 아주 낯선 별에서
방금 도착했다

내자동 집은 그저 그런 진부한 한옥이었다. 그러나 이모할아버지는 부자라고 했다. 을지로, 종로의 사채시장에서는 큰손으로 통하는 실력자라고 했으나 집은 좁고 생활규모는 시골 우리 집보다도 빡빡했다. 그리고 인상이 너무 무섭고 엄격했다.

"네가 경미 딸이구나. 많이 컸다."

나는 우리 아버지와 너무나 비슷한 근엄함, 딱딱함, 가부장적인 권위의식에 피로함을 느끼고 눈길을 피했다. 온돌방은 마치 대리석을 닦아놓은 듯 윤이 흘렀으며 그것은 이 집안 여자들이 얼마나 알뜰하고 부지런한가를 말없이 과시하고 있었다.

"네가 속을 썩이지 않고 착실하게만 있다면 여기 함께 있어도 좋다. 그러나 학생으로서 문제가 있는 행동을 하게 되면 당장 나가야 한다……."

그는 인생을 금전과 노동, 명령과 지배라는 체제 속에서 일관해온 듯했다. 화려한 병풍과 보료가 흐뭇한 가부장제의 권위의식을 무의식적으로 풍기고 있는 안방을 뒷걸음으로 얌전히 물러나왔을 때 나도 모르게 한숨이 흘러나오는 것을 느꼈다. 이곳이야말로 상상력이 없는 곳이구나. 나는 함정에 빠진 듯한 기분으로 숨통이 막혔다.

건넌방에 들어가자 엄마의 이종동생들이 뛸 듯이 반겨주었다. 시집 안 간 이모 하나, 외삼촌 둘이 있었고 웬 젊은 여자와 갓난 아들이 또한 함께 있었다. 우리 외할머니의 언니인 이모할머니는 보이지 않았다.

"이모할머니는 안 계신가?"

나는 엄마에게 물었다.

"응, 시골 사시잖니……."

엄마의 대답은 애매하였고 그 말을 들은 젊은 여자는 아들을 안고 방을 나갔다.

"새어머니한테 잘들 해라. 아들을 낳았다더니 저애로구나……."

엄마는 이종동생들에게 이야기하고 있었다. 새어머니라니, 그럼 방금 저 젊은 여자가 그럼? 저 갓난아이가 이모할아버지의? 나는 계산이 좀 복잡하여 머리가 멍했다. 이상한 환경에 놓인 것을 느끼자 이제 나로부터 집이 얼마나 멀리 있는지 슬픔처럼 실감으로 다가왔다.

그때 나는 얼굴이 지나치다 싶으리만큼 창백한 한 남자를 보게 됐다. 그는 마치 명주같이 부드러운 머리칼을 어깨 위까지 길렀고 콧수염을 다듬어 손질한 퇴폐풍의 아름다운 남자였다. 나는 그를 한 번도 본 적이 없었고 전혀 기억이 나지 않았다. 서로가 장성해서는 처음 만난 것이니까 기억이 나지 않는 것은 당연한 일이라는 것조차도 모를 만큼 나는 당황하고 있었다.

"누나…… 경미 누나……."

그는 엄마를 보고 아주 신비하게 웃었다. 오랫동안 몹시 그리워하고 있었다는 미소였다. 그는 사람을 바라볼 때 아주 눈부시다는 듯이 바라보는 그런 아득한 시선을 가지고 있었다.

"누나…… 정말 기뻐요."

엄마의 손을 잡고 그는 아주 작게 말했다. '작게'라기보다는 '음악적으로'라고 말하는 것이 더 옳으리라. 그는 누구인가. 저 희랍신화 속에 나오는 듯이 연약하고 창백하고 아름다운, 저토록 미학적인 목소리를 지닌 저 소년, 아니 저 청년은 누구인가.

엄마와 그는 자신들의 감정에 취해 나를 잊어버리고 있었다. 나는 그리하며 홀로 고립된 채, 더욱 유리하게, 그 이상한 사람을 이모저모 뜯어보고 있었다.

그는 누구인가. 아주 낯선 별에서 방금 온 것 같은 저 창백한 남자. 화사한 백합처럼 사치스럽게 생기고 그러나 미국 거지처럼 어딘가 방종과 반항심을 은폐하고 있는 듯한 수상한 매력을 풍기고 있는 저 남자. 그는 나에게 하나의 충격이었다.

하얀 와이셔츠에 낡은 청바지를 입은 그는 스크린 잡지에서 방금 뛰쳐나온 사람처럼 아주 낯설고 비현실적으로 보였고, 게다가 그는 백합처럼 하얀 와이셔츠에 얼룩덜룩 그림을 그린 옷을 입고 있었기 때문이다. 그림을 그렸다기보다 물감을 묻혔다고 하는 것이 옳겠다. 자기 스스로 하얀 와이셔츠에 페인팅을 한 것이다.

이모할아버지의 분위기와 대조해 볼 때 그는 너무나도 이질적인 분위기를 풍겼다. 할아버지가 세속적인 명령과 권위의 위압을 암암리에 풍기고 있었다면 그는 너무도 헛된 나약함과 방종의 속절없는 허무감을 풍기고 있었던 것이다. 나는 그 두 진영의 너무나도 대조적인 분위기에 마치 쇠뭉치로 뇌를 얻어맞은 듯이 어리둥절했다. 저런 남자가 있다니!

"나는 누나를 좋아했는데…… 누나가 있는 곳은 어디든지 가정 같은 기분이 들었지……."

그때 누군가 불러 그를 호출해 갔다.

나는 엄마에게 그에 대해서 물었다.

그는 이 집의 둘째 아들로서 이름이 B이며 K대 불문학과 진학에 실패하고 지금 재수하고 있는 처지였다. 어린 시절부터 이모할아버지의 여인들, 그러니까 젊은 계모들 사이에서 자라서 '가정적인 것에 굶주린' 몹시 반항적인 낭만주의자라는 것이었다. 그러니까 나에게는 외삼촌뻘이 되는 사람이었다. 재수생이라…… 흐흥…… 나는 코웃음을 쳤고 그는 그대로 "경미 누나의 딸이니까 잘 해주긴 하겠지만 난 공부 잘하는 모범생은 딱 질색이라서……" 하고 냉소적인 연막을 쳤다.

그리하여 나의 서울 생활은 시작됐고 엄마가 시골로 내려가고도 한참 동안 나는 그와 말 한마디 나누지 않는 이유 없는 냉전을 견지해 나갔다.

세상을 등진 '고립에의 몰두'란 천성적으로 타고난 것

학교생활이란 동서고금을 통해서 똑같은 것이기에 나는 고향에서와 별다른 차이를 느끼지 못하고 학교와 내자동 구석방 사이를 오락가락했다. 나는 학교생활에 별다른 매력을 못 느끼면서도 그렇다고 커다란 오점도 파격도 만들지 않고 그럭저럭 꾸려나갔다. 숙제를 내라면 내고 시험을 보라면 보았다.

나는 그 낯선 분위기 속의 긴장을 잘 참아나간 편이다. 아니 그렇다기보다도, 나는 어느 세상에 살더라도 방문만 탁 닫으면 바깥세상에 별로 관여하지 않는 '고립에의 몰두'라는 재주를 천성적으로 타고난 것 같았다. 바깥세상의 야만적인 폭력이 내 방문을 두드리고 때려 부수지만 않는다면 나는 내 '에고의 감방'에 갇혀 그것을 자유라고 느끼며 그 감방을 향유할 수 있을 것 같았다.

시계추처럼 사는 것이 답답했을 때 나는 단군 사당과 김동인 문학비가 있는 사직공원을 산책했고 토요일 오후면 언제나 전차를 타고 마포 종점에서 내려 한강변을 거닐었다. 토요일 오후의 자유와 고독 속에서 나는 집을 떠난 사람의 고독과 뼈저린 포부를 느꼈으며 아아, 이슈마엘—그가 왜 신이 주신 아버지의 집을 버리고 스스로 황야를 헤맸는지를 이해할 수 있을 것 같았다. 아무런 구속도 받지 않고 이리저리 내 마음대로 헤매며 한없이 유랑하는 유성처럼 덧없이 판타지를 따라 방랑하는 것.

내자동 할아버지는 처음의 인상과는 달리 그저 밥 먹는 시간과 하교 시간만 잘 지키면 아무 말도 하지 않았다. 나는 가끔씩, 아주 가끔씩 미칠 듯이 고향 생각에 빠졌으나 곧 다시 잊어버렸다. 그것은 아마 내 마음속에서 고향과 가족이라는 의미가 이미 붕괴해버렸기 때문일 것이다. 밤이면 때때로 "사랑하는 엄마. 건강은 어떠시고 그리운 가족들은 다 잘 있는지요……"로 시작되는 길고 긴 편지를 쓰고 싶은 마음이 불현듯이 솟구쳤으나 결국 나는 한 장의 편지도 쓰지 않았다.

편지를 쓰려고 물끄러미 엎드려 있으면 어디선가 음악소리가 들려왔다. 밤이면 언제나 어디선가 음악소리가 들려왔다. 그것은 이제 밤이 되어 한낮의 세계에 씌워졌던 인습의 마스크들을 하나하나 찢으려는 어둡고 혼란된 힘의 처절한 절규와도 같았다. 그것은 어두운 아우성, 하나의 몽유병적인 공격과 같았다.

그것은 로큰롤이라는 이상한 혁명적인 음악이었고 혁명적인 템포와 혁명적인 어둠을 교묘하게 배합해 인간의 의식의 위기를 한없이 깊게 하는, 세상에서 가장 우울한 영혼들의 에너지 같았다.

비틀즈를 모르는 자는
모두 잡상인

그것은 B의 방에서 들려오는 음악이었다.

나는 그것이 비틀즈라는 것인가…… 막연히 생각했다. 그의 방을 지나다가 방문을 보니, "비틀즈를 모르는 자. 방문을 열지 마시오! (잡상인 출입 엄금)"이라고 써 있었기 때문이다. B에겐 비틀즈를 모르는 사람은 그가 누구든 간에 모두 잡상인에 지나지 않는 것이었다.

나는 B와 어디까지나 냉정을 유지하고 있는 상태였기에 밤마다 흡인력처럼 울려 퍼지는 그 음악에 깊은 호기심을 가지고 있었으나 전혀 B에게 내색하고 싶지 않았다. 나 역시 한 사람의 잡상인에 지나지 않을 테니까.

나는 그를 공허한 자유에 무분별하게 빠져든 멋쟁이 재수생으로 보았고, 그는 나를 올바른 집안에서 자라나 아무것도 모르는 시골뜨기 모범생 정도로 피차 에누리를 잔뜩 하여 생각했다. 그와 나는 세상을 향해 잔뜩 경멸을 품은 만큼 서로에 대해 또한 경멸을 잔뜩 품고 있었다. 낯선 것에 대한 염탐의 기간이었는지도 몰랐다. 서로 먼저 가지 않으려고 하는 차갑고도 뜨거운 관심의 열정을 서로가 은폐하고 있었던 시간이었다.

비틀즈의 음악이 지워지고 또한 어떤 밤이면 나직이 기타를 튕기며 노래하는 그의 목소리가 들려왔다. 부드러운 애수와 숙명적인 비애를 담은 그의 목소리는 비틀즈의 히트곡 「Roll over Beethoven」, 「A Taste of Honey」, 「Happiness is warm gun」,「Let it Be」등을 조용히 불러나갔다. 그의 목소리는 멜랑콜리의 빛이었고 그것은 속세의 헛된 추악함과 거친 잔혹함들을 하나하나 잠재워 지워보려는 따뜻한 우수의 힘을 담고 있는 듯했다.

세상이란 하나의
헛된 수난이라네

> 그대는 아는가
> 아아 세상에서 가장 하찮은 존재인 그대여
> 그대는 아는가
> 그대도 역시 하나의 헛된 수난이라네
> 아아 어쩌면 그렇게도 나와 똑같이

존 레논의 목소리를 닮은 그의 목소리는 그렇게도 허망하고 감미롭고 공허하며 우울했고, 예술적인 허무주의라고나 해야 할 그런 어두운 녹색을 음색 깊이 묻혀가지고 있었던 것이다. 우수의 침윤이라고나 해야 할 그런 신비의 음색 말이다.

밤마다 그는 노래를 불렀고 밤마다 그는 심한 야단을 맞았다. 야단을 맞을수록 그는 더욱 진지해졌다. 언젠가 들으니 자기 큰형에게, "욕설과 모욕은 천재가 치러야 할 집세 같은 것이니까 마음대로 욕하시오. 나는 전혀 상관치 않아요. Never……"라고 말하고 있었다.

내 일기를 훔쳐본 그에게
분노 대신 짜릿한 희열을 느끼던 날

그러던 어느 5월 밤이었다. 토요일이었다. 나는 그날도 역시 책가방을 내자동 구석방에 팽개치고 마포 한강변을 돌아다니다 왔다. 그날 전차 속에서 엄마가 입학식 기념으로 준 터키석이 두 개 박힌 손목시계를 소매치기당해 몹시 기분이 나빴고 죽고 싶을 만큼 불행했다. 어딘가 부딪혀서 깨져버리고 싶은 심정이었다.

내자동 시장골목을 막 들어서는데 그가 내 앞을 가로막았다. 그 역시 몹시 불쾌한 표정이었다. 사실 B는 한 번도 불쾌한 표정이 아닌 날이 없었으니까 새삼스러울 것도 없었다. 그러나 이상하게도 그날은 그가 나를 향해 화를 내고 있다고 느껴졌다.

"이렇게 늦게 어디 갔다 오지?"

그의 목소리는 아주 낮았다. 그는 이상하게도 기분이 나쁠수록 낮게 말했던 것 같다. 어수선한 시장의 시끌덤벙한 불빛이 그의 창백한 얼굴 위에 함성처럼 쏟아지고 있었다.

"이리 와봐……."

나는 그에게 힘껏 팔을 잡혀 사직공원 있는 데로 끌려갔다.

"말해봐. 밤늦게 어디 갔다 오는 건지……."

내가 늦게 들어왔다는 것이 그가 그토록 화를 낼 이유가 될 수 있을까? 아니 내가 늦게 들어오든 말든 도대체 무슨 상관이야? 나는 그를 사납게 노려보았다. 재수학원도 밤낮 빼먹고 멋대로 돌아다니는 주제에.

"한강에 갔었어요. 왜요?"

나는 계속 뚫어질 듯 노려보았다. 그는 나의 눈빛에 기가 꺾인 듯 눈을 내리깔았다.

"한강엔 왜 갔지?"

"바람 쐬려구요. 그건 내 습관이죠. 토요일 오후면 항상 한강에 갔었으니까. 촌뜨기가 전차도 타고 길 구경도 하고 강도 보고 뭐가 잘못됐어요?"

그는 대답을 못 했다. 그러다가 잔뜩 표정을 제거한 부드러운 목소리로 "그런데 왜 집에 편지를 안 하는 거지?"라고 물었다. 아주 슬픈 목소리였다.

오늘 낮에 엄마한테서 전화를 받는데 내가 지금껏 편지

한 장 없어서 걱정하고 있다는 것이었다. 왜 엄마를 걱정시키느냐고 오히려 야단이었다.

"난 말야. 어린 시절부터 계모들 밑에서 자랐어. 우리 어머니는 계속 시골 사시겠다고 우기지. 아버지하고는 함께 사실 수 없다고 말이야. 그래서 나는 이 여자 저 여자 손에서 자랐어. 아버지가 지독히 인색한 분이고 계모들에게도 인색하고 호되게 하니까 여자들도 오래 못 살고 자꾸 들락거렸지. 여자들은 아버지와 문제가 생길 때마다 이상하게도 시골 어머니 집에 내려가지. 우리 어머니는 어떤 분인지 알아? 여자들이 내려가면 그 손을 잡고 '아우님. 아우님이 못 산다고 하면 나는 어떻게 하라고 그래. 아우님이 아무쪼록 잘 살아야 나도 마음 놓고 농사짓고 농토 관리나 하지. 아우님이 가버리면 우리 애들은 어떻게 해. 모쪼록 나를 봐서라도 이번 한번만 참아 주우웅?' 하고 계모에게 애걸하는 거야. 자신도 영감하고 도저히 살 수 없으니까 시골에서 토지 관리나 하고 철철이 쌀이다, 고추다, 과일이다, 올려 보내기만 하고 살겠다는 거야. 어머니만 이상하다고 할 수는 없겠지. 그렇게 된 상황이 있었을 거야. 나는 그렇게 자랐기에 승희의 엄마를 참 좋아했어. 누나에겐 어머니다운 모성과 또한 소녀 같은 신비의 구석이 있어. 그런데 왜 그토록 좋은 엄마를 괴롭히는 거지?"

나는 아무 할 말이 없는 듯한 슬픔에 빠졌다. 나 자신도 편지 한 장 안 한 이유를 알 수 없었다. 그저 거대한 방심이라고나 해야 할까. 그런 추상적인 말로 변명을 해서는 안 될 것 같았다. 나는 언제나 약한 처지에 빠지면 무섭게 공격적이 된다. 나는 다시 눈을 크게 뜨고 사납게 반박했다.

"편지를 쓰지 않는 건 아무 할 말이 없었기 때문이죠. 나에게 무슨 문제점 같은 것을 느낀 적이 있나요?"

그는 잠시 조용히 생각하고 있었다. 그는 입을 다물고 있으면 무한히 신비로운 애수의 기운이 내부에서부터 한없이 퍼져 나오는 것을 타인이 느낄 수 있는 그런 사람이었다.

달빛이 우수처럼 우리 주위를 흘러갔다. 밤의 향기에 어디선가 새들이 울었다. 라일락 향기가 공원을 무슨 무한의 공간으로 착색시키고 있었다. 밤이 과일의 살을 순종적으로 열듯이 나의 영혼으로 스며드는 것을 나는 느꼈다. 어디선가 별들이 희고 긴 내리닫이 옷을 입고 막 문지방을 열고 나오려는 순간 같은 그런 애수에 찬 침묵이 나를 에워싸고 있었다. 그러다 그가 입을 열었다.

"그런데 베레란 누구지?"

나는 갑자기 웃음이 나왔다. 그가 그토록 오늘 밤 까닭 없이 나에게 화를 내고 우리 엄마의 슬픔까지를 걱정하고 나를 비도덕적인 문제아 취급을 한 것은 '베레' 때문이었던 것이다. 베레가 누구냐고?

나 역시 베레가 누구인지 알지 못한다. '베레모'에서 나온 베레라는 이름이 어딘지 남성의 무드를 풍기고 멋진 남자의 이름 같은 느낌을 주기에 나는 그저 일기를 '베레!'라고 부르며 써나가고 있던 것이었다.

그것은 불란서 말인가? 영어인가? 아니면 어느 무슨 외래어인가? 나는 알지 못한다. 그것은 그저 '다다'라는 말처럼 의미가 없는 것이다. 안네가 키티라고 자기 일기책을 불렀듯이 단지 그것뿐이다. 베레는 누구인가. 그는 어떤 얼굴의 어떤 사람이어야 했을까. 다행히도 나는 '베레는 베레모다' 이런 유치한 말은 그에게 하지 않았다.

절대애인. 모든 남자에게 절대연인으로서 베아트리체가 있듯이 베레란 그저 나의 절대애인이어야 할 하나의 아름다운 추상명사였다. 뮤즈 천사의 이름 같은 것이었다. 먼 곳에 있는 별의 이름처럼 절대순수의 영역이었다. 그리운 별. 아름다운 하나의 눈동자 같은.

"아니 내 일기를 훔쳐봤어요?"

나는 분노 이전에 불가사의하게도 어떤 기쁨을 느끼고 전율했다. 왜?

비틀즈의 사도처럼 함께 산책하며 노래하고
문학과 예술을 논하고

　　　　　그날 이후 그는 나에게 자기 방 출입을 허락하기로 작정을 한 모양으로 자주 나를 불렀다. 비틀즈를 들려주고 다다이스트 비슷한 자기 그림을 보여주었다. 그리고 불문학 관계의 책들을 몽땅 그야말로 몽땅 빌려주었다.

　그 방이야말로 예술적 난장판이었다. 쓰다 만 포스터칼라와 수채화물감. 팔레트와 붓들이 여기저기 굴러다녔고 보름 동안이나 단식 투쟁을 벌인 끝에 구두쇠 아버지로부터 탈취한 돈으로 산 기타가 서너 대 뒹굴었으며 책들이 관념의 화살처럼 뻗어 있었고 입은 와이셔츠와 입지 않은 새하얀 와이셔츠가 모두 물감을 묻힌 채 무대의상처럼 비현실적으로 너울대고 있었다.

　그는 그 속의 '탐미의 난장판' 속에 피어난 한 송이 사치한 백합 같았고, 그 방은 다다적 콜라주라는 팝 아트의 한 표현양식을 실험하는 전시장 같았다.

　그는 입만 열면 자기는 평화를 사랑한다고 말했다.

　"우리가 살고 있는 세계란 아주 잔혹한 곳이야. 의미도 없고 가치도 없으면서 또한 얼마나 엄청난 금기에 시달려야 하는지. 속물들의 습관, 질서, 규율, 욕심, 야망, 신분에 대한 욕구 같은 것—그것들은 아주 강력한 힘을 가진 것 같으면서도 우리가 일단 내면의 눈을 뜨기만 하면 아주 허약하게 허물어지고 말지. 속물들은 모두 그런 미신에 빠진 사람들이거든. 그러나 난 달라. 나는 평화를 사랑하는 사람이야. 비틀즈도 그래. 비틀즈는 카뮈의『이방인』이나 헤르만 헤세의『황야의 이리』를 노래로 부르는 사람들이야. 나는 감옥을 부술 만한 힘은 없지만 적어도 이것이 감옥이라는 것을 사람들에게 보여주어야 해. 헤르만 헤세가『황야의 이리』에서 암시한 것 같은 벽에 붙은 신비로운 문을 나는 찾고 있는 거야. 그 벽엔 '마법의 극장, 입장 불허'라고 씌어 있지만 그 문을 열면 항상 모차르트가 흐르는 것 같은 영혼의 조화, 냇물같이 단순한 행복이 흐르는 그런 세계가 있을 거란 말이야. 모차르트가 흐르는, 영원한 것을, 별을 만질 수 있는 그런 영혼의 방이."

카뮈의『이방인』과 헤세의『황야의 이리』와 콜린 윌슨의『아웃사이더』와 알바레즈의『20세기의 지적 모험』을 나는 그를 통해 알게 되었다. 읽게 되었다. 그것은 내 영혼의 하드 스코어hard-score를 비장하게 울렸고 나는 그를 통해 다른 친구들보다 훨씬 앞선 예술의 세례를 받고 치열한 정신의 길을 걸어갔다.

"팝은 사랑인가. 팝은 사랑이다. 팝은 도덕률 폐기론인가. 팝은 속물들에 저항하는 새로운 윤리이다. 팝은 사랑의 와이드스크린이기에 비틀즈는 예수다."

그는 그런 종류의 말을 했던 것 같은데 지금 생각해보면 전혀 어떤 논리를 느낄 수가 없다. 그러나 그때는 낱말 하나하나가 문화 혁명이었고 새로운 용어 하나하나가 쾌락이었으며 모순덩어리인 채로 나는 그의 멜랑콜리에 홀려 추종했다.

그는 마크 레스터나 레오나르도 화이팅 같은 미남배우를 닮은 아름다운 모습으로 하루하루를 애수에 가득 차서 재수학원으로 왔다 갔다 했다.

렛 잇 비
— 그렇게 살 수 있다면

어느 날 그의 방 벽엔 아주 긴 문장이 녹색의 유화 물감으로 휘갈겨져 있었다.

"별안간 배경이 무너지는 수가 있다. 월 화 수 목 금 토, 아침 점심 저녁…… 누구나 이런 행로를 매일매일 따라간다. 그러나 어느 날 하루, 기어이 '왜?'라는 물음이 떠오르고 마는 것이다. 인간과 인생, 배우와 무대 사이의 이 모순, 그것이 바로 부조리의 감정이다. 우주란 우리의 비애의 부산물."

그런 혁명적인 낱말들이 뚝뚝 선혈을 흘리고 있는 방에서 그는 두 눈을 감고 선사(禪師)처럼 조용히 생각에 잠겨 있었다. 그러다가 마치 신의 묵시를 깨달은 선지자처럼 장엄하게 입을 열었다. 그런 때의 그는 마치 희랍의 예술신이자 태양과 음악의 신인 아폴론 조각을 닮아 보였다.

"아, 존 레논이 옳았어. 그가 말했지. 비틀즈는 크라이스트보다 더 위대하다(The Beatles is bigger than Christ). 그러자 미국의 기성세대들과 매스컴이 들고 일어났지. 리버풀에서 온 더벅머리 일당이 미국의 건전한 모럴을 모독하고 있으며 비틀즈는 위험천만한 무신론자의 무리라고. 게다가 조지 해리슨이 예수 그리스도를 더럽히는 그런 방자한 그룹과는 일 초도 같이 있을 수 없다고 비틀즈 탈퇴를 선언했지. 그래서 하는 수 없이 레논이 기자회견을 열고 해명했어. 비틀즈는 크라이스트보다 키가 크다는 것을 유머러스하게 표현한 것이라고. 왜 그는 변명을 했을까? 비틀즈는 예수보다 위대하면 안 된다는 것일까? 나는 그 해명 사건을 애석하게 생각하고 있어. 나에게는 예수가 주는 것보다 더 많은 것을 비틀즈가 주고 있다고 생각되는데……."

그리고 그는 조용히 기타를 잡아당겨 노래를 부르기 시작했다. 그 당시 너무나도 유행하던 「Let it be」라는 노래였다.

내가 방황할 때나

암흑의 심연 속에 있을 때

어머니 메리가 내려와서 나에게 말하네

지혜로운 그 말씀

*let it be*라고

모두에게 긍정만이 강요된 세상

이 세상을 사는 찢어진 가슴의 사람들에게도

언젠가 대답이 주어지리니

let it be—라고

설혹 헤어지더라도

다시 만날 기회는 다시 오리니

순리를 벗어나 서둘지 말라

어두운 밤이라도

한 줄기 불빛만은

밝을 때까지 비추리니

let it be—라고

바로 그 지혜의 소리에 깨어나리라

　이제 나는 너무나 그의 추종자가 되어서 집안에서 그가 야단을 맞을 때면 나까지도 나란히 꿇어앉아 있게 되었고 나조차도 그를 따라 '천재의 집세'를 지불하게 되었다. 그리하여 기타를 든 그와 함께 악마의 사도처럼 사직공원을 산책하며 같이 노래를 불렀고 문학과 예술을 논했으며 실현 불가능한 꿈 위에다 계속 더욱 진한 광기의 유화물감을 현란하고 어지럽게 발라가고 있었다.

어느 날 저녁, 나는 그의 노래를 들으며 벤치 위에 앉아 어둠에 잠긴 산을 바라보고 있었다. 가을이었던가. 노래를 마친 그가 조용히 말했다.

"어젯밤 통금 직전에 담배를 사려고 골목에 나갔거든. 그런데 뒷집 딸 있지. 오드리 헵번처럼 예쁜 애 말이야. 그애가 어떤 남자와 골목에서 키스를 하고 있더군……."

그는 기타의 음을 마치 망설이는 물방울이 흘러 떨어지는 것처럼 머뭇거리며 튕기고 있었다. 음악이 그렇게 액체의 모습을 띠다니. 액체처럼 음악이 흐르면서, 물 위에 피어난 수련꽃 같은 달이 향기를 풍기면서 음악 속으로 잠겼다. 나의 마음에 어떤 파문이 흘러갔다.

보디 페인팅,
그의 찬란한 나르시시즘

겨울방학이 시작되어 나는 고향으로 가게

되었다. 그 전날 여기저기서 엄마가 부탁한 물건들을 사고 집에 돌아왔을 때 나는 집 안이 유난히 조용한 것을 느꼈다. 할아버지는 부부동반으로 외출을 하셨는지 안 계셨고 이모 혼자 마당에 잔뜩 얼어붙은 빙판을 망치로 깨고 있었다. 겨울방학에 아버지가 올라오셔서 서울 변두리에라도 집을 한 칸 사겠다고 해서 나로서는 그날이 내자동의 마지막 날이었던 셈이다. 그래서 B에게도 작은 선물을 하나 샀다.

나는 B가 학원에 갔으리라 생각하고 예쁘게 포장된 선물을 들고 그의 방문을 열었다. 나는 그때 예술이 할 수 있는 최악(?)의 극치를 보고 말았다. 그의 방엔 비틀즈의 「let it be」가 흐르고 있었고 아주 어두웠다.

문을 열자 이상하게도 강렬한 유화물감 냄새가 마치 코를 찌를 듯이 압도해왔다. 나는 살그머니 포장된 선물을 밀어놓으려다 멈칫하고 무언가를 느꼈다. 그 느낌 때문에 나는 방을 슬쩍 살펴보게 되었다.

아— 방에는 바야흐로 신에 바치는 예술의 성찬이 꽃피어 오르고 있었다. 정확히 보지 않아서 반나체인지 전나체인지는 알 수 없었지만 그는 자신의 벗은 흰 몸 위에 보디 페인팅 body painting을 하고 누워 있었다.

신에 바치는 가장 화려한 작품이었다. 탐미의 제물이었다. 예술의 탕진이었다. 아름다움의 추구에 절망을 느낀 한 남자의 욕구가 만들어낸 '아름다움에의 귀의' 그 자체였다.

스스로 예술이 된 한 남자. 미모를 타고났기에 스스로 예술 작품이 될 수 있는 그 남자. 예술의 불 속에 찬란한 나체를 파묻고 스스로 성화聖化되어 있는 그 남자를 보았을 때 나는 당황감보다 어떤 비장한 절망을 느끼게 되었다.

그는 두 눈을 감고 마치 새처럼 호소하듯이 let it be— 라고 속삭였다.

복도를 나오자 이모가 빙판을 깨는 망치 소리가 마치 나의 뇌를 파괴시킬 것처럼 으르렁거리고 있었다. 그 소리는 마치 산에 터널을 뚫으려고 화약으로 발파 작업을 하는 소리와도 흡사하게 들렸다. 그것은 정신적인 고통과 더불어 차라리 육체적인 고통이었다.

나는 그 소리가 마당에서 들려오는 것이 아니고 차라리 나의 깊은 내부에서 들려오는 것이라고 느꼈다. 나는 허물어지는 환멸 비슷한 감정, 그의 찬란한 나르시시즘에 대한 분노 그리고 그의 절대적인 아름다움에 대한 질투 같은 것이 뒤범벅되어 한없이 쓰디쓴 배신감을 느끼고 있었다. 어찌하여 그런 감정이 배신감 비슷한 것이 될 수 있었는지 나는 훨씬 뒤에야 이해하게 됐지만 그 당시엔 얼마나 기분이 비통했는지 밤새워 괴로워했다.

—그래. let it be— 하거라. let it be— 하여라.

나는 한없이 쓸쓸했다. 그것은 두 사람의 사도가 고통의 길을 가다가 한 사람이 먼저 변심하여 신이 돼버린 것을 목격한 자의 비애와 같은 것이었을까.

그는 그 뒤 명문대학 작곡과에 입학했고(그것도 수석으로) 어찌어찌하여 하와이에 살고 있다.

그는 말하자면 히피였던 것이다.

때때로 나에게 인생이 너무나 포악해져서 내 마음이 너무 거칠어질 때 나는 그의 말을 음악처럼 느낄 수 있다.

"나는 울트라마린과 아이보리핑크를 좋아해. 인생이 언제나 그런 색깔이었으면 좋겠어."

그러면 내 마음속의 한 소녀가 노래하듯 조용히 화답한다. 마치 꿈처럼.

"황야의 이리가 찾은 것처럼 마법의 문을 찾아야지요. 영원한 것과 모차르트와 별들이 있는 그 문을. 현실은 언제나 포악한 원색이지만 그대로 둘 수밖에 없어요. let it be……."

그리고 나는 홀로 모든 벽들을 만져본다. 어디에 그 마법의 문이 있는지를 알지 못하기 때문에.

**왼손과
오른손의**

이혼

왼손과 오른손.
그것은 무엇이었을까?
하여튼 그 무섭도록 슬픈 체험에서
내 두 번째 시집의 제목 『왼손을 위한 협주곡』이
태어난 것만은 부정할 수 없을 것이니,
인간이란 태초부터 자기의 별을 머리에 이고
생겨나는 것인지도 모르겠다.

1년 만의 귀향 첫날 밤,
강추위에 밥도 안 먹고 대청에서 잔 까닭

크리스마스가 지난 다음 날, 나는 오후 3시 반에 떠나는 급행열차 백마호를 타고 귀향했다.

칼처럼 추운 겨울날이었다. 눈조차 내리지 않았다. 나는 오들오들 떨리는 몸을 검은색 학생코트로 감싸고 초라하게, 너무도 초라하게 추위로 꽁꽁 얼어붙은 플랫폼을 걸어나갔다.

아니, 잠깐. '초라하게'라는 것은 책가방과 짐 보퉁이를 든 내 몰골을 말하는 것일까? 글쎄 잠깐만, 시간을 좀 주세요. ……'초라하게'라는 것은 아마 귀향하는 내 심정의 화려함에 비해 나의 도착이 너무도 시시하게 이루어진 것을 의미하는 것일지도 모른다.

나는 기껏 서울 유학생인 주제에 영화에서 본 왕년의 동경

유학생이나 미국 유학생의 귀향 장면을 꿈꿨던 것일까? 그렇다면 내가 도착하는 고향의 역에 만국기가 펄럭이고 색종이 테이프가 나풀대며 하늘에서 떨어지고 모든 고향 사람들이 손에 손에 태극기를 흔들면서 밤잠도 못 자고 마중을 나왔어야 했던 것일까……? 이렇게 반문해본다면 결론은 너무도 뻔한 것이지만, 아무튼 어둠 속을 걸어나가는 나의 마음은 너무도 쓸쓸했고 남도인 광주가 북쪽인 서울보다 오히려 더 추운 것 같은 외로움의 오해 속으로, 나는 단지 얼어죽지 않으려고 움직이는 사람처럼, 뻣뻣하게 걸어나갔다.

겨울밤은 너무나 추웠고 드라마는 너무도 없었다.

역사驛舍에 들어서자 우리 가족의 얼굴이 나타났다. 엄마와 나의 여동생이었다.

역사의 불빛은 연기가 낀 것처럼 흐릿했고 그래서인지 가족들의 얼굴은 더욱 초라했다. 나는 반갑지 않은 것이 아닌데도 참을 수 없도록 짜증이 났다. 그들의 모습이 너무나 초라하게 느껴졌기 때문이다. 나는 너무나 역정이 나서 내 짐 보퉁이를 받으려는 엄마의 손을 밀치며 소리를 빽 질렀다.

"아니, 엄마는, 옷이라도 좀 좋게 입고 나오지 그게 뭐예요? 그리고 너는 왜 따라 나왔니?"

엄마의 옷은, 그녀가 원래 타고난 멋쟁이이기 때문에 충분히 멋있었고 초저녁 잠이 많은 동생이 그 추위를 뚫고 밤에 나온 것은 나를 조금이라도 빨리 만나고 싶은 충성심에서였지 조금도 잘못된 일은 아니었다.

잘못된 일은 아무것도 없었다. 잘못된 일은 아무것도 없는데 내가 화를 내고 있다는 그 잘못된 사실 때문에 나는 더욱 화가 나서 내내 입을 다물고 일 년 만에 돌아온 고향, 그 그리운 밤거리를 노려보고 있었다. 왜 이렇게 드라마가 없을까? 내가 돌아왔는데…… 나는 너무나 광분하여 달리는 택시에서 따로 내리고 싶은 심정뿐이었다.

그것은 질투였다. 내가 사랑하는 고향, 그 고향 속에서 살며 고향으로부터 사랑받고 고향을 사랑하는 마음을 지닌 고향 사람들에 대한 질투였다. 그들이 나를 외면하는 것 같고 고향이 나를 묵살하는 것 같았다. 그래서 그날 밤의 강추위는 고의적인 행위 같았고 누군가의 조롱 같았다. 나는 그런 배척의 착각 속에 몸을 떨며 울분을 폭발하지 않으려고 코트 주머니 속에서 두 주먹을 꽉 움켜쥐고 있었다.

그리운 마당에 들어선 나는 또 한 번 배신당한 감정에 몸을 떨었다. 아, 왜 이렇게 집이 초라한가. 이상하게도 지붕이 낮아진 것 같고 마루는 더욱 낡은 것 같고 도배지는 누추하도록 더러워진 것 같았다. 도대체 왜 이렇게 집이 작아지고 찌그러졌단 말인가? 왜 이렇게 식구들은 초라해지고 세련이라고는 눈곱만큼도 모르는 얼뜨기 같단 말인가? 대체 왜 이렇게 모든 것이 찌그러져 있는가? 궁상스럽고 초라하단 말이냐?

고향은
아무도 기억하지 않는다

　　　　　　　내가 집에 들어서서 던진 첫마디 말이란, "아니, 오늘은 청소도 안 했냐?"는 것이었다. 그렇게 구석구석이 누추해 보이고 환멸의 켜가 쌓인 것이 눈에 불을 켠 듯이 다가서는 것이었다.

　나는 실신한 듯한 그리움을 안고 저녁도 굶고 대청에서 잤다. 옛날의 내 방은 동생이 차지해서 쓰고 있었다. 그 방으로 끼어들고 싶지는 않았다. 다른 방도 마찬가지였다. 온통 나만 빼고서 자기 나름의 질서와 자기 나름의 윤리를 가진 방들이었다.

　정말 너무나 화가 나서 나는 가족들의 방으로 끼어들 수가 없었다. 그것이 '끼어드는 것'이 아니고 '받아들여지는 것'인데도 말이다. 그것 역시 하나의 질투였다. 아니면 그들의 순정을 시험해보고 싶은 잔인한 사랑이었을까?

　나는 모든 간곡한 청을 뿌리치고 일부러 추운 대청방에 누웠다. 두꺼운 요에 두꺼운 솜이불을 덮었으나 뼈까지 한기가 스며들었다. 나는 이불 속에 머리까지 웅크려 박고 소리 없이 울기 시작했다.

　서울에서도 그토록 고향이 그리운 적은 없었다. 고향이 그리워 눈물을 흘린다는 것은 나의 생리에 맞지 않는 일로 생각되었다. 그런데 나는 고향집에 돌아와 이제부터 고향을 뼈저리게 그리워하게 됐던 것이다.

　뜨거운 온돌 같은 것—어머니—오늘 밤 내가 배척한 어머니 같은 것. 아버지—마치 구약성서처럼 엄중하시지만 그러나 커다란 품을 지닌 아버지 같은 어떤 것. 친구들—내가 언젠가 한번이라도 옳게 친구를 가진 적이 있던가?—그러나 도란도란 '언제나 나를 꿈꾸어 왔었노라'고 말해줄 수 있는 따뜻한 친구 같은 것. 그런 것이 전혀 없었던 것은 아니지만 나는 스스로 앞장서서 배척하고야 말았다. 왜냐하면 그들이 먼저 나를 배척할까 언제나 무서웠기 때문에.

　나는 이불 속에서 숨죽이고 조금 울었다. 그러나 결코 흐느끼지는 않았다. 대청에서 자겠노라고 선언한 것은 나였기에 결코 가족들에게 나의 비굴한 울음을 들키고 싶지 않았다. 아아, 사랑을 표현하는 방법이란 사람마다 얼마나 다른 것일까? 그리고 그중에는 얼마나 이해할 수 없도록 황당무계한 사랑의 방법도 있는 것일까?

　내 스스로의 체온으로 이불 속이 따뜻해지자 나는 울음을 멈추고 고개를 내밀었다. 고개를 내밀고 나는 마치 도둑처럼 대청방의 구석구석을 살피기 시작했다. 겨울바람이 문풍지를 갈기를 날리며 후려치고 하얀 회칠을 한 대청방의 천장은 어느 불가해한 심연의 높이로 한없이 한없이 열리는 듯했다. 나는 이를 악물고 윤동주의 어느 시를 생각해보고 있었다.

고향에 돌아온 날 밤에
내 백골이 따라와 한 방에 누웠다.

어둔 방은 우주로 통하고
하늘에선가 소리처럼 바람이 불어온다.

어둠 속에서 곱게 풍화작용하는
백골을 들여다보며
눈물짓는 것은 내가 우는 것이냐
백골이 우는 것이냐
아름다운 혼이 우는 것이냐……

가자 가자
쫓기우는 사람처럼 가자……

—윤동주의 「또 다른 고향」 중에서

왼손과 오른손이 따로 놀아
쫓겨났던 피아노반

어디에 또 다른 고향이 있을 것인가. 그러나 또 다른 고향이 없다면 귀향자란 어떻게 살기를 시작할 수 있으랴.

그때 나는 어둠 속에서 하나의 낯익은 물체를 발견했다. 그것은 나의 풍금이었다. 내가 초등학교 1학년 때 산 것이니까 아주 오래된 낡은 물건이었다.

나는 그 풍금을 몹시 사랑했다. 이상하게도 나는 피아노 소리보다 풍금 소리가 더 좋았다. 페달을 밟을 때 쉿—쉬잇— 소리가 나는 것이 마치 인간의 갈비뼈 사이로 신의 숨결이 지나가는 소리처럼 신비했다. 그 풍금을 어루만질 듯한 시선으로 바라보고 있자 문득 숨이 끊겼던 추억들이 되살아났다. 그건 마치 회상의 현미경 아래서 다사다난한 세균들이 고물고물거리는 것 같았다. 내 방에 있던 것을 아무도 관심을 갖지 않으니까 대청방에 옮겨둔 모양이었다.

초등학교 1학년 때의 선생님이 생각났다. 그분은 뚱뚱하고 키가 작은 남자선생님이었는데 풍금을 아주 잘 쳤다. "엄마가 섬 그늘에 굴 따러 가면 아기는 혼자 남아 집을 보다가 바다가 불러주는 자장 노래에……" 하는 노래를 부르며 박 선생님이 풍금을 칠 때면 나 또한 풍금 소리에 취해 섬 그늘 아이처럼 스르르 잠에 빠지곤 했다. 그 선생님은 아주 자애로웠다. 그리고 뚱뚱한 몸에선 언제나 풍금 소리처럼 인간의 온도가 스며나왔다.

그리고 언젠가 내가 피아노를 배우러 다니던 것도 생각났다. 동명동에 있는 먼 피아노집까지 피아노책을 끼고 왔다 갔다 했었는데 나의 숙명적인 결함 때문에 그것은 아주 잠시였다.

피아노 선생님은 서울에서 음악대학을 나왔다는 독신녀였다. 그녀는 부모와 함께 커다란 양옥집에서 살고 있었는데 대단히 거만하고 참을성이 없었다. 조그만 실수를 하면 회초리로 악보를 탁탁 치며 비웃는 듯한 표정으로 한없이 물끄러미 바라다보곤 했다. 나는 그녀의 싸늘한 눈이 나를 끝까지(지구의 종말이 올 때까지) 바라볼 것만 같아 너무나 무서워 더욱 움츠러들었다. 그녀 앞에 있으면 얼이 빠진 듯이 더욱 실수에 실수를 거듭하게 되는 것이었다. 그녀의 성씨가 옥(玉)이었기에 옥 선생님이라고 불렸는데 나는 정말 그녀가 구슬[玉]처럼 싸늘하고 한 치의 빈틈도 없는 매정스런 성격일 것만 같아 계속 주눅이 들어 전혀 발전의 기미를 보이지 못했다.

언제나 그렇다. 완벽하게 빈틈이 없는 사람을 만나는 순간부터 나는 너무나 움츠러든 나머지 코믹한 실수에 실수를 거듭하고 게다가 장황스런 헛소리까지 하게 된다. 아무리 후회

해도 그것은 소용이 없다. 그것은 영원한 나의 피해망상인지도 모른다. 어느 날 옥 선생은 너무나 화가 나서 나의 악보를 집어 팽개치고 말았다. 나같이 둔한 아이는 처음 본다고 했다.

"너는 악보를 볼 줄 모르니? 아직도?"

나는 악보는 너무나 잘 볼 줄 알고 있었다. 그런데 문제는 반주부와 멜로디부를 함께 칠 수 없는 것이었다. 왼손으로 반주부를 치면서 동시에 오른손으로는 멜로디를 쳐야 하는데 왼손과 오른손을 도저히 함께 칠 수가 없었다. 왼손만 따로 치면 아주 능숙하게 반주부를 해낼 수가 있었다. 그리고 오른손만 따로 쳐도 멜로디부를 훌륭하게 해냈다. 그러나 왼손과 오른손을 함께 치려고 하면 이상하게도 잘 되지가 않았다. 아무리 하려고 해도 안 되는 것이었다.

왼손과 오른손이 따로 노는 것이었다. 그것은 내가 남달리 둔해서라기보다는 차라리 그것은 나의 숙명적인 결함이었다. 그리하며 나는 억울하게도 옥 선생에게서 쫓겨났다.

"왼손과 오른손을 함께 칠 수 있을 때까지 연습하고 다시 오너라!"

그녀는 피아노 뚜껑을 쾅 닫고 나가 버렸다. 초등학교 5학년 때쯤이었을까? 그때부터 피아노는 나의 동경의 대상으로서 하늘의 눈썹쯤에 자리하게 되었다.

피아노는 언제나 나에게는 범할 수 없도록 싸늘한 것, 희고 날카롭게 준엄한 것, 냉정하고 자비가 없는 어떤 것으로 느껴진다. 마치 옥 선생처럼 인간과 결혼할 수 없는 어떤 지고의 정결한 존재로 느껴지는 것이었다. 또한 나는 옥 선생을 좋아하기도 했으니 그녀가 왼손과 오른손을 그토록 자유자재로 함께 사용해 아름다운 슈만의 연습곡을 칠 때 나는 그녀를 부둥켜안고 울고 싶을 정도로 그녀가 부러웠던 것이다.

왼손과 오른손. 그것은 무엇이었을까? 하여튼 그 무섭도록 슬픈 체험에서 내 두 번째 시집의 제목『왼손을 위한 협주곡』이 태어난 것만은 부정할 수 없을 것이니, 인간이란 태초부터 자기의 별을 머리에 이고 생겨나는 것인지도 모르겠다.

고향에 와서 고향을 못 만나는 이는
또 다른 고향을 만든다

옥 선생에게서 쫓겨난 이후 나는 집에서 무진장 풍금 연습을 했다. 누가 야단을 치는 것도 아니니 나는 왼손만 따로 치고 오른손만 따로 치면서 내 불구의 음악을 홀로 즐겼다. 누가 패배를 즐긴다고 해서 나쁠 것이 있으랴. 그렇게 풍금은 뚱뚱한 박 선생님처럼 자비의 온도가 스며 있었고 피아노는 옥 선생님처럼 사랑이 없는 온도로서 머나먼 하늘에서 명멸하였다.

그 풍금은 나의 쓸쓸한 고해소와 같은 것이었다. 죄는 사라져도 벌은 남는다고 피아노를 바라볼 때면 나는 언제나 나의 손목이 잘려져서 그 하얀 건반 위에 피를 뚝뚝 흘리고 있는 것 같은 환각에 빠지게 된다. 그리고 옥 선생의 차가운 얼굴이 비웃음과 경멸에 차서 한없이 냉소적으로 그것을 바라보고 있는 것 같은 패배감을 전혀 줄일 수가 없는 것이다. 왼손과 오른손의 이혼—그것은 일찍부터 나의 갈 길을 암시해주는 모티브였던 것인가?

어둠 속에 어슴프레 잠겨 있는 내 풍금을 바라보자 그제서야 고향에 왔다는 생각이 따뜻하게 수긍되기 시작했다. '고향에 돌아온 것'이 아니라 '또 다른 고향에 온' 것 같은 느낌 말이다.

누가 고향에 돌아올 수 있는가? 단지 우리는 또 다른 고향에 도달할 수 있을 뿐이다. 그것은 나에게 풍금의 세계였고, 왼손으로 치건 오른손으로 치건 아무도 상관할 수 없는 나만의 윤리를 가진 예술세계 같은 것인지도 모르겠다. 아무튼 나는 오래전에 아버지가 사준 그 낡은 풍금을 보며 비로소 고향의 온도를 느끼기 시작했다.

그리하여 어린 시절 대청에서 온갖 헌옷들을 뒤집어쓰고 놀던 기억들을 되살리며 잠에 빠져들기 시작했다.

어느 비 오는 날 깨끗하게 빨아 풀까지 먹여놓은 하얀 이불 홑청을 뒤집어쓰고 귀신놀이를 하다가 빨아놓은 홑청을 더럽혔다고 엄마에게 야단맞던 일도 생각났다. 귀신놀이를 하던 아이들…… 으흐흐…… 하고 웃던, 시간의 편린처럼 반짝이는 아이들. 나는 그 조그만 유령들과 흰 홑청을 쓰고 한없이 맴돌기 놀이를 하며 마치 가면 같은 미소를 띤 채 잠 속에 빠져들었다.

밀랍 같은 새하얀 아이들이 뻐꾸기시계의 장식문을 열고 마치 별빛처럼 쏟아져 나오고 있었다. 아이들은 무슨 외국 만화에 나오는 헝겊인형들처럼 모조리 새하얀 잠옷들을 입고 있었고, 명주 같은 맨발에는 빨간 무용신 같은 비단 조각을 걸쳤다. 아이들은 조잘조잘 재잘재잘 떠들며 내 머리칼을 잡아당겨보고 내 갈비뼈를 두들겨보기도 하며 재깍재깍 재깍재깍 떠들어대고 있었다. 아이들의 말소리는 마치 시계의 초침소리 같았으며 사실 그들의 얼굴 또한 시계의 얼굴처럼 창백했다.

재깍, 재깍, 재깍, 재깍,
시계는 이 순간에도 달려간다,
상실, 상실, 상실하면서……

고향이란 저 혼자 아름다운
나르시시즘적인 미녀 같은 것

　　　　　　아이들의 말소리는 마치 동화 속의 비밀 암호처럼 바로 그런 시구들을 조잘거리고 있는 것 같았다. 흰 얼굴의 시계의 파편 같은 아이들. 대청마루의 오래된 유령들처럼 어딘가 습하고 어딘가 나프탈렌 냄새가 나는 아이들. 은사시나무처럼 창백하면서도 그러나 반짝반짝 생명의 총기처럼 반짝이는 아이들.

　그러나 아이들과 나 사이엔 얼마나 먼 몇억 광년의 슬픔이 흐르고 있는 것일까……? …… 하얀 말을 타고 누군가가 어두운 우리 집 대문 앞에 멈추었다. 그는 하프를 든 미청년이었다. 캄캄한 어둠을 뚫고 그의 말에선 태양의 주렴 같은 햇빛 방울들이 선혈처럼 뚝뚝 떨어지고 있었으며 말의 갈기는 신비처럼 푸른빛이었다.

　운명이 운명이 되게 하기 위해 그는 나를 찾으러 왔노라고 말했다. 생명의 말들, 그대여, 당신의 마차는 어디로 가는 것인가. 당신의 노래들. 그대여, 그대의 음악은 무엇을 위한 것인가. 남자는 비파나무 곁에 서서 어둠을 광배(光背)처럼 머리에 이고 하프를 뜯고 있었다.

　차가움과 무표정만큼 크나큰 유혹이 있을 수 있을까. 아, 몸서리치도록 아름다운 그의 음악만큼 나를 사로잡아 외로움에 빠뜨리는 것이 있을 수 있을까. 나는 유령처럼 하얀 잠옷을 입은 채로 칠흑이 고요처럼 뭉개지고 있는 어두운 마당을 가로질러 점점 더 그에게 다가가고 있었다. 머리칼을 흩트린 채로, 맨발을 벗은 채로.

그의 음악이 시작되면 세상의 모든 어둠들은 다 함께 태양에 감염된 듯 환해졌다. 그의 음악이 시작되면 첫 소절부터 세상의 모든 아름다움은 다 함께 색이 바래지고 말았다. 어둡고 추운 세상에서 그의 마차는 태양의 문지방처럼 찬란했다.

그의 음악은 그 태양의 문지방을 여는 마법의 열쇠였다. 예술의 나라―음악의 나라―고향에 돌아와서도 고향을 만나지 못한 사람들에게 생명의 피를 부어주는 또 다른 고향.

그의 하프 아래서 어둠은 마치 보석알처럼 굴러 떨어졌다. 그의 음악 아래서는 모든 겨울나무들이 일제히 라벤더 향기를 뿜으며 꽃피어 오르기 시작했다. 아― 태양 감염의 나라, 음악 감염의 나라. 나는 너무나 벅차서 쓰러질 듯이 그의 마차로 다가갔다. 그 하얀 말들은, 순식간에 초록빛 날개를 차며, 하늘로 하늘로 날아가버렸다. 그리고 그대. 그대도 사라져버렸다. 마당엔 파천황처럼 거대한 어둠만이 설왕설래하고 있었다. 예술의 천마天馬는 너무 멀리 가버린 것 같았다. 그리고 우리 집 대문엔 순간 상여꽃이 하얗게 피었다.

나는 관 속에 갇혀 있었다. 누가 나를 관 속에 넣었을까. 누가 내 관에 못을 박았을까? …… 나는 죽어서는 안 된다고 관 뚜껑을 열어야 한다고 소리쳤다. 대청마루의 어린 유령 같은 헝겊인형들이 까르르…… 까륵…… 웃고 있었다. 나는 관 속에서 한없이 울었다. 마치 천 년의 미라에 피가 돌아오는 것처럼 한없이 사지를 비틀면서 그렇게 관 속에서 생명의 미로를 더듬고 있었다…….

그날 밤부터 나는 꼼짝도 못하고 독감으로 앓아누웠다. 엄마는 그 추운 겨울밤 굳이 대청방에서 잔다고 나선 나의 이상한 고집에 쯧쯧 혀를 찼고 아버지는 이마를 짚으면서 "이런 괴짜가 다 있나" 하는 눈초리로 계속 노려보았다.

고열에 시달리며 안방에 누워 있으려니 이제야 집에 돌아온 기분이 들었다. 뜨거운 온돌이 나의 뼈를 마치 설렁탕처럼 끓이는 것 같았다. 나는 그 설렁탕 국물처럼 우려진 사랑의 열탕 속에서 비로소 내 질투의 독을 뺄 수가 있었다. 질투의 온도— 그것은 이 세상의 체온계로는 잴 수가 없는 것이지만—아마도 그것은 세례 요한의 목을 달라고 차갑게 속삭였던 살로메의 파멸적 온도만큼이나 고통스러운 것임에 틀림없으리라.

나는 조금씩 조금씩 회복되면서 기운을 되찾아갔다. 어느 날 오전, 나는 부신 햇빛에 눈을 뜨고 엄마의 경대 옆에 자그

마한 온도계가 하나 걸려 있는 것을 바라보았다. 건강이 늘 안 좋아서 실내온도에도 자잘히 신경을 쓰고 있는 엄마의 경대 앞으로 나는 주춤주춤 다가갔다.

현재 온도 섭씨 21도.

나는 멍하게 경대 거울 속을 들여다보았다. 두 눈이 황량한 검은 소녀가 얼이 빠진 듯이 거울 속에서 마주 바라보고 있었다.

소녀는 조금 부도덕한 낌새를 풍기고 있었다. 부도덕이란 다름 아닌 자기가 신뢰해야 할 것을 신뢰하지 못하는 그런 방종과 허무의 낌새를 말하는 것이다. 부도덕이란 다름 아닌 자기가 감사하면서 먹어야 할 음식에 전혀 식욕을 못 느끼는 그런 건방진 고통을 말하는 것이다.

나는 가만히 한 번 더 그 온도계에 살펴보았다. 현재온도 섭씨 21도. 그리고 온도계의 오른편 여백에 씌어 있는 글씨를 나는 무감각하게 기계적으로 읽어 보았다.

지구상 최고기온 「아라비아」 섭씨 58도
지구상 최하기온 「오이먀콘」 영하 섭씨 86도
태양표면열 섭씨 6,000도
정상적인 체온 섭씨 36.5도

고향이 오이마콘이었다니—나는 홀로 중얼거렸다. 그리고 태양표면 열 같은 뜨거움을 몹시 열망하였다. 나는 홀로 소리 내어 물어보았다.

귀향의 온도는 몇 도일까? 환멸의 온도는 몇 도일까? 어머니의 온도는 몇 도일까? 예술의 온도는 몇 도일까? 서울의 온도는 몇 도일까? B의 심장의 온도는 몇 도일까?

고향을 '오이마콘의 온도'로 느끼는 사람에게 고향집이 어찌 옛날의 보금자리일 수 있으랴. 재잘댈 수 있는 다정한 친구 하나 찾아오지 않는 겨울방학의 병석에서 나는 고향이란, 누구에게나, 저 혼자 아름답고 저 혼자만 스스로를 사랑하는 나르시시즘적인 미녀와 같은 것이라는 것을 절감했다.

고향에 대한 사랑이란, 결국, 그렇다, 그것은 끊임없이 유혹하는 카르멘 미녀를 사랑하는 순정파 소년의 마음처럼 적막할 뿐인 것인지도 모른다. 떠돌이의 마음들은 언제나 고향을 꿈꾸지만 고향이란 이미 시간 속에 잠겨버린 수몰지구처럼 결코 그 열정에 화답할 수가 없다. 왜냐하면 인간이란 결코 똑같은 강물에 두 번 다시 발을 담그는 일이 없기 때문에.

애정이란 쌀이나 피처럼 확실한 것이어야 한다고 누군가는 말한다. 그러나 누가 쌀이나 피처럼 확실한 사랑을 충분히 가질 수 있었을까? 한때는 고향이 우리에게 그것을 준 적이 있는 것이지만……. 오히려 그 기억 때문에 인간은 서서히 실향의 언덕길로 내려가게 되는 것인지도 모른다.

**누군가
훔쳐간**

나의 베르테르

나는 자꾸 어중간해지는 기분으로
또다시 잠꼬대처럼 물었다.
선생님? 그럼 저 J선생님과?
나는 그제서야 잠이 확 달아나는 경악스런 국면에
직접 몸을 부딪힌 것처럼 무언가를 찌르는 듯이 느꼈다.
그건 마치 마취를 당하고 수술을 받은 환자가
마취에서 깨어나 칼로 찌른 수술의 고통을
생채로 느끼는 것과 흡사했다.
나는 몸 전체로 순식간에 피가 축축이
흘러내리는 것을 느끼고 전율했다.

너희들 소녀는 작은 강의 나룻배.

언제나

시간의 언덕에 매여져 있어

너희들의 얼굴은 희푸르다.

생각지도 않고 너희들은 세찬 바람에

몸을 맡긴다.

너희들의 꿈은 작은 못.

여러 번 바닷바람이 불어와 너희들을

끌고 간다. 밧줄이 다할 때까지.

하여 너희들은 그 바람을 좋아한다.

누이들이여, 지금 우리는 황금의 끈으로

동화의 패각을 끌고 가는

백조들이다.

—릴케의 「그대들 소녀는……」 전문

장미 가시에 손가락이 찔려
죽은 시인을 읽는 겨울

나는 지루할 정도로 고독한 겨울방학을 시름시름 앓으며 지냈다. 고독이란, 서울에서 내가 영원한 '타관 사람'이듯이 고향에서도 이상한 '타관사람'인 것처럼, 나에게 다가왔다.

고독은 병석의 달콤한 영양주사액처럼 희끄무레한 빛깔이었고 어슴푸레한 숲속의 시간처럼 신비한 분위기를 육중하게 드리우고 있었다. 그리하여 매일 아침이 지나가고 매일 밤이 다가왔다.

나는 어디선가 릴케의 문고판 번역 시집을 구해 아주 소중하게 아껴가며 읽었다. 그것은 릴케의 죽음 35주년을 맞아 펴낸 작은 번역시집이었는데, 이른바 '소녀 릴케'적인 시들이 주로 수록된 책이었다.

라이너 마리아 릴케—장미 가시에 손가락을 찔려 백혈병으로 세상을 떠난 시인. 모든 과일이 당분의 과잉을 갖고 있다면, 시인 릴케는 환상과 고독의 과잉을 갖고 있는 하나의 슬픈 과일처럼 보였다. 그리고 그 과일은 거대한 어둠의 지평을 향해 아주 부드럽게 낙하하고 있는 하나의 여성적 숙명의 얼굴이었다.

그 당시 나는 '소녀 릴케'적인 릴케의 시밖에는 읽지 못했기에 라이너 마리아 릴케라는 이름은 단지 하나의 '마리아적인 청순함'을 의미했다. '남성 릴케'가 걸어간 피와 고문 그리고 격투와 혁명적인 인식과는 전혀 거리가 먼 '마리아적인 이미지'—그것이 고작이었지만 그런 시인의 청순한 모습은 사춘기의 고뇌에 성결한 영성靈性의 피를 부어준다. 그리고 견디기 어려운 고독의 마성에게 마치 완화제와도 같은 부드러운 평화의 향기를 부어주는 것이다.

나는 대청 방에서 주로 공부했다. 외할머니가 시집올 때 가져왔다는 구리화로에 숯불을 피워 대청은 그럭저럭 견딜 만했기에 나는 구리화로를 끼고 앉아 릴케의 시집을 읽고 또 읽었다.

그대 신성한 나의 고독이여,
잠자지 않는 정원처럼, 너는,
풍성하고 맑고 훤하게 넓다.
그대 신성한 나의 고독이여,
그 앞에서 바람이 기다리고 있는
황금의 門을 단단히 닫아두렴.

—릴케의 「신성한 나의 고독」 전문

릴케의 시집은 마치 병석의 텅 빈 공허 속에서 한 권의 복음서와도 같았다. 나는 릴케의 번역시집 한 권을 가슴에 품고 마치 자애自愛처럼 내 영혼의 고독 속에 취했다. 그때의 고독이란 그다지 황폐하지는 않았다. 오히려 부드러운 수액처럼 애무하는 손이었다. 아마 인간이란, 많은 실패를 겪어야만 원통한 야수처럼 날뛰는 탈옥수 같은 황량한 고독과 직면하게 되는 것인지도 모른다. 그리고 아마 그것도 진짜 고독은 아닐지도 모른다. 살아야 할 시간들이 있을 때 고독이란 언제나 에너지로의 변경이 가능하다. 아니 고독이란 오히려 하나의 에너지에 가깝다.

그러나 살아야 할 시간들이 없을 때 고독이란 무엇으로 다가오는 것일까? 하나의 비석이 생각난다. 아, 그러나 이미지의 연상망을 짜는 것은 그만두자. 단지 하나의 외로운 이야기가 필요한 계절이 아닌가? 밧줄이 다할 때까지 끌려가보는 하나의 외로운 사랑의 이야기 같은 것이.

길에서 만난 차가운
백색 미모의 명석 언니

어느 날 아침, 방문을 열어보니 갑자기 온

세계가 백설의 흰옷을 갈아입고 있었다. 앞집도 뒷집도 앞산도 뒷산도 아니 하늘마저도 모조리 흰옷을 차려입은 눈부신 백설의 성찬이었다. 아니 폭설의 화원이었다. 순간 진부한 삶의 무대였던 우리 일상의 터전은 신화의 빛깔을 띠며 다가오고 진부한 일상의 도구였던 모든 살림살이와 대문, 길목 같은 것은 모조리 신화의 말을 하며 살아 오르기 시작한다.

신은 때때로 우리에게 신화의 분장을 해주어 피폐한 삶의 막다른 골목을 쇄신시켜 주는지도 모른다. 폭설 같은 것, 장마 같은 것, 그리고 또 있다. 봄에 아지랑이 같은 것, 백화만발, 단풍 같은 것. 그 모든 것이 신화의 분장인지도 모른다. 그래서 인간은 졸리고 병든 눈의 눈곱을 떼고, 그런 날이면, 반짝이는 '거울의 개벽'을 보는 것이다.

나는 폭설의 꽃들 사이로 한없이 걸어가고 싶은 충동을 느꼈다. 고향에 와서 첫 번째 느낀 외출 충동이었다. 그런 아름다운 날은 개인적인 외로움 같은 것은 문제되지 않았다. 개별적인 외로움보다도 '우주적 우수'라고나 불러야 할 그런 보편적인 슬픔이 모두의 삶에 넘쳐흘렀다. 그래서 그런 천재지변적인 아름다움이 흘러내리는 날이면 사람들은 조금 너그러워지고 조금 이웃다워지고 조금은 사생활적인 누추한 감정의 이불들을 밖에 널어 말리는 것이다. 특히 첫눈이 오는 날 같은 때에는 더욱 그렇다.

화사할 정도로 아름다운 백설의 길을 걸어 나는 오랜만에 시내로 나갔다. 집과 길과 사람들은 모두 한 그루 백설의 꽃나무 같았으며, 지붕과 나무들과 골목들은 어쩐지 자기 분수에 안 맞는 축복 속에 수줍어하는 듯이 설레었다.

아, 고향. 고향의 함박눈. 나는 두 어깨가 뻐근히 아파올 정도로 폭설을 맞고 시내를 돌아다녔으며 마음의 유리창을 활짝 열고 '벅찰 정도로 아름다운' 흰빛의 계시를 마음껏 흡수했다. 나 역시 한 그루의 백설의 나무처럼 죄를 잊어버렸으며 영혼은 이상하도록 상냥한 미소의 퍼짐처럼 성대한 기쁨을 은은히 받아들이고 있는 듯했다.

아마도 어디에 무슨 행복이 있는 것만 같았다. 아마도 어디에서 감출 수 없도록 행복한 무슨 사건이 생긴 것만 같았다. 그리고 그 은은한 행복은 아마도 우리 거리로 친절하게 다가오고 있는 것만 같았다. 백설은 무슨 화사한 편지처럼 그렇게 환하게 흰빛으로 빛나며(언제나 어느 곳에도 머무르지 못하지만) 그렇게 몸도 가벼이 모든 곳을 헤맨다.

우리가 백설에게서 천사를 느끼는 것은 아마도 그것 때문인지도 모른다. 내 마음이 힘껏 화사해져서 속으로 고향의 모든 길들과 사람들에게 인사를 하고 있을 때, 나는 충장로 2가 우체국 앞에 서 있는 한 여자를 보게 되었다. 아니, 아마 동시에 보았는지도 모른다.

　나는 그냥 혼자서 웃고 있었는데 마침 그녀를 보고 화사한 웃음을 건넨 셈이 되어버렸다. 그러나 한번 지은 미소를 어떻게 반환받을 수 있으랴. 지나간 미소를 어떻게 지울 수 있는가. 그러나 비록 원수가 아니라 하더라도 간혹 미소를 띠고 싶지 않은 사람이 있는 법이다. 그리고 그녀는 물론 원수는 아니었다.

　"얘……."

　그녀는 잠깐 반가운 빛을 하며 내 팔을 잡았다. 그녀는 여전히 아름다웠으며, 이제 대학생이 되어 더욱 개성적인 모습으로 빛나고 있었다. 타인의 눈동자를 찌르는 것처럼 아름다웠지만, 그러나 그녀의 미모는 언제나 차가운 빙하를 머금고 있는 듯했다. 이른바 차디찬 미모였다. 마치 북극의 하늘에 차디차게 얼어붙어 있는, 세상에서 가장 아름다운 오로라처럼, 그녀의 미모는 아무리 더운 여름에도 주위를 서늘하게 만드는 것처럼 차가웠으며 사치스런 백색이었다.

　세상엔 백색 미모와 적색 미모가 있다고 나는 생각한다.

　백색 미모란 너무나 차가운 미모로 하여, 마치 주위 사람의 경탄과 부드러움을 차갑게 냉소하고 있는 듯이 보이는 미모여서, 감히 쳐다보기만 해도 얼음에 닿은 듯이 추워지는 그런 냉정한 아름다움을 뜻한다.

　적색 미모란 보다 생명에 가깝고 분방하며 마치 카르멘처럼 애욕의 머리카락을 뜨거운 폭포처럼 늘어뜨린 그런 불 같은 아름다움이다. 이상한 것은, 나는 언제나 백색 미모 쪽에 더욱 뜨거움을 느낀다는 것인데, 아무튼 그녀는 검은 겨울 코트로 몸을 감싸고 있어서 더욱 사치스런 아름다움의 신비를 발산하고 있었다.

나는 아득히 정신을 차리고

"아…… 명석 언니……."

마치 잠꼬대처럼 중얼거렸다.

"얘, 내려왔으면 연락할 일이지…… 선생님이 얼마나 네 생각하는지 아니."

그녀의 입술에서 이토록 많은 낱말이 흘러나온 것은 아마 그때가 처음이었을 것이다.

백색의 미모는 결코 많은 말을 하지 않았다. 백색의 미모는 침묵 속에 화석화化石化 되어 있을 때가 가장 아름답다는 것을 그들 스스로가 알고 있기 때문인지도 모른다. 백색 미녀들은 침묵의 차디찬 빙하의 딸들이어서 나같이 어중간한 온대지방에 살고 있는 어중간한 온대의 사람들과는 바야흐로 말이 통할 수가 없기 때문인지도 모른다.

사춘기엔
누구나 베르테르

        그녀들은 빙하의 말을 하고 침묵의 빛을 발산한다. 그뿐이다. 그런 촌철살인적인 몇 마디의 차가움이 우리를 부나비보다 오히려 더 강렬한 유혹으로 잡아끄는 것이다.

"아, J 선생님께서요?"

나는 자꾸 어중간해지는 기분으로 또다시 잠꼬대처럼 물었다. 선생님? 그럼 저 J 선생님과? 나는 그제서야 잠이 확 달아나는 경악스런 국면에 직접 몸을 부딪친 것처럼 무언가를 찌르는 듯이 느꼈다. 그건 마치 마취를 당하고 수술을 받은 환자가 마취에서 깨어나 칼로 찌른 수술의 고통을 생채로 느끼는 것과 흡사했다. 나는 몸 전체로 순식간에 피가 축축이 흘러내리는 것을 느끼고 전율했다. 겨울 속에 흘러내리는 젖은 피는 몹시 차가웠다. 그녀가 멍하니 서 있는 나의 팔을 잠깐 끌었다.

"여기, 우체국 안에 선생님이 계셔……"

나는 그녀에게 팔을 잡힌 채로 어정쩡하게 우체국 안으로 끌려들어갔다. 연초여서인지 비교적 우체국은 한산했다. 아직까지도 나는 그것을 기억할 수가 없다. 나는 내 발로 우체국 계단을 걸어 올라간 것일까? 아니면 마치 강심술에 걸린 것처럼 저절로 움직여 갔는지? 그녀가 세차게 내 팔을 끌었을 리는 없다. 그런데도 내가 우체국 계단을 스스로 올라갔다는 것은 아직도 신비에 속하는 일 중의 하나다.

언젠가 나에게 베르테르적인 시기가 있었다고 내가 말했던가? 나의 베르테르를 훔쳐간 사람이 있었다고 내가 말한 적이 있었던가? 아니다. 나는 분명히 그것을 말하지 않았으리라. 왜냐하면 그것은 마치 희미하게 채색된 투명의 슬라이드처럼, 언젠가, 의식의 환등기를 슬며시 꺼버렸기 때문일 것이다. 아니다. 그것은 투명의 슬라이드 위에서 저절로 지워진 한 방울의 몽환적인 눈물자국처럼 시간의 손이 문지르고 간 덧없는 꿈의 숨결에 가까운 하나의 기화현상氣化現象 같은 것일지도 모르겠다. 아니다. 어쩌면 아주 기억하기 힘든, 몹시 육중한 추를 달아서 레테 강 밑에 깊이 감추어두지 않을 수 없었던, 아주 잊기 힘든 하나의 고통스런 환부 같은 것이기 때문일지도 몰랐다. 누구에게든 하나의 베르테르적 시기는 있게 마련이다. 그리고 나는 아주 몽롱한 방법으로 그들 앞에 끌려나와 다시 서 있게 되었다.

레몬수 향기 같던 J 선생님의
애너벨리를 꿈꾸다

　　　　　J 선생님은 우체국의 구석에 있는 전화박스 안에서 수화기를 귀에 대고 무어라고 이야기를 하고 있었다.

유리창으로 된 칸막이 박스 안에서 무성의 목소리로 이야기를 하고 있는 그의 모습은 마치 외계에 있는 연인과 심령의 대화를 나누고 있는 사람처럼 신비롭게 보였다. 그는 국제전화 박스 안에 들어 있었고, 나는 그것이 그를 더욱더 로맨틱하게 보이게 한다고 생각하고 있었다. 그는 수화기를 붙들고 아주 우울했으며 그런 우울의 채색이 그를 더욱 시적으로 만들었다.

그는 시인보다도 더욱 시적인 인물이었으며 마치 푸른빛보다도 더 푸른 사람이었다. 그는 우리에게 잠시 국어를 가르친 적이 있는 청년이었다. 그 당시 온 교내가 그를 향해 들끓었을 정도로 그는 인기가 있었으며 그의 푸른 아름다움은 온통 교정을 숲속의 향기로 가득 채웠다. 그는 신선했으며 무엇보다도 연한 다갈색의 눈동자에 표정이 풍부해 그에게서 시를 배운 적이 있는 학생이라면 누구든 매혹당하지 않을 수가 없을 정도였다. 그는 낭만파 시인들을 사랑했으며, 특히 바이런을 좋아했다. 아, 무엇보다도, 에드거 앨런 포의 「애너벨 리」를 최초로 들은 것을 잊을 수가 없다.

옛날 옛적
바닷가 어느 왕국에
그대가 아는지도 모르는 한 소녀가
살았지.
그녀의 이름은 애너벨 리—
날 사랑하고 내 사랑을 받는 일밖엔
소녀는 아무 생각 없이 살았네.

그 시를 들으면서 소녀들의 눈동자는 '아, 그의 애너벨 리는 누구일까?' 슬픔으로 전율했으며 자신들이 비록 죽는 한이 있더라도 그의 애너벨 리가 되고 싶어 몸을 떨었다. 그리고 아마도 그는 자신의 연인을 잃어버린 슬픈 사랑의 상처를 가진 사람일 것이라고, 무덤 속에 있는 차갑고 하얀 연인을 그리워하는 열정 때문에 아무도 지상의 연인을 사랑할 수는 없을 것이라고 상상하고는 깊은 비탄의 한숨들을 쉬기도 했다.

그것은 아주 소녀적인 감상이었으며 그러나 그 병적으로 깊은 소녀들의 감상은 마치 전염병처럼 그를 향해 에워쌌다.

내가 아름다운 애너벨 리의 꿈을 꾸지 않으면

달도 비치지 않네.

내가 아름다운 애너벨 리의 빛나는 눈을 보지 않으면

별도 떠오르지 않네.

그리하여 나는 밤이 지새도록

나의 사랑, 나의 생명, 나의 신부 곁에 누워 있네.

바닷가 어디 그녀의 무덤가에—

파도소리 들리는 바닷가 어디

그녀의 무덤가에—

그는 마치 백설처럼 차갑게 아름다운 죽음의 연인을 가진 사람으로 부각되었고, 어느 소녀도 죽음으로 불멸화된 그의 신부를 질투할 수 없었기에 오직 그에 대한 감정들은 단지 하나의 동경일 뿐이었다. 헛된 사춘기의 오해와도 같은 실연의 감정에 제각기 빠져 소녀들은 더욱 뜨겁게 그를 우러러보았다.

그는 학교생활이라는 지극히 단조로운 흑백의 기록영화 속에 뛰어든 총천연색 애정영화의 미남 주연배우와도 같았다. 학교에 가는 길은 곧 그를 만나러 가는 길이었으며 수업시간이란 그를 훔쳐보는 청춘영화관 같았다.

나 역시 그에게 반했다. '홀렸다'고 표현하는 게 더욱 적당하리라. 그리고 그 역시 나에게 많은 관심을 가졌다. 상당한 문학적 재주를 그가 인정해주었기에 나 역시 단단한 자애(自愛)의 감정에 빠져 모든 소녀들이 다 좋아하는 그를 좋아한다는 것이 어딘지 냉소적으로 느껴져서 단지 표현만을 감추고 있었을 뿐이지 몹시 감정의 흔들리는 경사를 느끼고 있었던 것은 사실이다. 그는 레몬수 향기 같았다. 그는 마치 시집 같은 청년이었다. 그리고 무엇보다도 그는 아름다운 한 남자였다.

홀로 간직한
베르테르의 슬픔

나는 우체국 의자에 명석 언니와 나란히 앉아 바로 이 년 전의 어느 가을날을 생각하고 있었다. 10월의 아름다운 가을 일요일, 나는 도서관에서 책을 보려고 학교에 갔다. 하루 종일 책을 읽다가 오후가 되어 잠시 눈을 쉬려고 교정에 나왔는데, 가을 오후가 너무도 아름다워서 나는 교정을 가로질러 음악당 부근까지 걸어갔다. 음악당은 콜타르를 칠한 목조건물이었다. 방음이 안 돼서 안에서는 언제나 악기소리가 말괄량이처럼 뛰쳐나왔고 교정의 가장 외딴 곳에 버려져 있어서 음산하고도 비밀스런 분위기가 있었다. 그곳을 지나면 언제나 콜타르 냄새가 풍겼으며, 그것은 마치 귀신의 집처럼 어두운 기운으로 지나가는 사람의 넋을 붙들었다.

나는 그 콜타르가 칠해진 검은 음악당을 참 좋아했다. 검은 콜타르가 발라진 목조의 벽면에 투명한 눈동자처럼 뚫린 하얀 유리창은 마치 내세의 입구 같았다. 그리하여 음악이란, 나에게 마치 어디 귀신들 몸에서 흘러나오는 비현실의 중얼거림 같은 것으로 느껴지기 시작했다. 콜타르가 칠해진 음악당─그 유리창 밖에서 음악 선생님이 치던「은파를 넘어서」라는 피아노곡을 훔쳐 듣던 어린 소녀.

하여튼 그 가을 오후, 나는 음악당 부근까지 걸어가고 있었다. 플라타너스는 흰 몸 위에 마치 윤회의 반점과도 같은 희디흰 흉터들을 내보이며 늙어가고 있었고, 목련나무에서 떨어진 커피색의 커다란 낙엽들은 지속의 의지를 포기해버린 실연에 빠진 사람의 마지막 연서와도 같이 자포자기적으로 땅위에 뒹굴고 있었다. 가을, 허무도 아름다운 그런 오후였다.

나는 음악당 앞 플라타너스나무 아래 서 있는 어떤 두 사람을 바라보고 문득 걸음을 멈추었다. 그들은 J 선생님과 한 여자였다.

그들은 서 있는 모습 자체만으로도 무언가 아득한 것을 암시하고 있는 그런 분위기였다. 그들이 어떤 특별한 포즈를 취하고 있었던 것은 결코 아니었는데도 분명 나는 어떤 특별한 느낌을 느낄 수 있었다. 그것은 그들 사이에 퍼지고 있는 어떤 친화력이었다. 말로 표현할 수 없는 그 무엇. 은하계에 속해 있는 듯한 두 사람, 마치 부처의 머리 위에 신이神異의 표적으로 언제나 나타나는 광배光背처럼 그들 머리 뒤에 은빛으로 그어져 있던 무슨 불가사의한 빛의 움직임을 나는 얼핏 보았다고 느꼈다.

저 여자는 누구일까. 옷차림으로 보아 대학생인 듯한 저 여자. 얼핏 보기에 데보라 카를 닮은 듯이 차디찬 미모의 여자는 긴 머리를 허리까지 늘어뜨리고 쓸쓸하게도 하얀 바바리코트를 입고 있었다.

그들은 그렇게 서로의 내부에서 마치 채색광선처럼 퍼져 나오는 사랑의 기운을 감추기에 실패한 채로, 가을나무 아래, 마치 지상을 망각한 사람들처럼 무아경에 빠져 있었던 것이다. 연인들은 아무리 감정을 감추려고 해도 소용없다. 연인들은 설혹 모과처럼 범박한 표정으로 찡그리고 있다고 해도 내부에서 흘러나오는 애정의 향기를 감추지 못한다. 누가 향기를 두 손으로 잡아 가둘 수 있으랴. 누가 향기를 거머잡아 교살하겠는가.

나는 그대로 우주의 운행이 멈춘 것처럼 서 있는 연인들 곁을 지나 하염없이 걸어 나갔다. 어떤 때는 계속 걸어 나가는 것만이 최선일 때가 있다. 걸어 나가노라면 처음엔 힘없이 걷다가도 차차로 벅찬 속도를 얻을 수도 있다. 그것을 극기의 힘이라고 나는 나의 인생에서 배웠던 것 같다.

콜타르가 칠해진 검은 음악당을 배경으로 신비롭게 서 있던 연인들의 모습. 그것은 내 망막의 렌즈가 찍은 가장 아름다운 장면의 하나다. 그러나 그 아름다운 스냅을 찍은 망막은 더할 수 없는 상처에 젖어 있었다.

슬픔의 망막, 고통의 망막에 찍힌 그들의 모습은 나에겐 영원한 보화이면서 동시에 더할 수 없는 우울이기도 했다. 그리고 데보라 카를 닮은 그 여자가 바로 명석 언니였으며 그녀는 우리의 선배이기도 했다. 그녀가 바로 그의 애너벨 리인 것이라고 나는 그들의 모습을 본 순간 직감했으니, 그녀야말로 바로 그런 차디찬 순결의 모습을 지닌 백설처럼 빛나는 미모의 소유자였던 것이다.

그들은 곧 약혼하였고 나는 은밀하게 베르테르의 슬픔을 홀로 간직하고 있었다.

"아, 승희……."

그는 우체국 나무의자에 얼뜨기처럼 앉아 있는 나를 보고 웃으면서 다가왔다.

여전히 신선하고 여전히 레몬수 향기를 풍기는 그의 아름다운 미소 앞에 나는 애매하게 웃으며 애매하게 고통스러웠다. 나는 명석 언니와 나란히 앉아 있는 나의 모습을 그가 바라보는 것이 또한 두려웠다. 명석 언니와 나란히 앉아 있으면 어떤 사람도 개성을 잃고 어중뜨기로 보였다. 그만큼 그녀의 미모는 차갑게 꿰뚫는 듯했으며 주변의 의미를 지워버렸다. 그녀와 함께 있으면 모든 여자는 추녀의식에 사로잡히게 되고, 곧이어 못난이 같은 자기혐오증에 빠지지 않을 수 없었다.

내가 너무도 어색해서 안절부절못하자 J 선생님은 우체국 앞에서 그녀와 헤어졌다. 그녀는 가는 길에 반드시 자기 집에 들러달라고 나에게 짤막하게 말하고 눈길을 걸어 돌아갔다.

"오늘, 폭설이 내리기에 무언가 좋은 일이 있을 것 같았어. 그런데 승희를 만났군."

이것저것 두서없는 말을 나누며 이리저리 걷다가 우리는 남동성당 안으로 들어가게 되었다. 폭설이 더욱 무거워져서 시야를 가릴 지경이어서 잠깐 몸을 피해야 할 형편이었다.

우리는 성당의 문을 열고 어디선가 촛불 냄새가 진하게 풍겨져 오는 성당의 모서리에 앉았다. 꿈을 꾸고 있는 것은 아닐까? 모든 것이 몽환처럼 보이기 시작하면서 내 심장 속의 베르테르가 감고 있던 눈동자를 뜨려고 하는 것이 느껴졌다. 베르테르가 몸을 움직이려고 하는 것이 느껴지고 베르테르가 관 뚜껑을 열고 수의를 입은 채로 부활하려고 하는 것이 느껴졌다. 나는 그것을 참을 수 없었다. 나는 아주 거칠게 물었다.

"그런데 선생님, 결혼은 언제 하게 되지요?"

그는 제단 위에 바쳐진 꽃바구니와 촛불을 바라보던 시선을 멈추고 잠시 생각하는 듯했다. 대답을 망설이는가, 그의 의지가 망설이는가, 그는 한참을 잠잠히 있었다. 성당 천장에 달린 유리창문의 채색유리에서부터 황색의 햇살이 그의 어깨 위에 흘러내리고 있었다. 아니 황색과 보라색이 뒤섞인 햇살의 비현실적인 분위기가 그의 생각하는 실루엣을 신비 속에 응고시키고 있었다.

"응, 당분간은 안 돼. 명석의 어머니가 작년에 타계하셨거든. 탈상은 마쳐야지."

그러나 지나칠 정도로 진지한 그의 표정은 그것만이 전부는 아니라고 말하고 있는 듯했다.

"단지 그것뿐이에요?"

나는 참으로 당돌하게도 물었던 것이다. 애너벨 리의 연인과 애너벨 리는 과연 결혼을 할 것인가. 결혼한 애너벨 리. 그것은 어딘가 명석 언니의 아름다움을 훼손시키는 일처럼 생각되었다. 그리고 애너벨 리를 그토록 사랑했던 한 남자의 사랑조차도 어딘가 파손되는 듯한 기분이 들었다. 애너벨 리와 소년은 '백색의 약혼' 속에 있는 것이 더욱 좋을 것 같았다. 백색 약혼의 영원한 현재. 그것만큼 불멸하는 사랑이 있을까?

"또 있지. 아무래도 명석이 대학 졸업하는 것을 기다리는 것이 더 좋을 것 같아."

그리고 그는 무슨 의미에선지 「블랙 나르키소스Black Narcissus」라는 영화 이야기를 하기 시작했다. 마침 그 영화 또한 데보라 카가 주연이었다.

너무 아름다운 것도
하나의 상처다

히말라야 산맥의 어느 고원에 마을과 함께 하나의 궁전이 솟아 다 폐궁을 시킨 당대의 영주는 이 건물을 수도원으로 만들어 아이들 교육과 병원으로 쓰도록 영국인 고문 딘과 상의한다. 딘은 캘커타의 수도원으로 편지를 내어 수녀들을 초청한다. 수도원장으로 온 아름다운 클로다(데보라 카)는 이 황폐한 궁성을 수리하고 딘의 도움을 얻어 황량한 폐궁에 성당과 교실과 화원 등을 만든다.

아름다운 클로다는 황폐한 폐궁을 따스한 사랑의 장소로 만들고 점점 마을의 지지를 얻는다. 그러나 날이 갈수록 수녀들의 마음은 매력적인 딘에게로 기울어 수녀원이 온통 들뜨게 된다. 그러던 어느 날 밤 클로다는 수녀원에 와서 살고 있던 마을 처녀 루스가 머리를 풀고 입술을 그리고 화장까지 한 채 붉은 드레스를 입고 거울 앞에서 치장하는 것을 보고 놀라게 된다.

　루스는 그날 밤 수녀원을 뛰쳐나가 딘에게 도망쳐 가서 사랑을 고백하나 딘은 거절하고 루스를 쫓아낸다. 그러자 루스는 딘의 거절이 아름다운 클로다가 있기 때문이라고 생각하고 클로다를 죽일 결심을 한다. 머리를 풀어헤친 루스는 새벽종을 치고 있는 클로다를 언덕 밑 낭떠러지로 밀어버린다. 그러나 아름다운 클로다는 종을 치고 있었기 때문에 종의 밧줄에 매달려 목숨을 건지게 된다. 그러나 클로다를 떠민 루스는 발을 헛디디며 미끄러져서 오히려 자신이 벼랑 아래로 떨어져 죽고 만다.

　아름다운 클로다는 자신이 딘을 사랑하고 있음을 느끼고 또한 딘 역시 자신을 사랑하는 것을 느끼기 때문에 고원을 떠날 결심을 하게 된다. 그리하여 수녀원은 해체되고 수녀들은 딘과 헤어진다. 딘은 멀리 사라져가는 아름다운 클로다의 뒷모습을 향해 말한다. "그대 블랙 나르키소스여"라고.

　성당의 분위기 속에서 그런 이야기를 듣는다는 것이 더욱 현실감을 지우고 있었다. 그는 무슨 이야기를 하려는 것일까. 그러나 그 이야기를 들으면서 나는 어딘지 모르게 명석 언니가 슬프게 느껴졌으며, J가 명석 언니의 사랑과 아름다움에 상처를 입히는 것처럼 느껴졌고, 마침내는 내가 오랫동안 베르테르적 감정을 느껴온 이 사람보다 명석 언니를 더 사랑하고 있는 것이 아닌가 하는 생각이 들기 시작했다.

명석 언니가 어쩐지 버림받게 될 것 같다는 느낌은 나에게 기쁨을 주기는커녕 오히려 분노를 느끼게 했다. 그것은 완벽하고 불멸한 것을 추구하는 소녀적인 기대의 파손과도 같은 것이었다. 모든 것은 필연적으로 망가져가는 것이라는 것을 인정하고 싶지 않은 것이었다.

"그럼 명석 언니가 블랙 나르키소스란 말인가요?"

나는 애매한 미소를 띠며 물어보았다. 그리고 그의 얼굴을 잠시 뚫어지게 직시했다.

"그런 것 같아. 특히 어머니의 죽음 이후 그녀는 마치 차디찬 벽 같아졌어. 우리의 약혼은 마치 추억처럼 돼버린 것 같아. 블랙 나르키소스처럼. 그녀는 금단의 땅에 스스로 닫혀 버린 거야. 그래, 똑같아. 검은 옷을 입고 기도하면서 나를 차갑게 거부하는 것."

"그럼, 루스는?"

그는 나의 눈을 피했다.

그와 헤어져 집으로 돌아가는 길에 나는 명석 언니의 집 앞을 지나치면서도 그곳에 들어가지는 않았다. 나는 다만 변호사 집의 어두운 대문을 오랫동안 바라보고 있었다. 그러자 그 백설의 별 같은 그녀의 싸늘한 아름다움이 마치 수난의 표상처럼 느껴지는 것이었다. 너무 아름다운 것은 자연의 축복이 아니라 자연의 박해요, 너무 아름다운 것은 처절하게 인간과 동떨어진 고독한 것이라는 것을 나는 어렴풋이 느끼게 되었다.

백설의 별은 손에서 멀리 떨어져 있는 것이 자연스럽지만 그러나 그것은 무섭도록 차가운 형벌일 것이다. 마치 마지막에 이별의 길을 떠나는 그 영화 속의 블랙 나르키소스처럼.

나는 그녀의 집 앞을 그냥 지나쳐 가면서 그 전날 본 릴케의 어느 시를 생각하고 있었다.

마리아여,
당신이 우심을—저는 압니다.
저도 울고 싶습니다.
당신의 영광을 위하여,
돌 위에 가만히 이마를 대고
조용히 흐느끼고 싶습니다.
당신의 두 손은 따스합니다.
그 손에 나의 손이 닿았더라면
당신의 노래 하나 남았을 것을.
그러나 시간은 죽어갑니다.
유언도 없이……

어린 베르테르의
소멸

　　　　　　나는 그렇게 유언도 없이 죽어가는 시간 속을 걸어 유언도 없이 죽어가는 눈을 맞으며 우리 집으로 가는 언덕길을 올라가고 있었다. 언덕길을 오르고 있을 때, 나는 그 언덕길 밑에 있는 내 친구 근화의 집에서 무슨 연기 같은 것이 자욱이 피어오르고 있는 것을 보았다.

근화네 집에서 연기가 난다는 사연은 동네 사람이면 누구나 다 아는 일이었고 혀를 끌끌 차는 일이었다. 그 연기의 사연을 알고 있기에 나는 근화네 집 마당을 내려다보지 않으려고 했는데, 피한다는 것이 오히려 그것과 정통으로 마주보게 된 결과를 낳고 말았다.

감나무 가지 위에 걸쳐진 죽은 개의 눈동자가 정통으로 나를 꿰뚫어보고 있었다. 그 눈동자는 파란 불꽃으로 꽉 차 있었으며 내가 오기만을 기다리고 있었다는 듯 살아 있는 것처럼 바로 나를 노려보고 있었다.

개의 목구멍에서부터 꼬리 부분까지 꼬챙이를 꿰어 그 쇠꼬챙이를 감나무 가지 위에 걸쳐놓고 감나무 아래서 불을 피워 개를 통닭구이처럼 굽는 것이었다. 털도 벗기지 않고, 감나무 아래선 근화 아버지가 불을 피우고 있었고 그 옆에선 연기에 눈물을 닦으면서도 군침을 흘리며 개가 구워지기를 기다리는 근화 어머니가 있을 것이었다. 그리고 분명 그녀는 부른 배를 하고 있으리라.

우리 동네에 개가죽이 타는 노린내가 진동한다는 것은 근화 어머니가 또 임신을 했다는 것을 의미했다. 근화 어머니는 배가 불러올 무렵이면 꼭 개고기 구이를 먹어야 했다. 그것도 집에서 기르던 개를 꼭 자기 집 감나무에 목매달아 죽이고 또 그 감나무에 쇠꼬챙이로 매달아 직접 통구이를 해먹는 것이었다. 매일매일 죽인다 살린다 하며 치고 패던 남편은 사랑하는 아내와 뱃속의 아기를 위해 자기 집 마당에서 뛰놀던 개의 목을 졸랐고, 그리고 부부는 군침을 흘리며 감나무 아래 앉아 개고기 바비큐를 뜯는 것이었다.

근화네 어머니는 일곱 번째 아이를 임신하고 있었고, 장녀인 근화는 이제 더욱 바빠질 것이었다. 나는 얼핏 근화네 어머니의 산발한 모습을 연기 속에서 훔쳐보았다. 그 모습은 마치 더러운 색마의 모습과도 흡사했다. 내리는 백설 때문에 개를 태우는 불길이 잘 타오르지 않는지 동네는 온통 개 태우는 연기로 더욱 가득했다.

나는 내 마음속에서 무언가 하나의 세계가 마치 재처럼 조용히 무너지는 소리를 들었다. 그것은 어린 베르테르의 붕괴였다. 베르테르의 소멸이었다. 투명 슬라이드처럼 하나의 얼굴이 지워지고 있었다. 백설의 별처럼 하나의 흔적이 용해되고 있었다. 유언도 없이 그는 그렇게 자신의 저 너머로 사라져버렸다.

모든 사랑이란, 마치 화살이 활시위를 이기고 떠나야만 새로운 세계에 도달할 수 있듯이, 그렇게 도상途上의 것이 되지 않으면 안 되는가. 아아, 릴케여, 그대는 왜 이런 두렵도록 아름다운 시를 썼는가.

사랑하는 우리, 사랑하는 사람의 품안을 벗어나
부들부들 떨면서도 이를 견디어낼 때가 되지 않았는가.
시위를 떠나는 순간
제 힘을 넘어 더 멀리 다다르고자
온 힘을 모으는 화살,
화살이 시위를 이겨내야 하듯이
안주란 어디에도 없는 것이네……

—릴케의 「두이노의 비가(悲歌) 1」 중에서

그들은 결국 파혼했다. 그리고 J는 아마 어쩌면 그 국제전화 속의 여인일지도 모르는 상당히 정열적인(분명히 적색의 미모에 속할) 어느 여자와 결혼했다. 그러나 나는 콜타르가 칠해진 검은 음악당을 배경으로 서 있던 그 아름다운 연인들을 잊을 수가 없다. 어쩌면 잊어버릴 수 없도록 깊게 파인 그날의 나의 상처 때문인지도 모르지만, 그 장면은 마치 밀레의 「만종」처럼 시간을 뚫고 성스럽다.

백수광부여,

광기의
아들이여

그것은 하루하루 무지무지 견디기 힘든 고통이었으나,

나날이 되풀이되는 동안, 점점 처절한 고통에서

다른 쾌감의 얼굴로 변모해가기 시작했다.

그것은 어쩌면 상실이 주는 해방감이기도 했다.

한 권 한 권 책이 사라질 때마다 나는 이상하게도

시원한 해방감을 느끼기도 했으니,

그것은 아마 마조히스트적 운명의 서주부와

같은 것인지도 모르겠다.

흑인의 얼굴이
슬프고 신비한 까닭

나이테가 없는 나무였으면 좋겠다.

나이테의 금 사이사이로는 푸른 상처의 강이 흐른다. 나이테의 배꼽을 만드는 것은 상처의 원심력과 구심력—그것이다.

흑인의 얼굴이 슬픈 것은 바로 그 밤의 잉크처럼 검은 피부빛 때문일까? 아니다. 오히려 그것이 가장 슬픈 것은 흑인이 잠깐 아주 환하게 미소 지을 때 덧없는 숙명의 파편처럼 잠깐 드러나는 눈부시게 빛나는 하얀 이빨과 하얀 눈자위 때문이다. 나는 나를 흑인이라고 생각하는 편향이 생겼다. 한국에서 여자로 태어난 것— 그 자체가 두 개의 타자의 표지를 몸에 걸고 사는 것과 같다. 나는 흑인이고 나는 여성이다.

절대 백색의 하얀 이빨과 하얀 눈자위는 검은 얼굴을 조롱하고 있는 것 같다. 항거하고 있는 것 같다. 냉소하고 있는 것 같다. 그것은 바로 우리의 현실과 꿈의 관계 같은 것일지도 모른다. 하느님은 코믹 사디스트comic sadist인지도 모르겠다.

천사가 외출해버린 캄캄한 운명. 그것이 왜 더욱 신적인 신비를 느끼게 하는가? 천사는 외출하면서 거기 열쇠를 떨구고 갔기 때문이다. 그러나 색채가 곧 차별을 말하는 것은 아니다. 다만 흑백의 대비가 그런 강렬한 관념을 끌어오기 때문이다.

페터 한트케가 말했던가? "우리가 가장 공포를 느끼는 것은 방 속이 끝없이 어둡다는 것이 아니라 바깥의 불빛이 한 가닥 복도의 문틈 밑에서 냉소처럼 환하게 빛나고 있는 것" 때문이라고.

"우리 식구들은 강물 앞에서
모두 다 지쳤네"

나는 언제나 한 노래를 생각하네.

그 노래는 처음도 없고 끝도 없이 몽롱하게 내 머릿속에 선회하네. 마치 그것은 끝없는 운명의 암울한 중얼거림과도 같이 내 뇌리의 축음기 속에 하나의 지칠 줄 모르는 음반을 걸어놓고 있네. 희미한 음반에선 희미한 저주의 웅얼거리는 노랫소리.

최면효과를 지닌 웅얼거리는 그 노랫소리는 최면효과를 지닌 이상 저주도 아니고 공포도 될 수 없네. 단지 안개가 있네. 오직 안개가 있네.

한 남자가 강물 앞에 서 있네. 그는 머리를 풀어헤치고 허리에 술병을 차고 있네. 그의 눈은, 강 건너 어디 먼 곳에 붙박여, 아무도 그의 시선을 꺾을 순 없네. 그는 강물을 건너려 하네.

그대여,
강물을 건너지 말라고 하였더니
님은 끝내
물을 건너가셨네.
강물에 빠져 죽으니
그대여, 아아, 어찌하리오.
님이여, 물을 건너지 마소.
님이여, 물을 건너지 마소.

우리 식구들은 강물 앞에서 모두 다 지쳤네. 물을 건너간 백수광부는 아름답지만 밤낮으로 물을 건너가려고만 하는 현실

속의 백수광부는 지긋지긋한 거야. 백수광부는 물을 건너갔기에 아름다운 것.

공후로서 노래를 뜯기는커녕 나는 우리의 백수광부를 미워하였네. 나는 백수광부의 누이였고, 그는 차마 강물을 건너지도 않았다. 단지 강물 앞에서 미친 척 도강渡江의 연기를 할 뿐이었다. 아무도 애석해하는 이 없건만 단지 어머니가 있어 만류를 하네.

"황야는 아무 데나 있고
모든 것의 속에 있다"

우리는 미아리 어디에 집을 한 채 사서 서울 살림을 시작했다—나는 내자동 할아버지 집을 나와 나의 남동생 C와 함께 미아리 집에서 서울생활을 이끌어가야 했다. C는 중학을 서울로 전학하여 부모님의 보호를 벗어나 나와 함께 지내게 된 것이다. 얼마나 급격하게 사춘기의 급류가 그에게 닥쳐왔던 것일까? 광기의 격류가 얼마나 절박하게 그의 혈관을 타고 범람했던 것일까?

우리 남매는, 관계의 수렁 속에서 바둥거리며 악을 쓰며 똑같이 으르렁거렸다. 마치 코를 맞댄 채 으르렁거리는 두 마리의 침범처럼 우리는 탄탄하게 젊었고 푸르렀고 더욱이 청춘의 낙인으로 아름다웠다.

그는 학교를 가지 않고 미아리 어디 삼류극장의 음산한 문을 들락거렸고 '미성년자 입장 금지'라는 영화관의 경고문은 그에게 '미성년자 입장 절대 환영'이라는 초대문과 조금도 다를 바가 없었다. 그에게 금기는 곧 허락이었고, 규칙은 곧 파기를 의미했다.

클린트 이스트우드를 그는 몹시 숭배하여 뒷골목에서 휘파람을 부는 일, 모자를 서부활극 속의 배우들처럼 비스듬히 젖혀 쓰는 일, 폭력을 우상화하는 일 그리고 부랑하기 위해 어디론가 떠나가는 일 등을 몹시 즐겨 했다.

내가 말한다. "왜 뒷골목을 돌아다니는 거지? 뒷골목 따위에 인생이 있는 건 아니야. 뒷골목이란 절망의 선술집과 같은 거야. 학교라든가, 당당한 햇빛 아래서도 허물어질 수 없는 무언가 당당한 것에 마음 붙여야 해."

그가 말한다. "나는 황야를 좋아해. 내가 가장 좋아하는 건 클린트 이스트우드가 나오는 서부활극의 맨 마지막 장면이지. 그는 마을의 악당들을 해치우고 언제나 마지막엔 마을을 떠나지. 마을 사람들이 떠나지 말라고, 제발 마을에 머물러 달라고 애원해도, 언제나 그는 머무르지 않고 떠나는 거야. 애원을 뿌리치고 그는 말 위에 오르지. 말을 타고 그가 떠날 때면 언제나 황혼이 내리지. 황혼이 내리는 황야를 향해 그는 모자를 벗고 떠나는 거야. 휘파람을 불면서, 말을 타고. 그는 황야로 떠나는 사람이야. 황야로 떠나는 사람은 아름다워. 나는 인생이 서부활극의 마지막 장면 같았으면 좋겠어."

내가 말한다. "뒷골목은 황야가 아니야. 뒷골목은 햇빛 밝은 거리의 찌꺼기일 뿐이야."

그가 말한다. "그러면 누나는 우리에게 황야가 어디 있다고 생각해?"

내가 말한다. "아무 데나. 그리고 모든 것 속에 다 황야가 있어."

그가 말한다. "정돈된 것, 학교, 교칙, 정학처분, 퇴학처분. 그런 것이 있는 곳은 사랑할 수가 없어. 내가 찾는 건 지평선이 안 보이는 황야야. 야수는 벅찬 공기가 필요한 거야. 난 모든 사람들이 씹다 뱉어놓은 그런 공기로는 숨 쉴 수가 없어. 질식하고 말 거야."

내가 말한다. "넌 클린트 이스트우드가 아니야. 「황야의 무법자」 「황야의 건맨」 「황야에 떠나가다」 등등의 영화는 영화 중에서도 삼류영화야. 여기는 서부가 아니야. 더 이상 개척할 서부 땅 같은 것도 없어. 우리는 단지 살아야 할 뿐이야. 장애물달리기 경주를 하는 훈련견처럼 조심스럽고 빈틈없이 장애를 넘어서 가는 거야."

그가 말한다. "나는 훈련견이 될 수 없어. 왜냐하면 그것이 되고 싶지 않기 때문이야."

내가 말한다. "인생은 서부활극이 아니야. 이제 세상엔 서부가 없어."

그가 말한다. "나에게 필요한 건 황야야."

남매는 둘 다 너무도
자장이 강한 지남철처럼 강력했다

　　　　　　그와 나의 생활이란 그야말로 지남철이 왔다 갔다 하면서 쇳조각 부스러기들을 모았다 흩트렸다 하면서 생기는 무늬와 같았다. 남매는 둘 다 너무도 자장磁場이 강한 지남철처럼 강력했기에 단지 생활만 부스러기가 된 채로 비틀거리다 산화했다.

아, 그리고 봉순이가 있었다. 초등학교를 졸업하고 우리 집 일을 돌봐주기 위해 화순 땅에서 온 아이였다. 봉순이는 얼굴이 거무스름하고 달걀형인, 예쁘고 착한 아이였다. 명주 같은 머리가 허리까지 길었다. 항아 선녀처럼 슬퍼 보이는 눈매엔 순한 짐승처럼 복종과 그리움이 항상 글썽거렸다. 야간 학교를 다니고 있었다.

내가 말한다. "봉순아, 엄마가 보고 싶지?"

아이가 말한다. "응, 언니……."

내가 말한다. "봉순아. 집에 가보고 싶지? 방학이 되면 같이 가자."

아이가 말한다.

"아냐, 큰언니…… 난 집에 가고 싶은 마음이 없어. 집을 생각하면 화순 탄광, 검은 하늘, 흰 빨래에 엉겨붙던 석탄가루, 시커먼 화차, 그런 것만 생각나. 고구마하고. 집에는 늘상 먹을 것이 고구마밖에 없었거든. 큰언니…… 나는 언니하고 살 테야. 나중까지도 집에는 안 갈 거야. 날 보내진 않겠지?……"

도봉산 기슭에서 봉순이와 함께 풀꽃을 꺾고 놀던 어느 야외의 아침이 생각난다. 봉순이와 나는 풀꽃을 한아름 꺾어 품에 안고 웃으면서 아름다운 양광陽光 속에서 하루를 보냈다. 봉순이와 나는 시계풀을 꺾어 풀꽃시계를 만들어 손목에 차고 참으로 맑은 웃음을 하늘 아래서 웃었다.

시계풀의 풀꽃시계. 그 마른풀 냄새가 마치 지나간 시간의 여운에 찬 향기처럼 지금 내 코앞에 풍겨온다. 그것은 어쩌면 가장 순결한 시간의 지워버릴 수 없는 육향肉香 같은 것인지도 모른다.

봉순이와 나의 작은 평화는 그러나 언제나 박살이 나고 나고 했다. 돈을 내놓으라는 것이었다. 봉순이에게 무슨 돈이 있으랴. 봉순이는 결코 그의 난폭 쇼show에 동조하지 않았다. 단지 온순한 강아지처럼 고개를 숙이고 있을 뿐이었다.

　나는 봉순이가 괴롭힘을 받는 것이 견딜 수 없어 돈을 주었다. 하긴 나라고 무슨 돈이 있었겠는가.

상실을 응시하는
눈동자를 보다

　　　　　　더 이상 빼앗길 수 없었을 때, 나는 이제 내 물건을 도둑맞아야 할 운명에 처하게 되었다. 학교에 갔다 집에 오면 나는 내 방에 들어가기가 무서웠다. 처음엔 영어사전 한 개, 독일어사전 한 개, 단행본 한 권씩이 없어지던 것이 점점 더 배짱이 늘자 도스토예프스키 전집, 세계문학전집을 한 뭉텅이씩…… 으로 확대되기 시작했다.

　나는 지금도 그때의 도스토예프스키 전집을 가끔 생각한다. 내 숨결이 책갈피마다 묻었던 진귀한 내 혼령의 분신들. 내가 청계천을 돌아다니며 값을 깎고 깎고 또 깎아 헌책방에서 구한 뒤 첫 장을 열고 맨 먼저 나의 이름을 예술체로 크게 써놓은 그 책. 세 번, 다섯 번, 일곱 번씩 읽었던 그 책들. 그것을 어찌 한 권의 책이라 부를 수 있으랴. 그것들이 하나하나

훔쳐져서 어디론지 팔려 나갔음을 알 때마다 나는 내 육신의 어느 한 부분이 절단되어 뭉텅뭉텅 잘려 나간 것 같은 육체적인 아픔을 느꼈다. 뇌수가, 내장이, 간이, 심장이, 허파가 하나하나 잔인한 도살자의 피가 뚝뚝 돋는 두 손에 할퀴어 뽑혀나간 것 같았다.

그것은 하루하루 무지무지 견디기 힘든 고통이었으나, 나날이 되풀이되는 동안, 점점 처절한 고통에서 다른 쾌감의 얼굴로 변모해가기 시작했다. 그것은 어쩌면 상실이 주는 해방감이기도 했다. 한 권 한 권 책이 사라질 때마다 나는 이상하게도 시원한 해방감을 느끼기도 했으니, 그것은 아마 마조히스트적 운명의 서주부와 같은 것인지도 모르겠다.

어느 날 학교에서 돌아온 나는 어두운 방에 홀로 서서 무언가 방이 비어 있는 기분을 느꼈다. 방에 벽이 없어진 것 같은 느낌이었다. 방 안은 어느 공허의 나라로 통하는 회랑인 듯 허전했으며 어디선가 외풍이 새어들고 있었다. 나는 불을 켜는 것이 두려워졌다. 불을 켜면 볼 수 있으리라. 불을 켜면 알 수 있으리라. 내 방 안에 무슨 일이 일어났는지를.

나는 책가방을 스르르 떨어뜨리고 어둠 속에 오래 앉아 있었다. 그리고 더듬더듬 벽을 찾아 기어가서 벽을 만져보고 울기 시작했다.

언젠가 본 적이 있네. 정육점 앞에 뒷문이 활짝 열려진 채로

서 있던 고기 배달차를. 그 고기 배달차는 마치 병원의 앰뷸런스처럼 흰 칠을 하고 서 있었지. 그 흰 차의 내부엔 죽은 소의 고깃덩어리들과 내장과 간과 뼈다귀들이 선혈을 묻힌 채로 낭자하게 쌓여 있었지. 그 붉은빛은 눈부시게 환한 가을 아침 햇살 아래 너무도 선명해서 나는 그곳을 떠날 수가 없었네. 너덜너덜한 살점들이 뜯겨져 마치 피류처럼 운반되고 있었네. 언젠가 살아서 꿈틀거렸을 보드라운 내장들이 마치 비단필처럼 번쩍이면서 숨을 죽이고 있었네. 언젠가 한몸이었을 그 살덩이들이 찢겨져 분리되어 처처에 나뉘어 있었네. 작별 인사도 없이 끌려가고 있었네. 근육과 살점들이, 피와 곱창들이 안녕, 안녕, 말하지도 못하고 쫓겨가고 있었네.

그때 나는 보고 말았네. 살점이 벗겨진 거대한 갈비뼈 밑에서 모가지가 잘려진 채 눌려 있는 소의 얼굴을. 그 얼굴은 슬픔도 환멸도 없이 눈동자를 뜨고 있었네. 그 모가지에 담긴 눈동자는 단지 그냥 텅 비어 있었네. 공허의 물결이 담겨 있었네. 죽음의 피라미드 밑에서 뜨고 있는 눈동자. 그것은 단지 아무것도 아니었고, 저주도 슬픔도 아니었으며, 단지 상실 때문에 더욱 커져서 더욱 많은 것을 볼 수 있게 된 그런 눈동자였네.

나는 그때 알았네. 그 눈동자는 단지 하나의 유리창 같은 것이라고. 방에 담겨진 모든 소유물들이 밖으로 약탈되어 나올 때 그 눈동자는 창처럼 커지는 것이라고. 언젠가 고향 동네에서 본 적이 있었어. 뜻밖의 재난으로 김 외과의 일가족이 몰살당했을 때 나는 그 집을 지나가며 이상하게 생각했었지. 저 집은 어제와 같은 집인데 아무래도 유리창이 커진 것 같다고. 아무래도 창이 넓어진 것만 같단 말이야. 그때 나는 알았어. 아무도 살지 않는 집의 창문이 커 보이는 이유를. 그것을 '공허의 면적'이라고 부르는 것이라고.

죽은 소의 모가지에 달린 소의 눈동자는 바로 그 '공허의 면적' 때문에 그토록 크고 망망하게 보였던 거야. 갑자기 커 보이던 창문처럼 그 눈동자는 그토록 굳센 우수를 담고 푸른 하늘을 바라보고 있었던 거야. 그건 상실을 생각하는 눈동자도 아니었고 상실에 분노하는 눈동자도 아니었고, 육시처참에 괴로워하는 눈동자도 아니었으며, 단지 유리창문처럼 무언가를 바라보고 있는 눈동자였어. 그 눈동자는 그렇게 천 년이라도 점점 커지면서 유리창처럼 이승을 바라보고 있을 듯했어. 상실의 이승인지, 아니면 위대한 무심의 내세인지를.

나는 그렇게 불도 안 켜고 하룻밤을 꼬박, 그야말로 몽땅 세일처럼 내 책을 다 팔아치운 빈 벽에 이마를 기대고 곰곰이 생각해보고 있었다. 소의 눈동자가 허무의 흰 벽에 마치 성흔聖痕처럼 와서 박혔다. 그것은 신의 표지였다. 이마 위에서 흔들리는 하나의 이정표의 남포였다.

나는 그때부터 상실의 기쁨을 배웠던 것 같다. 무언가를 소유하면 반드시 상실하게 되어 있다는 것을 나는 알게 되었다. 무언가를 소유하면 누군가가 그것을 훔쳐가는 법이라고 그리하여 그것은 결코 다시 수중으로 돌아오는 법이 없다는 것을 배웠다.

그리하여 나는 알았다. 고기 배달차 속의 목 잘려진 소의 눈동자처럼 나 역시 흩어지는 자기의 오장육부를 봐야 하며, 사지가 절단된 채로 어디론가 팔려나가는 것을 봐야 하며, 몸뚱이와 지체와 모가지가 분리되어 제각기 다른 곳으로 팔려나갈 수도 있다는 것을. 그리하여 나는 사물에 애착하지 않을 것을 배웠다. 물질에 머무를 수 없다는 것을 배웠다.

나에게 값나가는 물건이 있으면 반드시 C가 훔쳐 내다 팔 것이다. 나는 결코 값비싼 물건을 소유하려고 애쓴 적이 한 번도 없으며, 간혹 진귀한 물건이 생기면 누가 훔쳐내다 팔아버린다 해도 나 자신이 훼손당하지 않을 만큼만 사랑했다.

나도 약아지기 시작했다. 결단코 상실을 딛고 버텨야 했다. 그리하여 아주 오랜 노력 끝에 나는 물질에 대한 방심, 혹은 사물에 대한 무심에 도달하게 되었다. 자기 육신이 처절하게 찢겨져 팔려나가는 것을 하늘처럼 가만히 바라보고 있던 죽은 소의 눈동자처럼 그렇게 맑은 유리창문 같은 감정으로 세상을 보고 싶었다.

　나날이 나는 인생에 정이 떨어졌으며 C는 날마다 어떤 것을 내갔다.

　지는 줄 알면서도 꿈틀거려보려는, 그냥 지기는 싫다는 마음이 있다. 그러나 아무도 자기 별의 점성술은 풀지 못한다.

아버지의 왕국은 에덴처럼 흘러갔고
그는 언제나 부재했다

　　　　　　아버지. 나는 이제 아버지가 나로부터 얼마나 먼 곳에 계시는가를 죽음처럼 보았다. C는 아버지의 질서를 부수고 아버지의 권위가 묵시처럼 지배하는 모든 생활습관을 갈기갈기 찢어놓았으며, 무엇보다도 아버지의 지붕을 뚫고 거인처럼 커진 키로 집안을 박살내버렸다. 상징적 아버지는 사라졌다. 아버지의 절대권력도 스러졌다. 아버지의 집이 주던 안정과 평화도.

　나는 아버지를 불렀다. 나는 아버지를 불러보았다. 그러나 아버지가 오시지 않은 편이 훨씬 더 좋았으리라. 아버지가 당도한다 해도 달라지는 것은 아무것도 없고, 단지 이제 아버지조차 두려워하지 않을 정도로 그의 포악함이 강해졌다는 것을 확인할 뿐이었다. 그 이후 언제나 아버지는 우리 앞에서 부재하게 되셨고, 영원히 아버지의 옛날 왕국은 에덴처럼 흘러가버렸다.

끔찍한 포악과 지나친 노이로제 현상 그리고 신경질, 탐욕, 성급, 지나친 흥분과 무시무시한 협박, 끔찍한 공포 분위기. 도대체가 그와 같은 사람에게는 게임의 규칙 같은 것은 필요치가 않다. 아니, 그에게 있어서 게임의 규칙 따위는 무의미하다. 그에게 있어서 유일한 목표는 어떤 종류의 정복자가 된다는 것이다!

그렇게 우리의 '고향적인 것'은
모두 원형을 상실하게 되었고,
꿈 많던 내 영혼의 투명한 막은
그렇게 하여 선명한 출혈을,
너무나도 선명한 끊임없는 출혈을
멈추지 못하게 되어가고 있었다.

신은 —만일 신이 있다면—그는 맹목적이며, 악은 지
구 표면을 덮고 있다.

—쇼펜하우어

가정의 위기 속에
고 3 입시 준비

우리는 시간을 과거 현재 미래의 세 시제로
나눈다. 과거는 너의 순간이다. 미래도 너의 순간이다. 그러나
현재는 신의 순간이다. 현재는 영원의 일부인 것이다.

신은 단지 하나의 시제를 가지고 있다. 신에게는 오직 하나
의 시제, 즉 현재만이 있을 뿐이다. 현재에 불행한 사람을 나
는 본 적이 없다.

많은 사람들이 나에게 찾아와서 자신은 몹시 불행하다고

말한다. 나는 그들에게 눈을 감고 '바로 지금' 그가 불행한지 생각해보라고 말한다. 그들은 눈을 감는다. 그리고 말한다. "지금 이 순간은 불행하지 않습니다."

> 이 순간은 언제나 순수한 축복이며 신의 순간이다. 과거의 시체 앞에서 울지 말라. 네가 아무리 불행한 과거의 기억을 가졌더라도, 네가 신의 순간 속에 있을 때면, 그대 역시 행복하고 축복되다!
>
> ―라즈니시

나의 거울, 메두사.
신의 순간, 물방울.

"가능한 한 자기 자신을 객관적으로 보도록 노력하라"로 시작되는 모든 인생 지혜를 나는 미워한다. 그리고 나는 말한다.

"가능한 한 자기 자신을 주관적으로 보도록 애쓰라." 절대적으로 주관적으로! 예술가를 위한 아포리즘이다.

아니면 그대는 메두사의 먹이가 되는 수밖에 없다. 거울 앞에 푸른 알코올램프를 한 등 켜둬라. 그리고 램프의 심지가 바삭바삭 타버리지 않도록 알코올처럼 미친 그대—너의 피를 푸른 램프 안에 부어 넣어라. 계속 부어 넣어라.

광기의 피가 떨어진다면?

그리하여 알코올램프의 심지가 소각되어 더 이상 불꽃을 당길 쾌락의 땔감이 사라진다면?

그리하여 '제정신으로' (맨정신으로!) 자기 자신의 얼굴을 들여다봐야 한다면? 그때야말로 삶은 당당하게 (서슴없이) 악이 된다.

(마약. 아편. 환각의 약품들? 그것들은 아무 소용이 없을뿐더러 또한 너무 시시하다.)

나는 하나의 알코올램프와 같은 채색을 원했고, 그것을 원하는 한 나는 나의 피가 알코올의 불처럼 항상 발화될 수 있는 어떤 광기의 벅찬 흐름이기를 또한 간절히 원해야 했다. 휘발유를 부어라. 핏속에 휘발유를 끼얹어라.

가정적으로 그토록 위태로운 붕괴에 직면한 가운데서도 시간은 흘러갔고 나는 대학입시 준비에 전념해야 하는 고3이 되었다.

공부에 대한 황량한 강박관념과 이미 뒤졌다는 패배감 그리고 이제라도 그냥 뒤질 수는 없다는 초라한 초조 사이—집중도 못 하고 그렇다고 케세라세라도 못 되는 불면의 밤만 어쩔 줄 모르고 전전긍긍 되풀이되었다.

지구의 자전처럼 회전하는
각기 다른 삶

밤에 책상 앞에 앉아 있으면 어디선가 하염없이 무엇을 몽둥이로 후려치는 소리가 들렸다. 그것은 몹시 둔중하게 힘이 들어 있는 소리였으므로 마치 거대한 잿빛 메트로놈이 왔다 갔다 하는 소리처럼 거의 기계적으로 되풀이되었다.

그것은 하나의 소리가 아니었고 둘의 소리도 아니었고, 셋의 소리도 아닌…… 상당히 많은 수의 동시적인 울림이었다. 그것은 정신 집중에 상당히 방해가 되었으며, 나는 많은 밤을 그 소리에 지쳐 선잠을 자야 했으며, 잠 사이사이로도 계속 그 소리를 듣고 있어야 했다. 지긋지긋한 그 소리 때문에 나는 계속 밤잠을 설쳤으며, 수면을 취하지 못한 뇌신경을 항상 신경질적으로 경련하고 있다시피 했다. 너무나 날카로웠다. 그 당시엔 모든 것이 바늘 끝에 아슬아슬 세워진 임시 바라크처럼 위태로웠고 위험했으며 또한 시퍼런 날을 세워 금방이라도 해할 것만 같이 공격적이었다.

어느 날 밤, 신경질이 머리끝까지 솟구친 나는 분노에 몸을 떨며 몽둥이 소리가 들려오는 벌판을 향해 찾아나섰다. 그것은 우리 집 뒤에 있는 야트막한 야산의 둔덕 위에서 울려퍼지는 소리였다. 나는 계속 추위 속을 걸어 가까이 갔다.

어둠 속에 십여 명은 훨씬 넘을 듯한 여자들이 둔덕 위에 서서 희디흰 입김을 머플러처럼 허공에 두르고 무엇인가를 몽둥이로 힘껏 후려치고 있는 것이 보였다. 왼팔로는 무슨 물건을 하늘 높이 치켜들고 있었고, 오른손엔 몽둥이를 쳐들고 그물건을 힘껏 후려치는 것이었다. 여자들은 추위에도 아랑곳하지 않고 아주 필사적으로 보였으며, 열심히 털어서는 발아래 풀썩풀썩 던져 쌓아놓는 것이었다. 여자들의 하얀 머리두건이 마치 간호사의 모자처럼 어둠 속에서 신선했다. 나는 가까이 다가가서 말을 건네보았다.

"아주머니, 통행금지 시간도 지난 이 시간에 여기서 무엇들을 하고 계시는지요? 저는 대학입시 수험생인데, 이 동네로 이사 온 후로 계속 밤에 공부를 못하고 있어요. 이 소리 때문에 신경이 쓰여서 도저히 정신집중이 되지 않고 잠도 못 자요. 대체…… 무슨……."

내 말의 허리를 와지끈 분지르는 듯한 목소리로 한 아주머니가 어둠 속에서 말을 박차고 나섰다.

"이봐, 학생. 누군 밤에 잘 줄 몰라서 심야에 이 지랄 하고 있는지 알아? 목구멍이 포도청이야. 학생도 먹을 것 없어 배고파보라지. 당장 공부가 웬 말이겠어? 우린 식구대로 나와서 한밤중에 죽어라 시멘트부대 털어서 가게에 넘기면 오십 장에백 원 받는다우. 학생은 우리가 달밤에 체조하는 것 같아 보이겠지만 내 보기엔 학생은 팔자가 좋아 달밤에 미용체조하는 구만. 우리 딸도 수험생인데 방금까지 시멘트부대 털다 이제 막 들어갔소. 공부 안 되면 가서 자면 될 것 아니우. 남은 눈물 나는 밥타령 하는데 누군 매화주 술타령이야……?"

그 아주머니의 왁살스런 입심을 막고 어느 고운 아주머니의 목소리가 간곡히 나를 만류했다. 아주머니들은 수유리 신흥주택가를 짓는 공사장에서 낮에는 공사 일을 하고, 밤이면 그 시멘트부대들을 모아와 밤새워 가루들을 말끔히 털어 봉투가게에 갖다 주고 푼돈을 번다는 것이었다.

"다 먹고 살자고 하는 짓 아니겠소 잉. 들어가 참으시오. 밤잠 못 자고 고생하는 건 피차 마찬가지니……. 자, 자 어서……."

달빛이 쓰라리게 황량한 둔덕 위에 부서지고 있었다. 그것은 뮤즈의 은쟁반이 아니라 희고 달디단 한 덩어리의 배고픈 쌀밥 같아 보였다.

나는 아무 말도 못하고 고개를 숙이고 돌아왔다. 돌아오다가 나는 그리 가파르지도 않은 비탈에서 돌부리에 채여 어둠 속에 넘어지고 말았다. 어디에 어떻게 부딪혔는지 온몸이 무지무지 아파왔다. 그러자 꿈에선 듯 눈물이 솟구쳐 주르르 흐르는 것이었다.

밤마다 그 소리는 수유리 쪽으로 뚫린 언덕 위에서 마치 허무의 맥박처럼 둥둥거렸고, 나는 그 소리가 마치 나의 관자놀이를 두들겨 패는 몽둥이찜질 소리처럼 가혹하고도 황량하게 전신에 육박해오는 것을 흠씬 느끼고 있었다. 밤마다 나는 흠씬 두들겨 몰매맞는 그런 기분이었고 그 소리는 공부를 넘어 더 멀리 있는 어떤 것을 생각토록 강요하는 듯했다.

모든 밤은 같은 밤인 것 같으나 모든 사람에게 제각기 다른 밤이었고, 모든 삶은 같은 삶인 것 같으나 모두 제각기 다른 생존의 무게를 짐 지고 지구의 자전처럼 변함없이 회전하고 있었다. 모든 짐은 무거웠고 모든 뼈는 자기의 짐을 지기에 너무나 허약한 듯했다. 삶이란 무엇일까?

> 왔다 갔다, 연기 자욱한 폐허 속,
> 심안에 어리는 그림자 틈으로 발을 이끌고,
> 달라붙는 가지와 거대한 가시를
> 피해가며,
> 왔다 갔다, 사슬이 끊길 때까지,
> 사슬은 끊기고,
> 회전은 멈추고, 기계 소리도 멈추고,
> (……)
> 나도 거기에 없었고, 아무도 거기에 없었고,
> 있는 건 다만 우리의 망령뿐,
>
> —엘리어트의 「가족재회」 중에서

"학생 공부도 중요하지만
이 짓도 절박헝께……"

집터라는 것의 의미가 정말 있는 것일까? 지신地神이라든가 아니면 그 땅에 묻힌 어느 영적인 힘과 연관된 하나의 운명 같은 것이 어쩌면 있는지도 모른다는 생각을 나는 수유리 그 집에 살면서 내내 악귀에 붙들린 듯이 떨쳐버릴 수 없었다.

한밤중에 시멘트부대를 털어 생계를 보탤 수밖에 없는 가난한 여인들, "학생 공부도 중요허지만 우리 이 짓도 학생 공부 못지않게 절박헝께 양해허시요 잉—" 하고 말하던 어둠 속의 한 전라도 여인, 수유리로 휭— 하니 뚫린 황폐한 언덕, 고향을 떠나온 떠돌이들로 황량하게 술렁대던 신흥주택가. 모래 그리고 시멘트가루. 별들도 진저리를 내고 몸을 떨고 바람도 갈기갈기 누더기처럼 찢겨져 흘러가는 것 같던 그 시절의 밤들. 지지리도 게으르게 머뭇대던 수험공부. 그리고 그리도 왕성하게 퍼져가던 잡념의 암세포들.

여자들이 죽어라 몽둥이로 두들겨 패놓은 시멘트가루들은 아침이면 어김없이 동네의 지붕 위를 엷게 회칠을 한 것처럼 분장시켜놓았고, 거리의 메마른 가로수 가지는 밤사이 싸구려 가루분으로 화장한 듯 희디희게 변한 손가락들을 거울바람 속에 초췌하게 내젓고 있었다.

　나는 그 하얀 나뭇가지의 앙상한 손가락들을 보며 촉루를 연상했다. 해골의 메마른 뼈다귀들. 스스스—스스스—웃는지 우는지 모를 수상쩍은 바람과의 속삭임들. 그 시멘트가루들은 마치 탄광촌에 죽음의 검은 가루가 날아다니듯이 미아리 가난한 언덕에 날아다니는 마멸된 삶의 세포와도 같았다. 고통의 분말이었다. 희망의 비듬과 같은 것, 아니면 분쇄된 꿈의 아주 염세적인 회색 메시지들.

　아침마다 무거운 책가방을 들고 버스정류장에서 만원버스를 기다리며 서 있을 때 나는 촉루 숭배라는 말을 생각했다. 하얀 가루들이 조금씩 묻어 있는 마른 나뭇가지들이 그 말을 생각나게 했으리라. 어느 신성한 해골을 장대에 매달아 숭배의 대상으로 삼았다는, 원시 종교의 하나였다는 촉루 숭배.

　—산다는 것은 무엇일까?

　—산다는 것에 무슨 희망이 있을 것인가?

　—정말 집터라는 것이, 그 속에 깃든 지신地神이라는 것이 있는 것일까?

서울 이사 후의
고달픈 나날

　　　　서울로 이사 온 이후 무엇 하나 전과 같은
것은 없었다. C는 부랴부랴 서울로 직장을 옮겨 올라오신 아
버지를 이제, 전혀, 두려워하지 않았다. 엄마는 시골 집이 팔
리지 않아 미적거리고 있다가 금자동이 큰아들의 나날이 거
칠어가는 탈선 소식에 집을 세놓고 고향을 박차고 뛰어올라
왔다. 그리하여 이제 다시금, 수유리 그 작은 집에 여동생 H만
빼놓고 여섯 식구가 다 모여 살게 되었다. 동생은 여고를 마저
다녀야 했기 때문이다. 모든 것이 허위로 날조된 것처럼 전혀
전과 같지 않았다.

　엄마는 아침이면 C의 손을 잡고 책가방을 들고 학교로 따
라갔다. 엄마가 남의 이목을 살펴 교문 앞에서 지켜보고 있으
면 C는 학교로 당당히 들어간다. 그리고 재빨리 후문으로 달
려가 학교에서 사라져버렸다. 엄마는 매일 아침 C를 학교 앞
까지 데려갔고 매일 아침 교문을 들어가는 것을 확인했는데
무단결석 통지가 우리 집엔 끊이지 않았다.

　이젠 아버지의 캐비닛도 엄마의 장롱 속 패물단지도 모두
그의 수중에 있었다. 그는 아무튼 어떤 종류의 사람이건, 뛰어
난 천재임엔 틀림없었다. 어떤 캐비닛 어떤 금고의 다이얼도

그의 손이 닿기만 하면 스스로 비밀번호를 밀고하는 것과 같았다. 열쇠 같은 것은, 미제 자물쇠 따위는 그에게 아무 문제도 되지 않았다. 스스로 비밀을 폭로하는 이중첩보원처럼 우리 집의 모든 캐비닛과 금고의 자물쇠들은 C에게 어서어서 정보를 누설하는 듯했다.

그는 부지런히 집의 귀중품들을 내갔으며, 엄마는 마치 전생의 악업을 닦으려는 한 많은 죄인처럼 타이르고 악을 쓰고 구슬러보기도 하다가, 최후의 순간이면 전당포 더러운 이층 계단에 기어 올라가 돈을 주고 물건을 찾아오곤 했다. 그리고 그 물건은 또다시 C의 손에 의해 전당포 더러운 이층 계단을 올라가 굳게 쇠창살 박힌 전당포의 튼튼한 보관함 속으로 고스란히 되돌아가곤 했다.

우리 집의 모든 물건은 왕복 차표를 가진 열차손님처럼 엄마의 장롱과 전당포의 철창 사이를 왔다 갔다 했다. 나는 어떤 귀한 물건이든 그 물건들에 정이 떨어졌으며 그것들이 다 불결하게 보였다.

그렇게 하여 우리 집의 모든 물건들은 (고향에선 그토록 애지중지 엄마의 손길에 의해 빛이 났고 모든 것은 언제나 제자리에 항상 있곤 하지 않았던가) 모두 부평초처럼 뿌리를 잃고 떠돌아다녔고, 제자리를 잃고 둥둥 떠다녔다. 전당포가 마땅

한 제 장소인지, 아니면 안방인지, 아니면 응접실인지, 아니면 어디론가 팔려나갈 어느 상점인지—모두들 족보를 잃고 헤매게 되었다.

이제 우리 집에 있는 모든 물건들은 모두 '임시로' 이곳에 있을 뿐이었다. 한 치 앞의 제 신세를 알 수 없었다. 그리하여 고향에서 정들여 사랑했던 문갑처럼 소중한 물건들, 터키석이 박힌 괘종시계, 외할아버지의 공장에서 나온 도자기, 나무 보석함들, 노리개들, 전축, 텔레비전, 라디오, 카메라 그리고 값나가는 가재도구들까지 전당포 출입을 안 해본 분은 안 계실 정도였다. 그들 모두는 유린되었다.

고향집은 사라졌다. 그리고 우리는 어느 집도 다시 세우지 못했다. 오직 기둥만 있는 집. 그것이 우리의 집이었다. 아직 집이 완성되지 않아서 기둥만 있는 것이 아니라 언젠가 집이 있었다는 징표로서 기둥만 남아 있는 허허로운 회랑. 그것이 영원히 우리의 집이었다. 그런 곳에서 가족이란, 서로에게 어떤 의미를 줄 수 있을까?

지붕도 벽도 유리창도 없는 집
기둥만 붙잡고 울어버린 가족

엄마는 말한다.

"내 꿈이 참 맞기는 맞다. 내가 C를 가졌을 때 태몽을 꾸는 데 어느 할아버지가 하얀 수염을 나부끼며 고래등 같은 청기와집 대문을 열고 들어오더라. 신선처럼 신비로운 노인이 들어오는데 호랑이 새끼 한 마리가 비호같이 앞서 들어오는 거야. 나는 마루에 걸터앉아 그 호랑이를 바라보았단다. 어쩌나 야물고 예쁘게 생긴 호랑이인지—표범 같은 새끼였는데—이리 온, 이리 온…… 내가 나도 모르게 말했더니 글쎄 그 표범 새끼 같은 게 내 치마 속으로 날쌔게 뛰어들지 않았겠니. 흰 수염의 할아버지가 웃으며 이것도 인연이니 호랑이 새끼를 나더러 사라는 거야. 나는 치마폭에 감싸인 표범 새끼의 눈동자를 들여다보았단다. 그 눈동자가 그리도 이글이글하고 화롯불을 지핀 듯이 이름답더구나. 그래서 그 흰 수염의 노인에게 말했지. 사고는 싶은데 지금 가진 돈이 없습니다. 흰 수염의 노인은 허허 웃으며 그러면 외상으로 사라고 하더구나. 그래서 내가 외상으로 사겠다고 말하면서 그만 떠맡고 말았단다. 하얀 수염의 노인이 나가려고 하자 내가 문득 물었단다. 참, 할아버지, 외상값은 어떻게 드리지요? 흰 수염의 노인은 허허 웃으며 말하고 사라져버렸어. 천천히, 살면서, 다 갚으시오. 그것이 C의 태몽이었단다. 그래서 내가 그 외상값을 갚느라고 이렇게 뼈 빠지게 힘이 드는가 보다. 전생의 무슨 업보가 쓰인 거야. 팔자에 있는 외상값이니 무슨 도리로 피하겠니. 이 빚은 내 팔자가 갚아야 할 빚이다. 왜 내가 그 범 새끼를 외상으로 샀던가. 무슨 죄가 그리 많아 표범 새끼를 외상으로 집안에 사들이다니……!"

우리 가족들은 모두 서로 '전생의 원수가 진' 빚쟁이들처럼 서로를 공격했고 서로가 다 고통에 빠져 시들어갔다.

기둥만 있는 집. 그것이 우리 집이었다. 밤이슬과 어둠을 가려줄 지붕 하나, 바람을 막아 줄 벽 하나, 꿈의 커튼을 드리울 유리창 하나, 타인의 출입을 통제할 만한 현관문 하나 남지 않았다. 모든 것은 붕괴되었고, 파편된 벽돌들은 쓰러지면서 숙명처럼 우리의 몸을 쳤다. 어떤 때는 머리를, 어떤 때는 가슴을, 어떤 때는 다리를 다치기까지 하면서 그래도 가족이라고 남은 기둥을 붙잡고 서로 눈물을 흘렸다.

C는 '블랙키스트'라는 무슨 그룹을 조직하여 말하자면 어깨가 된 모양인데, 그렇게 조직화하자 이제 나날이 돈의 쓰임새도 커지고 사건이 그치지 않았다. 우리 집 대문간엔 자기 애들이 맞았다고 피해보상을 다그치는 여인네들의 발길이 끊이

지 않았다.

　한동안 전당포에 부지런히 출입하던 엄마는 이제 병원 출입으로 방향을 바꾸게 되었는데, C의 블랙키스트들이 저지른 폭력의 피해자들이 진단서를 떼어서 고소를 한다 어쩐다 하여 부지런히 병원에 들락거리며 "제발 고소만은 하지 말아달라. 아직 미성년이니 제발 봐달라. 변상은 해드리겠다"며 손이 발이 되도록 굽실거렸다.

　엄마. 학교가 있는 전주에서 고향까지 방학이면 네 필의 말이 끄는 마차를 타고 고향집에 돌아오던 화려한 신여성이던 엄마. 외할아버지의 풍류와 낭만에 가득 찬 애정을 받고 귀하게 자라나 마치 공작새처럼 은성하게 오만했던 엄마가 피해자의 어머니들에게 제발 봐달라고 빌고 애원하고 파출소에서 가서 제발 용서해달라고 머리를 땅에 닿도록 연방 굽신거렸다.

　그것은 무서운 모성의 힘이었다. 본능처럼 꺾을 수 없는 집요한 힘의 분출이었다. 그것은 사랑이었을까? 아아, 그것이 사랑이었을까?

　"엄마. 이제 제발 가지 말아요! 교도소에 가든 보복을 당해 맞아 죽든 이제 제발 그만 내버려둬요! 그를 놔둬요!"

　C가 어느 아이를 때려서 파출소에 있다는 기별을 받고 엄마가 서둘러 외출복을 입고 나가려고 하자, 이젠 정말 골수까지 지쳐버린 우리가 엄마의 팔을 부여잡고 가로막았다. 엄마

는 우리에게 꽉 잡힌 팔을 거의 초인적이리만큼 광폭한 힘으로 홱 낚아채고는 무섭도록 잔인하게 우리를 노려보았다.

그녀의 눈동자에선 파란 불꽃들이 마치 뱀의 뜨겁도록 날카로운 혓바닥처럼 차갑게 이글거렸고 경멸에 찬 그 눈동자는 너무도 노여운 나머지 마치 사자 밥으로 남겨둔 황야의 해바라기 화판처럼 검게 타버려 거의 눈이 먼 것이 아닐까 하는 느낌이 들 정도로 어둡게 번쩍거렸다.

그녀의 눈은 오직 사납게 맹목적으로 단 하나의 힘밖에 가지고 있지 않았다. 그것은 마치 짐승이 제 새끼의 목숨을 빼앗으려고 달려드는 맹금류에 대적할 때나 보여줄 것 같은 무서운 노여움이었다. 노여움의 불똥이 사방으로 튀어 우리는 순간 우리 전체가 어떤 화염의 불길 속에 갇힌 것 같은 기분을 느꼈다.

"놔라. 너희들은 한 피를 타고난 것들이 왜 그리 인정이 없니."

엄마는 무지막지한 힘으로 우리를 밀치다시피 떼어내고 마치 순교를 당하러 가는 사람처럼 슬픔도 없이 단호하게 집을 나섰다. 그녀의 발자국 발자국마다 원초의 피가 괴고 있었다. 그녀의 발자국 발자국마다 원시의 붉은 꽃이 피어나고 있었다.

생명이 없는 곳에서 어떻게 생명이 꽃피어나겠는가.

어머니 가는 길목마다 핀
황홀한 피의 꽃

우리 어머니 가신 길마다 황홀한 피의 꽃이 피었다 졌다. 그것은 피의 아나키즘이었고 고통의 대사화집이었다. 이성으로는 막을 수 없는 본능의 질풍이었으며, 거의 '사랑의 천재지변'에 가까운 강인한 착오의 길이었다. 이제 우리는 알았다. 아버지가 C를 버리고 세상이 C를 버리고 우리가 그를 거의 지워버려도 그녀만은 결코 C를 버리지 않으리라는 절대불변의 광기의 법칙을, 그리고 에너지 불변의 법칙에 따라 그녀는 이제 우리 다섯 남매를 사랑하던 힘을 매섭게 거두어 앞으로는 단지 하나만을, 오직 하나만을 다섯을 합한 것과 똑같은 에너지의 총량으로 더욱 무섭게 사랑하리라는 것을.

그녀는 마치 C에 대한 사랑의 반작용이기라도 하듯이 이제 우리를 미워하게 되었고, 그녀는 단지 혼자 맹수가 들끓는 황야의 정글에서 새끼를 보호하려는 표독스런 어미 짐승처럼 완강하고도 고집스럽게 변해갔다. 그녀는 마치 세상을 향해 혼자 팔을 벌리고 허망하게 싸우는 미친 여인처럼, 아니 예수처럼 보였다.

"전생의 내 업보야. 다 이것이 내 죄야. 전생의 외상값을 이승에 다 다 갚아야 내세에선 좋은 데 간다. 너희도 다 마찬가지야. 너희도 전생에 업이 있어서 이런 동기간 만난 거야. 그렇게 표독스럽게 굴다간 그것도 다 내세에 악업을 쌓아서 갖고 가는 거야."

유난히 종교에 방황이 많아서 불교와 기독교와 여호와의 증인까지 다 해본 그녀는 그때만은 확고하게 불교도가 된 듯했다. 그리고 그녀는 점점 더 고독하게 되어 C와 함께 온갖 지옥까지도 마다 않고 공범자처럼 동행하게 되었다. 나에게 한 편의 시가 있다.

인연은 재앙이니라—
내가 너무 배가 고파
어두움 속에 삭발한 그리움을
하나 걸어두었더니
꿈인 듯 생시인 듯
이상한 향기 나는 백마가 날아와
내가 하늘을 타고 갔느니라—
오색구름 속에 황금궤가 홀연히
걸려 있는데
너무 곱고 너무 신령하여
내가 그만 외상으로 너희들을
사오고 말았더니라—

인생은 재앙이니라—

뭉게뭉게 퍼져가는 암세포처럼

시시각각 외상값은 계속 불어나

강아지같이 불쌍한 내 새끼들아,

너희가 갚아야 하느니라,

맷돌을 목에 걸고 여기저기 쏘다니다

광견병 든 개처럼 맞아서 죽더라도

잔인한 것은 내가 아니다

흡혈귀는—나는—아니다

고문처럼 질긴

철천지의 사랑—

이 무슨 원한의 달콤한

피 냄새—나는—

아니다—내 착한 새끼들아

사랑은 우환이니라

인연은 후환이니라—

—시 「어머니가 나에게 가르쳐주신 말」 전문

기둥만 있는 집에서 어떻게 인간적으로 사랑하고 정상적으로 살아갈 수가 있겠는가. 반드시 그래서인 것만은 아니지만 나는 참 결사적으로 수험공부란 것을 해보지 못했다.

세상이 싫어져 공부보다
삶의 생체해부학에 쇼크

　　　　　　잡념만 머릿속에 산만했고 염세주의만 연기처럼 자욱했다. 그 당시엔 공부에 너무나도 흥미가 없었다. 공부보다는 오히려 생채로 피가 뚝뚝 떨어지는 삶의 생체해부학에 계속 쇼크를 먹던 때였다. 아, 산다는 것은 무엇일까. 산다는 것에 무슨 꿈이 있으며 희망이 있을까?

　고등학교 시절에 대해 내가 얼마나 무관심하고 백치적인 상태인가 하는 것은, 가끔 저서 같은 것을 냈을 때 저자 약력란에 '××고등학교 졸업'이란 말이 나오는 것을 스스로 읽을 때마다 어쩐지 가짜 졸업생처럼 깜짝 놀라면서 자꾸 부끄럽고 민망한 생각이 드는 것을 어쩌지 못할 정도인 것이다.

　참으로 친구 하나 없는 학교생활이었다. 학교에서 나의 낙이 있었다면 오직 비 오는 날 이층 복도 끝에서 피안처럼 조용히 비를 맞고 있던 조계사 경내를 물끄러미 내려다보는 것과, 음악실 유리창에 이마를 묻고 청진동 학교 뒤편에 있던 목은

牧陽인가 하는 분의 조용하고도 신비한 사당을 하염없이 내려다보던 그런 일들뿐이었다.

그런 일은 잊히지 않는다. 그런 순간엔 신비롭게도 마음이 텅 비어 있었던 것이다. 초조함도 없이, 고통도 없이, 자꾸만 무엇인가 잔뜩 억울해지는 격렬한 비통함도 없이, 왜 그렇게 마음은 비어 있을 수 있었을까?

무슨 유행가 제목 같지만 나의 청춘은 그런 가정적 분위기에 의해 교살되고 말았다. 청춘의 교살. 소녀다운 꿈이 없었던 소녀 시절. 처녀다운 꿈이 없었던 처녀 시절.

가족 재회. 그런 것은 정말 가능할까?

엘리어트의 구절이
또다시 생각난다.

"너는 틀림없이 이 불행한 가족의 의식의 역할을 하는 걸 거야. 가족의 대표로 파견되어 연옥의 불 속을 나는 새임에 틀림없어. 틀림없이 그럴 거야. 너는 차차 그것을 알게 될 거야. 우리는 이 고통받는 악마의 사슬을 풀기 위해 선택된 한 사람으로 얼음의 불꽃 속을 혼자 방황하고 있노라면 차차 알게 될 거야……"

—T. S. 엘리어트의 시 「가족재회」 중

그런 어둠침침한 연옥의 복도에서 나는 어느 날 한 남자를 알게 되었다. 그 남자는 매우 침울한 얼굴을 하고 깊고 어두운 눈빛을 가진 비관주의자였다. 쇼펜하우어.

어찌 그와 나의 만남을 우연이라 할 수 있으랴. 그것은 결코 우연이 아니었을 것이다. 왜냐하면 C가 내 방의 모든 책을 그야말로 몽땅세일처럼 모두 팔아치워버렸을 때, 그 책만은 너무나도 보잘것없이 낡아빠진 단행본이었기에 팔려나가는 것을 모면한 그런 숙명의 길을 걸어왔기 때문이다.

그것은 아주 초라한 장정으로 된 월 듀란트의 『니힐리즘』이란 한 권의 번역서였다. 모양도 모양이려니와 체재도 어찌나 무방비 상태일 정도로 허술한지, "단기 4291년 6월 15일 인쇄 단기 4293년 5월 2일 발행"이라고 오자가 날 정도로 서툰 책이었으나, 내용만은 아주 진지하고 순수했다. 니힐리즘 철학자들이라 하여 쇼펜하우어, 니체, 키에르케고르, 하이데거, 야스퍼스, 사르트르 등 쟁쟁한 철학자들의 사상이 월 듀란트의 명쾌한 어조로 꼼꼼하게 소개되어 있었다.

나는 그 책에 반했다.

철학, 그 둔중한 근육에 반했다. 특히 의지와 표상으로서의 세계, 쇼펜하우어에 미치도록 빠졌다!

미치도록 빠졌던
쇼펜하우어의 염세철학

그는 자유연애론자이자 인기 작가였던 어머니를 증오하였다. 괴테가 쇼펜하우어에게 앞으로 천재가 될 것이라고 예언했기에, 그의 어머니는 "한 집안에 천재가 둘 있다는 말은 들어본 적이 없다"고 화를 내며 그와 괴테를 층계에서 떠밀어버렸다.

그날 이후 그는 어머니를 한 번도 만나지 않았다. 불우한 가정, 으깨진 사랑을 품고 그가 어찌 세상을 낙관적으로 밝게 볼 수 있었으랴. 그는 연애와 세상을 증오하고 음울해지고 시니컬해졌으며, 공포와 불길한 망상에 사로잡혔다. "마치 신학이 죽음의 불안으로부터의 피난처인 것처럼, 정신병은 고통으로부터의 피난처이다. 광기는 괴로움의 기억을 피하는 수단으로 일어난다. 우리는 어떤 종류의 경험 또는 공포를 망각에 의해서만 극복할 수 있고, 광기는 구원으로서, 의식하는 끈의 중절인 것이다. 최후의 피난처는 자살이다. 살려는 의지에 대한 이 승리"라고 말하면서도—면도할 때는 결코 목 근처를 건드리지도 못하게 했으며, 페스트가 도시를 덮쳤을 때는 제일 먼저 도망쳤다고 한다.

"인간은 얼마나 죄가 많아서 인간으로 태어나지 않으면 안 되는 것일까? 인생은 악이다. 왜냐하면 만일 세계가 의지라면 세계는 고통의 세계이다. 첫째 의지 자체가 욕망이며, 의지는 항상 도달할 수 없는 것을 가지려 하기 때문이다.

인생은 악이다. 왜냐하면 고통이 인생의 기초적 자극이고 실체이며, 쾌락이란 단지 소극적인 고통의 정지에 지나지 않기 때문이다.

인생은 악이다. 고통과 궁핍이 그치자마자 홀연 권태가 찾아와서 권태 또한 견딜 수 없는 것이 된다. 그리하여 인간은 시계추처럼 고통과 권태 사이를 좌우로 왔다 갔다 한다.

인생은 악이다. 유기체는 고등하게 되면 될수록 고통이 커지기 때문이다. 인식의 발달은 아무런 해결도 주지 못한다. 천부의 재질을 타고난 자는 가장 많이 고뇌한다. 죽음 그 자체보다도 죽음을 생각하는 것에 얼마나 많은 고통이 있는 것일까! 마지막으로 생은 싸움이기 때문에 재앙이다. 의지—격렬하고 집요한 생명력, 자발적 마성, 부단한 욕망의 의지가 삶을 지배하고 있기 때문에 우리는 도처에서 투쟁, 경쟁, 충돌 및 승리와 패배의 자멸적 교체를 보게 된다. 살려는 의지는 결국 굶주린 의지이므로 자기 자신을 뜯어먹고 살아갈 수밖에 없다. 인생은 지출이 보상되지 않는 장사이며, 인간의 생애란 희망에 속고 죽음에 뛰어드는 것일 뿐이다."

삶에 대한 이런 독설을 늘어놓으면서도 그는 오래 살았고, 평생을 독신으로 하숙집을 전전하며 한 마리의 귀여운 삽살개와 더불어 살아갔다. 그는 그 삽살개에게 '아트만眞我'이라는 이름을 붙여 불렀다.

나는 그의 사상에 심취한 나머지 청계천 헌책방 가를 뒤져 『의지와 표상으로서의 세계』라는 번역서를 한 권 구했으며, 그것을 밤마다 베개 밑에 깔고 누워야 잠들 수 있었다. 쇼펜하우어적 세계, 그것이야말로 나의 황량한 삶에 가장 적합한 인생 주석서였던 것이다.

단테를 만나
자살 충동 버리고 문학에 열중

나는 밤마다 시멘트부대를 몽둥이로 후려치는 가난한 여인들의 그 업보와도 같은 시멘트부대를 '나의 아트만'이라 불렀으며 "도대체 단테는 그『신곡』속의 지옥편의 소재를 우리의 현실세계 이외의 어디에서 구해왔을까. 그리하여 단테는 천국편을 쓸 단계에 와서는 맥 빠진 곤란에 봉착했다. 왜냐하면 우리의 세계에서는 어디에서고 그 소재를 전혀 찾아볼 길이 없었기 때문이다"는 그의 독설에 공감했다.

그가 없었다면, 만일 그 당시 그를 만나지 못했더라면, 나는 분명히 히드라의 생식분열처럼 커져만 가는 나의 불행을 견디지 못해 자멸하고 말았을 것이다!

나는 그를 통해 천재의 개념, 예술의 개념, 열반의 개념을 알아갔다. 그것은 모두 자기의 욕망이나 맹목적 의지를 끊는 능력과 관계되는 개념들이었다.

"천재란 가장 완전한 객관성, 순수한 인식주관, 청명한 세계의 눈이 되는 능력이다. 자기의 의지를 잠시 완전히 포기하고 맑은 거울처럼 본질적인 것, 보편적인 것, 영원한 것을 보여준다. 그러나 여자와 천재는 적대관계이다. 여자는 뛰어난 재능을 가질 수는 있으나 결코 천재일 수는 없다. 여자란 결코 한시도 자기인 것을 포기할 수 없으므로!"

그의 말은 때로는 절망이었으며 때로는 황량한 길을 같이 걸어가는 동반자의 말이기도 하였다. 니르바나, 예술, 천재. 나는 그의 책을 마치 한 장의 부적처럼 베개 밑에 깔고서야 잠을 잤고 그렇지 않으면 세상을 살아갈 힘을 어디에서고 구하지 못할 것만 같은 기분이었다. 병의 치유 및 모든 위기의 호전은 수면 중에 일어난다고 그가 말했으므로!

나는 철학을 하고 싶었고 다시 시를 쓰고 싶었고 문학을 공부하고 싶었고 언젠가 도저히 잊어버릴 수 없는 그런 책을 쓰고 싶다는 욕망에 한없이 몸을 떨었다.

인생이란 본질적으로 악이다. 그러나 천재와 예술이 있어서 잠시 그 처절한 고통의 의지를 무의지적인 초월의 지평으로 올려준다. 세계의 의지는 우리의 의지보다 강하다. 우리는 지금 곧 그것에 따르지 않으려는가.

기둥만 있는 집에서
신을 찾다

드디어 대학입시 시험 날이 다가오고 있었다. 나는 쇼펜하우어와의 열애 끝에 철학을 공부해보고 싶었으나, 또한 문학에 대한 열정도 그에 못지않게 강했다.

나는 서강대학교의 원서를 사서 영문학과와 철학과 사이에서 망설였다. 오, 그러나 나에겐 시에 대한 아득한 원시신앙과도 같은 그리움이 있었다. 오직 시를 쓰기 위해, 내 몸의 악귀를 내쫓을 수 있는 유일한 방법인 시를 쓰기 위해 철학은 있어야 하는 것이었다. 그리하여 나는 영문학과를 지원했다. 외국문학에 대한 동경도 또한 상당히 큰 것이었다.

시험 전날. 그 당시는 집안이 아주 약간 조용해져 있었다. 블랙키스트들과 낙산사에 놀러가서 또 한바탕 폭력을 휘두르고 설악산 어느 경찰서에 붙잡혀 있던 C는 미성년이란 미명하에 어머니의 간곡한 애걸 덕분에 집으로 돌아와 비교적 풀이 죽어 지내고 있었고, 나야 사실 그에게 아무 관심이 없었으나 그래도 전전긍긍한 불안한 공기 속에서 엎드려 책을 들여다보고 있었다.

시험 전날 밤, C는 나에게 긴장도 풀 겸 화투를 쳐보는 게 어떠냐고 했다. 그리하여 그와 나는 화투 방석을 놓고 앉아 화투를 치게 되었다. 운이 좋았던가. 나는 계속 던지는 화투 패마다 척척 짝이 맞아 너무도 싱겁게 판을 이겨나가고 있었다. 나는 특별히 화투 패 중에서 비를 좋아하는데, 비광이 척척 들어오고 비약이다, 청단이다, 풍약이다, 나 혼자 온통 판을 휩쓸고 있었다.

나는 속절없이 흥이 나서 계속 청단이다, 비약이다 하다가 피곤해져서 이제 그만하자고 했다. 그런데 C는 조금만 더 하자는 것이었다. 나는 그에게 이젠 져주고 싶어 아무렇게나 패를 보지도 않고 던져도 척척 들어맞아 계속 이기기만 했다.

무슨 저주와 같은 승리였던가. 나는 계속 이겼고 그는 계속 졌다. 나는 이기는 것에 진저리가 났고 C가 이기지 않는 한 영원히라도 화투를 계속 쳐야 할 것 같은 공포에 빠져 아무렇게

든 지려고 해도 단 한 번도 C는 이기지 못했다. 괘종시계가 드디어 자정을 쳤다. 나는 그에게 애걸복걸하여 겨우 지옥과도 같은 화투놀이를 그만두게 되었다.

C는 화투패들을 하나하나 정성들여 찢어버리더니 그것을 싸들고 목욕탕으로 들어갔다. 그리고 잠시 후 목욕탕에서 이상한 기척이 들리는 듯싶어 나는 황급히 목욕탕 문을 열어 젖혔다.

나는 지금도 그것을 선명히 기억한다. 목욕탕 속에 자욱이 들어찬 라벤더 향기⋯⋯. 언제 한번 라벤더 향기를 맡아본 적은 없었으나, 나는 그것이 라벤더 향기인 것을 알았다.

라벤더 향기, 화려한 홍해, 가슴팍의 독수리 문신

화투장은 목욕탕 바닥에 찢어진 채로 나뒹굴었고, 면도용 칼날이 피가 묻은 채로 던져져 있었다. 그것은 라벤더 향기였다. 탈출의 서사시였다. 나는 울지도 못하고 라벤더 향에 망연히 취해 홀린 듯이 서 있었다. 그러다가 반쯤 헤쳐진 하얀 와이셔츠 사이로 보이는 그의 가슴을 문득 보게 되었다. 그의 창백하리만큼 하얀 가슴팍엔 놀랍도록 힘차게 솟구치고 있는 한 마리의 독수리가 놓여 있었다.

아, 그는 새가 되려는가. 라벤더 향을 풍기는 한 마리 독수리가 되려는가. 그것은 그의 가슴에 신비하도록 생생하게 새겨진 한 마리의 독수리 문신이었다.

그는 너무도 아름다운 미소년 나르키소스처럼 무한하게 보였다. 라벤더 향기, 화려한 홍해 그리고 근육처럼 박차고 날아갈 것만 같던 푸른 독수리 문신…….

다음 날, 나는 시험장으로 가서 시험을 치른 다음 C가 입원한 병원 응급실로 갔다. 그의 하얀 얼굴은 신비로울 만큼 담담해 보였고, 팔목에 감긴 하얀 붕대는 무슨 경이의 우수 어린 표적 같았다.

"시험 잘 쳤어?"

"응…….."

기둥만 있는 집은 원형이 붕괴된 집이 아니라 하나의 신전이라는 것을 나는 고대 그리스의 신전들 사진을 보고서야 깨달을 수 있었다. 파르테논이 그렇다. 기둥만 있는 집은 몰락한 황무지가 아니고 오히려 신을 찾는 성전인 것이다. 인간은 신을 떠났기에 신을 찾는 것이다. 그리고 지붕도 없고 벽도 없고 현관도 없는 우리들의 집에서 나는 나의 신을 찾는 고통의 길을 걸어갔다. 비록 기둥을 붙잡고 눈물 흘렸던 순간이 무수히 있었을지라도, 아름답지 않은가, 기둥만 있는 숙명의 집은.

**무한을 느낄 때,
자유를 느낄 때**

빳빳한 칼라가 목덜미를 죄는 동복이나,

한 점 오점이라도 생길세라 전전긍긍하지 않으면

순결을 더럽히고 말게 되는 백설처럼 잔인한 하얀 교복을 입

고, 6년간을 갇혀 지내야만 했던 우리 세대에게

대학입시 합격이라는 갑자기 밀어닥친 황당무계한 자유,

어리둥절하기 짝이 없는 정체불명의 방대한 자유는

바겐세일 같은 의미를 지녔다.

자멸의 자유가 아닌

다른 자유와의 육교肉交

　　　　　　"인간은 자유다. 인간은 자유 그 자체다(사르트르)." 과연 이런 말에 무슨 의미가 있을까? 삶의 자유란 무한이 아니라 하나의 유한일 것이며, 또한 무한한 자유가 있다면 삶이란 거대한 소심증을 불러일으키는 하나의 거대한 망설임일 것이며, 아니다, 인간이 자유롭다는 것은 차라리 하나의 순진한 미신이라고나 해두자. 거미줄, 올가미, 동아줄, 수갑을 찬 손목들, 업보들 그리고 사슬들의 협주곡. 오, 아니다. 인간에게 자유가 아주 없을 수는 없다. 오직 단 하나의 자유가 청천에 명멸한다. 자멸의 자유!

　그것을 느낀 순간 인간은 누구나 반은 사람이고 반은 짐승이라는 반인반수半人半獸가 된다.

나는 오랫동안 크나큰 어둠 같은 고독을 바라보았다. 그것은 벽이었다. 그 벽을 오래 바라보고 있노라면 하나의 말이 생각났다. 매직Magic. 매직이란 말은 또한 마이클 잭슨이 가장 사랑하는 말이라고도 한다. 어쩌면 바로 그것이다. 오늘의 외로운 청소년들이 마이클 잭슨에 넋을 빼앗긴 듯 열광하는 것은 그들이 오랫동안 크나큰 어둠 같은 고독을 바라보았기 때문이며, 그 동굴의 벽에 와서 찍히는 너무나도 선명한 금빛 매직의 손바닥을 바라보았기 때문이며, 그 둥근 금빛 매직의 손바닥에서 비로소 평화를 느꼈기 때문일 것이다.

유리창을 열듯이 내 마음을 열고 매직의 통로에 서 있고 싶다. 그리하여 그 금빛 매직의 손바닥이 철썩철썩 내 영혼의 따귀를 때리는 소리를 듣고 싶다. 몸에서 환상적인 영기靈氣가 뿜어 나오고 매직이 육체에서 흐를 때 나는 비로소 자멸의 자유가 아닌 다른 자유와 육교肉交한다. 아니면 영교靈交한다.

갑자기 수문이 열리고
봇물 터지듯 자유의 격류 속에서

"대학입시 합격자 발표가 나고 대망의 대학입학식 날까지 합격자 여러분은 무엇을 하고 지내셨습니까?"

이것은 내가 모든 대학 졸업자에게 보내보고 싶은 앙케트이다. 지난번 텔레비전을 보다가, 많은 대학입시 합격자들이 어느 문화단체에서 주관하는 교양 프로그램에 참여해 교양강좌도 듣고 밝고 흥거운 레크리에이션 프로그램에 가입해 이성교제 연습을 하며 춤도 추고 건전가요도 배우면서 대학 입학식 날을 기다리는 것을 보았다. 참으로 부럽고 세련된 세대들이라 하지 않을 수 없다. 그 화면을 보고 나는 만감이 교차하였다.

우리 세대—하얀 칼라가 빳빳하게 목덜미를 죄는 검은 동복이나 한 점의 오점이라도 생길세라 전전긍긍하지 않으면 금세 순결을 더럽히고 말게 되는 백설처럼 잔인한 하얀 하복을 입고 6년간을 교복 속에 갇혀 지내야만 했던 우리 세대에게 대학입시 합격이라는 갑작스럽게 밀어닥친 황당무계한 자유, 어리둥절하기 짝이 없는 정체불명의 방대한 자유는 바겐세일 같은 의미를 지녔다.

갑자기 수문이 열리고 봇물이 터진다. 아우성치고 교란하는 물결들이 서로 엎치고 덮치고 자유라는 천만부당한 허상을 향해 돌진한다.

자유다. 자유. 자유의 대 바겐세일. 맘에 드는 옷을 골라 입을 자유. 단발머리를 마음대로 지지고 볶고 자르든지 기르든지 물감을 들이든지 이사도라 덩컨처럼 스카프를 매든지 마음대로 할 자유. 미성년자 입장불가 영화관에 들어가고 다방에 가서 커피를 마시고 술집에도 갈 수 있는 자유. 검은색 운동화 혹은 흰색 운동화의 흑백시대를 떠나 빨간 구두를 신든 파란 구두를 신든 아니면 보라색 굽이 높은 금속장식이 달린 화려한 신발을 신든 마음대로 할 자유. 가죽 숄더백을 메든 누덕누덕 색색으로 기운 인디언 스타일의 패치워크로 만든 헝겊가방을 메든 마음대로 할 자유.

울트라 마린의 푸른빛 머리칼로 염색을 하고 진홍빛 스프링코트에 검은 미니 가죽치마를 입든 말든 자기 자신의 스타일을 마음대로 선택할 자유들이, 이제 너무 많은 보석들이 길가에 떨어져 있어서 어느 것을 주울까 망설이다가 결국 아무것도 줍지 못하게 되는 마음의 변덕처럼 시시하게 너무 지천으로 범람하게 되는 것이었다.

교복 시절에 그토록 열망하던 자유였건만 그 자유란 이상하게도 우리가 우리 힘으로 따라잡은 자유라기보다는 우리를 추월해서 달려가버리는 속임수의 모습을 지녔다. 그 옛날 미치광이 죄수들에게 입혔다는 스트레이트 재킷 같은 교복을 벗고 그대는 최초로 어떤 옷을 입었는가? 어떤 구두를 신었는가? 어떤 헤어스타일을 했는가? 불시에 막대한 유산을 한꺼번에 물려받은 거지처럼 나는 그저 어리둥절했다. 어떤 것도 결정할 수 없었고 오히려 자기 자신이 춥고 비참해진 듯했다.

선택의 가능성은 무한했으나 갑자기 밀어닥친 무한의 한가운데서 우리는 무엇을 주울 수 있는가? 무한의 미립자들은—그것은 결국 유한의 씨앗들이겠지만 무한히 나의 감정을 혼란하게 했다. '지성이란 아마 자유스런 결단을 내릴 수 있는 힘'이라고 말한 하이데거는 분명 옳은 것 같다. 그리고 나와 같은 고복세대들은 그런 선택의 힘을 미처 준비하지 못한 채 너무 많은 분량의 자유를 갑작스레 감당해야 했던 까닭에 가장 비지성적인 방법으로 자신의 자유에 대처하는 감정의 혼란을 겪었을 것이다.

고등학교 졸업. 그것은 마치 사회에 적응할 아무 준비도 없이 갑작스런 특사가 내려져 어느 날 갑자기 출감하는 어린 복역수의 처지와 흡사한 것이 아니었을까? 교도소 문이 등 뒤에서 닫히는 소리를 들으며 너무 많은 햇빛에 눈이 부셔 잠시 시력을 잃어버리는 죄수처럼—워낙 부자유 속에서 너무 오랜 학창시절을 보내야 했던 우리로서는—잠시 잠깐 마음의 시력을 잃지 않을 수가 없었던 것이다. 등 뒤에서 감옥 문은 닫히고, 나는 무한의 햇빛 속으로 출감했다. 자유 속에서 최초로 나는 무엇을 했던가?

폭설이 내려 눈부시게 하얀 도시를 가로질러 엄마와 나는 대학교로 갔다. 합격자 발표가 있는 날이었다. 많은 사람들이 교문 앞에 서서 유리창이 있는 게시판을 들여다보고 있었다.

"엄마. 내가 볼게요. 엄마는 저쪽 등나무 의자에 앉아 있어요."

나는 약간 떨려오는 기분으로 으스스해지며 엄마에게 말했다.

엄마는 말했다.

"내가 찾아볼게. 너는 저 나무 밑에 서 있거라. 그래서 내가 웃으면 합격한 것이고 아무 말 없이 그냥 나가면 너도 그냥 따라 나오너라."

우리는 마치 흰 깃발 혹은 검은 깃발을 달고 배가 돌아오면 어떻다는 트리스탄과 이졸데처럼 한참을 옥신각신했다. 그러다가 나는 엄마를 밀치고 혼자 달려가 게시판 앞에 섰다. 영어영문학과…… 고 아무개…… 김 아무개…… 김 아무개…… 김 아무개…… 수험번호 몇 번…… 깨알만한 이름들 사이에 나의 이름이 끼어 있었다.

깨알만한 이름들 사이사이에 전혀 행간의 여백이라고는 보이지 않았지만, 나는 갑자기 게시판의 이름과 이름 사이 행간이 무한으로 팽창하며 신비스럽게도 하얗게 눈부신 공백으로 넓게 퍼져가는 것을 느꼈다. 이제 자유, 그동안 죽어라고 유보되어왔던 자유가 무한으로 나에게 다가왔다는 벅찬 느낌을 나는 합격의 기쁨보다도 더욱 강하게 느꼈다. 나는 한참 동안 그 게시판을 멍하니 바라보고 있었다. 그 넓이는 마치 우주의 넓이와 맞먹는 것처럼 느껴졌다.

나는 사람들 사이로 엄마의 모습을 찾았으나 엄마는 보이지 않았다. 등을 돌려 걷기 시작했을 때 나는 엄마가 나의 등 뒤에서 이미 보고 있었으며 그리하여 손수건으로 눈물을 닦고 있는 것을 보았다.

우리는 말없이 아스팔트 포장이 안 돼 눈 녹아 질척거리는 마포 벌을 걸어 신촌 로터리 쪽으로 나갔다. 신촌 로터리에서 버스를 기다리고 있을 때 엄마는 또다시 손수건을 꺼내 눈물을 닦았다. 그리고 (지금도 선명히 기억하지만) 무슨 쇼핑 센터가 있는 골목 옆으로 약간 들어가더니 아주 큰 소리로 코를 풀었다. 아마 다른 사람들이 우리를 보았다면 대학입시에 낙방한 딸과 어머니로 봤을 것이다.

엄마는 코를 풀고 나오더니 이제 아주 편안한 표정이 되어, "시내에 나갈까?" 하고 말했다. 그리하여 우리는 버스를 타고 명동으로 나가 무작정 대로를 걷기 시작했다. 나는 엄마가 아주 감동받았다는 것을 알았다. 엄마는 나의 대학입시 합격이 무언가 고장 나 잘못 돌아가고 있는 망가진 우리 집에 큰 의미를 지닌다고 생각하고 있는 듯했다.

엄마와 나는 충무로 자양센터인가 하는 전기구이통닭 집에서 통닭 두 마리와 식초에 시게 절인 무 두 접시 그리고 콜라 한 병을 마시고 다시 명동을 돌아다녔다.

엄마는 모든 것을 잊은 듯이 기분이 좋았고 무척 젊게 보였으며, 처녀 시절로 돌아간 듯이 오히려 나보다도 더 젊고 힘차게 느껴질 정도였다. 옛날 국립극장 앞에서 엄마가 "연극 구경할까?" 하고 말했다. 고등학교 때 오페라「파우스트」와「라 보엠」을 보았을 뿐 그 뒤 다시 국립극장에 가볼 기회는 없었다. 공연 포스터를 바라다보니 별로 신통치 않은 번역극이었다. 그리하여 우리는 연극 구경을 포기하고 다시 거리를 거닐었다.

엄마와 딸,
촛불을 좀 붙일 수 있을까요?

엄마와 이렇게 거리를 싸돌아다닌 적이 있었던가? 서울에 와서 엄마와 이렇게 마음의 거리를 느끼지 않고 불화에 빠지지 않고 잠시라도 같이 있어본 적이 있었던가? 아니 도대체 우리가 집안의 모든 일을, 그 지긋지긋한 불화와 고통과 불행을 모두 잊고 아니 잊어버린 척하고, 이렇게 사이 좋은 모녀처럼 행복스럽게 어깨를 맞대고 걸어가고 있다니,

대체 어떻게 된 것일까?

엄마는 진실로 행복하고 젊어 보였다. 엄마는 그 모든 것을
'잊어버린 척' 하고 있는 것이 아니라 진실로 잊어버린 것 같았
다. 차가운 바람에 얼굴은 신비스럽게 상기되었고 살짝 어깨
까지 닿게 기른 생머리는 어딘지 우수의 분위기를 풍겼으나,
그런대로 오히려 생기 있게 보였다.

그날 그 싸돌아다닌 겨울바람 속에서 엄마는 자신의 젊은
시절을 회복한 듯 보였다. 그녀 역시 자신이 옛날 사범대학에
합격했던 그 순간을 회상하고 있었을지도 모른다. 갑자기 그
녀가 발을 멈추고 말했다. "저 국립극장을 꼭 한번 들어가보고
싶었단다. 돌로 된 저 고풍스런 극장에서 오페라나 아니면 화
려한 연극을 한번 보고 싶었지. 인생이란 그런 것 같아. 그림
자 연극이 아닐까⋯⋯."

엄마. 나는 갑자기 발걸음을 멈추고 엄마의 모습을 돌아다
보았다. 명동 지하도 앞이었다. 확실히, 엄마는, 오늘, 매우 기
분이 좋아서, 그동안 우리 집안의 추악한 붕괴에 매몰됐던 자
신의 청춘의 빛을 무언가 불가사의한 손의 도움을 받아 다시
캐낸 듯이 보였다.

언제나 막장 속에 갇혀 있는 갱부처럼 가망 없게 보이던 그
녀가, 아니 우리가, 이렇게 거리에서는 꿈도 꾸고 마음도 나누

고 예술에 대한 이야기까지 할 수 있다니! 언제나 집안의 불행이 자신의 삶의 전체처럼 보이고 언제나 우리 집안의 불행의 일부처럼 보이기만 했던 엄마가 갑자기 나에게 처녀 시절의 엄마로 변화되어 보이는 그 처참한 마술 앞에, 나는 갑자기 목이 메고 눈물이 나왔다.

그래, 불행한 것은 우리가 집 안에 있을 때야. 집 밖으로 나서는 순간 우리는 꿈도 꾸고 생각도 하고(집 안에 있으면 우리 식구 중 누구도 무엇에 대해 생각한다는 것은 불가능했다. 단지 악귀에 붙들린 듯 괴로워해야만 했다. 그것이 집 안에서 우리가 취할 수 있는 단 하나의 허락된 행위였다) 이렇게 함께 웃을 수도 있는 것을.

"엄마, 내가 나중에 돈 벌면 엄마 오페라 구경 시켜줄게. 엄마 「나비부인」 좋아하지? 「토스카」도 좋아하잖아. 엄마가 「별이 빛나는 밤」이란 아리아를 좋아하는 것 알아. 제일 화려한 오페라. 참, 「카르멘」을 보여줄게."

우리는 명동 지하도 계단을 줄기차게 내려가며 말을 주고받았다.

"그래. 토스카가 유서를 쓴 다음에 부르는 노래가 「별이 빛나는 밤」이지……. 여학교 때부터 내가 좋아했단다. 그 마지막 장면, 토스카가 몸을 던진 성 위의 탑 장면 말이야……. 토스카는 노래하지. 「밤하늘에 별빛은 총총하고 대지는 향기로

워라…… 그러나 사랑의 꿈은 실망에 차서 나 이제 죽어간다. 나 이제 홀로 죽어간다」……. 노래에 살고 사랑에 살고 싶던 그런 시절도 있었는데 네가 벌써 이렇게 컸구나. 네가 대학생이 되고 보니 여한이 없는 것 같다."

결국 오늘날까지 엄마에게 「카르멘」은커녕 어느 오페라 구경 한번 시켜드리지 못하고 있지만 (참, 언젠가 정경화 바이올린 독주회를 보러 이화대학에 간 적은 한 번 있었다), 그때 같아선 집구석 같은 것은 영영 팽개쳐버리고 엄마와 둘이서 힘껏 문화적 허영에 빠지고 싶었다.

그러나 우리 집의 남성 세계는 너무도 황량했고 난폭했으며 평화의 램프를 우리 여자들끼리 만든다 하더라도 그것을 박살내고 말 것만 같았다. 남자들이 집에 없으면 우리는 조용히 평화롭게 책도 읽고 음악도 듣고 도란도란 미래에 대해 생각해볼 수도 있었다. 그러나 남동생 C와 아버지, 남자들이 개입한 세계는 언제나 시끄럽고 무언가 부서지고 있으며 반문화적이었다. 그들의 세계는 힘이 있는 대신 애정과 문화가 없고, 우리들의 세계는 문화가 있는 대신 공허했고 외풍 하나에도 전전긍긍 불안할 뿐이었다.

그런데 지하도 속에서 갑자기 불이 꺼졌다. 정전이 된 것이다. 사람들이 급히 술렁거리고 더듬거리고 비틀거리기 시작했다.

엄마는 본능적으로 어둠 속에서 자기 딸의 손목을 잡으려고 더듬거렸다. 어찌하다가 엄마는 내 손목을 잡았다. 이렇게 커서 엄마에게 손목을 잡힌다는 것이 어색했으나 어둠 속이었기에 나도 엄마의 손을 마주 잡았다. 엄마의 손은 차가웠다. 그리고 뼈만 앙상하게 잡혔다.

엄마는 어둠을 두려워하고 있는 듯했다. 어둠 속에서 자신의 딸을 잃어버리고 혼자 어둠 속에 남겨지지 않을까 무서워하고 있는 것 같았다. "누가 불을 켜다오." 엄마는 희구하고 있는 듯했다. "누가 나의 쇠약한 촛불 위에 불을 켜다오. 내 딸의 은성한 촛불 위에 큰 햇덩이를 밝혀다오." 엄마는 몸을 떨면서 그것을 바라고 있는 것 같았다. 엄마의 찬 손.

그것이 지금도 나는 「라 보엠」의 한 장면 같이만 생각된다.

어느 겨울날, 파리의 크리스마스 이브날 밤에 갑자기 정전이 된다. 파리의 라틴구에 있는 예술가들이 사는 낡은 아파트. 가난한 처녀 미미는 불이 꺼져서 촛불을 붙이려고 시인 루돌프가 사는 옆방을 찾아온다.

"누구세요?"

"미안합니다. 불이 꺼져서요. 촛불을 좀 붙일 수 있을까요?"

"들어오세요."

미미는 창백한 얼굴로 촛불을 붙이고 돌아서 나가려고 하다 바람에 촛불이 꺼진다. 다시 촛불을 붙이고 나가다가 "방 열쇠를 어디 두었을까?" 열쇠를 찾으려고 돌아서는 순간 다시 촛불이 꺼진다. 두 사람은 어둠 속에서 열쇠를 찾으려고 더듬거리다가 열쇠 대신 서로 손이 마주친다. 루돌프는 '그대 찬 손'을 느낀다. 그리고 유명한 아리아 「그대의 찬 손」을 부른다.

그날 정전된 명동 지하도에서 엄마와 내가 어둠 속에서 차가운 두 손을 잡은 것은 서로 촛불을 켜려고 했던 것일까? 열쇠를 찾으려고 했던 것일까? 촛불과 열쇠. 아, 엄마에게 촛불과 열쇠를 찾아주고 싶다. 지금도 명동 지하도를 건널 때면 나는 눈물이 난다. 어느 침전된 그곳의 어둠 속에서 아직도 두 여자가 어둡기 때문에, 자신의 인생이 여전히 어둡기 때문에 서로 손목을 잡고 출구를 찾아 부들부들 떨면서 헤매고 있는 듯이 느껴지기 때문이다.

혈연의 칡덩굴에 묶여진 두 송이 피의 꽃송이들. 신비스런 절망의 광녀들. 그녀들은 아직도 그 밝은 동네 명동의 정전된 지하도 속에서 아이러니컬하게도 숙명의 촛불과 열쇠를 찾아 적빈의 걸인들처럼 헤매고 있을 것이다.

그날 나는 엄마가 옷을 사준다고 골라보라고 하여 미도파 백화점, 신세계백화점, 코스모스백화점과 남대문시장까지 모두 돌아다니고도 결국 마음에 드는 옷을 고르지 못했다. 색깔이 마음에 들면 디자인이 불만이었고 디자인이 좋으면 색깔이 마음에 들지 않았다.

내가 마음에 들면 옷이 크거나 작거나 했으며 내게 맞는 것은 전혀 마음에 들지 않았다. 엄마는 점점 지쳤고 신경질이 났으며 나중엔 나에 대해 짜증이 폭발했다.

"너, 이러다가 맨몸뚱이로 다녀야겠다. 세상에 네 맘에 드는 옷은 없다. 이만큼 다녔으면 백 벌도 더 골랐겠다. 세상에 없는 옷을 고르려는 것은 아니겠지. 그만두자."

나 역시 옷 사는 것을 포기했다. 세상에 좋은 옷이 적어서가 아니라 생전 처음 스스로 행사해보는 자유스런 선택이라는 것에 당황했기 때문이다. 자유란 오히려 공허에 가까운 것은 아닐까? 너무 많은 것을 해보고 싶기에 결국 아무것도 못하는 그 슬픔을 모르는 사람이 있을까? 그리하며 나는 그 자유의 대 바겐세일 앞에서 너무나 부자유를 느껴서 결국 대학에 들어가서도 한참을 고교 시절처럼 단발머리를 하고 다니는 습관의 노예근성을 여지없이 폭로하고 말았던 것이다.

그렇다. 사르트르의 말처럼 인간은 자유고 자유 그 자체이지만 단 결단의 용기를 지니지 못한다면 자유란 무無에 불과할 뿐이 아니겠는가? 공포가 아니겠는가?

현실에 지쳐 백년공주처럼
깊은 잠에 빠지고 싶었다

한 달여 동안을 집에서 놀면서 이 책 저 책을 뒹굴며 보고 있었다. 내 방은 북향이었는데, 늦잠 자고 또 낮잠 자고 게으르게 뒹굴기에는 아주 좋은 방이었다. 어느 날 화가 북받친 C가 내 방의 미닫이 유리창문을 주먹으로 쳐서 깨버린 일이 있었다. C는 주먹에 유리 파편이 박혀 몹시 피를 흘렸으며, 작은 외과수술까지 받아야 했다. 그리하여 나는 유리창보다 좀 더 견고한 베니어판을 사다가 마루와 면한 그 미닫이문에 붙였더니, 방은 더욱 어둡게 안정되어 무작정 뒹굴기에 적합해졌다.

사르트르의 「방」에서처럼 출구도 없고 회로도 없고 통로도 없는 방. "나의 인생은 정말 고독하다. 나는 결코 아무하고도 얘기하지 않는다. 나는 아무것도 받지 않고 아무것도 주지 않는다……." 덧없는 감각들, 무관심의 냉혹한 껍질들 그리고 잠적.

'잠적'이란 말처럼 좋은 말이 또 있을까? 죽은 것처럼 엎드려 밥도 안 먹고 커피만 마시고 음악만 듣고 책만 읽고 시름시름 아프다가 잠드는 것. 잠적. 대학 합격 이후의 나의 자유는 온통 그 잠적에 헌정되었다. 바퀴벌레나 빈대처럼 어둠 속에서 구물거리는 것. 그리고 게으르게 배로 기는 것. 긴장을 풀고 하염없이 시간 속에 녹아드는 것. 물통 속에 빠진 휴지처럼 그리하여 시간 속에 거품도 없이 저항도 없이 풀려드는 것. 의욕을 상실하는 것.

어찌나 의욕을 상실했던지 나는 한번 잠을 자면 며칠을 계속 자는 이상한 병에 빠져들게 되었다. 도무지 한번 수마에 사로잡히면 수족이 나른하고 육천 마디의 뼈가 다 허물어지는 것처럼 힘없이 잠 속에 가라앉았다.

자고 자고 또 잤다. 허리가 아파서 도저히 더 이상 누울 수가 없을 때까지 잠으로 버텼다. 그만큼 세상이 싫고 집안이 싫고 내 방문 밖의 수선스런 현실의 아수라가 싫었던 것이다. 망각을 위한 망명이었다. 초월을 위한 망명이었다.

언젠가는 이틀을 굶고 계속 잤는데 한밤중에 아버지가 이상한 냄새에 잠을 깼다. 무언가 타는 듯한, 불에 녹는 듯한 냄새가 온 집 안에 꽉 차 있었다. 아버지는 연탄아궁이와 석유난로, 연탄난로 등을 점검하고 집의 앞쪽 뒤쪽을 살폈으나 아무런 이상이 없었고 냄새는 여전히 났다. 아무래도 이층 내 방 쪽에서 냄새와 연기가 스미는 듯해서 이층으로 올라와 문을 두드렸다. 아무리 문을 두드려도 내 방 안에선 기척이 없었다.

아버지는 선뜻 불길한 예감이 들어 내 방의 미닫이문을 뜯

었다. 그 소란 통에도 나는 계속 잠을 자고 있었는데, 아버지
가 문을 뜯어내고 보니 내 방의 구들장이 너무 가열돼 내가 깔
고 자는 캐시미어 요가 연기를 모락모락 내면서 타고 있더라
는 것이었다. 그렇게 깊은 잠을 잤다. 죽음보다 더 무거운 잠
이었다. 나는 그토록 의식불명의 잠이 좋았다.

  그 사건 이후 우리 집에선 내 별명이 '잠충이'로 불렸다. 정
말 지하 생활자의 생활이었다.

  아니라오. 나에겐 하나의 꿈이 있었다오. 현실이 너무 피곤
할 때 나는 백년공주처럼 아름다운 잠에 빠지기를 원한다오.
공주가 열여섯 살이 되는 생일날 다락방에 있는 물레 바늘에
손가락을 찔려 잠들게 된다는 동화에서처럼, 왕궁도 잠들고
왕궁 안의 모든 사람도 잠들고, 마구간의 말(馬)들까지도 잠
들기를 원한다오. 그리하여 궁성으로 오는 길은 잡초로 휘덮
이고 장미나무 가시와 찔레나무 가시로 온통 소로길은 덮여
아무도 오지 않고 요람 속에 은하수로 뇌를 씻고 꽃향기를 링
거액 삼아 아름답게 소생하고 싶은 것―그런 망각의 간호를
받고 싶은 것. 향수 같은 망각, 의식불명의 화평함, 나는 그런
잠의 간호를 받고 싶다오. 나는 섬처럼 사면의 잠으로 둘러싸
여 출렁이고 싶다오. 그리하여 어느 날 부화하는 새처럼 아름
답게 날아오르고 싶다오. 신성한 뼈를 태양수에 축이며 그렇

게 새롭게 갱생하고 싶다오. 마치 시효가 지난 카드를 관공서에 가서 갱신하고 다시 새로운 시효의 카드를 발급받아 오듯이, 그렇게 잠의 간호사에게서 목숨의 알을 알몸으로 씻겨서 향유를 발라 따끈따끈하게 구워지고 싶다오. 순결하게 하얀, 방금 구워낸 빵처럼, 말랑말랑하게 따끈한 목숨의 시원始原을 나는 잠의 강—레테 강가에서 언제나 정숙하게 건져오고 싶곤 했다오…….

또한 그러니 너무나 밥맛이 떨어져 갔다. 어느 날 지구상의 모든 사람들이 하루치의 고난을 마치고 잠이 들었을 무렵, 나는 홀로 부스스 일어났다.

흡사 야광시계처럼 나는 나 혼자 집 안의 어둠 속에 홀로 눈빛을 켜고 있었다. 그때 또 그 소리가 들렸다. 그 소리란 가끔씩 우리 옆집에서 나는 소리인데, 내 방과 담벼락 하나로 격한 저쪽 방에서 언니가 벙어리 동생을 가죽 끈으로 때리는 소리였다.

사랑하면서 때리는
옆집 자매의 광란

소문에 의하면 언니라는 여자는 제법 일류 여자대학을 나온 여자인데, 벙어리 동생을 끝까지 돌본다는 조건으로 상당한 유산을 상속받았다고 했다. 얼굴이 희고 둥그스름한 데다 까만 주근깨가 별처럼 촘촘히 밝혀 있어 나는 그녀를 스칠 때마다 건포도 알이 곱게 박힌 하얗고 탐스런 시루떡을 연상하곤 했다. 맛있는 것을 무척 좋아할 것 같은 표정으로 그녀의 작지만 단단하게 반짝이는 눈빛은 "뭐 좀 맛있는 게 없을까요?" 세상을 향해 묻고 있는 듯했다.

벙어리 동생을 남편이 싫어한다든가 해서 그녀는 남편과 싸우기라도 하는 날이면 "이 원수야 이 원수야……"를 마치 스님 염불 외듯이 읊으면서 동생을 때리곤 했다. 그리곤 귀신들의 통곡같이 끈끈하고 음산한 울음소리가 들리고 그녀는 다시 장바구니를 들고 잽싸게 '맛있는 것'을 사기 위해 시장으로 종종걸음 치는 것이었다. 그러고서도 벙어리 동생에겐 아주 극진하다는 것이었다. 그날 밤은 한밤중에 그 '막간극'이 벌어진 모양이었다.

인간이란 현실을 나름대로 지탱하기 위해서는 '광기의 막간극'이 필요하다는 것을 나는 그 자매의 생활에서 느끼게 되었다. 광기의 막간극이 지나면 생활은 다시 멀쩡한 무대 위에서 멀쩡한 대본으로 지속되게 마련이다. 그러나 광기의 막간극이 시작되는 시간엔 모든 현실논리나 현실윤리는 침몰되고 심연에 삼켜진다. 아무리 사랑하는 사이라도 그런 광란의 막간극이 없다면 무슨 손으로 한사코 지겨운 생활의 매듭을 다

시 이을 것인가. 짧은 광란은 행복하다. '잠깐 미치광이'는 오히려 건장한 현실생활을 영위하는 데 있어서 유익한 것이 아닐까?

그런데 그날 밤 그 가죽 끈 소리를 듣자 나는 이상하게도 더이상은 내가 견디지 못할 것 같은 지겨운 기분이 들었다. 나는 혼잣말로 중얼거렸다. "벙어리 소녀야. 차라리 죽어버려라. 오욕과 수모 속에서 너처럼 질기고 지루하게 죽어간다는 것은 차라리 생명에 대한 범죄가 아닐까?"

그 당시 내가 읽고 있던 책 중에 문고판 콜린 윌슨이 있었다. 그는 어느 의학책에서부터 다음과 같은 일화를 찾아 삽입해놓고 있었다.

"인생은 부질없는 정열이다"라는 사르트르의 말을 신봉하던 한 남자가 스스로 자기 몸을 불태워 자살할 결심을 했다. 그는 짚으로 된 매트리스 위에 드러눕고는 그 밑에 놓은 초에 불을 켰다. 주기적으로 그는 매트리스에서 일어나 곁에 놓인 탁자로 가서 종이 위에 자신의 감각과 심경의 변화를 기록했다. 다음 날 아침 그의 까맣게 그을린 몸뚱이가 완전히 타버린 매트리스 위에서 발견됨과 동시에 죽음의 진행 과정을 적은 쪽지도 발견되었다.

그가 설명하기를 자신은 자살자가 반드시 겁쟁이가 아니라는 사실을 증명하고 싶어서 단연코 이런 기록을 남긴다고 썼다는 것이다. 그리고 그는 진정한 용기 있는 자란 죽음까지도 실험해보는 자이며 그 실험 앞에서 냉정히 실험과정을 관찰할 수 있는 자라고 썼다는 것이다. 또한 콜린 윌슨은 바로 그런 용기를 지닌 자야말로 아웃사이더이며 삶의 상실을 광신적으로 거부하는 하나의 맹렬한 타입이라고 썼다.

벙어리 소녀가 매 맞는 소리를 듣고 있는 동안 나는 갑자기 그 일을 저지르고 싶다는 맹렬한 욕구에 사로잡혔다. 삶이란 목적 없는 반복이며 끝없이 헛되다. 오직 나 자신의 구제란 스스로의 암살뿐이다. 헛된 운행의 멈춤.

키릴로프의 환영도 떠올랐다. 그는 혀를 날름 내밀고 웃는 모습을 유서에 그렸다. 그리고 말했다. 만일 신이 없다면 모든 것이 가능하다. 자살까지도.

나는 도둑고양이처럼 지하실로 내려갔다. 종이와 볼펜을 들고서. 그리고 지하실로 들어가기 전 나는 부엌에서 차가운 냉수 한 컵을 마셨다. 그리고 수면제를 한 움큼 목구멍에 밀어넣었다. 소녀들의 가방을 주의하라. 소녀들만이 가방 속에 다량의 수면제, 다량의 신경안정제, 키니네 같은 극약을 가지고 다닌다. 붉은 알, 푸른 알, 혹은 하얀색 알들, 그토록 고혹적으로 예쁜 연분홍색 알들을 소녀들은 마치 부적표나 마스코트처럼 가방 속에 숨겨가지고 다닌다.

언젠가 소매치기가 쓴 수기를 보니 여자들의 가방 속에 그토록 많은 신경안정제나 치사량에 가까운 수면제 약병들이 들어 있다는 것에 놀랐으며, 그것을 보니 젊은 여자들이 남자들보다 고민이 더 많은 것 같다고 씌어 있었다. 소녀들의 가방 속엔 언제나 그렇게 놀라운 물건들이 들어 있는 법이다.

나는 그 약들을 돈암동에서 약국을 하는 이모집에서 꺼내왔다. 해골 마크가 찍힌 약함에서 상당히 많은 양을 털어 비밀히 감춰두고 있었다. 여행하고 싶을 때 여비가 없으면 아무 출발도 할 수 없듯이 나는 그런 날을 위해 여비를 모아두듯 알약들을 훔쳤던 것이다.

하여튼 난 그 하얀 알약들을 씁쓰름하게 목구멍에 밀어넣은 다음 냉수를 마시고 살금살금 괭이 걸음으로 지하실로 기어 들어갔다. 지하실은 연탄광으로 쓰는 곳이라 시커먼 석탄들이 쌓여 있었고, 아궁이가 하나 있어서 연탄가스가 꽉 차 있었다. 나는 그제서야 지하실 불을 켜지 않고 내려와서(지하실 불은 위층 거실에서 켜도록 되어 있었다) 아무것도 기록할 수 없다는 것을 깨달았지만, 하는 수 없다는 것을 알았다.

연탄가스들이 망령의 머리칼처럼 흰머리를 풀고서 으흐흐— 으흐흐— 음산하게 웃으며 지하실 바닥을 기어다니고 있었다. 나는 그들이 무척 다정하게 느껴졌다. 목구멍이 독가스에 꽉 잠겨오는 듯했으나 나는 개의치 않았다. 오히려 다정한 길손을 만난 듯이 흐뭇했다. 동행이었다.

나는 검은 연탄더미 사이에 누웠다. 너무나 허기가 졌기에 온몸에 맥이 빠지고, 그리하여 이물질이 몸 안에 빠른 속도로 퍼져가는 것을 투명하게 손바닥에 잡힐 듯이 느낄 수 있었다. 연탄들은 혼자서, 말없이, 마치 고집 센 거인들처럼 검은 눈길로 나를 내려다보고 있었다.

그것들은 밤처럼 검었고 거의 미소에 가까운 신비한 표정을 짓고 나를 한없이 다정하게 내려다보고 있었다. 그리고 어떤 순간 의식불명 같은 희미함이 망설이면서, 떨면서, 뜨겁게 다가왔다. 그것은 갑자기 멈추더니 그리고 회오리처럼 빙글빙글 돌면서 나를 감싸안고 급강하했다.

은은한 향기, 검은 미소, 지하실의 축축한 냄새들, 어두운 바닥, 한 줄기 그리움, 일종의 쾌감으로 비틀어진 입술, 발가락을 깨물어보는 끈적끈적한 쥐새끼와 바퀴벌레들, 검은색의 희미한 덩어리에서 흘러나오는 노래인지 신음인지 모를 낮고도 달콤한 중얼거림들…… 숨이 막힐 것만 같다. 잠에서 깨어나 문을 열고 나가고 싶은데 잠에 죽도록 취해 아무렇게나 쓰러지고 싶다. 아…… 질식하는 것이 바로 이것인가 봐. 나는 몸을 비틀면서 매우 육감적으로 두 팔을 휘저어 마구 연탄더미들을 긁고 껴안고 밀치고 몸부림쳤다. 쓰디쓴 국화꽃 향내 같은 냄새가 목구멍 안에 자욱했고 그리고 베일이 덮였다.

그 모든 물체들이 환등기를 꺼버린 영사막처럼 아물아물 지워졌다. 검은 베일이 내리고 영화자막엔 '끝'이라고 하얀 글씨로 써 있었던 것을 나는 분명히 바라보았다. 나의 시체는— 분명— 이 검은 연탄들 사이에서 자비롭게 매장될 것이다. 죽음은 자비 같은 거야…….

병원 침대에서 깨어난 나는 너무도 환한 햇빛 속에 무기력하게 드러난 나의 두 손을 하염없이 바라보고 있었다. 손은 메마르고 기다란 갈퀴처럼 앙상하게 무언가를 욕망하고 갖기를 희망하고 있는 것 같았다. 페시미즘을 넘어서, 페시미즘의 단애를 넘어서 손은 끈덕지고도 단단한 의미를 잡아야겠다고 확실히 결심한 듯했다.

그리고 나도 있기를 원했다. 의미 때문이 아니라 절망 때문에.

핏기 하나 없는 창백한 손톱 밑에는 잊을 수 없는 어느 아름다운 나라의 향토처럼 검은 석탄 가루가 징그럽게 박혀 있었다. 나는 손톱 밑의 새카만 석탄 때를 보며 골똘히 생각했다. 누구였던가— 삶이란 움직이지 않는 벽을 피가 날 때까지 손톱으로 긁어대는 것이라고 말한 이는. 손톱으로!

병실 유리창 밖에서 회색빛 나무들은 턱걸이를 하는 듯 숨차 하며 봄의 새싹들을 피워 올리려고 녹색의 펌프질을 쉬지 않고 해대고 있었다. 햇빛들은 바글바글 떠들어대며 "호외요! 호외!" 열아홉 살 너무나도 젊은 한 여자의 귀환을 떠들어대고 있었다. 봄 가까운 어느 2월, 나는 갑자기 너무나도 열렬하게 존재하기 시작하였다. 마른 나뭇가지에서 미세하게 꿈틀대는 풍부한 새싹들의 싹틈, 그 초록빛 약동의 우주적 싹틈처럼!

사랑하라! 마시라!
공부하라!

당시의 서강대학교는 너무도 쓸쓸한 언덕에 마치 황폐한 성처럼 버려져 있었다. 나는 회색빛 언덕 위에 서 있는 회색빛 건물, 또 그 위에 마치 천연의 오픈 세트처럼 걸려 있던 회색빛 하늘까지 첫눈에 알아보고 반해버렸다.

첫눈에 반한다는 것—나는 그것을 믿는다. 첫눈에 좋아지지 않으면 둘째 눈, 셋째 눈, 백 번째 눈을 뜨고 다시 보아도 결코 좋아할 수가 없다는 것이 나의 고집 센 감정의 논리다.

감정에 논리가 있던가? 아무튼 나의 마음에 들려면 첫눈에 반해져야 한다. 나는 그렇게 첫눈에 반해 노고산 언덕을 백팔 번뇌를 가득 담은 무거운 가방을 어깨에 메고 오르락내리락 돌아다녔다. 마치 버림받은 채 최초의 여성을 기다리는 남자처럼, 대학 건물은 우수의 표정을 짓고 쓸쓸하게도 앞머리를 바람에 나부끼며, 음울한 잿빛 표정으로 굳은 정신적인 분위기를 간직했다. 아, 두이노 성이었던가. 라이너 마리아 릴케 그 사람이 은둔하면서 강신降神한 듯이 비가悲歌를 썼던 그곳은. 황폐하지만 정신적이고 음울하지만 아름답고, 쓸쓸하지만 기다림 속에 있는 그 표정.

입학식을 마치고 "Lieben! Trinken! Studieren!"이라고 화려하게 써 붙인 카페테리아에 들어섰을 때 폐활량 깊숙이 벅차게 느껴지던 지성의 공기! 나는 그때 마음속으로 약속했지. "처녀림처럼 순결하고 호랑이처럼 아름답게 살리라." (베를렌이 랭보에게 한 말)

영어영문학과 신입생 환영회 때 지금은 작고하신 브루닉 신부님께서 모두에게 물었다. "당신은 서강대학교를 왜 택했는가?" 모두들 상당히 매끄러운 영어로 대답을 총명하게 했다. 나는 내 차례가 올까봐 겁이 나서 조마조마하며 고개를 푹 숙이고 제발 나를 잊어버리고 그냥 지나쳐 갔으면 하고 기도 비슷하게 가슴을 죄고 있었다.

무한을 느끼며 문학에 대한 사랑으로
뇌혈관이 푸득이는 걸 느꼈다

"미스 킴썽희! 미스 킴! 말해봐요. 너는 왜……."

나는 그 착하고 마음 좋아 보이는, '애수의 크리스마스' 영화에서 할아버지로 나온 미남 배우를 닮은 듯한 신부님을 황당무계한 외로움에 빠져 망연히 바라보았다.

언어의 늪이 있었다. 나는 도무지 영어회화에는 무지한 것이다. 그리고 이방의 사람에게 이방의 말로 나의 심경을 설명해야 하다니! 이 무슨 황당무계한 곤경인가. 나는 마치 모략에 빠진 꿈을 꾸고 있는 것처럼 어안이 벙벙했다. 외국어, 언어의 토막토막, 마치 미끈덩거리는 비늘로 온몸이 덮여 있어 사람의 손 사이를 매끄럽게 빠져 달아나는 은어새끼들처럼, 외국어의 낱말들은 나에게 잡히기를 거부하고 신선하게 물속으로 도망치고 도망치고 했다.

푸른 물. 신부님의 푸른 눈동자. 나는 홀 안을 죽 둘러본다. 모두들 나의 입술만 바라보고 있다. 이것은 하나의 난처한 코미디다. 나는 땀을 흘리며 무한히 힘들게 단어 하나하나씩을 어디선가 뇌리의 귀퉁이에서 끄집어 내왔다. 그동안 전혀 공부를 안 했기에 잡혀 나온 단어들에선 곰팡이 냄새가 났고 먼지가 푸석푸석 날렸다. 신부님의 파란 눈동자가 수심을 알 수 없는 맑은 물처럼 나를 아직도 바라보고 있다.

"학교를 보는 순간, 사로잡혀버린 것 같아요. 황량한 모습, 쓸쓸한 분위기, 정신적인 견고함 같은 것을 느꼈어요. 어딘지 시집을 읽고 있는 남자 같은 기분……."

외국 신부님은 진지하게 너무나 진지하게 듣고 있다가 너무도 천진한 미소를 띠었다. 로만 칼라의 하얀 깃이 햇빛에 반짝 빛났다. 클래스메이트들도 빙긋 웃으며 나를 건너다보았다. 나는 드디어 바보가 된 것인가? 얼굴이 확 붉어졌다. 신부님은 밝고 천진스런 미소를 띠며 나에게 물었다.

"아, 그대는 시인인가?"

K박사의 신입생환영회 말이 명작이었다. 역시 명성을 들어 알고 있던 바대로 박학하고 위트가 번뜩이는 수재의 재담은 방금까지 외국인 신부의 질문으로 주눅이 잔뜩 들어 있던 동포의 가슴에 벅찬 공명을 울려주었다. 그는 아주 명쾌하고 분명한 목소리로 재치 있게 말했다.

"헤밍웨이, 도스 패소스, 피츠제럴드 같은 작가들은 자기들을 잃어버린 세대lost generation라고 불렀습니다. 구토를 느끼는 세대, 환멸의 세대라고나 할까요. 토머스 울프에게 그 세대의 멤버라는 이름이 붙여지려고 할 때, 울프는 잃어버린 세대라는 영광스런 이름을 사퇴한다고 진지하게 거절했지요. 울프의 말은 이렇습니다. '나는 어떠한 잃어버린 세대에도 속한다고 느끼지 않으며 지금까지도 그렇게 느낀 적은 한 번도 없다. 혹시 모색하고 있는 세대라면 어떤 세대건 틀림없이 잃어져 있을 것이라는 의미라면 이야기가 다르지만. 그러므로 나는 어느 곳의 어떠한 잃어버린 세대에도 속하지 않는다고 믿고 있다. 나 자신은 개인적으로 내가 잃어져 있다는(lost) 사실을 분명히 느끼지만 그렇기 때문에 나는 차라리 내 자신을 모색하고 있는 세대라고 부르고 싶다'고. 여러분들도 자기 자신을 때때로 잃어버린 세대의 일원으로 느끼게 되겠지만(젊음이란 숙명적으로 상실감이 강한 시기이니까) 대학에 다닐 때만은 잃어버린 세대가 되지 말고 모색하는 세대가 되십시오. 대학 졸업을 하고 그 뒤에 잃어버린 세대가 된다 해도 늦지는 않으니까요."

모두들 폭소를 터뜨렸다. 나는 그 에스프리에 놀랐고 버지니아 울프밖에 모르던 무식한 귀는 토머스 울프라는 또 다른 울프가 있다는 사실에 놀라서 전율했다. 잃어버린 세대여, 그대는 무엇을 잃었기에 잃어버린 세대가 되었는가.

나는 내가 가보지 못한 지식의 지평선을 멀리 바라보며 몸을 떨었고 무한을 느꼈고 문학에 대한 가공할 사랑을 느끼고 욕망과 열정으로 뇌혈관이 푸득이는 것을 느꼈다.

나는 무한 앞에 서 있었다. 그리고 새들이 날아가는 곳으로 나도 날아가고 싶었다.

　"집집마다 왜 소방용 사닥다리가 있는 줄 알아? 불이 나면 스스로를 구조하기 위해서야. 모든 방마다 왜 소화전이 있는 줄 알아? 불을 끄고 살아남기 위해서야." (잉게보르크 바하만)

천재를 찾아서

영어회화 시간에 억눌리고 수모를 받으며
억압됐던 표현 욕구가 나 혼자만의 시간이 되면
거의 발광적으로 나를 물어뜯었다.
반벙어리 시늉의 영어회화 시간이 끝나
의기소침하게 복도를 걸어 나올 때면
나는 언제나 언어에 대한 갈증 때문에
입안이 칼칼할 정도로 건조함을 느끼곤 했다.

우리의 테두리의 저 너머를 보는 것은 행복 속의 흠이다.

—존 키츠

나에게는 영웅이 필요해…… 내가 한결같이 지키려는
두 가지 감정이 있으니—하나는 자유에 대한 강한 사랑
이며 또 하나는 위선에 대한 혐오야. 그 두 가지를 지켜
나가기 위해 나에게는 영웅이 필요해…….

—바이런

악마의 향수, 아카시아꽃
만개한 캠퍼스는 우주적 미궁

아름다운 봄철이었다. 그야말로 프레시맨 데이였다. 자살미수의 잿빛 얼굴을 하고 어찌 프레시할 수 있었으리오만 공간이 가진 마력이랄까 하는 것이 캠퍼스에는 떠도는 법이어서, 나 역시 아마도 약간은 프레시했었으리라.

마치 초봄의 미나리꽝 속에 살풋 돋아난 유록색의 미나리 싹처럼, 발밑에 시뻘건 거머리들이 득시글거리며 생피를 달라고, 좀 더 달라고 아우성치며 괴롭힌다 해도 물빛 라일락 싹트고 아카시아 만개하는 그런 시절에 프레시하지 않다면 그보다 더한 삶에의 범죄가 또 있을까. 게다가 열아홉의 초봄이었다.

대학교 뒷산(노고산)은 악마의 향수라 불리는 아카시아꽃이 무섭도록 만개하여, 캠퍼스를 거니노라면 환각인 듯 졸음인 듯 조금씩 정신이 흐려지곤 했다.

너무 강한 꽃향기는 후각을 마비시키고 청각을 마비시키고 점차로 뇌신경마저 둔화시키는 듯, 아카시아 만개한 봄의 캠퍼스에서 나는 너무나도 자주 멍하게 나의 감각들을 잃어버리곤 하였다. 나는 너무나도 자주 감각을 잃고 멍해졌으며 도대체 그 향기의 미로 속에서 어디로 가야 할지 몰라 어리둥절하고 있는 사람과 같았다.

사실 주변의 신입생들을 돌아보아도 나만큼 그 봄 속에서 어리둥절하고 있는 것 같은 사람은 보질 못했다. 도무지 모든 것이 다 동서남북을 잃고 어리둥절하기만 할 뿐이었다.

아카시아 꽃 핑계를 자꾸 대는 것 같지만, 아카시아 꽃은 '영혼과 영생'을 상징하는 것으로, '인간은 영원에서 다시 살기 위해 어떻게 죽어야 하는가를 알아야 한다'고 가르치는 희랍의 서약을 상징하고 있다고 하지 않던가.

아카시아 꽃 향기의 미로 속에서 나는 자주 현실적인 당면 과제들을 잃어버렸으며 자주 졸리기만 했고 너무나도 자주 무한에 가까운 몽상에 빠져들었다. 그리하며 신입생 시절의 그 봄, 그 아카시아 향기는 문자 그대로 하나의 우주적 미궁 Labyrinth이었다.

물론 우리는 하나의 새로운 세계에 입문하기 위해서는 지독한 혼미함은 나에게 다리를 건너갈 때의 몸서리치도록 무서운 현기증을 언제나 연상시키곤 했다. 그리고 열아홉 살의 그 봄은 나에게 또 하나의 다리를 건너 영문학이라는 새로운 문을 열게 했던 불멸의 시간이 아니었을까.

오전 열시의 영문학사 강의실.

부드러운 너무나도 부드러운 목소리의 외국인 신부님의 음악과도 같은 강의를 듣고 있노라면 졸음인지 환각인지 알 수 없는 애매한 멍청함이 반드시 나를 에워싸곤 했다.

오전 열시의 생생하면서도 호화분방한 아카시아 꽃 향기. 오전 열시의 로렐라이의 처녀처럼 아름다운 햇빛들. 게다가 영문학사 강의가 있는 A관 건물은 빛의 마술사라는 김중업이 설계한 건물이어서, 채광이 아주 풍부하고 천장이 유난히 높았다. 높은 천장과 커다란 유리창 사이 빛은 마치 무한의 댐이 무너진 듯 일렁였으며, 게다가 창가엔 황금빛 커튼마저 봄바람에 소리 없이 일렁였다.

그곳을 부드럽게 울리는 총장 신부님의 외국어 강의는 의미 전달이기 이전에 하나의 음악이었다. 사실, 외국어란 듣기에 능통한 사람이 아니라면 하나의 음악 이외의 무엇이겠는가.

나는 영어—말하기에 약한 것처럼 듣기에도 무척 약해 강의 내용을 파악한다기보다는 그저 음악을 듣고 있는 정도에 불과했다. 그리하여 무엇을 알아챘다는 듯이 머리를 끄덕이고 웃거나 열심히 꼬부랑 글자로 노트 필기를 하는 클래스메이트들을 놀란 구경꾼처럼 부럽게 바라보고 있었다. 아무튼 데일리 신부님처럼 음악적인 영어를 하는 분을 나는 아직 만나본 적이 없다.

"베오울프는 앵글로색슨 문학에서 가장 규모가 크고 대표적인 중세기의 서사시이다…… 베오울프는 앵글로색슨의 영웅으로 소년 시절부터 여러 가지 영웅적인 일을 하였다…… 베오울프는 괴물 그렌델에 사로잡힌 왕을 구출한 일이 있었다…… 그렌델은 반인반수의 괴물로서 왕궁 근처의 늪 속에 살고 있었다……."

이런 종류의 아주 쉽고도 기초적인 내용부터 우리는 배우기 시작했는데, 그의 목소리가 너무도 부드럽고 달콤했기에 Beowulf라든가 a half monster, a swamp 따위의 단어들은 모두 제각기의 뉘앙스를 지닌 채로 특별한 울림을 가지고 메아리쳤다. 그는 말하자면 한 단어의 음향에 색채를 입힐 줄 아는 목소리를 가지고 있었던 것 같다. 그리하여 그의 영어는 의미라기보다는 하나의 음의 배열에서 색의 배열로 자유롭게 비약하는 음악과 색채의 앙상블 같은 느낌을 주었을 뿐, 어떤 지식을 구체적으로 주었던 것 같지는 않다.

Where are the songs of spring? Ay, where are they?
Think not of them, thou hast thy music, too—
(봄의 노래들은 어디로 갔는가? 아, 그들은 어디로 갔는가. 봄의 음악들은 생각지 말라. 그대에게는 그대의 음악이 있으니—)

마음속의 예술적 울림과
문학의 황홀한 미에 빠지고

　　　　　　너무나도 아름다운 키츠의 「가을에 붙여To
Autumn」 같은 음악적인 시를 읽을 때 그의 목소리엔 무지개가
물보라 치는 것 같았으며, 시란 단지 아무것도 아니고 오직 서
로 뒤엉키는 음악의 나체들이 아닌가, 홀로 나는 몽상에 잠기
곤 했다. 무지개가 자맥질치고 있는 듯한 그의 영시 낭독을 듣
고 있었던 시간. 그리고 흰빛에 싸인 곡두들의 책과도 같은 원
서를 펼쳐놓고 앉아 있었던 열아홉의 그 시간들은 너무도 아
름다워서 어쩌면 추상적으로 느껴지기까지 한다.

　금빛의 커튼들이 봄바람에 나부끼고 있었다.

　오전 열시의 햇빛은 금빛 커튼을 통과하면서 '주홍빛 색채'
로 변했다.

　주홍빛의 측광을 왼쪽으로 비스듬히 받으며 열심히 영문학
원서를 읽던 열아홉 살의 진지한 처녀와 청년들은 비록 의미
는 공허했지만 마음속으로는 커다란 울림을 느끼고 있었다.
그것은 예술적 울림이었고 무제한한 문학의 황홀한 아름다움
이었다.

　오전 열시의 영문학사 강의실. 그것은 나에게 하나의 주
홍빛 방주와 같은 것이었다. 인간에겐 높은 꿈과 낮은 꿈이

있다. 그 주홍빛 방주와 같은 교실에서 키츠를 배웠을 때—'Beauty is truth, truth is beauty (아름다움은 진실한 것, 진실한 것은 아름다움)'와 같은 시구를 진심으로 경애하고 있었을 때—그런 시간은 아마 한 인간이 일생을 살면서 한두 번밖에 가질 수 없는 그런 완전한 시간이었으리라.

청춘의 순수함은 고결한 시구를 쓴 시인들의 영혼에 감싸여 인간이 가질 수 있는 가장 높은 꿈에 도달하게 되고 그 아름다운 방주와 같던 시간들은 너무도 완벽해서 어떤 잔혹한 현실의 힘도 그것을 부술 수는 없다. 시간에 시달리며 고통을 통해서뿐만 아니라 고통 속에서 현실의 삶을 영위해나가야 할 때도 결국 우리를 돕는 것은 바로 그런 '주홍빛 방주에서 체험한 아름다운 힘'과 같은 것일 뿐이다.

사람에게는 누구나 우주의 배꼽과 같은 하나의 시원始原의 시간이 있다. 이것이 나에게는 열아홉 살, 아카시아 향기 풍기던 주홍빛 교실에서 최초로 문학예술의 참 아름다움에 넋을 잃던 그 시간이 아니었을까.

나는 영문학과 1학년생답게 『노튼 앤솔로지』와 영어사전을 끼고 학교를 왔다 갔다 했다. 『노튼 앤솔로지』란 나의 영문학 지식이 거기에서 시작했다가 거기에서 끝난 아주 중요한 책이었는데, 나는 강의 진행과 상관없이 그 책에 매료되어 아주 샅샅이 읽어나가고 있었다. 홀로 매우 꼼꼼하게 공들여 읽었으나 영문학사 시험성적은 거의 꼴찌에 가까울 정도로 망신스러운 것이었다.

총장 신부님은 강의는 그토록 음악처럼 멋지게 하지만 시험문제는 셰익스피어는 몇 년도에 출생했는가, 호반지방 그라스미어 근처에 살았던 위대한 또 하나의 낭만파 시인의 이름은 무엇인가 등등 깜짝 놀랄 만큼 꼼꼼하게 냈다. 정말이지 대학 영문학과 중간시험 문제가 그렇게 나오리라고는 상상도 못했기에(나는 서술 중심으로 문학세계에 대해 쓰는 그런 문학적인 시험일 줄 알았다) 나는 그야말로 급소를 찔린 꼴이 되었다.

또한 그 신부님은 답답하리만큼 철두철미 꼼꼼해서 시험을 본 후 다음 시간이면 꼭 학점을 불러주기까지 하였다. 무슨 운명이었던지 나는 강의실의 왼쪽(창 쪽) 맨 앞자리에 앉아 맨처음으로 불러질 가혹한 운명에 처해 있었다. 학생들은 긴장해서 모두 숨을 죽였다. 나는 시험문제 자체에 워낙 실망을 느낀 터라 웬만한 수모쯤은 경멸할 배짱마저 가지고 있었다.

신부님의 로만 칼라가 주홍빛 햇살 속에서 차갑도록 반짝이고 있었고, 교실은 침묵보다도 더욱 고요한 긴장감이 무겁게 떠돌고 있었다. 모두들 똑똑하고 총명한 학생들이었기에 또한 남에게 지지 않으려는 강한 경쟁의식 같은 것도 선뜻선

뜩 감돌았다. 모두들 신부님의 입술만 일심으로 주시하고 있을 때,

"킴썽희…… 미스 킴…… F."

그의 신비스런 눈동자가 나를 걱정스레 바라보고 있었다. 나는 수치감보다도 어떤 분노와 실망이 참을 수 없이 솟구쳤다. 나는 밤새워 『노튼 앤솔로지』를 읽고 워즈워스와 콜리지와 셸리, 바이런, 키츠의 시편들을 이해하지 못한 채로나마 사전을 찾아가며 소리 내어 읽곤 하지 않았던가? 그런데 고작 시험문제가 작품과는 상관없이 작가들의 신변잡사뿐이라니!

교실의 모든 눈동자가 묵묵히 나라는 불쌍한 과녁을 향해 쏠려 있었다. 신부님은 나의 울화를 아는지 모르는지 마치 낙제생을 위로하며 격려하는 자애로운 교사처럼,

"Do more efforts!(좀 더 노력하도록 해요!)"

머리를 쓰다듬듯이 애잔하게 말하였다. 나 외에도 F학점을 받은 학생은 몇 명 더 있었으나 그들은 내가 준 충격만큼 큰 파문을 던지지는 못했다. 나는 맨 처음에 불려진 최초의 F학점생이었기 때문이다.

그 사건으로 인해 나는 잠시 비관했는데, 그것은 "왜 나의 노력은 정당한 대가를 받을 수 없는 허무한 곳에 바쳐졌는가" 하는 우울한 질문 때문이었다. 그것은 팔자와 같은 것인지 언제나 나의 노력은 학점이라든가 기타 객관적 가치로 교환될

수 없는 어떤 것에 몽땅 바쳐지곤 했다. 따라서 좋은 학점이라든가 객관적 인정 같은 것은 별로 나와 인연이 없었다.

내가 사랑한 키츠,
문학의 사나토리움

그래도 나는 영문학사 시간을 사랑했고 학점으로 환불될 수 없다 해도 그 불후의 작품들을 열심히 읽곤 하였다. 아마도 거의 모두가 이해는커녕 열심히 오해만 거듭하는 명작 감상이었겠지만.

나는 특히 키츠를 사랑했다. 낭만주의 시인들은 모두 천재답게 요절했지만, 키츠는 가장 빨리 스물여섯에 죽었다.

셸리가 죽었을 때 종횡무진의 독설가 바이런은 "사람들 모두는 셸리에 대해서 잔인한 오해를 하고 있었어. 셸리는 내가 알고 있던 사람들 중에서 가장 부드러운 사람이었어. 그와 비교해서 금수가 아닌 사람은 하나도 없었어"라고 썼는데, 바로 그 부드럽고 비단 같은 셸리가 키츠에 대해 "세상의 거칠음을 감당할 수 없는 희미하고도 창백한 꽃"이라고 썼을 정도이니 키츠의 부드러운 아름다움은 과연 어느 정도였을까.

나는 키츠의 미소녀 같은 초상을 바라보며 꿈에 잠기곤 했다. 그는 언제나 자신이 일찍 죽을 것이라는 예감에 시달렸으며, 그리하여 필사적 절박감을 가지고 예술에 몰두했다.

> 십 년 동안만 시 속에다 나 자신을
> 파묻을 수 있다면, 그리하여 내 영혼이
> 스스로에게 명한 바로 그 일을 할 수만 있다면!

이라고 그는 초조해했다. 병마의 고통, 위대한 시를 쓰고자 하는 야망의 끊임없는 좌절, 본의 아니게 어쩔 수 없이 빠져든 페니 브라운에 대한 절망적 열정, 그리고 치명적으로 악화된 병으로 인해 각혈까지 하면서도 그는 거의 희귀한 천재만이 도달할 수 있는 불후의 작품들을 남겼다.

> 들리는 음악은 아름답지만 들리지 않는 음악은 더 아름다워
> 그러니 그대의 부드러운 피리를 계속 불어라
> 감각적인 귀에게가 아니라 보다 고귀한 것
> 영혼을 위하여 곡조 없는 노래를 불러다오
> 그대 나무 밑에 있는 아름다운 젊은이여!
> 그대는 노래를 그칠 수가 없네
> 그리고 그대 위의 나무들도 잎새 질 날이 없으리라

뜨거운 연인이여! 그대는 영원히 입 맞출 수 없으리라

그러나 슬퍼하지 말라

행복을 움켜쥘 수 없다 해도 그녀 또한 시들지 않으니

영원히 너는 사랑할 수 있고 그녀는 아름다울 수 있

으리라.

무한에 대한 이런 강렬한 열망은 젊은 나의 가슴을 울렸고, 마치 희랍 항아리에 새겨진 불멸의 무늬처럼 영원히 시들지 않는 어떤 것, 영원히 허물어지지 않는 어떤 것에 대한 목마른 희구를 강하게 심어놓았다.

시들을 읽고 난 밤이면 나는 무한 때문에 괴로웠고 또한 무한에 가까운 어떤 것을 창조해보고자 하는 욕망 때문에 또한 절망을 느끼기도 했다. 젊음의 어떤 순간에 욕망은 절망이 되며 절망은 그것만으로도 충분히 향기로울 수 있는 때가 있다. 나는 W. H. 오든의 말을 믿는다. "절망을 객실로 생각지 말고 환상을 철폐하라. 미련을 철폐하라. 그럴 때에만 그대는 자신의 위기를 막을 수 있느니……."

키츠와 더불어 밤 아홉시의 도서관에서 걸어 나올 때, 나는 그런 절망의 향기로 전율했다. 너절하고 참담한 나의 현실을 떠나 어떤 무한의 아름다움 속에서 영원히 죽고 싶기도 했고, 또한 죽음에 닿을 만큼 열렬히 살아보고 싶기도 했다.

노고산 언덕을 걸어 내려와 신촌 로터리까지 터벅터벅 밤길을 걸으며, 나는 오직 키츠 생각만을 하려고 했다. "시의 천재는 오직 자신에게서 그 자신의 구원을 얻어내야만 해!"라는 키츠의 절규에 가까운 독백을 생각하기도 했고, "아, 내 삶은 셋방살이. 시와 명예와 아름다움은 진한 것, 그러나 죽음은 더욱 진한 것—죽음이란 삶의 고결한 보상이니"와 같은 시구를 음미하기도 했다.

대학 캠퍼스에서 꾸는 꿈은 아름답지만 언제나 집으로 돌아가는 마음은 무겁고 우울했다. 집이란 나의 가장 슬픈 부분들이 부정할 수 없으리만큼 가장 추악한 방법으로 찢어발겨져 내걸려 있는 일종의 정육점 진열장 비슷한 기분을 주었기 때문이다. 키츠를 읽고 돌아가서 보는 집은 더욱더 거칠고 슬퍼 보였고 그 슬픔과 증오를 잊기 위해 나는 더욱더 키츠를 탐독하지 않을 수 없었다.

키츠는 나의 망명지였다.

어쩌면 사치스런 사나토리움 같은 것이었다.

신비스런 문학적 비전 속에서 나는 나만의 행복을 찾을 수도 있었지만, 그러나 엄마—엄마를 생각하면 나는 언제나 윤리적 위기를 느끼지 않을 수가 없었다. 엄마가 불행한데 내가 어떻게 행복해질 수 있을까? 나는 감히 행복해져서는 안 됐다. 언제나, 어떤 방법으로든 나는 나의 엄마를 사랑하고 있었기에 나는 비싼 돈을 내고 나 혼자만 행복의 밀교 같은 것을 배우러 다니는 것 같아 늘 엄마에게 죄의식을 느꼈다.

키츠는 말했었지.

시의 최고 경지는 세상의 불행이 곧 자기의 불행이며 그러한 불행이 그칠 날이 없는 사람들에 의해서만 도달되는 것이라네.

—「하이페리언의 몰락」중에서

정육점 진열장처럼 붉은 살코기가 여기저기 내걸린 우리 집의 한복판에서 엄마는 이제 늘 말이 없었고, '독한 것'으로 낙인찍힌 뻔뻔스런 큰딸은 마음속으로 흐르는 눈물을 감추며 이층 방문을 잠그고 모차르트와 파가니니만을 펀둥펀둥 들었다. 그것은 나의 저항이었고 도피였고 어찌 보면 아편 복용과도 같이 파멸에 가까운 마스터베이션이었을지도 모르겠다. 그러나 그것이 없었다면—그런 광기마저도 없었다면—나는 무엇으로 나를 지탱해 삶을 부지해올 수 있었을까.

『노튼 앤솔로지』를 혼자 읽어보는 동안 나는 아주 흥미 있는 대목을 발견했다. 그것은 찰스 램에 관한 부분이었다. 나는 그를 그저 수필을 좀 쓴 수필가 정도로 생각하고 관심을 갖지 않았는데, 어느 날 버스 속에서 우연히 읽기 시작하다가 깜짝 놀라고 말았다. 내가 읽기 시작한 부분은 램이 콜리지에게 쓴 편지였다.

> 사랑하는 친구에게
>
> 가엾은 나의 사랑하는 누이가 광기의 발작으로 자신의 어머니를 죽였다네. 나도 곁에 있었지만 어찌나 순식간에 일어난 일이었던지 누이의 손에서 겨우 칼이나 빼앗을 뿐이었다네. 누이는 현재 광인수용소에 있지만 아마 병원으로 옮겨가야 하지 않나 싶네. 하느님께서 나의 정신만은 보호해주셨으나 아버지는 경상을 입었다네……

나는 깜짝 놀라서 침을 삼키며 다음 페이지를 넘겼다. 정신이 돌아온 메리는 남동생이 보호하기로 하고 해금되었으며, 램은 일생 동안 그녀를 돌보는 데 여생을 바쳤다. 메리의 병은 가끔씩 주기적으로 재발하곤 했다. 그 끔찍한 징조가 나타나면 램과 메리는 스트레이트 재킷(정신병자용 구속복)을 가지고 서로 팔짱을 낀 채 울면서 정신병원으로 걸어가곤 했다는 것이다. 찰스 램은 그런 희랍 비극적인, 숙명적인 가정의 불행에도 불구하고 짓궂은 장난이나 근사한 재담을 즐겨했으며,

또한 누이 메리와 협력해 동화책을 쓰기도 했다.

그의 누이는 평소에는 우아하고 사교적이었으며 책과 연극, 미술 등 다채로운 문화의 즐거움을 아는 사람이었다고 한다. 그러나 광기는 끔찍스런 재앙처럼 그 집안의 지붕 밑에 언제나 머물렀다. 램은 '뛰어난 영웅 기질과 헌신성'을 가지고 그토록 처절한 가정적 불행을 견뎌나갔다.

네로의 육체를 흐르던
시인의 피와 악의 피를 생각하며

나는 램의 이야기를 읽고 적지 않은 위안을 받았다. 하늘 아래 우리 가족보다 더 고통스런 사람들이 있었고 지금도 있을 수 있으리라는 사실은(비교란 것이 때로는 무의미한 일일 수도 있었으나) 얼마간의 용기와 위안을 준 것은 확실했다. 또한 브론테 자매들 역시 끊임없이 오빠 브랜웰의 난폭함과 광기에 고통받지 않았던가. 오빠 브랜웰의 예술가적인 광기와 성격파탄, 자포자기적인 폭력, 아편중독 등에 시달렸던 에밀리 브론테는 악마적 심령을 가진 바이런적 인물인 히스클리프라는 잊을 수 없는 인물을 창조했다.

예술가의 피란 무엇인가…… 네로의 육체를 흐르던 시인의 피와 파괴자의 피는 무엇인가…… 혹시 시를 쓰고자 하는 욕망은 테러리즘의 욕망과 결국 같은 것은 아닐까…… 자연의 심연을 문득 들여다볼 때 어찌 파괴적 열정 없이 시인이 될 수 있을까…….

중학교 때였던가. 자신이 좋아하는 남성상을 쓰라는 좀 이색적인 앙케트가 돌았다. 신성일, 제임스 본드, 말론 브란도, 엘비스 프레슬리 등을 다른 친구들이 써낼 때 나는 '히스클리프, 아니면 미스터 로체스터(『제인 에어』의 남자 주인공)'라고 써냈다. 그 당시 우리 국어 선생님이던 J가 "착한 여학생들이 히스클리프 따위를 좋아하게 되면 안 되는데……?" 하고 빙긋 웃으며 말했기에, 교실 안은 온통 까르르 웃음바다로 변했던 적이 있었다.

그것을 생각하면 나는 언제나 나 자신이 숨 막히게 느껴진다. 혹시 내 동생 C와 나는 이란성 쌍둥이처럼 서로 똑같은 피를 나눠 받고 단지 다른 가면만을 쓰고 있는 것이 아닐까. 네로 황제 속에 흐르던 두 줄기의 피가 우리들 남매의 혈관 속으로 제각기 한 줄기씩 흘러든 것이 아닐까.

노고산 언덕에 물빛 라일락과 도화꽃과 칡꽃과 바이올렛들이 피었다가 지고 피었다가 지며 무심한 우주의 운행만을 되풀이하고 있었다.

영어회화 시간에 받은 억압이
창작 욕구에 불을 지피고

                     학교에서 나를 괴롭히는 또 다른 문제가 있
었으니 그것은 교양영어 시간이었다. 영어회화와 영어작문을
외국인이 맡아서 가르치는데 우리를 담당한 강사는 미세스
모모某某라는 젊은 미국여자였다.

금발의 생머리를 길게 늘어뜨리고 눈썹 위에서 앞머리를
자른 깜찍한 용모의 여자였는데, 미니스커트를 입고 상당히
민첩한 몸짓으로 온 교실을 활기차게 쥐고 흔들었다. 으레 활
기찬 사람이 그러하듯이 그녀 역시 약간 정신성이 결핍되어
보였다. 그래도 러시아 문학을 전공했고 도스토예프스키를
연구해 석사학위를 받았다고 했다.

나는 언제나 그것이 약간 미심쩍은 기분이었다. 도스토예
프스키를 연구해 석사학위까지 받았다는 여자가 어찌 그리
깜찍하고 경편한 인상일 수 있을까. 도대체가 그녀의 과거를
알 수는 없으되 어딘지 어둠이 좀 부족한 분위기의 인형 같은
그 여자는 일주일에 사흘씩이나 나를 괴롭히고 있었다.

나는 김씨라는 성 때문에 학번이 빨라서 언제나 수업시간
첫 부분에 그 여자의 지명을 받게 됐는데, 그래서 유난히 남의
눈에 선명하게 띄지 않을 수가 없었다.

그녀는 이것저것 물었다. "오늘 아침 신문에서 무엇을 읽었느냐." "지금은 봄이다. 봄에 대해서 어떻게 느끼느냐." 심지어는 r 발음을 해보라느니 i 발음을 해보라느니, 나는 아주 고통스럽다 못해 귀찮기까지 했다. 학번이 늦은 사람은 지명을 안 당할 때도 있는데 나는 언제나 앞장서서 불려질 뿐이었다. 내가 김씨라는 것이 그토록 원망스러웠던 적은 결코 없었다. 그녀는 회화만 시키는 것이 아니라 작문 숙제까지 한 번도 거르지 않고 꼭꼭 내주었다.

나는 그녀의 파랗다 못해 새파란 눈동자를 심술에 가득 차서 노려보곤 했다. 도대체 파란 눈동자가 싫었다. 눈동자는 검은 눈동자가 절대적으로 아름답다. 무언가 영혼과 신비가 있지 않은가. 흑인 영가Spiritual처럼.

그녀의 눈빛은 맹물이 얼어붙은 것처럼 단지 파랄 뿐이었으며, 나를 들볶기 위해 귀찮은 방법만을 찾는 냉혹하고 이기적인 뾰족한 빛으로 느껴졌을 뿐이다. 그녀는 말을 지지부진 끄는 것을 제일 싫어해서, 내가 더듬더듬 영어단어들을 나열하는 그동안을 못 참고 "All right! Miss Kim, Next Please! (좋아요! 미스 킴. 그럼 다음 사람!)" 차갑게 말허리를 끊어 버리곤 했다.

만약 나의 클래스메이트들이 조금만 더 영어를 못했고 그 여교수가 조금 더 참을성이 깊어서 나의 영어 실력을 향상시켜 주었더라면 나는 보다 소외감을 덜 느꼈을 것이고 시 창작에 대한 욕구도 그토록 절박하지는 않았을 것이다.

그러나 나만 빼놓고 다른 친구들은 모두 영어회화에 유능하고 능동적이었고 몹시 자신 있어 보였다. 그 여교수의 시간 때문에 나의 창작 욕구는 더욱 커졌다고 말해도 좋으리라.

영어회화 시간에 억눌리고 수모를 받으며 억압됐던 표현 욕구가 나 혼자만의 시간이 되면 나를 물어뜯었다. 반벙어리 시늉의 영어회화 시간이 끝나 의기소침하게 복도를 걸어 나올 때면 나는 언제나 언어에 대한 갈증 때문에 입안이 칼칼할 정도로 건조함을 느끼곤 했다.

나는 갈증 때문에라도 언어, 나의 모국어의 언어를 찾지 않을 수 없었다. 내 자유의 에너지가 내 마음대로 나를 표현해줄 수 있는 어떤 활주로 같은 것. 그러나 아직 써지지 않은 나의 시는 흐르는 별보다도 더 멀고 미세스 슈넬러의 인형 같은 눈빛보다도 더 냉혹했다.

영어작문 숙제를 해갈 때도 그러했다. 언젠가는 그녀가 '일화Anecdote'라는 것을 써오라고 했다. 나는 밤을 새워 한영사전을 찾아가며 미국 초등학생이 쓴 작문만도 못한 것을 써서 제출했다. 나의 어린 시절에 관한 이야기였다.

"나는 때때로 시간에 대해 어리둥절함을 느낄 때가 많다.

어린 시절, 비가 내리는 날이었다. 나는 오전에 학교에 갔다와서 낮잠을 잤다. 잠에서 깨어나니 어슴푸레한 빗속이었다. 저녁인지 아침인지 알 수 없는 그런 시간이었는데 식구들이 밥을 먹고 있었다. 그래서 나는 아침밥인지 저녁밥인지 물었다. 식구들은 웃으며 아침밥이라고 하며 빨리 학교에 가야지 지각하겠다고 했다. 나는 밥도 먹지 못하고 허둥지둥 책가방을 챙겨 학교로 달려갔다. 텅 빈 운동장은 어두웠고 귀신이라도 나올 듯이 음산했다. 나는 한참 동안을 빗속에 서서 텅 빈 운동장이 의미하는 것이 무엇인지를 이해하지 못했다. 그러다 비로소 점점 더 어두워지는 빈 운동장의 의미를 알았을 때, 나는 눈물이 뜨겁게 흐르고 있는 것을 알았다. 그 눈물은 외로움 때문이었을까? 나의 시간이 타인의 시간들과 다르다는 것을 깨달은 무서움 때문이었을까?

입술을 굳게 다물고 돌아오는 길에 나는 나의 마음이 오전에 학교에서 돌아오던 길의 마음과 이미 다르다는 것을 깨달았다. 마음이 황폐해진 것 같았다. 그러나 그것은 내가 유아치를 뺐던 그런 때의 기분과 흡사한 것 같았다.

우리는 썩은 이빨이 있으면 그 이빨에 굵은 실을 감아 방 문고리에 실 끝을 단단히 매단다. 그리고 방문을 힘껏 닫아 버리면 썩은 이빨은 방문이 닫히는 힘에 의해 빠지게 된다. 그때 방문 닫히는 소리를 들으며 입 안에 홍건한 피 맛이 느껴질 때 나는 이상한 자유와 체념 비슷한 감정을 느꼈다. 그때처럼 밤에 학교에서 터덜터덜 혼자 돌아올 때 나는 무언가 세상의 문이 닫히는 소리와 입 안에 괴는 상처의 피 맛과 자유와 체념 비슷한 것을 동시에 느꼈다. 타인과 격절된 듯한 어리둥절함, 홀로 유리방에 갇힌 듯한 단절의식, 불행한 소외감 같은 것은 그때부터 비롯된 것인지도 모른다. 그러나 엘리어트의 시구를 나는 믿는다—My desolation does begin to make a better life(나의 황폐함은 보다 나은 삶이 시작되는 것)."

그 여교수는 작문 숙제를 돌려주면서 그동안 나를 들볶았던 것이 미안했는지 "미스 킴! 문장의 오류가 아주 많긴 하지만 내용은 썩 좋아요. 탁월해요 그러나……" 하고 정관사와 부정관사의 용법 등에 대해 장황하게 늘어놓기 시작했다.

영문법의 감옥. 영문법의 오욕 속에서 교양영어 시간이 나에게 주는 억압이란 무시무시한 것이어서 나는 금발의 여교수의 싸늘한 눈빛을 보고 쩔쩔매는 꿈까지 꾸게 되었다. 그럴 때마다 아—내 나라 말로 시를 써야지. 나를 해방시켜줄 날개를 찾아야지—나는 마치 조국을 빼앗긴 광복군처럼 답답해했다. 그 여교수가 나의 언어와 영혼까지 모조리 몰수하고 있는 것처럼 느껴졌다. 그리하여 못 견딜 만큼 혼란스런 어느 날 밤이면 나는 내 시를 쓰고 싶다는 욕구(나를 자유자재로 표현하고 싶다는 욕구) 때문에 울곤 했다.

'천재의 결핍'으로 항상 불행했던 나는

우연히 운명처럼 한 천재를 만나

태양욕 같은 연모에 사로잡히고 말았다

　　　　　　　별로 가까운 친구도 없었기에 나는 강의가
비는 시간이면 언어실험실에 가서 앉아 있곤 했다. 한국 최고
의 설비를 자랑하는 언어실험실은 하얀 칸막이 안에 혼자 앉
아 헤드폰을 끼고 영어 청취 연습을 할 수 있게 되어 있었다.
가끔씩 고전음악도 흘러나왔고 명시 낭송 같은 것도 들을 수
있었다.

　나는 하얀 칠이 칠해진 그곳이 좋았다. 천장도 하얗고 네 벽
도 하얗다. 그리고 홀로 몸을 웅크리면 짐승의 굴처럼 아늑한
느낌을 주는 하얀 개인 박스가 그렇게 좋을 수가 없었다. 영어
를 듣기 위해서라기보다 나는 혼자 웅크리고 있기 위해 그곳
에 갔다. 어머니의 품처럼 그곳은 아늑했고 삼면이 막힌 칸막
이어서 타인에 대해 불안을 느낄 필요가 없어서 좋았고, 헤드
폰을 끼고 영어를 듣는 척하면서 공상을 하기에도 좋았다. 실
내는 적당히 밝고 또한 적당히 어둡기도 했다. 그곳에서 나는
내 최초의 시 비슷한 습작품을 한 편 끼적대기도 했다.

　갑자기 번개처럼 강렬한 파가니니의 음악이 헤드폰에서 명
멸하듯이 터져 나왔을 때였다. 눈이 뱅뱅 도는 듯한 빠른 패시

지를 가장 높은 음까지 한 활로 단숨에 켜고 그때 하나 건너의 음이 피치카토를 울리게 하는 그 절묘한 기교. 격렬한 운궁법. 거기엔 세계의 모든 푸른 꽃들이 금빛으로 흘러넘치는 것 같았으며, 세계의 모든 불안한 감정들이 천재의 대담한 판타지 속에서 자유로이, 마치 꿈과 같이 격동하는 것이었다.

파가니니. 무반주 카프리치오. 나는 넋을 잃고 음악 속에서 익사하여 벼랑 위에서 산산이 떨어진 기분이 들었다. 파가니니는 정말 악마와 계약을 맺었구나. 파가니니 자신의 연주는 초감각적인 작용으로 집단최면을 거는 것 같았다고 한다. 항상 까마귀처럼 검고 불길한 소문과 후광에 둘러싸여 살았던 파가니니, 마녀와 간통을 했다느니 아니면 악마에게 혼을 팔았다느니 하는 전설에 감싸여 마치 음악의 노예처럼 끌려다녔던 기분 나쁜 바이올린 마술사의 그 불타는 눈. 사랑에의 정열과 노름에의 정열. 그리고 파산과 무서울 정도의 수전노 생활.

파가니니의 그 음악을 듣고 나는 고장 난 수도꼭지에서 흘러나오는 빈약하고도 서투른 녹슨 물방울 같은 몇 개의 더듬거리는 낱말을 주워 모아 시 비슷한 조각글을 하나 끼적여보았다.

어느 젊음의 일기책 위엔
네가 가득

그려져 있다.

삶아놓은 돼지 내장이나 곱창 같은

죽음의 재 같은

내 일상의 화산재 속에서

갑자기 발굴된 것처럼 솟구쳐 오른

태양의 악궁

"생명의 일기가 언제나 행복의 일기인 적은 없다"*지만

마녀와 간통했다는

그대의 불타는 눈앞에

어떤 불행이 그림자를 드리울 수

있을까, 감히 말이야,

나는 이런 말을 생각하네,

Solarism—

Solarism—

그대의 음악을 들을 때

나는 태양의 욕조 속에 몸을 담그고

영혼의 뼈를 하나하나 씻어나가지,

내 뼈 위에

태양의 무늬가 마디마디 박히면

나는 들판으로 나가 웃어도 좋아,

잃어버린 열쇠는 그냥 잃어버려도

좋아—

—습작 「파가니니에 바치는 Solarism」 전문

물론 습작품답게 유치하고 인용구절까지 들어 있지만(*표는 월러스 스티븐스의 시론 「아다지아」의 한 구절) 나로서는 무언가를 자연발생적으로 썼다는, 무엇인가를 해냈다는 희열감에 들떠 있었다.

천재만 있다면 무엇이 없다고 하여 부족하다 하리. 천재만 있다면 무엇이 어둡다 하여 그것을 불행이라 부르리. 나의 불행은 어떻게 생각해보자면, 성격 때문도 아니요 가난하고 난폭한 가정불화 때문도 아니요, 언제나 '천재의 결핍' 그것이 아니었을까.

나는 다른 문학청년과 마찬가지로 천재의 결핍 때문에 늘 불행했다.

그리고 천재에 대한 나의 솔라리즘(태양중심설)은 파가니니를 중심으로 키츠를 중심으로 또는 니체를 빈센트 반 고흐를 중심으로 비밀한 샤머니즘의 제단을 세워가고 있었다.

파가니니와 간통했다는 어느 마녀, 혹은 파우스트의 넋을 빼앗고 불멸의 젊음을 주었다는 메피스토펠레스와 같은 어느 힘을 만나기 위해 나는 어두운 시간의 모퉁이에 서 있었으며,

그리고 갈증처럼 어느 신이新異의 표적을 기다리고 있었다.

나의 솔라리즘—

그리고 나는 어느 날, 마치 운명처럼 어느 살아 있는 실존하고 있는 천재적인 사람과 만나게 되었다. 아니 만남이라기보다는 내가 그를 보기 시작했다는 것이 더 옳으리라. 만남이란 어디까지나 상호 관련적인 것이겠지만 그것은 상호연관이 아니라 오직 나의 일방적인 경도(연모)일 뿐이었으니까.

눈부시고 안타까운 갈증의 시간들.

연모란 하나의 태양욕 비슷한 것이었고 그런 아득한 태양욕을 통해 나는 나 자신의 조용한 혁명을 하나하나 이루어가고 있었던 것이 아니었을까.

그렇다. 내가 찰나찰나 항상 불행했던 이유는 다만 천재가 부족했기 때문이었다. 갈망이 있고 천재가 부족했다.

램프가 켜진
대낮

나보다 두 배쯤 나이가 많으면서도

오직 나르키소스처럼 신비스런 미소년 같은

그의 미소를 바라보는 순간이면

그의 아름다움은 우주에 육박할 만큼

너무도 눈부시게 커서

나는 단지 한 줌의 이름 없는 재로

폭삭 가라앉는 것 같았다.

태어난 죄가 우리의 운명을 어둡게 한다고 생각지 않는다면 대체 무엇 때문에 걱정이 이처럼 깊이 뛰는가?⋯⋯

—W.B. 예이츠

사랑이라는 것 속에는 약간의 광기가 있지만 광기 속에는 또 약간의 이성이 있기도 하다. 쇠가 자석에게 한 말이 있다. "내가 너를 가장 미워하는 것은 네게 나를 끌어당기면서도, 놓치지 않을 정도로 강렬하게 끌어들이지는 않기 때문이다"라고.

—프리드리히 니체

순결해서 슬픈 것이 있다면
봄빛 속의 하얀 수녀복

어느 초여름날이었을까? 아니면 늦은 봄날이었는지도 모른다. 우리는 C관 앞 장미원이 있는 언덕배기 잔디밭 위에서 야외수업을 받고 있었다. 총장 신부님의 영문학사 시간에 시스터 누구(?)인가 하는 외국 수녀님을 초빙해 와서 한 시간 특별강연을 듣고 있었다.

머리끝부터 발끝까지 흰빛으로 감싸인 늙은 수녀가 장미원을 등지고 서 있었다. 장미원은 푸르고 붉고 희고 둥글었다. 하늘은 마치 무슨 최면약품을 공중살포하고 있는 듯이 가물가물 희미했고 햇빛들은 아아…… 환각처럼 하얗게 빻아진 분말 아스피린 같았다. 보슬보슬 아스피린 분말 같은 햇빛이 우리의 눈앞에서 아물거렸다.

그토록 병리학적인 봄하늘, 병리학적인 봄햇빛, 병리학적인 봄바람 속에 원을 그리듯이 앉아 갇혀 있는 우리들의 눈에 노트의 하얀 빛깔이 흰빛 이상으로 희게 느껴지듯이 수녀의 흰옷은 백색 이상으로 희고도 아름답게 느껴졌다.

순결해서 슬픈 것이 있다면 그건 봄빛 속의 하얀 수녀복일 것이다. 외로워서 아름다운 것이 있다면 그건 봄바람 속의 하얀 수녀복일 것이다. 그렇듯이 흰옷의 백색 수녀는 봄세상의 모든 초록을 죽이고 봄세상에 가득 찬 색채의 향훈을 죽이고 장미원 앞에 하얗게 서서 마치 노래 같은 강연을 시작했다.

하얀 태胎 같은 풍경이었다. 환幻의 태 같은 장면이었다. 흰빛으로 뭉쳐진 몽환의 태……

그녀는 필요 이상의 날카로운 음성으로 '현대문학에 나타난 위기의 징후' 비슷한 제목의 강연을 시작했다. 그것이 그녀의 박사학위 논문의 주제였다던가 해서 상당히 수준 높은 박식을 자랑하고 있었던 것 같다. 역시 시작은 엘리어트였다.

문학의 장미는
장미꽃보다 더 아름답다

"'여기는 어느 곳이며, 이는 어떤 방향이며, 이는 세계의 어느 땅인가? 이것은 헤라클레스가 지옥의 암흑 속에서 햇빛을 찾아 빠져나왔을 때 던진 첫마디의 말이다. 그것을 엘리어트는 에어리얼 시편Ariel Poems의 서언으로 사용하고 있다. 그 물음은 우리 누구나가 현대를 살면서 던지는 영원한 물음이다. 여기는 어느 곳이며 이는 어떤 방향이며 이는 세계의 어느 땅인가?

삶은 아름답고 우리는 모두 행복해져야 할 사람들이지만

오늘날 우리는 당연지사처럼 위기를 논한다. 아마 산다는 것 자체가 위기 속에 존재하는 것이며 인류가 위기감 없이 존재했던 현실은 역사적으로 비몽사몽 또는 혼수상태, 아주 퇴폐한 시대뿐이었지 않았을까 여겨진다. 그리하여 오늘의 문학은 위기의 징후들로 가득 차 있다. 엘리어트는 그것을 텅 빈 사람들이라 불렀고 오든은 불안의 시대라 불렀으며 맥리쉬는 길을 잃고 헤매는 자라고 불렀으며 니체는 돌아올 수 없는 여행이라 불렀다……."

그리고 그녀는 신을 갖지 않은 현대의 비참함과 인간의 불행한 오만함에 대해 계속 예를 들어가면서 이야기했고 결국은 카프카의 어떤 말로 강연을 마무리지어가고 있었다.

"'우리가 죄 있는 것은 지식의 나무를 먹었다고 해서가 아니라 생명의 나무를 먹지 않았기 때문이다. 지금 우리가 놓여 있는 상황은 죄 많은 것이기는 하나 범죄적인 것과는 전혀 관계가 없다'(카프카)…… 그러니 여러분은 신의 빛을 찾아야 한다. 사랑만이 신의 빛이다. 상처의 성흔이 묻은 신의 옷이다. 피가 묻지 않은 옷을 입고 사랑하려 한다면 그것이야말로 에고의 공허다. 사랑의 옷은 언제나 피가 묻어 있다. 사랑하는 자는 언제나 수고하기 때문이다……." 그녀의 말은 시들시들 하얀 잠이 가득 찬 나의 멍청한 뇌리 속에 무슨 성스러운 타이프라이터로 찍어놓은 것처럼 또렷또렷 박혔고 장미원 앞에서 있는 늙은 수녀의 모습은 마치 거울 앞에 서 있는 아름다운 미녀처럼 고결하고 행복해 보였다. 매우 장난을 좋아하는 재치 있는 한 친구가 있었다.

"수녀님은 신을 사랑하고 이웃을 사랑하고 세상을 사랑하실 텐데 왜 수녀님의 옷은 피가 묻지 않고 하얗기만 한가. 사랑하는 수고를 하지 않았기 때문인가……?" 하고 질문을 던져 장미원 앞에 하얗게 쌓인 정신적인 엄숙과 긴장을 단번에 깨뜨렸다. 그러자 수녀는 피 묻은 옷이라는 말에 여성 특유의 이상한 연상의 부끄러움을 느껴서인지 입을 가리고 수줍게 웃으며 재치 있게 말을 받았다.

"하나님의 사랑이란 언제나 새롭게 태어나는 지도와 같다. 언제나 새로워지는 지도이기 때문에 사랑의 얼룩이 한자리에 오래 남아 있지 않을뿐더러……."

아름다운 시간이었다. 장미원은 심야와도 같은 고요에 싸여 그 애욕의 번쩍거림 같은 육체의 향기를 잃어버리고 있었다. 정신의 아름다움, 오직 언어의 아름다움만이 둥글고 희게 남아 육향이 진한 장미의 아름다움을 정지시키고 있었던 것 같다.

불티가 구불구불 뱀 모양이 되는 꽃불 같다고 생각했던 장미. Pharaoh's serpent(파라오의 뱀)처럼 전횡적이고 폭력적인 아름다움을 지녔다고 느꼈던 장미가 한 늙은 수녀의 아름다운 정신과 언어에 의해 하얗게 빛을 바래고 희게 시들어가는 모습을 나는 그때 그 환幻의 태態 속에서 보았다고 느꼈다.

어떻게 잊으리. 문학만큼 아름다운 것은 없다는 기억을.

어떻게 잊으리. 문학만큼 아름다운 사람이 내 청춘 속에 있었다는 사실을.

머나먼 거리 저편의
아름다운 사람을 향해 쓴 끝없는 편지

언젠가 나는 한 통의 편지를 쓰기 시작했다. "천재란 신의 별명에 불과하다는 것을 나는 믿고 있습니다. 신이 없는 시간 속에서 살고 있기에 나는 오직 한 가지의 믿음—천재에 대한 신앙을 만들어냈습니다. 그야말로 고안해낸 것이지요. 당신을 향한 계단을 오르고 싶습니다. 계단은 어두울지라도 그것만이 삶으로 가는 길이라는 것을 굳게 믿고 있기에……"로 시작되는 기나긴 편지였다.

그 기나긴 편지는 끝날 줄을 몰라 나는 걸음을 걷고 있을 때도 밥을 먹고 있을 때도 공부를 하고 있을 때도 심지어는 잠을 자고 있을 때까지도 오직 편지에 대한 생각만 하고 있을 정도였다.

내가 삶을 살고 있기에 편지를 쓰는 것인지 아니면 내가 편지를 쓰고 있기에 살아갈 수 있는 것인지 도무지 가늠할 수 없는 그런 종류의 멈출 수 없는 경모 속에서 나는 세상에는 우체통과 공중전화가 참 많다는 사실 때문에 고통을 받기도 했다.

세상에는 우체통과 공중전화가 왜 그렇게도 많은가. 죽음처럼 머나먼 거리 저편에 있는 한 아름다운 사람을 향해 무수한 전화벨은 허공에 울리고 있었고 수천의 우표딱지들은 별들의 거리에서 방황했다.

한 친구는 말했다.

"너 lotus eaters란 말 알지. 망우수忘憂樹란 말 말이야. 그 열매를 먹고 황홀경에 들어가 속세의 시름을 잊었다는 사람들 말이야. 넌 N씨 강박관념에 너무 빠져 있어. 마치 정신 나간 사람 같다."

친구는 내가 그의 강의를 듣기 위해 남의 학교까지 돌아다니는 것이 보기에 딱했던지 짝사랑만큼 보기 흉하고 시시한 것은 없다고 마구 면박을 주기까지 했다. 나는 그러면 눈물을 글썽이기까지 하면서 진지하게 말하곤 했다.

"너는 사랑을 안 해봐서 그런 말을 하는 거야. 사랑을 한다, 사랑을 느낀다는 등의 많은 표현들이 있지만 사랑에 대해 가장 정확한 말은 사랑에 빠진다(fall in love)는 표현이라고 생각해. 물에 빠지는 사람이 이것저것 생각하겠니. 사랑이란 그것처럼 빠지는 거란다. 눈을 감고, 강물 속에 뛰어들듯이."

그리하여 나는 너무나도 열심히 남의 학교를 들락거리면서 N의 강의를 들었다. 하늘에 떠 있는 별은 언제나 아름다울 수밖에 없듯이 멀리 있는 사람은 언제나 눈부셨다. 이상李箱의 「권태」를 분석하면서 그는 보들레르의 시구 하나를 칠판에 적었다.

파스칼도 저와 같이 움직이는 심연을 가졌었다—
아, 모두가 심연이구나—
행위, 욕망, 꿈, 말까지도!

나보다 두 배쯤 나이가 많으면서도 오직 나르키소스처럼 신비스런 미소년 같은 그의 미소를 바라보는 순간이면 그의 아름다움은 우주에 육박할 만큼 너무도 눈부시게 커서 나는 단지 한 줌의 이름 없는 재로 폭삭 가라앉는 것 같았다.

나는 여분이었고 여분일 수밖에 없는 존재 이외의 그 무엇이겠는가. 그토록 많은 편지를 보냈으나 그가 나의 얼굴을 어찌 알 수 있을까. 나의 얼굴을 안다 한들 그것이 무슨 의미가 있겠는가. 단지 심연이 있을 뿐이었다.

이런 편지도 썼었다.

"에코는 나르키소스를 너무 사랑한 나머지 세상의 모든 일을 잊고 오직 그에게만 열중하여 신들의 노여움을 샀습니다. 그리하여 에코는 말을 자유롭게 할 수 없게 되었고 다만 상대방이 말한 마지막 말만을 되풀이할 수 있게끔 처벌받았지요. 그러니 자신의 아름다움에만 사로잡힌 나르키소스는 말도 잘 못하는 에코를 거들떠볼 리 없었지요. 어느 날 에코는 나르키소스가 숲속에서 부르고 있는 소리를 들었답니다. '거기 누가 있어요?' 나르키소스는 묻고 있었지요. '있어요! 여기 있어요!' 에코는 나무 뒤에 서서 정신없이 대답했습니다. '누구야? 이리 나와봐요!' 나르키소스가 말하자 에코는 기뻐하며 '이리 나와봐요!' 하고 그의 마지막 말을 되풀이하며 뛰어나왔지요. 실망한 나르키소스는 등을 돌리고 도망가버리고 에코는 슬픔과 부끄러움으로 동굴 속에 들어가 몸이 점점 말라 목소리만 남게 되었답니다.

제가 에코인 것입니다. 나는? 나는 없습니다. 단지 당신에 대한 사랑이 있어 나의 존재를 연역해줍니다. 나르키소스의 마지막 말만을 되풀이하며 말라 들어가는 에코처럼 그 얼마나 슬픈 사랑인가요? 나는 그 앞에서 은밀하게, 눈에 띄지도 않은 채 숨어서, 안 보이는 여분인 것입니다. 막연하고 슬픈…….

파리해진 몸으로 동굴 속에서 나온 에코에게 나르키소스는 마지막으로 '아름다운 사랑이여, 안녕' 하고 말했답니다. 이

렇게 말했을 때 에코도 슬픈 목소리로 '안녕' 하고 마지막 말을
되풀이했지요.

'안녕'이라는 말조차 따라서 할 수밖에 없었던 에코의 숙명
이 내 안에 머물러 있습니다. 아아, 이건 벌레의 노력이에요!"

짝사랑을 할 때만은 인간은 사랑에 대해 지극히 종교적이
된다. 그리하여 짝사랑만큼 사랑다운 것은 없다고 믿으면서
도 나는 개미처럼 외로웠고 벌레처럼 늘 비참했다.

늘상 멜라니 사프카의 「가장 슬픈 것The Saddest Thing」이라는
노래만을 듣느라고 세상만사와 집안일에 대해 너무나 무관심
해졌다. 그림자처럼 집에 들어갔다가 그림자처럼 대문을 나
섰다. 오로지 나의 고통은, 나의 생명은 어느 한 천재, 웃을 때
너무도 신비하게 우수가 엿보이는 한 사람에게 그야말로 헌
정되고 있었던 것이다. 혹시 한 사람이라기보다는 '한 남자'라
고 불러야 옳지 않을까? 그는 나에게 한 남자라고 불려질 수
있을까?

아니다.

아마, 정확히, 아닐 것이다.

"신이란 아마 그런 분은 아니신가 봅니다. 열이 오르면 해
열제를 주고, 배탈이 나면 지사제를 주고 기침을 하면 지해제,

목이 마를 때 음료수를 주는, 그런 분은 분명 아니신가 봅니다. 왜냐하면 나의 운명에 그대와 같은 냉혹한 유혹을 주었기에……."

이런 편지도 있었다. 그는 아마 나에게 문학처럼 아름다운 어떤 신의 이미지, 아니면 헤르만 헤세의 책 속에 나오는 나르치스와 같은 그런 정신의 아름다움과 연관된 하나의 꿈 같은 존재였다.

어둠이 어두울 때 우리는 그 어둠의 모습을 알지 못한다.

한 송이 성냥불을 그어 문득 어둠을 비쳐볼 때 우리는 비로소 한 송이 성냥불이 어둠의 모습을 연역해낸다는 것을 느끼게 된다.

태초에 나는 하나의 상처였다. 그리고 아무것도 아니었다. 그러나 그의 천재를 내가 만났기에 그의 천재가 나라는 존재를 연역해주었다. 그러자 나는 상처의 힘이 되었다.

정신나간 촌극을 빚어낸
미납편지 사건

「꽃상여」, 「장의사 집의 우단 의자」, 「시체

방부제 냄새」 등등 문학소녀적인 낱말들이 총집합한 감상적인 시를 써서 그에게 편지를 써서 그에게 편지를 띄운 밤이면 나는 이상하게도 편한 잠을 잤다. 꿈속에서 그는 언제나 흑판을 지우고 있었고 흑판 위의 백묵 글자는 가만히 들여다보면 나의 얼굴이었다. 나의 글씨였다. 나의 시였다.

나는 조용히 지워지는 흑판 위의 백묵 글자처럼 숨죽여 소멸해가며 나는 행복하다고 느꼈다. 조용히 지워져야 한다고 생각했다. 이렇게 지워져서 어딘가로 사라져야 한다고 생각했다. 다시금 지워지며 그렇게 머무르다가 단지 하나의 지나감이 되는 것을 행복해했다.

그러나 그렇게 조용히 지나가고자 하는 나의 사랑철학에 하나의 커다란 파문을 일으키게 된 실수를 어느 날 저지르고 말았다.

어느 여름 아침, 그날도 습관처럼 나는 신촌에 있는 한 우체통에 편지봉투를 가볍게 던져 넣었다. 그런데 편지봉투가 손끝에서 가볍게 떨어지는 바로 그 찰나에 나는 무언가 허전한 것을 섬뜩 느꼈고 하느님 맙소사―나는 편지에 우표를 붙이지 않은 것을 깨달았다.

우표가 없는 편지! 미납편지라니! 명색이 연모의 편지요 게다가 나의 얼굴도 모르는 사람에게 보내는 편지가 아닌가. 맙소사. 미납편지라니! 나는 우체부가 내 편지를 내동댕

이치며 그에게서 우표 값을 받아내는 장면을 상상하고 몸서리를 쳤다.

원해서 받는 편지도 아닌데 호통을 당하며 우표 값을 두 배로 치러야 하다니. 게다가 미납편지만큼 받는 사람의 주의를 집중시키는 게 어디 있을까. 나는 조용히, 어디 지구의 한 모퉁이에서 허공화虛空花 같은 그리움의 시구나 바치면서 고요히 그 앞에서 사라지고자 했는데 미납편지를 보내 뻔뻔스럽게도 정면도전을 하다니! 이 얼마나 추악한 일이냐!

나는 우편물을 수거하러 오는 우체부아저씨가 나타날 때까지 우체통 앞에서 기다리기로 결심하고 무거운 책가방을 들고 비참하게 서 있었다. 너무나 비참해 자신을 저주해볼 기운조차 나지 않았다. 너무도 끔찍하여 단지 망연자실하고 있을 뿐이었다.

등교 시간이 되어 아는 얼굴들이 하나둘씩 지나가고 더 이상 빼먹어서는 안 되는 수업시간이 점점 다가오고 있었다. 나는 사형집행을 기다리는 사람처럼 어깨를 늘어뜨리고 서 있다가 드디어 체념하고 터벅터벅 학교 길을 올라갔다.

햇빛들이 조소라도 하는 듯이 희디희게 반짝거리고 있었다. 나무들도 네까짓 게 무슨 당치 않은 수작이냐…… 비웃음을 띠고 푸르게 번쩍거렸다. 하늘조차 수런수런 나의 넋 나간 행동을 업신여기는 것 같았다. 편지요! 미납편지요! 우표 값을 내시오! 하늘과 땅이 낄낄낄 나를 조롱했다……. 참으로 우습게 끝난 에코의 작별이었다.

가장 멋없는
기적 같은 만남

학기말시험 전날이었다.

나는 그동안 너무 공부를 등한시했기에 겁이 나서 도저히 시험공부를 할 수가 없었다. 일요일이었다. 마음이 너무 초조해서 나는 명동극장에 가서 영화를 보기로 결심했다. 그곳에선 마리 라포레와 알랭 들롱이 주연한 「태양은 가득히」라는 아름다운 영화가 상영 중이었다.

지중해 해변에 가득 찬 하얀 햇빛, 돌로 지은 폐허 속의 하얀 집들, 요트. 요트 위의 아름다운 육체, 살인, 범죄 그리고 범죄적인 사랑, 마리 라포레의 환각 같은 노래 그리고 반전되어 드러나는 섬뜩한 진실…… 감미롭고도 숨 가쁜 스릴이 있는 아름다운 영화를 보고 꿈에 잠긴 듯 졸음에 잠긴 듯 영화관을 걸어 나오다가 나는 갑자기 환하게 쏟아지는 햇빛에 놀란 듯이 눈이 부서 문득 걸음을 멈춰버리게 되었다.

거기 그가 서 있었고, 나와 정면으로 맞부딪히며 그가 나를 보고 서 있었고, 나를 보고 웃고 있었다.

어두운 영화관에서 서로 나온 것이기 때문에 눈이 부신 듯 웃는 것은 당연한 일이었으나, 그는 사람을 보며 웃을 때는 언제나 눈이 부신 듯이 웃었으며 그 미소의 아름다움은 너무나 예술처럼 추상적으로 아름다워서 어떻게 보자면 자기에 대한 광신을 아득히 요구하는 것처럼 보였다.

그 미소를 생각하면 어찌하여 인간들이 장미와 더불어 똑같은 행복감으로 가시조차 삼키는지 나는 이해할 수 있을 것 같다. 그리고 모든 아름다움은 어떤 종류의 광신을 요구하고 있지 않은가? 그리고 어떤 존재는 그에게서 받는 아픔조차 즐거움일 수 있지 않겠는가?

그러나 나는 미납편지 사건 때문에 몹시 부끄러워서 고개를 들지 못하고 내 낡은 신발 코만 바라보고 있었다. 그리고 나는 느꼈다. 그가 모든 것을 알고 있으며 미납편지의 주인공이 바로 나이며 내가 어떤 종류의 못난이인가를 이미 간파하고 웃고 있다는 것을. 물론 그 미소는 나에게만 속한 미소는 아니며 영원히 내가 가질 수 없는 미소라 하더라도 바로 지금 이 영화관 앞에서는 내 현실의 일부가 되어 있다는 것을. 이미 내 정체를 부정할 도리가 없음을 알자 나는 고개를 들고 내 분수에 합당한 학생다운 인사를 했다. 그리고 변명하듯이 더듬거리며 말했다.

"내일부터 학기말시험이거든요. 그래서 영화나 보려고 나왔어요."

그 말에 그는 나를 의심하는 듯이 건너다보았다. 아이쿠— 내일부터 학기말시험이고 그래서 영화를 보러 나왔다니! 이 무슨 망발이냐. 나는, 그런데 잘 보이려고 하는 대상일수록 언제나 정신 나간 실수를 더 많이 하게 된다. 그것은 내 필생의 과오인 것이다.

"나는 르네 클레망 감독을 워낙 좋아하지. 오늘이 마지막 상연 날이고 해서 나왔는데…… 역시 참 좋은 영화군."

몇 마디 안 되는 사소한 말들이 때로는 얼마나 사람의 마음을 부드럽게 만드는가. 비밀의 알갱이도 없는 거저 피부가 환한 몇 마디의 말들이 어떻게 사람의 마음을 감미롭게 열광케 만드는가.

"안녕히 가세요. 선생님, 참 그런데 댁이 어디세요? 뚝섬 경마장 부근요? 네, 안녕히 가세요……."

등을 돌리고 걸으며 나는 갑자기 울기 시작했다. 작은! 아주 작은! 가장 덧없는 기적 같은! 이 믿을 수 없는 축복. 햇빛 속에서 눈물을 흘린다는 것. 운다는 것. 서서 운다는 것. 울면서 뛰어간다는 것. 아, 그것은 어떤 환상일까?

내가 원하는 것은
오직 '내가 사랑한다'는 것뿐

　　　　　　나는 여름방학 내내 뚝섬 경마장 부근을 목적도 없이 배회했다.

배회하는 것이 마치 직업 같았던 그 시절. 오마르 카이얌의 루바이야트 시집 한 권을 옆구리에 끼고 하얗게 돌처럼 타오르는 강변을 걷던 것. 그리고 경마장 스탠드에 앉아 종이 모자를 쓰고 정처 없이 경주용 말들이 달리는 것을 보고 전율을 느끼던 일. 어떤 태양광선의 변화에 따라 말〔馬〕들은 금빛이 되고 초록빛이 되고 황금빛이 되기도 했다.

갈기를 날리며 푸른 말들의 발굽이 하얀 땅을 차오르며 달릴 때, 우우우― 우우우우― 사람들이 열광하며 온갖 힘을 다 모아 말들의 몸 위에 자기 넋을 싣고 이생의 스피드를 느끼고 있을 때, 그런 순간이면 여름은 오히려 시원했고 슬픔은 오히려 너무도 찬연했다.

나는 경마장의 말들을 사랑했다.

말들의 초록빛 갈기를 사랑했다.

초록빛 갈기 위에 무한의 물방울처럼 이슬이슬 맺히는 태양의 파편들을 사랑했다.

그 하얀 여름수첩 속에 이채 어린 한 사람의 미소를 문신 새

기듯 적어놓고 싶었다.

경마장 부근은 영원히 저물 줄 모르는 대낮 같았고 생명의 램프들이 무한정 밝게 켜진 대낮 이상의 대낮이었다. 여름 이상의 여름이었다. 한 사람 때문에 온 우주가 그토록 밝아진다는 것이 있을 수 있을까? 한 사람 때문에 천상천하에 오직 해가 저물지 않는다는 것이 있을 수 있을까?

그리고 나는 기도했다. 땅 위에서가 아니라면 하늘 위 어디서라도 나의 넋이 그의 아름다운 넋과 만나지기를.

일찍이 빈센트 반 고흐는 카아라고 불리는 한 여인을 사랑했다. 이루어질 가망이 없는 사랑이었다. 그는 여인의 집으로 갔다. 그리고 성냥을 그어 성냥불 속에 자신의 손가락을 넣었다. 그리고 그 여인의 부모에게 말했다. "이 성냥불 속에 손을 넣고 있는 동안만이라도 한 번만 그녀를 만나게 해주십시오……."

성냥불 속에 두개골을 통째로 넣은 기분으로 나는 경마장 부근을 서성였다. 말들은 세상에서 더할 나위 없는 아름다운 초록의 환각을 일으키며 여름을 뚫고 달렸고, 나는 신과 조응하려는 무녀처럼 말들의 생명에 찬 아름다움을 넋을 놓고 오래 응시하곤 했다.

그런 순간, 말들의 초록빛 갈기 위에 생명의 보석들이 후두둑후두둑 광휘처럼 맺혀 떨어지던 순간, 그런 순간이면 나는 그를 가까이 아주 가까이 나의 일부처럼 느낄 수가 있었다. 그런 순간이면 그의 어떤 말들이 떠올라 나의 뇌리 속에 안개처럼 자욱이 피어오르곤 했다.

"시인은 한 편의 시를 구성할 때마다 결혼식을 집행하는 한 사람의 사제다. 그러나 유감스럽게도 모든 결혼이 반드시 행복한 것은 아니다."

"예술이 인생을 모방하는 것이 아니라 인생이 예술을 모방한다. 그러기에 어떤 지점에서 인간의 꿈이란 분명 현실보다도 더한 현실이 될 수 있다."

뚝섬 강변을 거닐면서 또는 경마장에서 희게 뛰는 말들의 근육을 보면서 시원한 미루나무 그늘에 앉아 책을 읽으면서 여름밤 가로등에 달라붙어 머리를 박고 죽어가는 부나비들과 날벌레들을 보면서, 나는 슬픔이 있는 곳에만 성스러운 자리가 있을 수 있다는 것을 깨달았다.

슬픔만이 영혼의 병마개를 딴다. 그리하여 나의 영혼은 허공으로 치솟는 한 병의 덧없는 샴페인 액체처럼 여름의 향기 속으로 솟구쳐 올랐다. 영원하고 모호하고 어두운 것을 지나 물거품처럼 사라지던 시간들. 감정들. 영혼의 수포들.

릴케처럼 사랑하는 사람의 집 앞에 레몬빛 가로등으로 서 있기가 소원이었던 나는 끝내 뚝섬 경마장 부근의 어디라는 그의 집을 찾지도 못한 채 그토록 헛된 배회만을 되풀이했다.

무엇이 시작이며 무엇이 끝인가?

아니 시작과 끝이라는 것이 대체 무슨 상관인가?

내가 원하는 것은 오직 '내가 사랑한다'는 그것일 뿐이었다. 사랑받는다는 것, 대체 그런 것은 나의 상상을 초월하는 거북한 일이었다. 오직 히스클리프처럼, 내가 한 사람을 사랑하면, 그것으로 그만이었다.

유유상종이랄까. 어느 날 나는 책 속에서 나와 비슷한 백치미의 열애에 빠진 한 여인을 알게 되었다. 카슨 맥컬러즈라는 여성작가의 『슬픈 카페의 노래』라는 소설 속의 여주인공 미스 아멜리아라는 여자였다. 그녀는 사팔뜨기였고 통속적인 의미에서 실연당한 여자였고 단 한 번의 실연으로 인생의 집이 부서진 사랑의 잔해 같은 여자였다.

"태양이 작열하던 8월 어느 날 오후, 심하게 기울어져 있어 당장이라도 무너질 듯 보이는 어느 이층집의 창의 덧문이 열리고 어떤 얼굴 하나가 슬며시 나타나 마을을 내려다보고 있다. 그 얼굴은 마치 꿈속에서나 볼 수 있을 듯한 성별性別도 없고 백지처럼 하얀 몹시 희미한 얼굴인데 회색빛 사팔눈은 몹시 심하게 안쪽으로 몰려 있어 두 눈동자가 마치 서로 깊고도 비밀스러운 슬픔을 주고받는 듯이 보였다."

이 유령처럼 희미하고 하얀 페인트칠이 벗겨진 이층집처럼 금세 붕괴하고 말 것 같은 여자가 미스 아멜리아다. 그녀는 단 한 번 사랑을 했고 단 한 번 아주 난폭한 실연을 당했다. 그녀는 사랑하는 사람이 밤을 몹시 싫어하고 어둠을 무서워했기에 마을에 카페를 열었고 사랑하는 사람이 밤의 공포 속에 혼자 있기를 두려워했기에 카페 안에 흥겨운 사람들이 모여들도록 맛 좋은 술과 따뜻한 등불을 내놓았다. 꼽추 라이몬을 사랑하게 됐기 때문이다.

그녀는 온갖 수고를 다했으나 불성실하고 추악하고 비천한 본성을 가진 꼽추 라이몬은 아멜리아를 잔인하게 걷어차고 배신하고 떠나버렸다. 아멜리아는 그날부터 집의 담장에 판자를 쳤으며 유리창의 덧문을 걸어닫았다. 그리고 아름다운 아멜리아는 시 같은 노래를 생각한다. 흐느낌 같은 중얼거림, 반 노래 혹은 질문 같은 유형수의 노래를.

미스 아멜리아,
당신의 고독한 사랑을 사랑했다

"사랑이란 두 사람 사이의 공동체험이다. 그러나 사랑이 공동체험이라는 사실은 당사자 두 사람이 서로 비슷한 경험을 한다는 것을 의미하지는 않는다. 거기에는 사랑하는 사람과 사랑받는 사람이 있다. 하지만 이 두 사람은 각기 다른 나라에서 온다. 사랑받는 사람은 지금까지 사랑하는 사람의 마음속에 간직되어온 사랑에 대한 하나의 자극에 지나지 않는다. 그리고 사랑하는 사람 모두는 이러한 사랑을 다소 알고 있다.

그는 자신의 영혼 안에서 자신의 사랑이 고독한 것임을 느끼고 있다. 그리하여 그는 어떤 새롭고 낯선 고독을 알게 되고 이러한 사실을 알게 됨으로써 고통을 경험하게 된다. 따라서 사랑하는 사람이 사랑을 위해 할 수 있는 일은 오직 한 가지뿐이다. 그는 자신의 가슴속에 간직되어 있는 사랑을 위해 가장 아름다운 집을 지어야 한다. 그는 스스로 자신의 내면세계에 강렬하고 새롭고 완전한 세계를 구축해야 한다. 그러므로 사랑하는 사람이란 반드시 결혼반지를 마련하기 위해 저축하고 있는 젊은 남자일 필요는 없다. 사랑하는 사람은 남자일 수도 있고 여자일 수도 있고 한 아이일 수도 있으며 지구상에 존재하는 어떠한 인간일 수도 있다……"

뚝섬 강변에 앉아 조용히 홀로 있을 때 나는 이제 더 이상 혼자가 아니며 아멜리아의 슬픔과 더불어, 아멜리아의 힘찬 고독과 더불어 나는 이제 더 이상 외롭지 않다는 것을 알았다.

더 이상 누구를 위해 배회한다는 것은 공허일 뿐이며 낭비

일 뿐이며 소모일 뿐이다. 나는 나의 내면의 집을 짓지 않으면 안 된다. 그리하여 부단히 나아가는 정신의 노력은 그의 천재 가까이 다가가는 길이며, 그는 우주의 중심과 같은 존재여서 이제부터 내가 가는 길은 어디로 가든지 그의 길 가까이 가는 길이 될 것이라고. 내가 나만의 특유한 정신의 방법을 찾아 넋의 흐름으로 노래 지으면 그 흐름은 결국 어느 운명의 얼굴을 향한 것처럼 그의 큰 흐름에 합류하는 길이 될 것이라고. 그것이 연모의 자연nature이라고.

멀리 강 건너 하늘에서 우수수—도깨비불 같은 별들이 지고 있었다. 도깨비불 같은 유성들은 여름 하늘에 기다란 금빛 고리를 그으며 소리 없이 우주의 눈물처럼 어둠 안에 삼켜져 버렸다.

나는 울고 있었다. 강물이 발길을 적셨다. 아무도 건져줄 수 없는 밤. 아멜리아와 더불어, 제각기 홀로 있으면서, 나는 고독의 부적을 더듬으려는 듯이 책의 다음 구절을 되뇌어보았다.

"어떤 사랑의 가치나 질은 오로지 사랑하는 사람 자신에 의해서만 결정될 뿐이다. 우리들 대부분이 사랑받기보다는 누군가를 사랑하려고 하는 이유가 바로 여기에 있다. 거의 모든 사람들이 사랑하는 사람이 되고 싶어 한다. 그리고 사랑받는 상태가 많은 사람들에게 견딜 수 없는 상태라는 사실은 명백한 진리이다.

사랑받는 사람은 자신을 사랑하는 사람을 두려워한다. 왜냐하면 사랑하는 사람은 사랑받는 사람을 끊임없이 발가벗기려고 하기 때문이다. 사랑하는 사람은 비록 그 경험이 자신에게 고통만을 안겨준다 할지라도 가능한 한 사랑받는 사람과 어떤 관계라도 맺으려고 열망한다."

hope나
SUICIDE나?

시란 바로 그런 난간의 언어 같은 것이었다.

내 목에 매단 자살용 밧줄을 풀어주고

시퍼런 목줄을 손으로 쓰다듬으며

"이 난간을 붙잡고 서라. 아가야, 자, 자, 일어나 걸어야지"

하고 부축해주는 고마운 간호사였다.

진심으로 어느 때나 나는 그것을 믿었다.

어떤 고통에 처해 있더라도 '춤추는 별을 낳기 위해서는,

낳을 수 있게 되기 위해서는

인간은 자아 속에 혼돈을 가지고 있지 않으면 안 된다'

라는 말에 나는 얼마나 매달려 있었던가!

그리고 그러한 말로부터 내가 얼마나 위안을 받았던가!

연소하는 태양의 수소폭발
같은 한가운데서

　　　　　　　나는 이제 뚝섬의 배회를 중단했다. 그리고 그 배회의 힘을 모아 '무언가'를 해야겠다고 생각했다.

　그도 그럴 것이 눈만 뜨면 뚝섬으로 달려가던 그 엄청난 에너지―그 마음의 불타는 화력火力을 모아 이 한국 땅에 화력발전소를 세웠다면 아마 벽촌과 낙도 등지의 전기 사정은 십여 년 전에 이미 다 해결이 되었으리라. 갈애라는 것. 목마름이라는 것. 목마름의 불꽃이라는 것.

　탄다, 탄다, 일체는 타느니라.

　비구들이여, 눈이 탄다. 눈의 대상이 탄다. 눈이 닿는 곳 일체가 탄다. 무엇에 의해 타는 것이랴. 탐욕의 불에 의해 타고,

노여움의 불에 의해 타고, 어리석음의 불에 의해 타고, 노사老死에 의해 타고, 우憂 비悲 고苦 뇌惱 절망에 의해 탄다고 나는 말하고 싶다.

비구들이여, 귀가 탄다. 귀의 대상이 탄다. 귀가 접하는 곳, 일체가 탄다. 무엇에 의해 타는 것이랴. 탐욕의 불에 의해 타고 노여움의 불에 의해 타고, 어리석음의 불에 의해 타고, 노사에 의해 타고, 우 비 고 뇌 절망에 의해 탄다고 나는 말하고 싶다…….

이것은 세상에서 가장 아름다운 젊은이 싯다르타―그 붓다가 한 말이지만 당시의 내 모습을 가장 잘 표현해줄 수 있는 '불의 지옥도' 같은 것이었다. 그리고 붓다는 계속하여, 코에 대하여, 혀에 대하여, 몸에 대하여 마음에 대하여 '탄다, 탄다, 일체가 타느니라'고 말하면서 욕망이라든가 갈애 그 자체가 문제가 되는 것이 아니고 애착의 마음, 집착의 마음, 잡히는 마음이 불의 근본이라고 말하고 있었다. 결국 문제는 번뇌의 불꽃을 끄는 것만이 이상이며 '니르바나Nirvana'란 말 자체가 '번뇌의 불꽃을 끄다'라는 말인 것이다.

갈애의 불꽃 속에서,

연소하는 태양의 수소폭발 같은 한가운데서,

아― 나의 자리― 삼계화택三界火宅과 같은

불타는 집― 골방 속에서

나는 미혹의 극치인 천재에 대한 환상 속에서

폭양에 몸이 노출된 지렁이처럼 꿈틀거리며 괴로워하고 있었다.

아, 누구 힘센 발이 나를 밟아 죽여줬으면!(그때 나의 소망은 물이 아니었다. 누구 잔인한 발이 힘껏 내 몸통을 짓이겨 푸르스름한 피를 뽑고 숨통을 끊어주었으면 하는 것이었다. 그 욕망을 이해하기에 나는 땡볕 아래 잘못 나와 비틀거리는 지렁이나 대낮에 실수로 밖에 나온 바퀴벌레, 에프킬러 향기 속에 술 취해 건들거리는 모기나 파리, 나방을 보면 단번에 짓이겨준다. 그것이 오히려 휴머니즘이라고 슬프게도 나는 오해하고 있는 것이다.)

뚝섬에 가는 것을 중단했기에 나는 여름방학의 마지막 시간을 집 안에서 버텼다. 하루 종일 집 안에 있다는 것은 정말 나의 경우 거의 초인적인 인내를 요구하는 일이었다.

우리 집안에서 유일하게 부지런한 한 사람이며 마치 온 집안의 게으름을 홀로 보상이라도 할 듯이 부지런함이 상식을 결여할 정도인 아버지는 새벽 네시 통행금지 해제시간만 되면 도봉산으로 등산을 간다. 등산 이후 집에 돌아오면 운동을 한다, 목욕을 한다, 밥상을 재촉한다. 집안 식구들에게 늦잠을 잔다, 게으르다 하여 야단을 퍼붓는 바람에 도저히 새벽 네 시부터는 잠을 자는 것 같지도 않고 살아 있는 것 같지도 않은 어수선한 와중에 휩쓸리게 되었다.

그리고 아버지의 출근 시간마다 벌어지는 돈을 타내려는 C의 촌극들. 아버지가 대문을 닫고 집을 나서는 순간부터 벌어지는 C의 횡포. C와 엄마의 싸움이 끝내는 나와 C의 싸움이 되고 나와 C의 싸움은 나와 엄마의 싸움으로 변하다가 마침내는 온 식구가 전력투구하여 싸워야 되는 희극 비극의 혈전의 난장판. '어허—일체는 공空이니라.' 이런 진리가 무슨 소용이 되랴?

우리 집의 아비규환, 지치지도 않고 매일매일 색다른 각본으로 연출되는 가족 불화는 영원히 끝나지 않을 듯싶었고 그 드라마가 끝나기 위해서는 지구의 종말이 와야 한다고 나는 굳게 믿었다.

지구의 종말을 기다리는 것이 나의 유일한 낙이었다. 지구의 종말이 와도 나는 아까운 것이 하나도 없었다. 그것이 내가 우리 집에 불을 지르고 방화범이다 뭐다 하는 참담한 것으로 귀찮게 체포되고 어쩌고 하는 악몽을 꾸는 것보다는 훨씬 더 편해 보였기에 나는 일구월심 지구의 종말을 기다렸다.

지구의 종말을 기다리며 책을 읽었다. 지구의 종말을 기다린다는 나의 기본자세가 확립되자 나는 방문 밖에서 어떤 소란이 일어나도 별로 개의치 않을 수가 있었다. 왜냐하면 지구의 종말이 불원간 올 것이니까. 그러면 이 이색적인 슬픔의 버라이어티 쇼는 자연스레 막을 내리게 될 테니까.

그러나 기다려도 지구의 종말은 오지 않고 집안은 늘상 시끄러웠다. 고요한 아침의 나라에 왜 이토록 시끄러운 집안이 있는가. 고요한 아침 속에서 평화로운 늦잠을 한번 늘어지게 자보는 것, 그것이 나의 작은 소원이었다. 나는 대체로 늦잠을 잤지만 그러나 조용한 아침 속의 평화로운 늦잠은 아니었다. 시끌덤벙한 소리들이 나의 뇌리를 마구 짓밟는 것. 바늘로 찌르는 듯한 괴로움. 모든 염세주의는 어쩌면 그런 작은 것에서부터 시작될 수 있는 것이 아닐까?

그러다 나는 『비유경』 속에 나오는 '흑백이서'의 비유를 발견했다.

"옛날 어느 곳에 한 나그네가 넓은 들판을 가고 있을 때 별안간 한 마리의 미친 코끼리가 나왔다. 놀라서 도망하려고 했으나 넓고 넓은 들판인지라 도망쳐서 숨을 곳이 없었다. 그런데 다행히도 들 가운데 오래된 우물 하나가 있었다. 그리고 그 우물 속에는 한 줄기의 덩굴이 밑으로 내리뻗어 있었다. 나그네는 천행으로 생각하고 기뻐하면서 급히 그 덩굴줄을 붙잡고 우물 밑으로 내려갔다. 미친 코끼리는 무서운 이빨을 쳐들고 들여다보는 것이었다. 나그네는 이제야 살았구나, 하고 한숨 돌리고 있자니 우물 밑바닥에서는 무시무시한 큰 뱀이 입을 벌리고 혀를 날름거리며 나그네가 떨어져 내리길 기다리고 있는 것이 아닌가. 다시 놀라서 주변을 살펴보니 사방에는 또한 네 마리의 독사가 있어 금방이라도 나그네를 집어삼키려고 하고 있었다. 의지할 곳은 다만 한 줄의 덩굴뿐. 그러나 그 덩굴조차도 자세히 들여다보니 검고 흰 두 마리의 쥐가 번갈아가면서 그 덩굴 뿌리를 갉아먹고 있었다. 만사는 다 틀렸고 절망이었다. 그런데 신기하게도 덩굴 뿌리엔 벌집이 있어 거기서 단 꿀이 뚝뚝 다섯 방울이 나그네의 입속으로 굴러떨어졌다. 그러자 나그네는 눈앞에 보이는 모든 위험을 잊어버리고 다만 한 방울씩 떨어지는 그 꿀에 입맛을 다시며 정신을 팔고 있었다……."

나는 이 비유에 반했다. 그리하여 그 비유를 검고 빨갛고 푸르고 흰 매직펜을 사용해 그림으로 커다랗게 그려 내 방 벽에 붙여놓았다.

아, 이야말로 인생이 아닌가. 아, 이야말로 우리 집의 이야기가 아닌가. 나는 그 그림을 바라보며 힘껏 만족해 인생이라는 추물—그것의 정체를 경멸했다. 그러나 만족해 경멸하고만 있을 일도 아니었다. 어떻게 살아야 하는가. 이 밑도 끝도 없는 위험이 삶이라면 이 위험을 어떻게 살아내야 하는가?

넓은 들을 방황하는 그 나그네야말로 우리들 인생이었다. 한 마리 미치광이 코끼리는 무상이며 흘러가는 시간이다. 우물은 생사의 심연이며 간두이다. 우물 밑바닥의 큰 뱀은 죽음의 그림자요 네 마리의 독사는 우리들 육체를 구성하는 네 가지 원소 지地 수水 화火 풍風을 의미했다. 덩굴줄은 우리의 생명이며 검고 흰 두 마리 쥐는 밤과 낮이다. 꿀 다섯 방울은 우리의 오욕五欲이며 본능적 욕망이다. 어떻게 살아야 하는가, 나그네여, 그대여…….

내가 바라보는 모든 것은 타고 있었다. 그것은 나의 눈이 불타고 있어서인지 모든 불타고 있는 숙명적인 자리에만 내가 있어서인지 알 수 없었다. 모든 것들은 타고 있었고 화염의 태 속에서 나는 사는 방법을 모르는 아기였다. 내 귀에 들리는 것도 불타는 소리뿐이요, 내 손이 만지는 것도 타오르는 것뿐이었다. 나는 귀를 막고 눈을 감고 울부짖었다. 화염의 태 속에서 고고지성을 지르는 순결한 아기처럼. 지구가 멸망하지 않으니까 어서어서 나라도 없어졌으면 싶었다. 나에겐 다섯 방울의 단 꿀조차 없었고, 있는 것은 쓰디쓴 가족들의 눈물뿐이었다. 내 머리칼에 불이 붙고 내 옷깃에 불이 옮아 타고 있을 때 문득 방금 세수한 청옥빛 달의 미소 같은 N의 얼굴이 불길 저편에 나타나는 것이었다. 그는 아주 냉정을 극한 목소리로 말하고 있었다. 말한다기보다 음송하는 것 같았다.

바람이 광폭할수록
풍차는 더욱 큰 힘을 얻는다

　　　　　　─반야꽃을 찾아라.

　불길은 더욱 찬연하게 내 몸뚱이를 먹어치우려고 덤벼들었다. 살 타는 냄새가 나고 뼈들이 불길 속에서 타악 탁 튀었다. 살가죽을 뚫고 뼈들이 불쑥불쑥 튀어나왔다.

　─반야꽃을 찾아라. 화엄을 찾아라.

　끝내 지구의 종말은 오지 않고 가을학기만 시작됐다. 학교에선 장학금을 받기가 쉽지 않았다. 33퍼센트의 학생들이 부분장학금이나 전체장학금을 받으며 다니고 있었다. 그러나 나는 그 장학금 혜택에서 제외되었기에 우리 아버지의 고단한 돈을 받아 등록을 했다.

　등록금을 받을 때마다 언제나 듣는 말이 있었다. 아버지 친구 아무개 씨의 딸은 고등학교만 나오고도 은행에 취직해 월급을 꼬박꼬박 집에 갖다 준다는 것과 또 다른 아버지의 친구 아무개 씨의 아들은 4년 장학생으로 모 대학 법과를 나와 고등고시에 패스하여 검사가 되어 집안을 일으켰다는 것이다.

　우리 집 형제들은 등록금을 받을 때마다 언제나 그 이야기를 듣고 죄의식과 절망에서 허우적거렸다. 그 두 가지가 다 우리에게는 불가능한 일이었기 때문이다. 내 경우는 불가능한 정도가 아니라 죽었다가 다시 태어난다고 해도 그런 길을 걸을 수 없을 것 같았고 결코 걷고 싶지도 않았다. 단지 학문의 공리성이나 유용성을 추구하는 당연스런 아버지의 기대 앞에서 아, 소위 맏자식인 나라는 인간이 언제나 그토록 무능했고 사회적 가치가 없는 일에만 몰두했다는 것이 부끄러울 뿐이었다.

은행에도 못 다니고 고등고시 따위와는 단 한 번의 인연도 맺을 리 없는 나의 미래 앞에서 나는 단지 아버지의 은혜를 향해 죄송스러웠을 뿐이었다. 그러면서도 이를 악물고 장학금을 타는 우수한 학생이 되려고 노력한 적은 한 번도 없었으니 참으로 무감각한 인생이었다.

남들은 높은 학교를 다녀 돈과 지위와 신분을 얻는다는데 나는 그저 뜬구름 잡는 일로 공사다망할 뿐이었다. 아버지에게 나는 하나의 위조지폐범과 같은 존재다. 아버지는 나에게 진짜 돈을 주면서 현실적인 꿈과 기대를 걸었는데 나는 아버지의 꿈에 위조지폐 같은 헛된 보답을 한 것이라는 생각이 떠나지 않는다. 아버지, 죄송합니다. 저는 아무래도 잘못 살아온 것 같아요.

가을학기가 시작되자 나는 지구의 종말을 기다리기보다는 어떻든지 살아갈 궁리를 해야만 했다. 노고산 언덕에 아카시아 잎들이 낙엽이 되어 떨어지고 한강에서 불어오는 바람이 조락에 잠긴 캠퍼스를 휩쓸고 지나갈 때 아— 나는 언제나 N의 목소리를 듣고 있었다.

　—반야꽃을 찾아라.

　가을이 오는 언덕, 삶과 죽음의 무늬가 교차하는 슬프도록 아름다운 신촌 언덕 위에서 나는 차라투스트라를 읽고 하이데거와 키에르케고르를 읽었고, 노을이 지는 가을 저녁마다 또한 그토록 죽고 싶기도 했다.

　—반야꽃을 찾아라. 화엄을 찾아라.

　집에 빨리 들어가지 않으려고 나는 학교 안을 괜히 왔다 갔다 하면서 시간을 보냈다. 서강대학 본관 언덕 위에서 보는 해지는 모습은 언제나 장관이었고 세상의 어디에서 해가 지는 모습보다도 가장 아름다우리라고 나는 생각했다.

　언덕 위에 서서 한강 쪽을 바라보면 당인리 발전소 부근의 빈 하늘은 언제나 목이 메이도록 아름다운 노을로 가득했다. 울음처럼 붉은 꼭두서니빛 하늘은 당인리 발전소 기둥을 붙잡고 빙빙 돌면서 소멸의 시간을 애통해했다. 여름에 지는 해는 금속 같지만 가을에 지는 해는 액체의 식물 같았다.

　그렇다. 가을하늘에 애잔하게 마지막 빛이 시들며 난초처럼 애련한 태양이 어둠속으로 몸을 풀 때, 꼭두서니빛 난초처럼 노을이 어둠의 태반 속으로 죽음을 낳고 있을 때, 다시 한 번 하루가 가고 밤이 오고 있을 때, 그대여 그대는 보기도 했다. 삶과 죽음의 그 영원 앞에 저 한 떨기 꽃을, 반야꽃을 왜 찾아야 하는지를.

가을 저녁, 학교 앞 기차역에는 검은 석탄더미가 하늘의 숨통을 위협하는 듯 높이 쌓여 있고, 일에 지친 철도 노무자들이 추운 어깨를 움츠리며 집으로 돌아가고 있을 때 나는 가끔씩 노을이 아름답기 때문에, 노을의 띠로 목을 매고 죽고 싶다고 생각하기도 했다. 노을의 끈으로 칭칭 또아리를 감아 그렇게 단숨에 절명한다면, 노을빛 화환 속에 목을 박고 태양의 젖을 먹으며 숨이 멎는다면!

이런 시도 있지 않던가. "아아 황혼이면 자살하고 싶은 사람들이 자살을 못하기 때문에 술집은 붐비고⋯⋯."

그런 시각에 떠오르는 N의 얼굴은 마치 차라투스트라의 모습을 닮았고 마치 니체의 목소리를 빌려 나에게 생명을 호소하는 듯했다. 그때로서는 N 때문에 죽고 싶은 내가 아니던가. 그런데 N 때문에 또한 살아야 하다니!

"나는 사랑한다. 상처를 입었을 때에도 계속해서 영원의 깊이를 잊어버리지 않는 자들을. 그리고 작은 체험에 의해서도 기꺼이 멸망할 수 있는 자를.

나는 사랑한다. 몰락하는 자로서 사는 것 외에는 사는 방법을 가지고 있지 않은 자를. 그는 피안을 향해 건너가는 자이기 때문이다. 스스로를 망각할 정도로 영혼이 충만하여 모든 것을 자신의 내면에 가진 이를 나는 사랑한다. 이렇게 하여 모든 것은 그의 몰락을 재촉하게 된다.

나는 자유로운 정신과 마음을 가진 사람을 사랑한다. 이리하여 그의 머리는 단지 마음의 내장이지만 그의 마음은 그를 몰락으로 이끈다. 어두운 구름으로부터 방울져 떨어지는 무거운 방울같이 인간들 위에 걸터앉은 모든 이들을 나는 사랑한다. 그는 번개 칠 것을 예언하며 예언자로서 멸망해 간다. 보라, 나는 번개의 예언자요 번개는 초인이라 일컬어진다.

강렬한 강풍처럼 우리들은 천민을 뛰어넘어 살고 싶다. 독수리의 이웃으로서 눈雪의 이웃으로서, 태양의 이웃으로서."

그런 시각이면 고요히 나는 서강 언덕에 네 팔을 벌린 하나의 풍차가 된 것 같았다. 서강 언덕에 젊음의 네 팔을 벌리고 마치 빈센트 반 고흐의 나라 네덜란드의 그림엽서 속에 나오는 네 개의 날개가 달린 거대한 풍차처럼 노을의 힘을 모으려는 듯 그렇게 노을을 바라보며 서 있었다.

바라봄이란 무엇인가. 바라봄이란 하나의 소유가 아닐까. 노을을 바라보면서 벅차게 호흡을 끊고 노을의 홍수를 바라보면서 나는 노을의 힘을 모아 수력발전을 일으키려는 풍차 인간처럼 그렇게 가을 석양 속에 홀로 서 있었다.

바람이여, 나를 몹시 쳐라. 심하게 극심하게 내 따귀를 갈겨다오. 노을이여, 더욱 무너져라. 하늘의 댐이 무너지도록 더욱 범람하라.

바람이 광폭할수록 풍차는 더욱 큰 힘을 얻는다. 바람이란 그리하여 초자연적인 힘을 지닐수록 풍차의 동력을 초현실적으로 증폭시킬 수가 있으니…… 미지근한 바람, 살갗을 간질이는 산들바람 정도를 내가 얼마나 경멸했던가.

나는 눈동자가 시리도록 가을바람에 이글거리는 노을을 바라보면서 마치 몸속에 노을의 피가 태동이라도 하는 듯이 벅찬 호흡을 느꼈다. 피가 뱅글뱅글 회전하고 뜨거운 심장과 무서울 정도로 차가운 운명의 결합을 아득히 느낄 때 그런 순간엔 운명을 사랑할 수 있을 것 같았다. 영혼의 프로펠러가 불후의 넋을 받아 가동하고 있는 듯 느껴졌다.

시는 바로
난간의 언어다

나는 마치 N의 사랑을 받는 길이 차라투스트라의 가르침을 따르는 길이기라도 하는 듯 차라투스트라를 탐독했고 밑줄을 긋고 읽었으며 새벽이면 눈을 감고 좌선 비슷한 자세로 앉아 그것을 외어보려고까지 노력했다.

"나는 급류의 기슭에 서 있는 난간이다. 나를 붙들 수 있는 자는 붙들어라. 그러나 나는 그대들의 지팡이가 아니다."

도대체 언어 이외에 무엇이 우리를 구원해주던가. 암담한 심연의 한가운데서나 죽고 싶은 우울증의 격류 속에서 도대체 언어 이외의 무엇이 내 손을 잡아 일으키며 손바닥에 묻은 피를 닦아주던가. 누가 내 으깨어진 무릎에 소독수를 발라주며 선혈이 터져 흐르는 내 심장의 한복판에 지혈붕대를 감아주던가. 그것은 언제나 한 움큼의 언어였다. 언어의 난간이었다.

시란 바로 그런 난간의 언어 같은 것이었다. 내 목에 매단 자살용 밧줄을 풀어주고 시퍼런 목줄을 손으로 쓰다듬으며 "이 난간을 붙잡고 서라. 아가야, 자, 자, 일어나 걸어야지" 하고 부축해주는 고마운 간호사였다. 진심으로 어느 때나 나는 그것을 믿었다. 어떤 고통에 처해 있더라도 '춤추는 별을 낳기 위해서는, 낳을 수 있게 되기 위해서는 인간은 자아 속에 혼돈을 가지고 있지 않으면 안 된다'라는 말에 나는 얼마나 매달려 있었던가! 그리고 그러한 말로부터 내가 얼마나 위안을 받았던가!

모든 아담은 자기 마음속에 이브를 가지고 있다지만 내 마음속에는 차라투스트라를 닮은 자의 모습만이 가득하며 어느 아담도 깃들일 수가 없었던가.

스무 살이 되던 겨울, 상과대학에 다니던 3학년 남학생이 자꾸만 말을 걸어왔다. '네가 나를 어찌 알겠는가'라는 표정으로 나는 전혀 상대를 하지 않았다.

생김새도 보통 이상은 되어 보였고 아버지와 어머니가 모두 교수라든가 하는 집안의 귀티가 뚝뚝 떨어지는 사람이었다. 그러나 나는 바로 그런 귀족적 분위기를 가진 청순한 사람을 가장 혐오하고 있을 때였으니 그건 바로 나의 열등감의 발로라고나 해야 할 것이다. 그토록 관심이 없을 수가 있었을까? 교문 앞에서 자꾸만 기다렸고 그의 집에서 동생의 개인교사 노릇을 하고 있던 나의 친구를 통해 한번 만나자는 것이었다.

관심은 정말 없었지만 솔직히 말해 내가 자꾸 피하면 혹시 집으로 찾아올지도 모른다는 두려움 때문에, 정말 나 사는 모습을 누구에게도 보이기 싫어서 빅토리아라든가 하는 고전음악이 나오는 다방에서 만나기로 했다.

그는 자리에 앉자마자 재미있는 이야기를 하는 것이었다.

"버지니아 울프를 알죠? 블룸즈베리 그룹이라고 알아요? 버지니아 울프가 버지니아 스티븐이던 시절, 즉 처녀 시절에 블룸즈베리 구에 살았는데 거기 모여들어 담론하고 토론하고 서로 자극을 주면서 지적 교우를 즐기던 사람들의 모임을 일컫는 말이지요. 그 블룸즈베리 그룹에는 주로 문예비평가나 작가지망생이 있었지만 20세기 최대의 경제학자가 될 존 메이너드 케인즈도 끼어 있었지요. 그러니 내가 상과대학생이라고 해서 무시하지 말고 버지니아 울프와 케인즈가 친구로 지냈듯이 우리도 한번 사귀어보는 것이 좋지 않겠어요?"

나는 수재형인 그의 머리통을 바라보면서 차라리 슬픔을 느꼈다. 아니, 우리라니? 누구 마음대로 우리라고 부르느냐? 첫 대화치고는 너무도 재기발랄한 이야기였지만 전혀 인간적인 호기심이 생기지 않는 것이었다. 케인즈와의 대화는 그것만이 생각날 뿐 더 이상은 전혀 기억조차 나지 않는다.

그 뒤로도 몇 번 학교로 찾아오고 친구를 통해 약속을 정하려고 했지만 나는 전혀 관심을 못 느낀다고 거절했다. 싫다는 것이 아니라 무료했기 때문이었다. 그는 케인즈가 되었는가. 내가 버지니아 울프가 못 됐듯이 그도 케인즈가 못 됐겠지만, 버지니아 울프는 그런 친구를 가질 수 있었기에 풍부한 소설가가 될 수 있었고, 나는 문학 이외의 다른 것엔 일말의 관심도 가질 수 없었기에 시인이 된 것은 아니었을까.

그렇듯이 스무 살 나의 마음엔 아담이 없었다. 아담 대신 차라투스트라 비슷한 N의 모습만이 치열하였기에 나는 내 또래의 미숙한, 너무나도 어린 아담들에겐 차라리 환멸을 느꼈다.

그들은 젊음의 아름다움을 가졌다기보다는 젊음의 미숙함만을 가진 것 같았다. 괜히 남자 티를 내려고 하고 남자답지 않게 보일까봐 초조해하고 있는 것 같았다. 스무 살에 남자다움을 과시하려고 한다는 것은 방법적으로 너무나 뻔한 것이어서 그것은 스무 살 처녀인 나의 눈엔 초라하고 아니꼬워 보이기까지 했다. 아니, 나의 스무 살이 처녀 시절이라기보다는 차라리 청년 시절에 가까운 것이어서 그들이 그렇게 보였던 것인지도 모르겠다.

베토벤의
데드마스크 아래서

겨울방학이 되자 나는 도저히 집 안에만 틀어박혀 있을 수가 없어 '피신할 장소'를 물색하던 중 명동에 있는 음악실 크로이첼이라는 곳을 알게 되었다.

국립도서관에서 하루 종일 책을 읽고 나와서 명동성당 쪽으로 올라가면 성당 바로 앞에 초라한 4층 건물이 하나 있었다. 그 길로 침침하고 더러운 복도를 올라가면 4층에 작은 응접실 크기만 한 고전음악 감상실이 하나 있었다. 이십오륙 명 정도가 앉으면 꽉 차게 되는 그 좁은 음악실은 마치 방주의 속처럼 어두웠고 하얀 석고로 만든 베토벤의 데드마스크가 마치 악귀를 쫓아내려는 사원의 사천왕상처럼 입구에 걸려 있었다.

나는 그곳을 나의 피신처로 정하고 매일매일 읽을거리를 가지고 그곳으로 출근하다시피 나갔다. 출석을 부르는 학교에 나가는 것엔 그토록 게으르던 인간이 크로이첼엔 맘만 먹으면 황급히 나갔다. 어영부영 집에서 뒹굴다가 또다시 지구의 종말을 기다리는 것이 유일한 낙인 그런 생활을 되풀이하게 될까봐 겁이 나서였다.

지구의 종말이 오더라도 나는 하나의 방주를 갖고 싶었다. 음악의 방주, 예술의 방주 같은 나만의 흔적을 남기고 싶었다. 차라투스트라의 난간, 초인의 난간 가까이 있기 위해 나는 음악을 들었다. 음악에 대해서만은 나는 종교적인데 그 당시 지극히 곤궁하여 현실에 허덕이고 있을 때 음악이 어떤 '초현실의 대관식' 같은 것을 나에게 베풀어주었기 때문인지도 모르겠다.

크로이첼의 내부엔 작은 석유스토브가 하나 타고 있었고, 회색이 되다시피 한 석회가 칠해진 콘크리트 벽엔 흔해빠진 카라얀이나 토스카니니, 유진 올만디 같은 지휘자의 사진 패널과 바흐, 하이든, 베토벤, 모차르트, 슈만 등의 초상이 걸려 있어서 마치 유럽인의 납골당 비슷한 기분을 주었다.

그런 불멸의 냄새도 좋았다. 시간을 초월한 천재의 얼굴들이 좋았다. 그 안에 있으면 나는 현실의 껍질들을 한 꺼풀 한 꺼풀 벗게 되었고 드디어는 완전히 정신만인 존재, 영혼의 날 개옷만 입은 듯한 비현실의 존재로 화하게 되는 것 같았다.

보들레르의 시 「취하여라」를 읽은 곳도 그곳이었다.

언제나 취해 있어야 한다. 모든 것은 거기에 있다. 그 것만이 유일한 문제다. 그대의 어깨를 짓부수고 땅으로 그대 몸을 기울게 하는 저 시간의 짐을 느끼지 않기 위 해 쉴 새 없이 취해야 한다. 그러나 무엇에? 술이건 시 건 덕이건 무엇에고 그대 좋은 것에! 그러나 다만 취하여 라…… 지금은 다만 취할 시간!

결국 취하는 것만이 유일한 문제라면 크로이첼이야말로 가 장 이상적인 장소였다. 어두운 불빛 아래 명멸하는 음악의 전 광만이 우리의 뇌를 울릴 때, 피를, 혼을, 척추신경을 금빛으 로 매혹의 벼락처럼 울릴 때 오히려 현실이 피안이며 피안이 현실이 되는 그런 경험을 우리는 누구나 가져본 적이 있지 않 을까?

바흐의 무반주 바이올린 소나타들, 베토벤의 교향곡, 모차 르트의 피아노 협주곡들과 바이올린 협주곡들, 브람스의 클 라리넷 오중주와 이중협주곡, 아아 무엇보다도 베토벤의 네 개의 첼로 소나타—이것들은 무엇인가? 반야가 이승에서부터 열반의 해안으로 건너가기 위한 하나의 배(船)라면 음악이야말로 가장 아름다운 반야가 아니고 무엇이던가. 반야의 춤, 반야의 노래, 반야의 꽃잎들이 아니고 무엇인가. 반야…… 반야…… 안 보이는 반야의 항로들.

> 그녀는 운다, 하염없이, 인생을 살아왔기에!
> 그리고 지금도 살고 있기에!
> 하지만 그녀가 특히 한탄하는 건
> 아, 슬프다! 내일도 또한 살아야 하겠기 때문!
> 내일도 모레도 그리고 언제까지나! —우리들처럼!

—보들레르의 「가면」 중에서

눈뜬 사람보다
더 잘 보는 한 맹인과의 만남

그곳에 계속 죽치고 있는 동안 나는 크로이첼 식구들이라 할 음악 귀신 같은 사람들을 어쩔 수 없이 알게 되어버렸다. 하루 종일 좁은 공간에서 얼굴을 맞대고 있다 보니 시선이 마주치지 않을 도리가 없었고 또한 죽치고 있는 부류들이 매일 그 사람이 그 사람인지라 싫어도 낯이 익게 되어버린 것이다.

음악을 좋아하는 사람들, 식음을 전폐하고(모두들 점심은 그럭저럭 굶은 눈치였으니), 음악을 듣는 사람들이라면 무척 낭만적으로 들리지만 그러나 그들의 모습은 낭만적이라기보다는 낙오자나 실패자의 모습에 더욱 가까워 보였다.

실업자 문화인들이 인기 있는 상류층이었던 시절은 50년대 중반 전후시절의 이야기가 아닌가. 그들은 약간 생존경쟁에서 뒤진 조금 곰팡이 냄새가 나기 시작하는 이십대 말의 청년들로 보이기도 했고 비실비실, 엉거주춤, 음악 속에 묻혀 생존을 피해보려는 나 같은 패주의 무리들로 보였다. 그들은 특히 슈만의 「유랑의 무리」가 나오면 신이 나는 것도 같았으니 인생이란 유랑하면서 패잔하면서 어디로든지 가야만 하는 탈주의 장소 같은 곳인지도 몰랐다. 음악의 배를 타고서.

가끔씩 눈이 번쩍번쩍하는 대학생들도 들르긴 했으나 그들은 뜨내기 방문객들이었고, 적어도 크로이첼에 상주하다시피하는 터주들은 약간씩 그런 몰락의 기미를 지니고 있는 사람들뿐이었다. 그리고 크로이첼의 명물과 같은 존재로 장님이 한 사람 있었다.

그는 사십대 중반쯤으로 보였고 베토벤을 닮은 용모를 지니고 있었으나 약간 병적으로 비만해 보였으며 오직 음악을 듣고 있기에 살아간다는 즐거운 모습이었다. 그는 이야기를 건네는 사람 누구에게나 친절하게 대했고 성악적으로 풍부한 목소리로 문학에서 철학, 종교까지 다채로운 화제를 이끌고 갔으며 옆에서 보기에 부러울 정도로 낙천적 힘을 가진 듯 보였다.

맹인이라는 숙명 때문에 더욱 그런 느낌을 주었겠지만 그는 그대로 무상을 터득한 사람이어서 신의 뜻이 있다면 언제나 '예스'라고 말할 수 있는 폭넓은 저력조차를 가지고 있을 것처럼 느껴졌다. 어느 날 연거푸 사흘을 그와 마주보고 앉게 되었다.

나는 벽 쪽을 마주보는 맨 구석진 좌석에 앉기를 좋아했고 그는 사람들이 통과할 수 없는 맨 구석진 벽에 붙은 좌석에 앉아 사람들이 들어오고 나가는 입구 쪽을 바라보기를 좋아하는 것 같았다.

그는 입구에 누가 들어오면 "응, 왔어?" 손을 쳐들고 인사를 했다. 나는 그 사실이 조금 신기했다. 장님이 아닌가. 나는 사흘 동안 마주앉아 그를 조금 관찰했다. 약간 미안하기도 했으나 그는 어쨌든 신비한 세계의 사람이었다.

사흘째 되는 날 나는 어찌하다가 만년필을 테이블 밑으로 떨어뜨렸다. 내가 어두운 테이블 밑바닥을 더듬더듬 찾고 있는데 그가 손쉽게 찾아주었다. "감사합니다." 나는 모기만 한 목소리로 말했다. 눈뜬 내가 찾지 못하는 것을 맹인인 그가 주위주었기 때문이다. 그가 물었다.

"나하고 사흘 동안 오후에 마주앉아 있었지요?"

"네—."

차가운 전율이 등골을 지나갔다.

"어떻게 아세요?"

"다 알지요. 보고 있으니까요."

나는 숨이 막히는 기분이었다.

"눈에는 여러 가지 눈이 있답니다. 붓다도 말하지 않았어요? 육안이 있지요. 나는 육안이 없습니다. 육안이란 중생의 육신에 갖춰진 눈이지요. 천안天眼이 있습니다. 천안이란 선정禪定을 닦아 얻는 눈이요, 혜안이란 우주의 진리를 보는 눈으로 공空, 무상無相, 무작無作, 무생無生, 무멸無滅을 보는 눈이지요. 다음으로 법안法眼이 있는데 이는 일체법을 분명하게 비춰보는 눈으로 보살의 눈입니다. 마지막으로 불안佛眼이 있는데 이는 법의 진성眞相을 꿰뚫는 부처의 눈이오. 나에겐 육안만 없고 다른 눈은 다 있다오. 아니, 아직 불안은 안 되었다고 할까……."

진실로 믿을 수 없어 나는 입을 벌리고 멍하니 바라보고만 있었다.

"학생이시오······?"

"네······."

나는 내 학교와 전공 등을 말했다.

"뭐 그렇게 놀랄 것은 없어요. 왕년에 명동 다방들에서 공초(시인 空超 吳想淳) 선생에게 주워들은 풍월이니까."

공초는 환도 후 명동의 다방들에 아침 열시면 나와 청동산맥이라는 그의 사인첩에 문학소년 소녀들을 모아 글을 쓰게 했다고 했다.

담배, 궐련초의 신화는 말할 것도 없고 주례사를 할 때도 담배를 피웠고 여기저기 떠도는 처지라 외출 가방의 안주머니엔 비누, 치약, 칫솔, 넥타이 통을 넣고 다녔다고 했다.

"공초가 살아 계실 때가 명동이 명동이었지. 이젠 어두워요. 「······나의 육肉의 발이 밑 있는 세계에 닿을 때 / 나는 우다 / 나의 영靈의 발이 밑 없는 세계에 스쳐 헤매일 때 / 나는 우다 / 오— 밑 없고도 알 수 없는 울음을 / 나는 우다—」 이건 공초 선생의 「방랑의 마음 II」의 마지막 구절이오. 그분의 울음 자체가 허무혼의 선언이었지요······."

이렇게 하여 그와 나는 말을 트게 되었다. 그는 내 얼굴 오른쪽 눈 밑에 크고 뚜렷한 눈물점이 있는 것도 알고 있노라고 말했다. 그렇잖아도 파고다공원 앞을 지나다가 점을 빼라는 사주 보는 여자들 때문에 도망치느라고 혼이 났다고 말하자

"그냥 둬요. 운명이란 운명인 것이니" 하고 말했다. 그는 언젠가 독창회를 연 적도 있는 성악가였다. 그리고 개신교 신자였다. 그의 한 동생은 목사였고 한 동생은 목수였다. 자기 집안은 목씨 가문이라고 말하면서 그는 껄껄 웃었다.

우리가 며칠 만에 급속도로 가까워져 내 마음속 이야기를 상당히 털어놓았을 때 그는 나에게 말했다. "승희는 하켄크로이츠를 닮았어."

"하켄크로이츠가 뭐죠?" 나는 물었다.

"나치 시절 히틀러 유겐트의 군복에 붙였던 견장의 꽃 이름이지. 어쩐지 그런 느낌이 들어. 꽃은 꽃인데 강인한 꽃."

우리는 실소하고 말았다. 그는 베토벤의 「환희의 송가」를 좋아했고 그것이 나오면 사람들이 많건 말건 아주 큰 소리로 따라 불렀다. 그러면 사람들은 모두 박수를 쳤고 피셔 디스카우보다 더 잘 부른다고 말하면 그는 아주 기분이 좋아졌다. 그는 또한 무척 박식했는데 공초의 시구 이외에도 고답적인 로버트 번즈, 하이네, 괴테, 헤세 등의 시구도 상당히 외고 있었다. 그의 입에서 루바이야트를 들을 줄이야!

>태초에 진흙으로 마지막 인간을 빚었으니
>마침내 거둘 곡식, 씨앗은 이미 뿌려진 것
>손을 들어 하늘에 구원을 찾지 말라

하늘인들 어차피 아무 힘이 없는 것을.

누구에게나 울부짖고 싶은
짝사랑이 있다

그는 기독교 신자이면서도 이상하게도 허무적이었는데 그것은 공초의 영향 때문이라고 했다. 책들을 어떻게 그토록 많이 읽었느냐고 내가 묻자 그는 단 한 권의 책을 빼놓고는 모두 혼자 읽었다고 말했다.

"단 한 권의 책이라뇨? 그 책은 그럼 누가……?"

"응. 나에게『독일인의 사랑』을 읽어준 한 소녀가 있었지…….."

나는 그만 아연하며 입을 다물고 말았다. 누가 그에게『독일인의 사랑』을 읽어주었는가? 어떤 아름다운 소녀인가? 나의 궁금증은 머지않아 풀리게 되었다.

어느 날 하얀 나비 같은 원피스를 입고 물빛 끈을 가는 허리에 질끈 동여맨 한 작은 소녀가 크로이첼 입구에 햇살처럼 가벼이 들어섰다. 그러자 죽은 듯이 무기력하게 음악 속에 가라앉아 있던 크로이첼 귀신들이 일제히 태양빛에 반짝 눈을 뜨는 나팔꽃들처럼 생기를 찾으면서 그 장님 선생님을 바라보

는 것이었다. 소녀는 가벼이 목례를 하고 그의 자리 옆에 조용
히 앉았다.

"응…… 선이 왔구나……."

그는 수줍은 듯 작은 목소리로 말했다. 나는 그의 얼굴을 응
시했다. 그는 소년처럼 설렘과 우수의 표정을 띠고 있었다.

"바빠서 그동안 못 나왔어요. 선생님. 강원도에 동계봉사가
있어서요, 음악도 못 들었어요……,「오렌지 향기는 바람에
날리고」가 어쩌나 듣고 싶었던지……."

소녀의 목소리는 시를 읽듯 어딘가 젖어 있었고, 새가 노래
하는 것처럼 상냥하고 감미로웠다.

소녀는 작고, 예뻤고, 실버벨이라는 말이 연상될 만큼 투명
하고 사랑스러웠고, 귀한 티가 나면서도 애잔한 착함이 눈동
자에 그대로 나타나 있었다. 두 사람은 마치 아이들처럼 소곤
소곤 말을 나누고 웃었으며 소녀는「오렌지 향기는 바람에 날
리고」를 목마른 듯이 듣고는 금세 나가버렸다.

그녀가 나간 빈자리에 오렌지 향기가 남아 날리는 것 같았
다. 그는 말이 없었다. 그저 잠자코 담배만 피우고 있었다. 저
녁이 되어 크로이첼의 커튼을 걷고 덧문을 열어젖히는 시간
이 오면 명동성당의 첨탑과 하늘이 보였고 때로는 저녁미사
를 알리는 종소리가 들려오기도 했다. 겨울밤이어서 환기를
위해 잠깐 유리문을 열어놓자 폐부를 찌를 듯한 차디찬 칼바

람이 실내로 와— 와— 몰려들어왔다.

그는 바람을 좀 쐬고 싶다고 하면서 "같이 나갈까?" 말했다. 그런 일은 처음 있는 일이었다. 그는 흰 지팡이를 짚고 어둡고 너절한 계단을 능숙하게 내려갔다. 이리저리 거닐다가(나는 돈이 없어 그에게 저녁을 같이하자는 말을 못한 것이 지금도 그토록 가슴이 아프다) 우리는 다시 성당 쪽으로 가서 성모병원 앞 마리아상을 안치해놓은 야외기도석 앞 돌벤치에 잠시 앉았다. 그는 말없이 담배만 피우다가 나에게 물었다.

"승희는 연애도 안 하나?"

"네. 연인은 있으나 연애는 안 해요……."

나는 굳이 분위기를 풀 겸 장난스레 말했다.

"연인이 있어?"

"네……."

나는 마음속으로 N을 생각하고 있었으나 금세 말을 이어 그것을 부정했다.

"책 속의 연인이나 마찬가지예요. 플라토닉이죠. 천재에 대한 숭배…… 그런 것이에요. 나를 충전시키고 끊임없이 나를 파괴시키는 어떤 뛰어난 힘에 대한 경모, 홀림…… 그런 추상적인 것이에요. 그런데 그 추상적인 것이 때로는 아주 구체적으로 음악처럼 커다란 힘을 줘요. 그것이 소중해서 저 혼자 울

때가 있어요."

그는 차가운 바람 속에서 가만히 앞을 응시하며 앉아 있었다. 우리 눈앞에 있는 마리아상을 바라보고 있는 듯했다.

"결국 나도 그럴 거야. 아까 왔던 여대생 있지? E 여대 3학년 학생이야. 그녀가 나에게『독일인의 사랑』을 읽어준 소녀야. 그녀는 옥빛이지? 아니면 하얀 옥양목에 푸른 겨울하늘의 물감을 먹인 빛깔일까? 그녀가 나에게『독일인의 사랑』을 읽어주었어. 세상에서 그보다 아름다운 사랑은 없을 거야. 공작의 딸을 사랑하는, 신분이 다른 한 남자의 지고한 사랑 이야기지. 이런 구절이 있어. 그녀가 죽기 전날 그녀는 남자에게 그러나 당신은 왜 날 사랑하느냐고 묻지. 남자는 말해. ……마리아 공주님. 어째서라고요? 어린아이에게 너는 어째서 태어났는가 하고 물어보십시오. 꽃더러 너는 왜 피고 있는가? 하고 물어보십시오! 저 하늘의 태양에게 왜 빛을 발하고 있는가? 하고 물어보십시오. 나는 당신을 사랑해야 하기 때문에 사랑하는 것입니다. 마리아 공주님, 당신은 내가 알고 있는 중에서 가장 아름다운 피조물이기 때문입니다. 그리고 그 여자는 죽음을 따라 그를 버리고 떠나지. '하느님의 뜻하심에 따라서'라는 말이 새겨진 반지를 그에게 남기고. 결국 그렇게……."

말을 잇지 못하는 그는 목이 메었다.

나는 겨울바람 속에 금속처럼 차디차게 얼어붙은 한 줄기의 눈물을 그의 옆얼굴에서 보았다고 느꼈다. "실컷 노래나 불러보았으면 좋겠어." 그는 눈물이 섞인 목소리로 낮게 중얼거렸다. 마치 한 친구가 한 친구에게 말하듯이.

"어떤 순간에 목구멍까지 어떤 부르짖음이 꽉 차 오르지. 외쳐보고 싶고 지평선의 끝에 닿을 만큼 울부짖어보고 싶고 하늘을 무너뜨릴 만큼 포효하고 싶어진단 말이야. 인간에겐, 누구에게나 울부짖고 싶은 것이 꽉 차 있는지도 몰라. 그리하여 마치 쥐들이 밤에 어디에든 이빨을 갈지 않으면 송곳니가 턱뼈를 뚫어 죽게 되는 것처럼 우리도 어디에든 이 울부짖음을 쏟아버리지 않는다면 죽게 된다는 거야. 그래서 기독교에서도 가끔씩 통성기도라는 게 있어. 실컷 소리 내어 마음속에 있는 하소를 하고 기도를 하라는 것이지. 인간의 마음속엔 그토록 외치고 싶은 것이 가득 차 있기 때문에 어떤 사람은 폭포를 그리기도 하고 어떤 사람은 노래를 부르기도 하고 시를 쓰기도 한단 말이야."

나는 잠자코 돌 벽 속에 은은한 빛을 받으며 서 있는 마리아 상을 바라보았다. 마리아상은 아까 음악실에 왔던 긴 머리를 나풀거리며 하얀 원피스에 물빛 끈을 매었던 그 소녀 같기도 했고 이 세상의 비천悲天을 홀로 이고 있는 우리 엄마 같기도 했다.

그는 몸속에 가득 찬 자기의 울부짖음을 굳게굳게 누르려는 듯 입을 다물고 돌처럼 침묵했다. 춥고 서러운 겨울밤의 얼어붙음이 견딜 수 없어 나는 쓸데없는 말을 덧붙이고 있었다.

"토마스 하디라는 작가가 있어요. 그는 삶을 근본적으로 부조리하다고 보지요. 부조리란 인간의 욕구와 냉혹한 우주의 침묵 사이에서 생겨나는 것이라고 말해요. 그리고 이런 상황에서 인간이 취할 수 있는 가능한 반응은 Hope(희망)냐 Suicide(자살)냐? 단 두 가지뿐이라고 하고 있어요. 그리고 그는 묻고 있어요. 세계란 우리의 가장 근본적인 질문에 합리적인 대답을 줄 수 없다는 점에서 불합리한 것이다. 그런데 그런 질문을 퍼붓고 있는 인간이란 얼마나 이상한 동물이냐? 왜 이 세상에 무 이상의 무언가가 있어야 되는가?(Why is there something rather than nothing?) Hope냐 Suicide냐?를 물을 때 물론 우리는 hope를 택해야겠지요. 그러나 저는 이미 알고 있는 것 같아요…… hope는 영원히 소문자이며 SUICIDE는 영원히 대문자로 씌어질 수밖에 없다는 것을요…….

우리는 바람 부는 명동 입구에서 막막히 손을 저으며 헤어졌다. 그는 봉천동으로 나는 미아리로. 나는 그가 두들기고 가는 하얀 맹인용 지팡이 소리를 등 뒤로 들으면서 우리는 이 막막한 우주 속에서 무엇을 찾으려는 것일까…… 서글퍼졌다.

—반야꽃을 찾아라. 화엄을 찾아라.

그리고 나는 방금 헤어진 그 사람이 그토록 잘 부르는 「환희의 송가」를 흥얼거리면서 마음속으로 울부짖었다.

음악의 신이여! 배부른 속물들의 사치스런 취미로서가 아니라 우리처럼 춥고 배고픈 영혼들이 절박하게 외쳐 부르는 음악의 신이여! 베토벤으로 하여금 사랑과 절망으로 고통받는 우리의 비통한 정맥 수술을 하게 하여주시고 모차르트로 하여금 우리의 동맥 수술을 하여 황금빛 기쁜 피를 우리의 동맥 깊숙이 찬란하게 부어넣게 하소서…….

우리와 같이 어둠 속에서 길을 잃은 사람들에겐 산다는 것이 문제가 아니며 산다는 것을 견딘다는 것이 문제이며, 운명의 어둠을 벗어난다는 것이 문제가 아니라 하루하루 운명의 어둠을 어떻게 지키느냐 하는 것이 끊임없이 문제가 될 뿐이랍니다. ……그러나 그냥 어둡고 춥게 하지는 마시고 반야꽃을 찾으면서 어둡고 춥게 하소서…… 반야꽃을 보게 하소서…….

청춘이여,
헛된 매춘이여

의미에 미쳐보지 않은 젊음이 있으랴.

의미에 헛되이 몸을 팔아보지 않은 젊음이 있으랴.

젊음이란, 그렇다,

하나의 의미를 거머쥐기 위한 헛된 매춘.

어허, 그토록 비애롭고도 감미로운 하나의

허황한 매춘이었던 것이다.

의미를 찾아서
자기 혁명을

그렇다. 나는 의미를 찾아서 발광했다. 의미에 미쳐서, 오직 의미 하나만을 찾아서 신촌 언덕과 명동 골목을 뚫고 조용히 홀로 미쳐가고 있었다.

의미에 미쳐보지 않은 젊음이 있으랴. 의미에 헛되이 몸을 팔아보지 않은 젊음이 있으랴. 젊음이란, 그렇다, 하나의 의미를 거머쥐기 위한 헛된 매춘. 어허, 그토록 비애롭고도 감미로운 하나의 허황한 매춘이었던 것이다.

그렇게 겨울이 가고 봄이 와서 나는 스무 살 대학 2학년이 되었다. 스무 살—대학 2학년. 그 당시 영문학과 과장이었던, 지금은 타계하신 브루닉 신부님께서 2학년이 된 첫 시간에 말한 것이 생각난다.

"2학년은 Sophomore라고 부릅니다. Sophomore라는 말은 Sophist라는 말, 혹은 Sophisticated라는 말과 같은 어원에서 나온 말로서 좀 골치 아프고 마음이 복잡한 학년이라는 뜻이지요. 그래서 내가 보기엔 2학년 땐 휴학 혹은 자퇴하는 사람도 많고 군 입대에 나가는 남학생들도 가장 많고 또한 학업을 중도 포기하거나 타 학과로 옮기거나 자기 좌절 자기 변동을 겪는 사람이 가장 많습니다. Sophomore란 자기 좌절의 시기, 혹은 자기 혁명의 시기─둘 중 어느 것 하나를 의미하게 됩니다. 하늘 위의 별에 좀 더 가까워지느냐 아니면 두 팔을 내려뜨리고 마느냐─어느 것 하나를 결정하게 되는 때입니다. 여러분의 슬기와 젊음이 그것을 현명하게 극복하길 바랍니다."

나는 신부님의 끝까지 선량함으로만 뭉친 파란 눈동자를 피하며 영한사전을 뒤적여보고 있었다.

Sophomore : 2학년생.

Sophomoric : 2학년생다운, 어중띤 지식을 휘두르는, 젠체하나 미숙하며 건방진.

Sophisticated : 궤변을 부리는, 건강부회의, 불순한, 순진하지 않은, 굴러먹은, 복잡 미묘한, 고도로 세련된 혹은 약아빠진.

브루닉 신부님의 예언이 적중했던지 나의 2학년은 약간 굴러먹은 것처럼 건방지고, 오만하지만 미숙하고, 어떤 날카로운 두뇌도 감당하지 못하리만큼 궤변적이고도 비현실적인 몽환으로 가득 차서 술렁술렁 흘러가고 있었다. 나는 너무나 몽환에 가득 차 있었기에 그야말로 문자 그대로 이방의 사람이었고 이웃이나 친구들 또한 나에겐 이방인이었다. 아니 현실에 적응력이 뛰어나고 친구들과 대화가 가능하고 선후배로부터 촉망을 받는 모든 사람들은 나에겐 ET와도 같은 우주인들처럼 보일 수밖에 없었다.

대화—그 대화라는 것이 나에게는 언제나 내 살을 찌르는 아픔과도 같은 것이었는데 나는 도무지 대화라고는 할 줄 모르는 대화 불능의 인간이었다. 몽환의 고막으로 도배된 환각의 벽창호 혹은 마야의 고막을 가진 미망의 벽창호 같은 존재로서 나는 똑똑하고도 상식적인 사람들 속에 고립되어 있었다. 무척 고독했지만 그러나 나에겐 어느 누구도 무너뜨릴 수 없는 긍지와 자부심이 있었다.

하루면 잊혀질 우주의 거품 같은
현실의 고리대금업자

　　　　　나는 하루살이로서는 살고 싶지 않았다. 하루면 잊혀질 우주의 거품과도 같은 삶. 학점에 연연하고 자기들과 똑같이 상식적이고 똑같이 '현실의 고리대금업' 비슷한 범속한 욕망에만 머물러 있는 사람들로부터 사랑받고…… 그리고 또 무엇이 있던가?…… 같이 밥을 먹고 술잔을 부딪치며 같이 싸돌아다닌다 한들 그것이 무엇인가? 집단 전염병적인 행복이나 안도감, 만족감 따위는 나에게 흥미가 없었다. "나는, 아니야. 결코 나만은 아니야. 나는 할 일이 많은 사람이야. 나는 우선 나 자신이 되어야 하고 그리고 또 무슨 불멸의 일을 해야 하고 어딘가 어딘가로 가야 돼. 나는 결코 아니야, 나는 천재로 대관된 어떤 세계를 건설해야 한다……."

　그러기에 나는 주변의 친구들과 차 한 잔도 정상적으로 마실 수 없었고 물론 나를 정상적으로 촉망하는 선후배 한 사람도 없었다. 그것은 차라리 당연하지 않겠는가? 그들에겐 나야말로 정체 모를 우주인 ET에 가까웠을 것이다. 그리하여 나는 신촌 로터리에 있는 왕자다방에 가서 「솔리테어Solitaire」라든가 「댕글링 컨버세이션Dangling Conversation」 같은 노래만 애청했다.

　다방 아가씨의 눈총을 피하느라 구석진 자리에 몸을 숨기고 내가 가장 좋아하는 노래가 나올 때까지 기다리고 기다렸다. 내가 가장 좋아했던 그 노래들은 당시의 내 혼의 기상도를 그려준다고 하겠다. 그것은 캔사스의 「바람 속의 먼지Dust in the Wind」와 잭 존스의 「이룰 수 없는 꿈Impossible Dream」이란 노래였다.

「바람 속의 먼지」는 마치 불교의 교리와 흡사한 가사를 가지고 있었다. "……모든 것은 바람에 날리는 티끌이네. 똑같은 옛 노래 끝없는 바닷속에 작은 물방울 하나, 우리의 모든 행위는 우리가 원치 않는다 하더라도 흙으로 사라지고 만다네. 집착하지 마오. 하늘과 땅밖에는 아무것도 영원하지 못하리. 그대가 가진 것 모두 털어도 단 1분을 살지 못한다네. 우리의 존재는 먼지와 같은 것. 모든 것이 바람 속의 티끌이라오……."

허무하고 감미로운 그 노래를 듣고 있노라면 마치 이집트의 어떤 폐허, 어떤 유적지의 하얀 잔해 위에 앉아 오직 땅과 하늘과 우주만을 바라보고 있는 한 여자 철학자의 영상이 떠올랐다.

그녀는 먼지로 더러웠으며 누더기 같은 머리칼에 진한 가죽 냄새를 풍기면서 보라색 형광빛이 흐르는 넋의 갈기를 무한을 향해 박쥐처럼 펄럭이고 있는 것 같았다. 그녀는 움직일 수 없을 만큼 야위어 기진했으며 그러나 지옥처럼 불타는 넋의 환희로 화염처럼 행복해 보였고 자유의 비애로움을 가지고 우주의 먼지들을 몹시 사랑하고 있는 듯이 보였다. 그것은 모든 의미의 무상함을 내려다보고 있는 나 자신의 영상이었다.

우리는 먼지다. 티끌이다. 너무나 가볍기 때문에 더럽지도 않고 순결하게 무지한 백치의 먼지들. 아아, 얼마나 행복한가, 내가 먼지라는 사실은. 우리 모두가 먼지라는 사실은. 오오, 얼마나 편안한가. 멍청이처럼.

그 여자의 영상은 어떤 미개의 꽃 한 송이처럼 나를 매혹시켰다. 그리하여 그 노래를 들으면 나는 무를 찾아가는 구도자처럼 허허로움을 느낄 수 있어 좋았다.

내 끝없는 고통은 청춘의 제단 앞에서
차라리 하나의 샤머니즘

　　　　　　　N이여, 반야꽃이란 어쩌면 먼지가 잔뜩 묻고 오래오래 태고처럼 시들어버린 어느 종이꽃 같은 게 아닐까요. 오직 무와 화장터의 먼지만을 잉태하고 있는 상여꽃 같은 게 아닐까요. 나의 N이여, 나는 말하고 싶습니다. 젊음이란 한낱 광증 같은 것입니다. 헛된 매춘 같은 것입니다. 그리하여 나는 의미들을 찾아 미친 듯이 배회합니다. 세상의 모든 책과

음악에 간음합니다. 오, 그러나…… 그러는 동안 나는 사생아와도 같은 거친 무無를 잉태하게 되었습니다. 그리고 참을 수 없는 무의 만삭이 되었습니다. 나의 N이여, 말해주소서, 반야 꽃이란 먼지 묻은 상여꽃이라고, 우주의 먼지로 뭉친 회색 곰팡이꽃 같은 것이라고. 그리고 고개를 끄덕이면서 이제 나를 사면해주소서…….

나는 다방의 흰 벽에 떠오른 자의 눈빛 때문에 온몸이 할퀴어지는 듯했다. 노래에 젖은 안도와 편안감도 잠시뿐이었고 내 몸속에선 의미를 찾으려는 할큄이 언제나 지칠 줄 모르고 시작되는 것이었다.

누가 말했던가. 시인이란 의미라는 천사와 싸우는 무의 악마라고. 그런 나의 모습을 N은 아주 냉엄하고도 가소로운 눈빛으로 한없이 피할 수 없도록 바라보고 있는 것이다. 그 아름다운 눈빛은 말하는 듯했다.

"벌써 우주의 먼지가 되려고 하느냐. 벌써 무상을 터득하려고 하느냐. 팝송 가수의 노래 하나로 벌써 도에 만취하려고 하느냐. 벌써 해탈하겠다는 것이냐? 그건 흉내야. 시인이란—내가 분명히 말하지만—결코 해탈해서는 안 될 족속들이라는 것을. 해탈하는 순간 시가 있겠느냐, 문학이 있겠느냐, 너는 아직도 더 의미라는 천사와 싸워야 해. 해탈이란 주인공 없는 시와 같은 거야. 너는 철저하게 너 자신을 자신의 에고의 주인공으로서 더욱 발견해야만 하는데 벌써 무상의 도에 취했다고? 죽지 마, 죽어서는 안 돼, 내가 너를 사랑한다고 아직 말하지도 않았는데……."

항상, 결코, 마지막으로 내적 토론의 결론을 맺는 것은 N이었다. N은…… 현실적으로는 나에게 마치 초혼된 넋과 같이 공허하고도 허황된 존재였으나 정신적으로는 나의 모든 것이 가장 직접적인 연관을 맺고 있는 하늘 아래 단 하나의 사람이었다. 나는 부처 앞의 제단에 향불을 피우는 신도들처럼 그의 제단 앞에 나의 고통을 쌓아 바쳤다.

고백록처럼 아름다운 청춘의 제단 앞에서 나의 끝없는 고통은 차라리 하나의 샤머니즘이었다. 아시아적인 아폴론과도 같은 N의 지성과 학문은 어느 사이엔지 내 넋의 불문법처럼 되어가고 있었고 어느덧 나의 일상생활은 하나하나가 그로부터 재판을 받아야만 의미가 있는 듯이 느껴지고 있었다. 나는 누더기가 될 때까지 그의 글들을 가방 속에 넣고 다녔다. 조각글까지도. 거기엔 이런 말도 있었다. "시인에겐 어떤 고통이든지 하나의 소재에 불과해야 한다. 절망한다는 것은 시인의 위대하고도 고결한 의무이기 때문에."

나는 때때로는 열정적으로 꿈 같은 것을, 의미 같은 것을 추구하기도 했다. 라만차의 한 사람 돈키호테에게 바쳐진 노래

「이룰 수 없는 꿈」을 들을 때면 말할 수 없는 힘이 솟구치기도 했다. 어떤 무서운 심령체가 나에게 강림한 듯 나는 자신으로서도 어쩔 수 없는 뜨거운 꿈에 대한 열망에 외로이 떨며 그 노래를 따라 부르곤 했다.

"이룰 수 없는 꿈을 이룬다는 것, 싸울 수 없는 적과 싸운다는 것, 참을 수 없는 슬픔을 견딘다는 것, 용감한 사람도 가보지 못한 곳으로 가본다는 것, 닿을 수 없는 별에 이른다는 것. 이것이 나의 순례라오. 그 별을 따라가는 것이 나의 길이라오. 아무리 희망이 없을지라도 아무리 멀리 있을지라도……."

그렇다. 내가 가진 모든 꿈이 impossible dream(이룰 수 없는 꿈)이고 unreachable star(닿을 수 없는 별)였다. 불가능하고 닿을 수 없다 하더라도 꿈과 용기를 지닌다는 것은 아름답지 않은가, 창백한 무보다는 낫지 않겠는가, 그 노래를 말하고 있는 듯했다. 늙어 빠지고 비루먹은 애마 로시난데를 거꾸로 타고 창부 덜시네아를 성모님 같은 공주라고 부르며 악마를 퇴치하겠다고 풍차를 향해 질풍노도처럼 뛰어드는 기사 돈키호테가 눈앞에 떠오르고, 그러면 무한한 용기와 함께 눈물이 솟구치곤 했다.

나는 울고 싶었다. 모든 것이 불가능해 보이고 모든 것이 닿을 수 없는 별이기 때문에. 또한 나는 웃고 싶었다. 위대한 용기란 언제나 자아도취의 광기 비슷한 것이기 때문에. 그러나 결국 세상을 변화시키고 사람들의 넋을 움직이는 것은 바로 그 광기 비슷한 용기가 아니던가. "경멸과 상처로 뒤덮인 이 한 사람, 라만차의 돈키호테, 그는 마지막 남은 한 조각의 용기로 영원히 닿지 못할 저 먼 하늘의 별에 닿으려 하네. 그로 하여 세상은 이보다는 더 나아지리라……."

그렇다. 나야말로 마지막 남은 한 조각의 용기로 영원히 닿지 못할 먼 별을 향해 떠나고 싶었다. 그것은 예술이라는 종교였고, 신성불가침의 불멸의 별이었다.

너에겐
'꿈꿀 권리'가 있다

어느 봄날 나는 아직 초등학생이던 막내동생 EU의 생일에 마르코 폴로 전기를 한 권 선물했다. 동화가 죽어버린 집에서 유년을 보낸 그 아이에게 나는 언제나 심한 애정과 죄의식을 느꼈다. 유년이란 사라지는 것이 아니고 학살되는 것이라는 말을 나는 그애를 보면서 생각하지 않을 수 없었다. 그 책엔 이런 말이 씌어 있었다. "꿈이 없으면 인간이란 산송장과 같다"고.

나는 EU의 생일에 빌고 또 빌었다. 너만은 세상 어딘가에

낯설고도 아름다운 나라가 아직도 있으리라는 꿈을 버려서
는 안 돼. 우리 집—여기만이 세상의 전부가 아니라는 것을 너
는 믿어야 돼. 그렇듯 불행이란 것도 인간의 일부, 현실의 일
부일 뿐이라고 굳게 믿고 아름다운 어떤 나라에 대한 꿈을 포
기해선 안 돼. 마르코 폴로가 어린 시절 동방의 어디인가엔 금
과 보석으로 된 나라가 있다고 꿈꾸었던 것처럼 너도 무슨 꿈
이든 꾸어야 해. 그리하여 실크로드를, 너만의 실크로드를 만
들어야 한다. 제발. 자신만의 실크로드를 뚫는 삶을 꿈꾸거라.
인간에겐 '꿈꿀 권리'가 있다고 말한 철학자도 있단다. 이탈리
아 여자들의 눈동자가 왜 그토록 아름다운지 아니? 그건 이탈
리아 사람들이 양파가 많이 든 요리를 먹기 때문에 여자들이
양파를 써느라 눈물을 많이 흘렸기 때문이래. 그리하여 너의
눈동자는 아름답다…… 눈물 때문에.

제임스 조이스의
『젊은 날의 초상』

　　　　　　　　나는 K박사의 현대영미문학론 강의에 열심
이었다. K박사가 숙제로 내준 작품들을 읽기 위해 영한사전을
한없이 뒤적이던 밤들이 생각난다. 제임스 조이스와 유진 오

닐 그리고 엘리어트와 에즈라 파운드의『캔토즈』를 읽었던가.

영한사전들을 눈이 쓰릴 지경으로 오래 뒤적이고 있노라면 막연하게도 문학을 한다는 일에 대한 자신감 같은 것이 생기기도 했다. 어떤 위대한 문학도 결국은 사전 안에 갇힌 어휘들로 만들어진 것이 아니던가. 그리하여 나는 영한사전과 우리말대사전을 끔찍이도 뒤적였고 사전이 문학의 우리cage와 같은 것을 느끼고 안도하기도 했다.

문학이란 결국 말이며, 사전은 말들의 우주였다. 그것은 또 하나의 세계였다. 나는 사전을 손에 꽉 쥐고서 그것을 먹어 치우기라도 할 듯이 무한의 욕구를 느꼈다. 그러나 바닷물 앞에서 목마름으로 죽어가는 사람처럼 나는 사전의 방대한 어휘 앞에서 한 줄의 시구도 쓰지 못했다.

제임스 조이스의『젊은 예술가의 초상』을 읽으면서 아아, 나는 스티브 디덜러스 그에게서 혈연보다도 더한 피의 동질성을 느끼고 전율했다. 이제야 백년지기를 만난 듯이 뜨거운 눈물이 솟구쳤다. 나의 피가 그의 피를 부르고 그의 피가 나의 피에 응답하여 이 책을 쓴 것만 같은 착각에까지 빠질 정도였다.

스티븐 디덜러스. 그는 어릴 때부터 몸이 작고 허약하여 친구들의 놀이에도 끼지 못하는 소외당한 아이였다. 친구들이 운동장에서 난폭하고 즐거운 경기를 할 때 그는 지리책에다 이런 낙서를 한다.

"스티븐 디덜러스 / 기초반/클롱고우즈 우드 학교 / 샐린즈 / 킬데어 주 / 아일랜드 / 유럽 / 세계 / 우주".

그는 몸이 아파 학교도 중단한 채 집 안에서『몽테 크리스토 백작』만을 탐독한다. 그는 좀 더 성장하자 확고하게 외부와의 왕래가 헛된 것임을 느끼고 자신은 어리석은 남들과 다르다는 것을 느끼고 자신을 둘러싼 환경에서 격리되기를 바라고 인습과 환경의 졸라 식ᴾ 자연주의의 제물이 되기를 원치 않는다. 아, 어쩌면 그리도 나와 닮았을까— 나는 전율했다. 그는 말했지.

인간의 영혼이 이곳에 태어날 때 그것이 날아가지 못하도록 묶어두는 그물이 쳐 있어. 그대들은 나에게 국적이니 언어니 종교를 말하고 있어. 그러나 나는 그러한 그물을 뚫고 날아가도록 노력할 거야. 그것이 비록 밀랍 날개로 태양 가까이 날아갔기 때문에 추락한 희랍의 이카로스 신화가 될지라도 말이야.

그리고 그는 여러 가지 타락과 죄를 경험한다. 그리고 드디어 예술에 종사하기로 결심한다. 그가 바닷가를 방랑하면서 환시처럼 만난 한 여인, 즉 예술가로서의 소명은 환희의 성스러운 침묵으로 그의 영혼 속에 파고들면서 이렇게 부르짖는다.

"살도록, 과오를 범하도록, 타락하도록, 승리하도록, 인생에서 인생을 다시 창조하도록 하기 위하여!"

그리하여 그는 자신의 잔인성을 비난하는 친구에게 예술가로서의 숙명에 대해 확고하게 피력한다.

"나는 내가 더 이상 신봉하지 않는 것에 봉사하지는 않을 거야. 그것이 나의 가정이건 조국이건 나의 교회건 말이야. 그리고 나는 될 수 있는 한 자유롭게 인생과 예술의 어떤 양식 속에 나 자신을 표현하려고 애쓸 테야. 나의 방어를 위해서 나에게 허용된 유일한 무기인 침묵과 망명과 교묘함을 사용해서 말이야."

『젊은 예술가의 초상』은 이렇게 끝난다. 예술가로서의 숙명에 대한 디덜러스의 자부심은 대단한 것이어서 "예술가란 창조의 하나님처럼, 그의 작품 안에, 또는 뒤에, 또는 그 너머, 또는 그 위에 남아, 세련된 나머지 그 존재를 감추고 태연스레 자신의 손톱을 다듬고 있는 거야"라고 말하기도 했다.

천재들이란 자기의 천재성으로 말미암아 희생되어가는 사람들

예술가가 된다는 것은 고독하고도 처절한

것이지만 어떤 의미에서는 영웅이 된다는 것으로 보였다.

조이스 역시 이런 막대한 용기를 지니기 위해 불행했다. 그는 가난했고 아버지가 빈둥거리며 막대한 빚을 진 끝에 사망했기에 더욱 가난해졌으며 딸 루시아가 눈앞에서 욕설을 퍼부으며 광증으로 미쳐 날뛰는 모습을 보며 살았다.

딸의 광증에 대해 칼 융이 '맥락이 안 닿는 말들과 관념들을 결합하는 작가의 광증이 더욱 격렬한 형태로 나타난 것'이라고 진단을 내려 조이스는 펄펄 뛰고 분개했다. 안질 수술을 여섯 차례나 받아 그는 말년의 많은 시간을 거의 장님으로 보냈고 시력이 회복되긴 했으나 결코 완전히 회복되지는 못했다. 조이스가 너무 자주 술에 빠져들자 그의 인내심 많고 정절이 강한 아내조차 두 번씩이나 집을 나갔으나 그 무력한 광인에 대한 사랑 때문에 결국 돌아오곤 했다. 조이스는 말년에 분열증에 걸린 딸을 취리히 근처의 요양소에 입원시키고 죽을 때까지 미친 딸의 요양소가 있는 취리히에서 살았다.

미쳐버린 딸에 대한 무수한 헌신—한 사람의 예술가가 태어나기 위해서는 가계 전체가 재앙과 저주에 휘말려야 한다는 것은 사실인가?

유진 오닐 역시 정신병에 걸린 어머니 때문에 평생을 고통 속에 살았고 그 자신은 신경과민과 결핵과 알코올 중독으로 미쳐가고 있었으며 그의 아들은 자살했다. 어쩌면 천재들이란 자기의 천재성으로 말미암아 희생되어가는 사람들을 일컫는 말인지도 모르겠다. 니체야말로, 빈센트야말로…… 그렇지 않을까?

그해 여름 어느 날이었다. 너무 더워서 움직일 수 없을 것 같은 폭양의 날이었다. 그런 날이면 목숨은 육체 하나로 비대해져서 도저히 움직일 수 없고 숨이 막힐 것 같고 영혼은 어디 머나먼 폭양의 나라로 외출을 나가버린 것 같았다.

기진맥진하고 기력이 없고 살맛이 너무도 없어 벌레처럼 엎드려 있기만 하던 그런 하오. 먹기조차 증오스러운 그런 하오 속에서 엄마와 나는 늦은 점심상을 사이에 두고 앉아 있었다.

젓가락질조차 귀찮은 그런 날, 음식물을 씹어서 삼킨다는 것은 또 얼마나 귀찮은 일이던가. 갠 날이고 흐린 날이고 불문 곡직하고 인간이 밥을 먹어야 한다는 건 얼마나 우스꽝스러운 일이냐. 세 끼 밥을 먹어야 한다는 건 얼마나 우스꽝스러운 일이냐. 세 끼 밥을 먹는다는 것, 무슨 일이 있더라도 끼니를 놓치지 않는다는 것, 단 하나의 생명을 연장하는 확신으로서 세 끼 끼니밥에 애걸복걸 매달린다는 것, 그것만큼 생명에 확신을 주는 것도 없었다.

그리하여 엄마와 나는 비록 밥맛이 없을지라도 젓가락질조차 귀찮을 지경이더라도 그토록 한심스런 표정으로 앉아 하오의 밥상을 맞대면하고 있었다. '인간이란 희망으로 사는 것도 아니요, 기쁨으로 사는 것도 아니요, 오직 세 끼 밥으로 살아간다'고 말한다면 너무 치사스러운 일이 될까? 그러나 희망도 없고 기쁨도 없고 꿈조차 없을 때 우리를 그나마 내일의 생존에 이어주는 것은 세 끼니의 밥이다.

엄마와 내가 그토록 한심스러운 표정으로 살풍경한 밥상 앞에 앉아 있을 때 몹시 기분이 나쁜 표정으로 C가 들어오더니 다짜고짜 소리를 지르며 엄마에게 대드는 것이었다. 나는 이제 그 당시 무저항주의를 배워 C가 난리를 칠 때면 그저 죽은 듯이 가만히 있었다. 갑자기 밥그릇과 김치보시기와 국그릇과 나물접시와 젓가락과 숟가락들이 깨지고 개다리소반은 다리가 분질러져 저만큼 마당으로 뛰어나가 엎어져 있었다. 이 무슨 난장판이냐…… 채 먹지도 못한 하얀 쌀밥덩어리가 흩어지고 어떤 난폭한 괴수가 발길로 걷어찬 밥상의 난장판 위에서 나를 물끄러미 바라다보고 있는 어떤 눈동자. 쇼펜하우어의 눈동자. 그의 눈동자는 나를 향해 말하고 있었더라…….

인생은 그 자체가
재앙이며 악인가

"인생은 그 자체가 재앙이며 악이다. 욕망은 무한하고 실현은 한정되어 있다. 그것은 거지에게 던져진 동냥 거리와 비슷한 것으로서 그의 고통을 내일까지 연장시키기 위해 오늘의 목숨을 이어가게 하는 데 불과하다……. 만일 우리가 사람의 생명을 끊임없이 위협하고 있는 저 무서운 고통이나 고뇌를 보게 된다면 사람들은 공포로 몸을 떨게 될 것이다. 그리고 우둔한 낙천가를 데리고 병원이나 응급 야간처치실이나 외과수술실, 감옥이나 고문실, 전장이나 사형집행장으로 안내하여 모든 비참한 일들의 어두운 골방을 열어 보이고 최후의 우골리노의 아사탑(단테의 『신곡』 연옥편)이라도 엿보게 해준다면 아무리 둔한 사람일지라도 끝내는 이 모든 가능한 세계 가운데서 최선의 세계가 어떤 것인가를 이해하게 될 것이다……. 인간의 생활은 전체적으로 개관하여 보면 비극이지만 하나하나 디테일한 세부를 들어가보면 그것은 언제나 희극의 성격을 지니고 있다……. 인간은 몸을 녹이기 위해 모여 앉은 고슴도치와 같은 것으로 너무 가까이 모여 있으면 마음이 빽빽하여 쑤시고 그렇다고 너무 떨어져 있으면 춥고 비참하다. 어찌 해도 인간이란 불행하게 돼먹은 존재인 것이다……."

허허벌판 같은 잔인한 세상을,
목숨의 아득한 공백을 바라보다

C는 스스로 너무도 격분해 씩씩거리는데 아무도 말리지 않자 광분하여 대문을 박차고 밖으로 나가려고 했다. 그러자 그때서야 현실을 파악한 듯한 엄마가 C를 잡으려고 뒤따라 나가는 순간 엄마는 밥상에 걸려 미끄러져 현관 앞 계단 위에 엎어졌으며 얼굴을 계단에 박아 코피를 흘리고 있었다.

코피를 흘리는 엄마의 얼굴을 감싸 안아 올리며 나는 엄마의 콧날이 계단의 모서리 돌에 부딪혀 부러진 것을 알았다. 엄마, 엄마, 죽지 말아요……. 나는 기절한 엄마를 흔들면서 상하로 부러져 살가죽 안에서 흔들거리는 엄마의 코뼈를 어떻게든 붙여보려고 애쓰면서 허허벌판 같은 잔인한 세상을, 목숨의 아득한 공백을 바라보았다.

신은 없었다. 다만 비웃음 같은 폭양만이 천지에 가득했다. 뒤집혀진 밥상, 으깨진 밥덩어리와 엉망진창이 된 반찬무더기들, 하얀 사기그릇의 파편들과 그 사금파리들의 몸에서 팅겨져 나가던 하얗고 이글거리던 잔혹한 반사광들…….

밥 하는 언니와 나는 온갖 법석을 떨며 택시를 잡아 친척이 경영하는 퇴계로에 있는 어느 이비인후과로 달려갔다.

남산이 바라다보이는 빌딩 5층에 자리잡은 그 이비인후과까지 축 늘어진 엄마의 몸을 밥 하는 언니와 둘이서 부축해 올라가며 나는 실신한 엄마의 무게가 바로 내 숙명의 무게임을 알았다. 엄마의 몸은 무더위 속에서 더욱 무거웠고 엄마의 얼굴은 코 주위에 말라붙은 피 거품으로 인해 마치 순교자의 얼굴 같아 보였다. 5층 이비인후과까지 가는 계단은 얼마나 가파르고 길었던가. 그것은 내가 평생에 걸쳐서 올라가야 할 업보의 사다리처럼 어둡고 절망적으로 보였다.

코뼈를 접골하는 수술이 진행되는 동안 나는 홀로 엄마의 손을 잡고 수술대 곁에 울면서 서 있었다. 아버지에게 알리지도 않았다. 더 이상 아버지로서도 어떻게 할 수 있겠는가? 황급히 달려와서 엄마의 수술을 바라보고 C에게 화를 내고 아버지와 내가 함께 절망에 빠진다 한들 그것이 무슨 도움이 되랴. 삶은 이제 어차피 그렇게 흘러가도록 되어 있는 것이었다.

엄마는 마취에 빠져서도 내 손을 꼬옥 쥐고 있었다. 수술용 하얀 천으로 이마와 얼굴의 아래 부위를 온통 덮고 있는 엄마의 모습은 수의를 입고 있는 선녀 같았다. 코를 접골하느라 온통 코의 살가죽을 뒤집어놓은 수술 현장을 외면하고 엄마의 손만을 잡고 서 있는 나의 귓가에, 메스 부딪치는 소리와 수술용 봉합사를 자르는 가위 부딪치는 소리만이 귀에 선명했다.

아아, 의사의 손에 들려져 있던 피 묻은 수술용 가위…… 나는 가위가 필요했다. 그토록 가위를 원했다. 무언가를 자르기 위해, 욕망의 끈을 인연의 줄을 피의 얽힘을 청춘의 오랏줄을 힘껏 잘라버리고 싶었다. 엄마, 반쯤 수의를 걸치고 누워 있던 선녀와 같은 모습의 엄마를 어찌 잊을 수 있으랴……. 그냥 부여잡은 엄마의 손바닥과 나의 손바닥 사이를 흐르던 아름다운 피의 더운 이야기를. 그 슬픈 피의 전설 같은 신비한 사랑의 고백들을.

한 시간 반에 걸친 수술이 끝나고 회복실로 엄마가 옮겨져 마취에서 깨어나기를 기다리고 있을 때 나는 빌딩 아래를 흘러가는 인파와 도시의 모습들을 내려다보고 있었다. 그때 문득 사르트르의 「에로스트라트」라는 단편이 떠오르면서 살아서 걸어가는 것들을 모두 죽이고 싶다는 살의를 느꼈다. 그건 정말 머릿속에서 폭양이 뱅글뱅글 회전하면서 회오리를 치는 것 같은 광폭한 욕망이었다.

인간이란 7층 발코니 같은
높은 곳에서 내려다봐야 하는 것

「에로스트라트」 속의 한 구절 — "인간이란 위에서 내려다봐야만 한다. 7층 발코니, 바로 거기서 나는 일생을 보내야만 했을 것이다. 물질적 상징에 의해 정신적 우월성을 떠받쳐야 했을 것이다. 그렇지 않으면 정신적 우월성이란 무너지고 만다. 그런데 인간에 대한 나의 우월성이란 무엇일까? 위치의 우월성, 그뿐이다. 나는 내 내부에 있는 인간 위에 자리를 잡고 그 인간을 내려다본다. 그러나 때로는 거리로 내려가야만 했다. 이를테면 사무실에 가기 위해 땅위로 내려서는 순간 나는 질식할 것만 같았다. 사람들과 동일 평면에 있을 때에는 그들을 개미로 간주하기란 매우 어렵다. 그들이 나를 건드리기 때문이다. 그들을 죽였어야 할 텐데……" 하고 말했던 그 키 작은 남자. 그는 권총을 사서 몸에 지니고 다니면서 호주머니 속에 손을 넣고 권총을 만지작거리면서 상처받은 자신의 우월감을 위로했다. 7층 발코니와 같이 높은 곳이 아니라면, 호주머니 속에 권총을 넣고 다니지 않는다면 자신을 지탱할 어떤 우월감도 만족시키지 못하는 병적인 인간. 그는 사무실의 동료에게 말을 한다. 사무실의 동료들은 최초로 대서양을 횡단비행한 린드버그를 좋아하고 찬양하고 있었다.

"나는 검은 영웅들을 좋아하지." ─나.

"흑인을?" ─동료들.

"아니, 검은 마술이라고 할 때와 같은 의미지. 즉 신비스럽다는 뜻에서 검은 것 말이야. 린드버그는 흰둥이 영웅이야. 나에겐 홍미가 없어."—나.

"아나키스트로군."—동료들.

"아냐. 아나키스트도 그들 나름대로 인간을 사랑하네."—나.

그러자 사무실의 한 동료는 '나'에게 에로스트라트에 관한 이야기를 해준다.

"나는 자네가 말하는 그런 종류의 인간을 알지. 그는 에로스트라트라고 불리네. 유명해지고 싶은 그는 세계의 칠대 기적 중의 하나인 에페소스 사원을 불태우는 것이 가장 좋다고 생각했었지."

"그 사원을 세운 건축가 이름은 뭔가?"—나.

"생각이 안 나는걸. 아마 아무도 모를걸."—동료들.

"그래? 그런데 자네는 에로스트라트의 이름은 기억하고 있군. 그렇다면 그는 과히 서투른 계산은 하지 않은 셈이야."—나.

그리고 소설 속의 나는 에로스트라트를 생각하고 힘이 솟구친다. 그가 죽은 지 이천 년이 훨씬 지났건만 그의 행동은 검은 다이아몬드처럼 빛나고 있고 소설 속의 주인공은 자신의 삶도 에로스트라트처럼 짧고 비극적일 것이라고 상상하면서 인류를 파괴할 행위만을 꿈꾼다. 그리하여 그는 거기에서 사람을 몇 명 쏘아 죽이고 공중변소로 뛰어들어가 숨는다. 공중변소는 포위되고 그는 "아직 자살할 탄환이 있음에도 불구하고" 총을 내던지고 항복하고 나온다.

나는 이제야 내 동생 C를 이해하는 기분이 되었다. 그는 삶에서 에페소스 사원과 같은 불멸의 아름다움을 세우고 싶은 너무도 강렬한 욕망에 시달린다. 그러나 창조의 욕구는 너무나 강하되 그것을 실현할 수 있는 천부적 재능은 유한했다……. 그리하여 에로스트라트와 같은 파괴의 발작을 느낀다. 무엇이든 닥치는 대로 부수리라. 파괴하리라…… 나 역시 C와 똑같은 에로스트라트적인 욕망에 사로잡혀 때로는 자신을 부정하고 세계를 마음속에서 산산조각 내오지 않았던가. 바로 그것이다. 에로스트라트 병. 그것이 C와 나의 청춘을 움켜쥐고 우리의 피를 울부짖음처럼 조종하고 있는 것이었다.

그해 여름에 관한 시를 한 편 써보았다.

얼마나 많은 날을 나는 무엇을 위해 명멸하였던가.
얼마나 많은 날을 나는 무엇을 위해 소멸하였던가.
저 잊지 못할 희망,
어쩌면 나는 한 자루의 초를 구하기 위하여,
어쩌면 나는 한 그루의 촛불꽃을 내 목숨의 허허벌판에
식목하기 위하여,

아, 그러나 나는 보았다,

세상에는 한 자루의 촛불꽃보다는 너무
큰 바람이 많고 위독도 아니고 사망도 아닌
나의 젊은 속에는
한 자루의 촛불을 유린하는 불행한 바람들이
늘 四季처럼 아득하였음을……,

나의 슬픔은 토성의 몸에 감긴
숙명의 띠처럼 늘 신비하였고
나는 가난한지라
오직 신앙처럼 꿈이 있었을 뿐……

밤은 깊어라
번뇌는 축제를 준비하리라
밤은 깊어라
촛불은 번제를 집행하리라
우주의 빈 곳에서
한 마리 검은 말은
나의 운구를 끌고 가는데

산다는 것은 그냥 산다는 것이 아니라
나에게는 언제나

살기를 결심하는 일이었는데
나에게는 왜 언제나 삶보다 죽음이 많았을까,
나에게는 왜 언제나 빛보다는
어둠이 골수를 침범하는 일이
사랑이었을까……

아, 왜 또 어쩌자고,
목숨이란
치정에 가까운 환희였을까,
청춘이란 왜 또 어쩌자고
그토록 헛된 매춘 같은 것이었을까……

—습작 시 「아, 그리고, 아……」 전문

영웅교향곡처럼 꿈꾸고
합창교향곡처럼 살아라

가을학기가 시작되었으나 금방 학교는 문을 닫고 말았다. 대학가에 몇 년 간이나 계속되던 3선개헌 반대 데모, 1971년 대통령선거 무효 데모, 그해 국회의원선거

무효 데모 등이 그해 가을에 와서 걷잡을 수 없는 치열한 열기로 가열되었기에 정부 당국은 더 이상 대학이 학업을 계속할 수 없다는 결정을 내려 휴교령을 선포하고 말았다. 교문은 굳게 잠겨지고 내가 그토록 자주 서서 당인리 발전소로 지는 노을을 바라보던 본관 언덕엔 군인들이 거닐고 운동장엔 장갑차가 한 대 고요히 서 있었다.

학교를 잃어버린 나는 그나마 갈 곳이 없어져 소공동 국립도서관을 갔다가 신촌과 명동을 또한 헛되이 배회하고 다녔다. 크로이첼에서 간신히 하루를 때우는 날도 많았으나 지속적인 공부는 되지 않았다.

무엇보다도 나는 책을 읽어야 했다. 하루 종일 굶주림을 들이키듯 책을 읽고 무언가 우리에게 알려지지 않은 무한의 지평선을 봐야 했다. 독서에 대한 탐욕은 걷잡을 수 없었다. 독서에 몰입하는 동안만은 나를 잊고 무언가 무한하고 불멸한 것과 한 몸이 된다. 독서란 삶이라기보다는 차라리 열애 같은 것이 아니었겠느냐고 나는 묻고 싶다.

그리하여 나는 국립도서관에 아침 일찍 나갔다. 어떤 사상가가 영국에 망명 시절 대영국립도서관 맨 앞줄에 서서 도서관 문이 열리기를 기다리고 있었다. 그러나 많은 날을 나는 늦어서 도서관 입장도 못하기도 했다. 그 당시 나는 참 많은 책을 읽었다. 영미의 현대시—엘리어트, 딜런 토머스, 월러스 스

티븐스, 실비아 플라스 등을, 이상과 서정주와 정지용과 전봉
건과 박인환을 읽었다.

 "영웅교향곡처럼 꿈꾸고

  합창교향곡처럼 살자—."

 이것이 그 당시 나의 좌우명이었다.

 얼마나 내가 도서관에 착실하게 나갔던가 하는 것을 보여
주는 일화가 있다. 어느 날 대출한 책이 나오기를 기다리고 있
는데 사서가 나를 부르는 것이었다. 그래서 가보니까 오늘 국
립도서관의 현황과 실태에 관한 좌담회가 있는데 제일 열심
히 다니는 도서관 이용자 몇 명이 참석하여 문교부 당국자에
게 의견을 발표해달라는 것이었다.

 사서가 보기에 내가 매우 열심히 다니는 도서관 열람자의
한 사람이었던 모양이다. 그런데 회의랍시고 가서 국립도서
관 개선에 관한 중요한 말은 한마디도 못하고 화장실이 더러
우니 청결하게 해주었으면 좋겠다는 말만을 했던 것으로 기
억된다. 왜 그 말밖에 할 수 없었을까? 화장실 문제가 그토록
중요했을까? 참으로 어처구니없는, 망발 가까운 실언에 실소
를 금할 수 없는데, 나는 왜 자주 그런 종류의 실수를 되풀이
하는지 알 수가 없다.

내게 최초로 사랑의 편지 보냈던
EK와의 해후

어느 날 내가 빌린 책이 나오기를 기다리며 대출대 앞에 서 있으려니까 누군가 등 뒤에서 어깨를 쳤다. 돌아다보았더니 알 듯 말 듯한 얼굴이 나를 보며 몹시 반갑게 웃고 있었다. 아…… 누구더라?…… 하고 바라보니까 "저 광주에서 K여중 다니던 아무개가 아닌지?……" 하고 말을 걸어오는데 보니까 EK라는 그의 이름이 떠오르는 것이었다.

나 역시 좀 당황했으나 몹시 반가웠다. 그는 나에게 최초로 연애편지를 보낸 고향의 소년이었다. 우리는 반가움에 잠겨 일제강점기 때 지은 어두운 복도를 내려가 느티나무가 서 있는 국립도서관의 뒷마당으로 내려갔다.

"이야기는 들었어요. 독문과에 다닌다고……."

내가 말했다. 그는 고향 사직공원 입구에서 내가 지나가기를 기다리며 연애편지를 주던 그런 고등학생이 아니었다. 수려하게 성장한 명문대학의 문과 졸업반 청년이었다.

"오 년쯤 되었을까, 여중 삼학년 때 보고 처음인가……."

회색 바바리코트를 입고 가을 속에 서서 그는 추억에 잠겨 보는 듯했다. 옛날, 정말 먼 옛날이 있었다. 고향에서 나는 여중생으로 백일장에 나가 더러 상을 받았고 그는 고등학생으로 백일장에 나가 뛰어난 글들을 지었다.

언젠가 고향의 중고교생들이 단체로 버스를 빌려 전주에 가서 삼남 백일장인가 하는 것에 참가했을 때 그도 나와 함께 갔는데 버스 속에서 줄창 나만 바라본다고 그의 친구들이 히히거리던 일도 생각났다. 그리고 EK여, 충장로에서 하교길에 마주치면 나를 보고 부끄러운 듯 웃던 청순한 모습. 가끔씩 공원 입구에서 나를 기다리며 얼른 하얀 사각봉투를 건네주던 그 고전적인 스토리 속의 소년…… 너의 오빠가 되고 싶다고 말했던 소년.

"요즈음도 시 많이 써요?"

그가 물었다. 나는 대답할 말이 없었다. 시에 대한 열망은 누구보다도 강했으나 나는 사실 쓸 만한 것을 한 줄도 얻지 못하고 있을 때가 아니던가. 열등감 때문에 입에서 나오는 것은 독설뿐이었다.

"글은 써서 뭐해요? 나는 남의 글을 읽고 음악을 듣는 아름다움에 너무 빠져서 시시한 것 따위는 쓰고 싶지 않아요. 시시한 것 따위를 너저분하게 쓴다고 해서 무엇이 어떻게 될 것도 아니고 그렇다고 엘리어트나 실비아 플라스 정도로 잘 쓸 것도 아니고…… 참 EK는 아직도 창작을 하고 있나요?"

그 역시 이젠 시를 쓰지 못한다고 했다. 그보다도 문학 연구가가 되기로 결심했다고 한다. 그는 독일 현대시에 관한 졸업논문을 쓰고 있다고 하면서 대학원에 갈 생각이어서 창작과는 멀어졌는데 시에 대한 향수 때문에 가끔씩 술을 마신다고 하였다. 향수라고? 향수야말로 내 전신을 할퀴는 마귀와 같은 것이 아니던가? 나는 내심으로 정신이 번쩍 드는 기분이었으나 겉으로는 시 따위와는 멀어졌노라고, 무관하노라는 듯이 멀뚱거리고 앉아 있었다.

느티나무 큰 잎사귀가 우리들의 어깨 위로 지고 있었다. 아, 옛날로 돌아가고 싶어. 고향으로, 무등산 아래로, 우리 엄마가 옥잠화처럼 곱던 시절, C가 아직 우리 집의 모든 것을 깨부수지 못하던 시절, 감이 익던 그 마당으로…….

EK는 말했다.

"난 너만은 열심히 쓰고 있으리라고 생각했었는데…… 그래서 나의 좌절이 좀 쉬웠다고 할까, 네가 쓰고 있으리라는 확신 같은 것 때문에 나의 실패를 위안받는 그런 기분이 있었어……."

그는 문학소녀였던 시절의 나를 깨우쳐주고 있었다. 나는 그때 마음속으로 실비아 플라스의 시구 하나를 만지작거리고 있었다.

"피의 분출은 시다.

아무도 그것을 막을 수는 없다."

그리고 그런 확실한 순간이 오면, 도저히 막을 수 없는 그런 피의 분출의 시간이 오면 나는 확실하게 시인이 되는 것이라고 생각했고 그런 숙명을 믿어 의심치 않았다. 그러면서 나는 한 가지 중요한 것을 망각하고 있었으니 그것은 '노력하면서 기다려야 한다는 것'이었다.

그는 말하고 있었다.

"릴케가 말하지 않았던가. 시를 쓴다는 것은 Arbeiten이라고. 사랑한다는 것도 Arbeiten이며 영감을 기다린다는 것도 Arbeiten이라고. 즉 노력해야 한다는 것이지. 물론 시란 영감이나 신령의 강림 같은 것으로 이루어지는 것이지만 그러나 아무 노력 없이 앉아서 기다린다고 해서 그런 시령詩靈의 강림이 이루어지는 건 아니야. 단지 끊임없이 Arbeiten, 즉 영감을 노동해야 한다는 것이야."

EK는 그것을 시령이라고 불렀으나 나는 그것을 시마詩魔라고 부르고 싶었다. 시마— 나의 시마는 나에게 온갖 기갈과 광증만을 떠맡긴 채 영혼의 등잔을 들고 멀리 어느 산등성이에 서 있었다. 그것을 바라보는 나의 감정은 늘 이런 것이었다.

"내 속에 있는 야수를 내 속에 있는 시인이 죽여주기를 나는 늘 바랐죠. 그러나 양초에서 파라핀유를 제거할 수 없듯이, 아니 불꽃에서 파라핀유를 제거해낼 수 없듯이, 내 격렬한 삶의 원천에서 그것들을 떼어내기는 거의 불가능이죠. 그리하여 나는 시마를 기다린답니다. 시마가 오면 내 몸속의 야수와 내 몸속의 시인이 곱게 합쳐지리라는 것을 나는 알고 있었기에……."

나를 바라보는 EK의 눈동자엔 꿈이 있었다.

누가 나를 꿈꾸듯이 바라본다는 것은 얼마나 경이로운 일인가. 그의 맑은 눈동자에 어린 꿈과 애수는 무척 어딘가 낯익은 것처럼 느껴졌다.

아…… 그것은 N을 바라볼 때 나의 눈동자 속에 넘치던 바로 그런 빛이었다.

"너는 2악장만 있는 「영웅교향곡」 같구나. 침울하고 우스꽝스러울 정도로 우울한……."

그가 불쑥 말했다.

EK가 리베Liebe 운운하는 낱말을 적은 편지를 보내온 후로
나는 국립도서관에도 크로이첼에도 나가지 않고
발걸음을 끊었다. 그 말은 무척 생소했고 어색한 기분을 느
꼈다. 리베— 그런 말은 생각하지 않고 살고 싶었다.
어쩐지 그런 낱말은 현재의 나를 몹시 꾸짖고
자기를 수정할 것을 강력하게 요구할 것만 같았다.

시인이란 남의 생生을 대신 살아주는 사람이 아니라 남에게 그의 인생을 살게 해주는 사람이다.

—월러스 스티븐스

모성은 아무와도 소통이 되지 않는
블랙홀의 내부

그렇게 국립도서관에서 바퀴벌레처럼 박혀 책을 읽고 저녁이 되면 EK와 나는 숄더백을 하나씩 어깨에 멘 채 소공동 골목을 나섰다.

발길은 카이저호프Kaiserhof나 하이마트로제Heimatlose와 같은 독일식 이름이 붙은 생맥주 집으로 향하기도 했고 명동 뒷골목에 있는 무섭도록 맵고 뜨거운 순두부 집에서 생굴을 넣은 순두부를 먹고 비실비실 크로이첼로 향하기도 했다.

그 당시의 명동은 지금처럼 일류 상업주의로 오염된 그런 뻔뻔스런 동네가 아니었고, 가난한 대학생들도 생맥주 한잔 들이킬 수 있는 어딘가 어수룩한 낭만의 숨통을 가진 허름한 구석도 가지고 있었다.

소공동 도서관을 나서면 명동은 지하도 건너에 그립도록 회색으로 잠겨 있었다. 장발의 대학생들이 어디선가 낙조를 못 먹으면 죽는다는 땅거미들처럼 명동 입구로 흘러드는 시각이면 밤은 시작됐고 명동은 젊고 가난한 연인들의 거리가 되었다.

왜 사람들은 굳이 볼일이 없는데도 명동으로 모여드는 것일까? 명동이 특별히 안락하고 값싼 휴식처를 제공하지 않는데도 사람들은, 특히 연인들은 명동으로 모여든다.

그것은 예전에도 그렇고 지금도 그렇다. 그렇다면 굳이 특별한 볼 일이 없는데도 젊은 연인들이 그냥 명동으로 나서보는 이유는 무엇일까? 아, 나는 그것을 얼마 전 몇 년 만에 처음으로 명동에 나가보고 비로소 그 이유를 알 수 있었다. 그것은 인간 내부에 누구에게나 도사리고 있는 중심center에 대한 욕망 같은 것 때문이 아닐까? 중심에 대한 아득한 향수 같은 것 때문이 아닐까?

인간은 누구나 세상의 중심. 세계의 한복판에 살고 싶다고 느낀다. 구석지에 처박혀 살고 있으면서도 끝없이 중심이 아닌 변두리, 존재의 외곽지대에 잊혀져 머무르고 있으면서도 언제나 세계의 중심, 생의 중심, 사랑의 중심으로 가고 싶다고 느낀다.

중심에 대한 욕망 때문에 젊은 사람들은 명동으로 모이고 나처럼 이제 약간 시든 사람들은 중심에 대한 향수 때문에 명동으로 흘러가본다. 누구나 사실은 구석을 견디며 구석에서 살고 있는 구석의 사람이기 때문이다. 누구나 우리는 세상의 중심에서 세계의 한복판에서 소외된 변두리 사람이기 때문이다.

그러나 연인들은 자기 삶의 중심, 자기 생명의 한복판의 심지 속에서 타오르고 있는 중심의 사람들이기 때문에 자연히 서울의 중심인 명동으로 흘러들어가게 되어 있는지도 모른다.

그렇게 서울의 중심인 명동에는 자기 생명의 순수한 중심 안에서 타오르고 있는 연인들이 수없이 흘러들었다. 그리고 이리저리 그냥 순수한 기쁨에 차서 배회하는 것이다. 그들은 명동의 배회에서 두 가지 기쁨을 느낀다. 하나는 서울의 중심에 있다는 기쁨과 또 하나는 비로소 연인과 함께 사랑으로써 자기 삶의 중심에 있다는 기쁨을.

그 속을 나는 연인이 아닌 한 남자와 어정쩡하게 거닐면서

때로는 외로움의 슬픔을, 때로는 외로움의 투지를 느꼈다. 그렇게 가을이 가고 겨울이 와서 잠깐 개교하여 숙제물만 제출하고 또다시 긴 겨울방학이 시작되었다.

그대여, 하이마트로제를 기억하는가? 더러운 명동 뒷골목 2층의 계단을 삐걱이며 올라가면 담배연기 자욱한 동굴 같은 그곳엔 반 고흐의 밀짚모자를 쓴 자화상 복사판이 하염없이 걸려 있었다. 다행히 유리창가에 앉으면 명동성당의 지붕과 십자가가 마치 액자 속의 그림처럼 언제나 무심하게 걸려 있던 그곳. 하이마트로제Heimatlose—고향을 잃어버린 사람들, 실향민들이라는 말. EK는 독특한 우수가 배어 내리는 긴 머리카락을 이마 위로 쓸어 올리며 말하기도 했다.

"하이마트로제—릴케가 좋아하던 낱말이야. 현대인은 누구나 실향민이란 뜻이지. 실향은 릴케뿐만 아니라 횔덜린의 주제이기도 하고 독일 현대시의 가장 중요한 주제이지. 뿌리를 내리고 살 곳이 없다는 고향 상실감이기도 하지만 뭐랄까 정신의 뿌리를 내릴 정신의 중심이 없다는 근원 상실감이기도 할 거야. 신의 죽음 아니면 신의 부재에서 빚어진 황폐한 위기의식이 이 하이마트로제라는 말 속엔 들어 있어. 그것은 그룬트로스Grundlos와도 같은 말이야. 바닥이 없는, 잴 수 없는, 통할 수 없는 길이라는 뜻이지. 근본과 기초가 없다는 것이야. 곧 심연이라는 말일 거야."

나는 그 말을 들으며 하이마트로제라는 말이야말로 내 영혼의 제목이 아닐까 하는 생각을 하고 있었다. 고향도 없고 집도 없고 신도 없고 근원도 없고 바닥도 없는 어떤 함정. 아니다. 나에게 가장 절실한 부재감은 신이 없다는 것에 대한 부재감이 아니었고 '어머니 상실'이라는 부재감이었다.

어머니, 내 곁에 존재하면서도 이제 더 이상은 내 곁에 존재하지 않는 어머니. 너무나 큰 고통 속에 빠져 있기에 차라리 현실로 느껴지지 않고 어느 날 문득 비현실이 되어버린 어머니의 환상적인 부재가 나를 몹시 슬프게 만들었고 못 견딜 죄의식에 빠뜨렸다.

아버지는 C는 물론 엄마마저 외면했고, 우리 나머지 네 남매들도 C와 엄마를 외면해버렸다. 이제 C는 엄마만의 자식이 되었고 우리 넷은 이상하게도 아버지만의 자식이 되어버린 것 같았다.

엄마가 C를 감싸며 끝없이 그 지긋지긋한 폭행의 뒷감당을 하느라고 쫓아다니고 빚을 얻어가면서까지 C를 싸고도는 모습이란 가히 비판을 초월하는 것이었다. 그것은 모성애라든가 본능이라는 말만으로는 설명해버릴 수 없는 신앙적인 맹목의 차원을 지니고 있었다. 엄마에게 그것은 블랙홀처럼 무서운 파멸의 구멍처럼 보였다. 엄마 운명의 검은 구멍.

"블랙홀이란 우주가 대폭발에 의해 창조될 때 물질이 크고 작은 덩어리로 뭉쳐져서 우주공간에 생겨났는데 그것을 원시 블랙홀이라 부른다. 또한 블랙홀은 물질이 아주 강력한 중력 수축을 일으킨 상태이기 때문에 몹시 강력한 중력장重力場을 가지고 있어서 그 근처에 있는 빛이나 물질을 모조리 흡수해 버린다. 그래서 블랙홀의 내부는 외부와 전혀 통신이 되지 않는 하나의 독립된 세계를 이루고 있다. 그리고 블랙홀은 직접 관측도 되지 않는 암흑의 공간인 것이다."

바로 그것이다. 엄마는 이제 블랙홀의 내부처럼 외부와 이해도 통신도 되지 않고 관측도 되지 않는 어떤 암흑의 공간 속에서 홀로 살며 자기만의 무거운 에너지로 검게 끓고 있었다. 그러기에 엄마는 누구의 말도 충고도 비난도 모조리 아랑곳하지 않을 수 있었으리라.

또한 어머니는 블랙홀처럼 아주 강력한 중력장을 그녀 스스로 가지고 있기에 주변의 빛이나 물질들을 모조리 흡수해 버릴 것 같았다.

그녀 운명의 검은 구멍이 우리 모두의 청춘과 꿈과 희망을 흡수해버릴 것이 두려워 우리는 그토록 그녀를 외면하고 멀리하려고 울면서 도망치고 있는지도 몰랐다. 그녀의 불행 속에 우리 모두가 삼켜지고 흡수되어 좌초당해 버릴까봐 아버지와 우리는 한사코 그녀를 피해 달아나는 것이다.

"엄마. 이제 그만둬요. 엄마가 그토록 애걸복걸 매달리며 뒤쫓아 다니니까 C가 더 날뛰는 거야. 엄마도 이젠 지쳤잖아요. 빚까지 지면서. 그러다가 우리 모두를 망치게 될 거예요. C에게 엄마에게도 한계가 있다는 것을 보여요. 제발……!"

무한대에 가깝게―이것이 엄마의 불굴의 모습이었다. 무한대에 가깝게 안으로 끓고 있는 원시 블랙홀 같은 엄마. 나의 엄마는 그러면 그렇게 대답했다.

"너도 나중에 자식 낳아봐라. 열 손가락 다쳐서 안 아픈 손가락 있나……."

이것이 엄마의 허망한 신앙의 율법이었다. 그런 말을 들은 밤이면 나는 가끔씩 이런 슬픈 꿈을 꾸었다.

우리 모두를 초토화시킨,
우리 모두가 초토화시킨 어머니

엄마가 어느 어두운 허허벌판에 홀로 서 있다. 엄마는 열 손가락을 바람개비처럼 활짝 펴고 밤을 향해 열 손가락을 나부끼며 울고 있다. 엄마의 열 손가락은 모두 횃불처럼 불이 붙어 있다. 아파, 아…… 아파…… 뜨거워……. 엄마는 운다.

우리 다섯 자식들은 엄마의 왼손가락들이요. 아버지는 엄마의 오른손 다섯손가락에 타오르는 불이다. 바지직바지직 우리가 엄마의 쇠약한 육신을 태운다. 우리의 불이 엄마의 가냘픈 몸을 맛있게 먹어치운다.

아, 뜨거워……. 엄마의 아픈 신음소리에 우리 네 남매는 너무나 가슴이 아파 왼손 네 손가락의 불은 얼른 고개를 숙이고 꺼진다.

그리고 속죄의 눈물을 흘려 엄마의 네 손가락의 불씨를 식혀준다. 그러나 오른쪽 다섯손가락에 붙은 아버지의 불은 분노와 울화에 차서 더욱 타오른다. 그리고 왼손가락에 남은 하나의 불, C의 불은 더욱 미친 듯이 맹렬하게 타올라 엄마의 왼손 다섯손가락을 다 태우고도 더욱 왕성하게 엄마의 몸을 먹어치운다. 이제 그로서도 어쩔 수 없는 듯 엄마의 몸은 선 채 그대로 하나의 횃불이 된다. 횃덩이가 된다. 잔 다르크처럼 신비하도록 아름다운 황홀한 화염이 된다. 그것이 가장 현란한 뜨거움이 되었을 때 그것은 정말 블랙홀처럼 근처의 모든 빛과 물질들을 집어삼키고 흡수해버린다.

그 파멸의 블랙홀 속으로 울면서 삼켜지는 우리 오 남매의 얼굴이 보이고 아버지의 무섭도록 완고한 얼굴이 보이고 C의 일그러진 얼굴도 보인다. 우리의 꿈, 희망, 청춘, 음악, 야심도 모두 그 속으로 삼켜진다. 우리 집도 무엇도 이젠 지상에 없다. 모든 것은 초토화된다. 아, 어머니……. 스스로 초토화되고 우리 모두를 초토화시킨 어머니. 우리가 모두 초토화시켜버린 어머니…….

오래된 사랑은
녹슬지 않는다

EK에게 나는 말한다.

"풍란이란 난초꽃을 본 적이 있어? 나는 본 적은 없지만 가끔씩 꿈꿀 때가 있어. 꽃씨나 포기가 날아다니다가 나무줄기나 바위 곁에 뿌리를 내리면 꽃을 피우고 살아간다는 거지. 백과사전에서 보니까 꽃도 흰색이나 연분홍이 있는데 곱고 청초하고 아주 순결하게 생겼어. 신비하지 않아? 그야말로 하이마트로제, 그룬트로스인데 바람 속에 집을 찾아다니며 그토록 황량한 나무줄기나 바위 곁에 집을 짓고 뿌리를 내린다는 것이. 게다가 꽃까지 피운다는 것이 말이야. 나는 내가 꼭 풍란 같아. 바람 속에 불려 다니며 뿌리내릴 곳을 찾으며 울고있어. 그리고 아직 아무 곳에도 뿌리를 안 박았지만(못 박았지만) 언젠가는 아주 척박한 바위틈이나 나무둥치에 뿌리내릴 것이 분명해. 보지 않아도 알아. 나에겐 뿌리내릴 비옥한 땅은 없어. 그러나 그나마도 나무둥치나 바위 겉도 나타나지 않아 바람집 속을 떠돌아다니는 풍란의 슬픔, 무서움 같은 것을 EK는 모를 거야. 알 수 없을 거야."

EK는 우리 모두는 어차피 바람집같이 허공에 집을 지을 수밖에 없으니까…… 라고 말하다가 갑자기 눈살을 찌푸리고 "왜 너는 나는 모를 것이라는 말을 그토록 자주 되풀이하는 거지?" 하고 참을 수 없다는 듯이 물었다. 그는 몹시 자존심이 상한 듯이 보였다. 나는 당황하지도 않고 진지하게, 진심으로 대답했다.

"너에겐, 어둠이 부족하기 때문이지…… 너는 절망, 허무, 뿌리 뽑힘, 난파, 좌초와 같은 모든 것을 머리로는 이해할 수 있어. 그리고 관념으로도 느낄 수 있어. 엘리어트가 말했듯이 관념을 감각하고 감각을 관념하라는 것이 너에겐 모두 가능하지만 조각조각 네 심장으로 그것들을 느낄 수는 없을 거야. 가닥가닥 핏줄 속에 흐르는 굽이굽이 피의 전류로서 네가 그것들을 느낄 수 있을 것 같지는 않아. 왜냐하면 너의 삶은 그것을 경험해보지 않았으니까. 너의 삶은 안전하고 너의 집은 균형 잡힌 화목함과 부유함, 모두가 있고 너의 꿈은 견고하고 너의 이불과 요는 따뜻해. 요즈음 나에겐 이불도 요도 없고 집도 없고 꿈도 없고 오직 있다면 잔인한 신의 얼굴뿐이야. 알바레즈의 책 제목에 「Savage God」이란 제목이 있지. 그것이 내

현실의 제목이고 내 마음의 제목이야. 너에게 진심으로 그것이 있니?"

EK는 몹시 자존심이 상해서 "그래서, 너는 혼자 세상의 고통과 어둠을 독점해야만 직성이 풀리겠다는 거냐?"라고 말하고 입을 신경질적으로 다물었다. 부유하고 화목한 집안의 아이들을 보면 나는 자신의 열등감 때문에 그렇게 냉소하고 싶었고 "어둠이 부족하다"는 말을 해서 그들을 그토록 짓궂게 무시하지 않고서는 못 배겼다.

인간에게 자기보호 본능이 있어서 어떤 불행일지라도 그것을 옹호하고 미화시키려는 본능이 있다고 한다. 그렇게 내 환경에 가득 찬 어둠은 오히려 내 우월감의 방패가 되었으며 안전하고 행복한 사람들을 찌르고 상처 입히는 작살이 되었다.

나는 주변에 달리 괴롭힐 만큼 가까운 사람이 없었기에 EK만이 나의 사디즘의 화살을 맞곤 했다. 그러나 EK는 또한 스스로의 자만심과 프라이드가 너무 높아서 그런 나를 오히려 감싸주었고 그것을 일종의 예술가의 근거 없는 자만으로 이해하기까지 했다. 참으로 좋은 친구가 아닐 수 없었다. 그러나 나는 그의 그런 여유만만한 태도가 정말 싫었다. 그리하여 오히려 자존심이 상하는 쪽은 언제나 나였다.

그런 서먹서먹한 감정에 빠져 지긋지긋한 자기혐오감을

느끼며 앉아 있을 때면 하이마트로제의 벽에 걸린 반 고흐의 「밀짚모자의 자화상」이 물끄러미 나를 누이동생을 보듯이 내려다보고 있었다.

태양을 찾아서 아를로 내려가 산야를 쏘다니며 하루에도 십여 장의 유화를 그리던 시절에 그려진 이 자화상의 눈초리는 소용돌이치는 갈색의 회오리를 담은 채로 나를 건너다보며 살피며 노려보고 있는 것 같았다.

반 고흐의 눈을 위대한 천재의 눈이라고 말한 사람은 아르토였던가?

"그토록 파괴적인 힘을 갖고 인간의 얼굴을 노려보며 자기 자신을 발가벗기는 그 솜씨로 보아 그의 속에 살고 있는 것은 단순히 하나의 화가가 아니고 우리가 아직 세상에서 만나본 적이 없는 천재 철학자일 것이다"라고도 아르토는 썼다.

황색과, 황색의 변형인 갈색과, 어두운 하늘빛 색조가 어우러들며 회오리치고 있는 그 그림을 바라보고 있노라면 내 마음속에도 그런 무늬의 회오리가 치고 똑바로 찌르는 듯한 그 눈동자, 유성으로부터 날아온 듯한 폭탄 같은 그 눈동자는 세상의 공허와 무의미한 벌레 같은 고역을 향해 이렇게 말하고 있는 것도 같았다.

"정기正氣와 광기, 그리고 광인과 천재를 누가 구분할 수 있으랴? 나는 그것을 지금도 알 수가 없다. 사람은 무한 때문에 살 수도 있고 무한에 의해서만 만족할 수도 있다. 그런 부류의 인간은 예술가다. 그러나 대부분 많은 인간들은 무한 앞에서의 공포와 불안을 감당할 수 없어 유한에 머무르며 만족한다. 그 순간 물질과 끊임없이 무한의 피가 흘러든다. 그것은 마치 수맥水脈 속으로 스며드는 태양의 유혈과도 같다.

무한의 유혈이 일어나면 우리는 온갖 사회의 몰이해와 무지, 범속한 도덕의 올가미에도 불구하고 그 무한에 응답해야 한다. 무한의 거울 속에서 자신을 건져야 한다. 무한에 자신을 비추려고 해야 한다. 그것을 사람들은 광기라고 부르지만 오, 그러나 대부분 세상 사람들이 잊어버린 무한을 복권시키기 위해 예술가는 하는 수 없이 광기라는 고독한 옷을 입지 않으면 안 된다."

EK에게서 상처받은 자존심을 회복시키기 위해 나는 밀짚모자를 쓴 그 반 고흐와 혈육 간의 이야기 같은 대화를 나누었다. 그것은 언제나 나의 허영이었다.

반 고흐와 베토벤이 가난하고 비참하고 불행하고 불쌍한 사람들이었다는 것만큼 나에게 다행한 일이 또 있었을까. 만약 그렇지 않았더라면 나는 어디에서 내 자존심을 회복시킬 마지막 허영을 찾아올 수 있었으리오. 세상을 향해 무엇으로 맞섰으리오.

그렇게 싸우고 헤어진 겨울날 나는 며칠 후 EK의 엽서를 받기도 했다. 잉게보르크 바하만의 시가 적힌 그 엽서에는 졸업논문이 통과되었다는 소식도 적혀 있었다.

> 나는 그러나 홀로 누워 있다.
> 얼음울타리 속에, 만신창이가 되어서
> 폭설이 나의 눈을 아직
> 다 가려주지 않았다.
> 내 몸을 짓누르는 죽은 자들은
> 아무런 말도 하지 않고 있다.
> 아무도 나를 사랑하지 않고
> 나를 위해 등불을 흔들어주지 않았다.
>
> — 바하만의 「도망의 노래」 전문

그리고 엽서의 끝 귀퉁이에는 몹시 민망한 듯이 "Alte Liebe rostet nicht"(오래된 사랑은 녹슬지 않는다)라는 구절이 작게 씌어 있었다. 리베Liebe—사랑? 그런 낱말은 너무 내게는 생소해서 그야말로 외국어로밖에는 느껴지지 않았다.

숭고한 모성을 보여주는
어머니의 피에타

겨울이 깊어지면서 해가 바뀌었다. 나는 소 공동 도서관에도 크로이첼에도 나가지 않고 집에서 오직 두 문불출했다. 설상가상이라고 추운 겨울에 일하는 언니마저 나가서 나는 온 집안 식구들의 밥을 짓고 청소를 하고 빨래를 해야 할 판이었다. 그러던 차에 여고를 졸업한 동생 H가 거문 고와 옷 보따리 하나, 책가방을 들고 대학 입학시험을 보기 위 해 서울로 올라왔다.

H는 집안에 닥친 여러 가지 일들을 며칠 겪더니 시험공부 고 뭐고 팽개치고 울기만 했다. 동생은 광주에 혼자 떨어져 있 었고 입시공부 때문에 가끔씩 잠깐 서울 집을 들여다보았을 뿐이어서 변화한 집안 사정을 속속들이 알고 있지 못했기 때 문에 쇼크가 컸던 모양이다.

거문고는 행복했던 시절 광주에서 엄마가 사준 것인데 그 녀에게는 그것이 지나간 꿈의 상징 같은 것이었던 모양으로, 그녀는 그렇게 거문고를 바라보면서 울었다. 참 이상했다. 그 녀는 울려고 하면 언제나 방 귀퉁이에 세워진 거문고 쪽으로 몸을 향하고 울었다. 나에게는 그것이 마치 자신의 부처가 모 셔진 불단이나 신이 모셔진 제단 같아 보였다. 아, 인간은 누구에게나 자기의 신을 모시는 신단이 있는 것이다.

착하고 꿈도 많고 아주 터치가 굵은 체념과 용기조차를 지닌 그녀는 우리 집안에 다시 합류하자마자 그녀 특유의 새로운 학설을 펼쳐놓았다. 그녀는 C가 불쌍하다는 것이었다. 그리고 아버지와 우리들이(엄마만 빼놓고) 모두 C를 처절하게 외면하는 것을 보고 그녀는 오히려 C가 피해자이고 아버지와 우리들이 가해자인 것처럼 힐난하는 것이었다.

어릴 때부터 기발한 소설적 상상력이 풍부했던 그녀는 C가 사도세자 같다고 하면서 울었다. C가 사도세자 같다니? 이 무슨 새로운 기발한 학설인가? 그러면 아버지가 사도세자를 폐세자시키고 그에게 자결을 명령했다가 듣지 않자 뒤주 속에 왕자를 가두어 죽인 저 완고하기 짝이 없는 영조임금이란 말인가?

하긴 C가 사도세자 같다는 것은 너무 기발해서 어리둥절했지만, 아버지가 영조임금을 닮았다는 것엔 일말의 긍정을 느낄 수 있었다. 아버지들은 누구나 실패한 자식을 인정하지 않는다. 아버지들은 탕자를 삼엄하게 내쫓는다. 아버지들은 결단코 혼돈의 자식을 받아들일 수 없는 것이다. 어머니만이 그것을 한다. 어머니들은 스스로 주홍 패찰을 가슴에 달더라도 탕아를 쓰다듬고 껴안고 닦아준다.

피에타—그것이 하늘에 계신 아버지로부터 버림받고 십자가에 못 박혀 죽은 아들을 껴안고 있는 땅 위의 성모의 슬픔인 것이다. C가 사도세자 같다는 의견에 동조할 수 없었지만 C를 껴안고 쓰러지는 엄마에게선 피에타를 느낄 수밖에 없었다. 그 우주적인 슬픔과 무한한 연민.

동생은 한동안 C를 사도세자 같다면서 두둔하고 나서더니 어느 날 C가 드디어 그녀의 거문고를 밟아서 부숴버리자 자신의 의견을 수정하지 않을 수 없었던지 사도세자 이야기는 그 이후로는 입 밖에 내지 않았다. 그 대신 마루벽에다 "We shall overcome someday"(언젠가는 극복하리라)라는 희망적인 표어를 크게 써 붙여놓았다. 그러던 어느 날 밤 그녀도 드디어 현실을 인정하지 않을 수 없었던지 아주 비장한 어조로 말하는 것이었다.

"언니. 옛날 그림책 속에 나오는 뿔 달린 도깨비 생각나? 나는 요즈음 우리 집 식구들 얼굴이 모두 뿔 달린 귀면鬼面들로 보여. 탈을 쓰고 노는 무슨 탈놀음처럼 보여. 달라지지 않고 망쳐지지 않은 것은 하나도 없어."

그러던 그녀가 호수가 있는 어느 대학 국문과에 들어갔을 때 국문학사 책을 읽다가 한밤중에 느닷없이 내 방으로 건너오더니 비장하게 나에게 말하는 것이었다.

"언니. 옛날엔 미아리 일대가 모두 공동묘지였다지? 그러면

454

아마 우리 이 집터도 옛날 공동묘지가 아니었을까?"

글쎄…… 하는 표정으로 가만히 있자 그녀가 말하기를, "아마 우리 집이 이 모양이 된 것은 집터 때문인 것 같아. 지신地神이라는 것이 얼마나 중요한데. 국문학 관계 책을 읽다가 문득 떠오른 생각이 있었어. 이상 말이야. 시인 이상. 그가 동경에서 죽자 부인이 시신을 화장해서 유골을 가지고 돌아와 미아리 공동묘지 어디에 안장했는데 후에 유실됐다고 하더라. 혹시 우리 집터가 그 묘지터가 아닐까?" 했다. 속으로는 참 별말을 다 듣네, 했지만 겉으로는 "너는 확실히 머리가 좋아. 아무튼 새로운 학설도 잘 만드는구나…… 너 좋을 대로 생각해. 근데 여기는 미아리보다는 수유리잖아" 하고 픽 웃고 말았다.

작가 이상李箱만큼 가족적 불운을 겪은 사람도 드물리라. 이상만큼 가족적 붕괴와 파멸 속에서 악의 꽃처럼 자신의 퇴폐를 가꾼 사람도 드물리라. 그는 가족의 불행을 먹고 자라는 귀기어린 예술의 현란한 희귀조였던 것이다.

자수로 장식한
호화 한정판『화사집』의 선물

EK가 애인이란 뜻의 리베Liebe 운운하는 낱

말을 적은 편지를 보내온 후로 나는 도서관에도 크로이첼에도 나가지 않고 발걸음을 끊었다.

그 말은 무척 생소했고 어색한 기분을 느꼈다. 리베— 그런 말은 생각하지 않고 살고 싶었다. 어쩐지 그런 낱말은 현재의 나를 몹시 꾸짖고 자기를 수정할 것을 강력하게 요구할 것만 같았다. 사랑을 받기 위해선 누구에게나 자기수정과 자기혁명이 요구된다는 것을 나는 어렴풋하게 느꼈던 것인지도 몰랐다. 사랑을 받는 사람은 사랑을 하는 사람의 시선과 욕망에 따라 어딘가 변화해야 하고 개혁되어야 할 것 같았다. 발걸음을 맞추기 위해. 그러면 그만큼 사랑받는 사람의 자유는 줄어드는 것이다.

나는 몹시 그것이 불안했고 그리하여 EK와 더 이상 만나지 않는 것이 전전긍긍하지 않을 수 있는 최선의 길일 뿐이라는 생각을 했다. 그러던 어느 오후 그로부터 전화가 왔다. 대학원 시험에 합격했는데 그 기념으로 나에게 줄 것이 있다는 것이었다. 시험 합격을 축하하고 기념하는 것이라면 오히려 내 쪽에서 선물을 줘야 하지 않을까?

"크로이첼에서 만나……."

내가 의아심에 빠져 잠자코 망설이고 있자 전화는 그렇게 끊겼다. 추운 겨울을 뚫고 나는 오랫동안 가고 싶어 그리워했던 크로이첼의 비좁고 더러운 계단을 올라갔다. 계단의 끝에 이르자 피아노 소리가 새어 나오고 있었다.

나는 붕대처럼 머리에 칭칭 동여맸던 자줏빛 털목도리를 풀며 그 피아노 소리를 듣고 서 있었다. 아, 베토벤의 피아노 소나타 템페스트. 1악장의 눈부신 알레그로 아다지오 바로 그 부분이었다. 드라마틱하고 강렬하게 끓어오르는 그 웅대한 선율이 내 마음속의 앙금을 마치 수문을 열어놓은 홍수처럼 방류시키고 있었다.

나는 휴우― 큰 숨을 한 번 쉬고 그 어두운 계단 끝에 크로 이첼이라고 써 붙인 팻말을 한 번 우러러보았다. 그것은 나에게 마치 불멸의 문패처럼, 하늘의 문패처럼 느껴졌다. 우리 집 대문에 붙여진 내 아버지의 문패가 나에게 절망의 문패, 초토의 문패처럼 느껴지는 것에 비한다면 음악이란 대체 무엇이 길래 이렇게 천문天文의 향기처럼 우리에게 마지막 희망의 선택이 되는 것일까?

EK는 구석에서 내가 들어서자 손을 반갑게 들었다. 나에게 리베라는 말을 써 보낸 사람이 바로 저 사람이라는 생각을 하자 걸음걸이조차 부자연스러워 어디론가 숨어버리고 싶었다.

EK는 나에게 무슨 책 꾸러미 비슷한 것을 내밀었다. 풀어봐…… 그 미소는 그렇게 말하고 있는 것 같았다. 나는 그것을 조심스레 풀었다. 그것은 비단으로 장정된 한 권의 책이었다. 『화사집花蛇集』―미당의 첫 시집 바로 그 책이었다.

"그것은 『화사집』초판본이야. 그 시집을 낼 때 약 이십 권쯤 비단으로 책표지를 만들고 그 표지에 시인을 흠모하던 기생이 색실로 제목을 수놓았다고 해. 그 말이 사실인지 아닌지는 모르겠으나 이 책이 그중 한 권이야. 아주 귀한 책이지."

자줏빛 비단에 초록색 수실로 제목이 수놓인 그 시집은 국보처럼 굉장한 가치를 자랑하면서 신비스럽게 채색을 발하고 있었다. 시인을 흠모하던 고운 기생이 손수 한 땀 한 땀 애모의 자수를 하였을 생각을 하니 신비가 후광처럼 퍼지는 것 같았다.

"곱군요. 신비하구요. 그런데 이것을 왜……?"

의아해하는 눈빛으로 그를 바라보자 마지막 말을 내가 맺기 전에 그가 말했다.

"내 대학원 입학 기념으로 이것을 너에게 주는 거야. 나는 이제 아무래도 창작과는 멀어질 테니까 이것을 주고 싶었어. 나는 아무래도 창작에는 재능이 없고 이젠 공부를 해야 할 테니까 말이야— 시는 나에게 앞으로 내연의 애인 같은 관계가 될 거야. 내연의 연인처럼 잊을 수 없고 은밀한 정열로 사랑하겠지만 호적상으로는 무관하다는 것…… 그런 관계 말이야. 그래서 이 귀한 시집을 양도하는 거야."

고맙기도 하고 어딘가 서운한 기분도 느끼면서 나는 음악, 바흐의 피아노 소품곡「시실리아나」를 듣고 있었다. 투명하고 신선한 피아노곡을 듣고 있다가 그가 문득 말했다.

"난 역시 시인은 못 될 거야. 바이올린보다는 피아노를 더 좋아하거든. 바이올린은 마녀의 애무 같고 메피스토의 유인 같지. 끝나지도 않고 머무르지도 않는…… 마디가 없는 한없는 유혹이야. 이성의 유린이지. 이드(id)의 춤이니까. 그러나 피아노는 거기에 비해 분명하거든. 난 아무래도 클라라(clara 분명한)하고 디스팅크트(distinct 또렷한)한 것이 좋아. 피아노는 가령 베토벤의 「열정 소나타」처럼 극도로 현란한 곡도, 아파치오나타 3악장의 알레그로 마 논 트로포는 얼마나 삼킬 듯이 압도적으로 화려하니. 그렇다고 하더라도 피아노라는 속성 때문에 마디가 분명하고 선명하지. 현란한 열정 속에도 이성의 마디가 있고 사색의 여지가 있거든. 피아노곡은 항상 이성과 감성의 조화가 가능해. 그러나 바이올린곡은 함께 죽자고 하는 것 같단 말이야. 감정, 환각에 익사하자는 거야. 그래서 난 바이올린곡을 들을 때마다 어디 너무나 몽환적인 먼 곳으로 유배되는 무시무시한 기분을 느끼거든. 내가 바이올린보다 피아노를 더 좋아한다는 것— 그곳에 내가 시인이 못 되고 학자가 되어야 하는 이유가 있을 거야."

나는 그 자줏빛 비단표지 위에 초록빛 색실로 수놓인 화사 花蛇라는 글자를 홀린 듯이 들여다보고 있었다. 화사, 꽃무늬 몸뚱어리의 초록빛 뱀. 시인. 바이올린의 독약 묻은 유혹. 시인. 환각의 천재지변.

둘이서 영원히 바라보면서 달려가는
두 개의 선로처럼……

그때 문이 열리고 장님 선생님이 들어오고 있었다. 그는 검은색 양복 차림에 회색 넥타이를 매고 있어서 순간 어디 장례식에라도 다녀오시는 게 아닌가 하는 느낌이 들었다. 오랜만인지라 몹시 반가워 나는 뛰어나가 그를 우리 자리로 모셔왔다. 어디 다녀오시는 길이세요? 묻자 그는 몹시 피로한 기색이 역력한 채로 노래를 부르고 오는 길이라고 대답했다. 그는 가끔씩 교회모임이나 작은 집회 같은 데 초청되어 성악곡을 부르곤 했다.

그런데 그날따라 그의 기분은 아주 침통해 보였고 추운 날씨인데도 연신 이마 위에 배는 땀을 닦았다. 나는 그가 정말 장례식장에라도 다녀온 것이 아닌가, 조가弔歌라도 부르고 온 것이 아닌가 하는 생각을 했으나 노래 부르는 장례식이 있다는 말을 못 들어보았으므로 계속 궁금해했다.

그는 더 이상 말을 계속할 기미를 보이지 않고 묵묵히 앉아 있었다. EK가 술을 한잔 사겠다고 하니 그는 그림자처럼 묵묵히 따라 나왔다. 그토록 유머의 기색이 없는 그를 보는 것은 처음이었다. 우리가 나눈 것은 언제나 블랙 유머에 가까운 것이긴 했지만, 그런 유머라도 없으면 또한 인간은 어떻게 자신의 불행을 지탱한단 말인가.

니체가 말했던가. 웃을 줄 아는 동물은 오직 인간뿐이라고. 인간만이 웃지 않고서는 배길 수 없는 불행을 가지고 있기 때문에 인간은 웃음을 발명해냈노라고. 하이마트로제에 가서 맥주를 몇 잔 들이켰을 때 그는 비로소 말문을 열었다.

"승희야. 나는 오늘에야 비로소 내 이름이 역겨워졌다."

나는 도저히 그 말뜻을 가늠할 수 없어 단지 그의 검은 안경만을 들여다보고 있었다. 그의 검은 안경은 무슨 불길한 스핑크스처럼 수수께끼를 내포한 채 그렇게 나의 응시를 차단하고 있었다.

"내 이름이 조진걸 아니냐. 조졌다는 뜻이지. 인생을 망쳤다는 뜻이야. 조졌다는 의미의 이름을 가지고 산다는 것이 정말 싫어지는구나."

나는 가슴이 으깨어지는 것처럼 아파서 아무 말도 할 수 없었다. 그토록 박력 있는 낙관과 따뜻한 용기를 잃지 않던 그가 아닌가.

"오늘 나는 어느 결혼식에서「아델라이데」를 부르고 왔어."

그가 침울하게 말했다. 결혼식? 누구의?

"선▨이가 오늘 결혼했단다. 나에게「독일인의 사랑」을 읽어
준 소녀 말이야. 겨울 신부가 되었어, 오늘. 나는 축가로「아델
라이데」를 불렀고. 선이가 말했어. like와 love는 다른 것이라
고……."

그리고 그는 큰 소리로「아델라이데」를 불렀다. "봄날의
들판을 거닐면 아름다운 누리가 모두 아델라이데를 찬양하
네…… 아델라이데, 봄 속의 아델라이데, 사랑하는 아델라이
데…… 그대는 영원히 봄누리 속에 잠기고 나 혼자 겨울 속에
남아 추운 거리를 방황하리…… 아델라이데, 내 사랑……."

술집 안의 눈동자가 모두 그에게 쏠리고 그는 탁자에 머리
를 묻은 채 움직이지 않았다. EK는 희미한 미소를 띤 채 낮게
말했다.

"like와 love는 물론 다르지요. 두 사람이 서로 그 감정이 엇
갈릴 때 그건 도저히 어떻게 안 되는…… 완고한 무엇이랍
니다. 둘이서 영원히 바라보면서 달려가는 두 개의 선로처
럼…… 더 멀지도 않고 더 가깝지도 않게……."

그는 정말로 그 소녀를 사랑했던 것이다.

시인의 참다운 자세에 대해 눈뜨게 한
월러스 스티븐스와의 만남

봄학기가 시작되어 나는 현대시강독을 들으면서 아주 바쁘게 지냈다. K박사의 현대시강독은 나에게 아주 귀중한 것을 알게 해주었다. 예이츠와 엘리어트를 이어 20세기 최대의 위대한 시인 월러스 스티븐스라는 미국 시인과의 만남이 그것이다.

나는 그 시인을 통해 시인의 참다운 자세에 대해 눈뜨게 되었다. 그는 말한다. "시인이란 이 세상에 꼭 필요한 천사the necessary angel"라고. 그는 시인을 어떤 고귀한 기수騎手 noble rider와 동일시한다. 시인이란 지상의 창조자이고 삶은 문학의 반영이다. (문학이 삶의 반영이 아니라!)

"현실의 것은 단지 기초일 뿐이다. 그것은 단지 기반이며 리얼리즘은 현실의 타락이다. 상상력이 유일한 수호신이며 상상력은 정신의 자유이고 따라서 현실의 자유이다. 시는 세계의 가난과 변모와 사악과 죽음을 정화하는 것이다. 그것은 현재의 완성이고 삶의 치유할 수 없는 가난 속의 만족이다. 따라서 시인은 보이지 않는 것의 사제이다. 시인은 신이다. 아니면 젊은 시인은 신이다……."

그의 시론만큼 나의 가슴에 절실하게 와 닿은 시론은 없었다. 그야말로 그는 나를 구원하기 위해 지상에 나타난 "꼭 필요한 천사necessary angel"였다. 상상력만이 유일한 현실이라고! 그리하여 그는 이런 시구를 썼다.

불완전함이야말로 우리의 천국.
보라. 이 황폐한 황무지 속에서
불완전함이 그토록 우리의 마음속에서 뜨거우므로
기쁨은 금간 말과 불협화음들 속에 깃든다.

—「우리 풍토의 시」중에서

나는 그의 "The imperfect is our paradise(불완전함은 우리의 천국)"라는 시구가 너무 좋아서 괴롭고 불행할 때면 언제나 그 시구를 입술 위에 떠올린다. 삶이 추하고 비속하고 완전하지 않기 때문에 이 세상엔 시인이라는 족속이 있다. 시인은 상상력의 영靈이 살고 있는 자신의 푸른 기타를 들어 비로소 노래하며 세상의 불완전을 완성한다. 있는 그대로의 현실을 묘사하는 것은 시인의 일이 아니다. 리얼리즘은 현실의 타락이니까.

시인은 세계의 불완전을 자신의 푸른 기타로써 메운다. 그러면 시인의 노래가 거꾸로 세계가 되며 현실은 시인의 노래에 의해 바뀌게 된다. 그것이 시인이 신神인 이유이며 시인들에게 세상의 불완전함이야말로 천국인 이유이다.

그는 이 세상이 낙원이 아닌 것을 찬양한다. 이 세상이 완전히 아름답고 완전히 성스럽고 충분히 행복하다면 시인이란 필요치 않은 것이다. 이 세상이 그토록 더럽고 추악하고 탈출해야만 하는 고통스런 장소이기 때문에 시인은 이 세상에서 꼭 필요한 천사가 되는 것이다!

세계와 시의 기능에 관해 집약적으로 그는 이런 시를 썼다.

내가 항아리 하나를 테네시 주에 놓았더니
그것은 둥글었다, 언덕 위에서,
그것은 조잡한 황무지로 하여금
그 언덕을 에워싸게 하였다.

황무지는 항아리 쪽으로 몸을 솟구쳐 올라가
주위에 몸을 펴서 엎드렸다,
그러자 이제 거친 황량함이 사라졌다.

항아리는 땅 위에서 둥그랬고
키가 훤칠하게 공중에 풍채를 세웠다.

그것은 온 누리를 지배했다.

항아리는 잿빛이고 발가벗었다.

새도 덤불도 주지 않았다.

항아리는 테네시에 있는 어떤 것과도 달랐다.

—월러스 스티븐스의 「항아리의 일화」 전문

시인은
피로 생각하는 사람

　　　　　예술과 삶의 관계에 대해 이토록 정연하게 써놓은 시가 있을까. 삶은 테네시에 있는 조잡한 황무지처럼 거칠고 조악하고 혼돈으로 가득 찬 야생지역이다. 그러나 "테네시에 놓은 항아리"처럼 지배하고 다스린다. 그러면 그 한 개의 항아리 때문에 테네시의 황무지에서 거친 황량함이 사라졌듯이 삶도 예술의 지배를 받아 그 야만스러운brutal 혼돈을 정돈하게 된다.

　스티븐스는 말한다. 예술이란 질서에의 욕망이라고. 그리하여 종교가 사람들에게 이제 만족을 주지 못하는 처지에 있으므로 시가 그 일을 대신해야 한다고.

"종교와 시는 본질에 있어서 같다. 다만 실제 생활에 어떻게 관련을 맺는가에 따라 다르다. 시가 인생에 관여를 하게 되면 종교이고 종교가 인생을 따라가면 시이다. 인생에는 필연적인 허구necessary fiction가 필요하고 시는 최고의 허구supreme fiction이다."

그리하여 그의 시는 상상력의 영역과 세계의 영역을 천명하고 이 둘의 통합을 추구하고 있으며 우리는 거기서 그의 유명한 질서에의 열망desire for order을 보게 된다. 시인은 자신의 허구(정신의 자유=상상력)로써 세상에 질서를 부여한다. 그리하여 지상은 불완전한 야성의 혼돈imperfect, wild Chaos이지만 시인의 정신력에 의해 질서를 부여받는다는 것이다.

나는 그리하여 한밤중이면 정처 없이 일어나 앉아 자줏빛 비단에 초록빛 수실로 제목이 자수된 『화사집』을 내 방 한가운데 놓고 그 천재적인 시집이 내 운명의 조악한 혼돈을 다스려줄 것을 빌었다. 마치 하나의 정교한 항아리가 야생의 테네시에 놓임으로써 테네시의 황야가 거칠음을 극복해갔듯이 말이다.

똬리를 튼 뱀이 사과를 모가지로 껴안고 사과에 혀를 날름대고 있는 삽화가 그려진 그 시집 속의 시들을 어찌 광기 없이 읽을 수 있으랴.

"애비는 종이었다. 밤이 기퍼도 오지 않았다. 파뿌리같이 늙은 할머니와 대추꽃이 한 주 서 있을 뿐이었다.// …… 스물세햇 동안 나를 키운 건 팔할이 바람이다. 세상은 가도가도 부끄럽기만 하드라. 어떤 이는 내 눈에서 죄인을 읽고 가고 어떤 이는 내 눈에서 천치를 읽고 가나 나는 아무것도 뉘우치진 않을란다.//찬란히 티워오는 어느 아침에도 이마 우에 언친 시의 이슬에는 몇 방울의 피가 언제나 섞여 있어 빛이거나 그늘이거나 혓바닥 느러트린 병든 숫개마냥 헐떡거리며 나는 왔다."

시인, 죄인이나 천치. 시, 몇 방울의 피가 섞인 이슬. 이런 화려한 슬픔을 짙은 배면에 깔고 『화사집』의 세계는 너무도 강렬하고 찬란했다. 끝없는 샤머니즘 같은 육욕의 향기와 우주에 육박할 것 같은 영욕의 향기는 그야말로 그 시집에서 코피처럼 터져 흐르고 있었고 나는 그 유혈의 언어들을 육욕의 과일처럼 먹으며 정신으로 전율하였다. "시인이란 피로 생각하는 사람"이라는 깨달음을 미당의 그 시집은 나에게 주었다.

시는 피로써 사색한 영욕靈欲의 과일이다.
시는 천치가 만든 천재의 복음이다.
시인은 짐승이며 동시에 천령天靈이다.

'광기와 질서'에의
엇갈린 열망

        그런데 스티븐스란 시인은 그런 내 관념에 너무나 위배되게도 평범하고 뚱뚱하고 아저씨처럼 생겼다. 미당이 광기와 천재성이 흐르는 넓은 이마와 굵고 검은 눈썹을 송충이처럼 꿈틀거리는 데 비해 스티븐스는 그야말로 보험회사 중역 같은 용모였다.

  사실 스티븐스는 뉴욕에서는 법률가로, 코네티컷에서는 보험회사 중역으로 견실하고 차분한 인생을 보냈다. 하긴 그 자신이 "매일같이 job을 대하는 것은 시인으로서의 인간에게 특성을 준다"고 말했듯이 그의 삶은 몹시 절제되고 신중했다. 그의 아버지가 젊은 월러스에게 보낸 편지 중에는 "성공이란 꿈보다 공부와 일work을 더 생각하는 사람에게 돌아가게 마련이다"라는 구절도 있을 정도이니 그 집안 자체가 견실하고 신중했던 모양이다.

  그래서인지 스티븐스의 용모와 삶에선 보헤미안이나 광기적 탕아와 같은 낌새는 전혀 없었다. 내가 한 시기에 『화사집』의 미당과 스티븐스를 좋아했다는 것이 내 삶과 문학에 어떤 암시가 되리라고 나는 느낀다. "광기에 대한 열망"과 "질서에 대한 열망"이 내 작은 가슴속에선 그렇게 서로 반란을 일으키

듯 업화業火처럼 다투어 피어오르고 있었던 것이다.

하늘이 사라질 때 하늘을

가장 날카롭게 만드는 것은 그녀의singer 목소리였다.

그녀는 그 고독을 시시각각으로 재었다.

그녀는 자신이 노래 부른 작업의 유일한 제작자였다.

그녀가 노래 부를 때면, 바다는,

그 자체가 어떤 것이었든 간에, 그녀의 노래 자체가

되었다. 왜냐하면 그녀가 창조자이기 때문이었다. 그

리하여

우리는 그녀가 바닷가를 홀로 거니는 것을 바라볼 때

그녀가 노래 부른 세계, 그리고 노래 부르며 만든 세계

이외에는

그녀에게 어떤 세계도 결코 존재치 않았음을 알게 되

었다.

(……)

오! 질서를 향한 신선한 열망, 레이몽 페르낭데즈여,

바다의 언어들, 우리들 자신과 우리의 근원으로 향하는

희미한 별빛의 향기로운 문의 언어들을

보다 뚜렷한 윤곽과 보다 예민한 소리로

정돈하고자 하는 창조자의 이 열망.

—스티븐스의 「키 웨스트에서의 질서의 개념」 중에서

질서를 향한 신성한 열망—바로 그것이었다. 그것 때문에 나는 인생은 고해라고 바로 그 바닷가에서 울면서 삶의 야만성을 힐난하고 있었다. 나의 조야한 환경, 잔혹한 환경의 야만성에 압사당하지 않기 위해서는 노래 부르는 수밖에 다른 도리가 없었다. 왜냐하면 시인이 노래를 부르면 바로 그 노래가 시인의 유일한 현실이 되는 것이므로.

나는 『화사집』과 더불어, 스티븐스의 시와 더불어, 그렇게 고통의 밤들을 보냈다.

입대 전날 EK의
진지한 프로포즈

여름이 되었을 때 EK는 입대했다. 그토록 몰입해 있던 대학원 공부를 잠시나마 접고 군이 떠나지 않으면 안 되었던 내적 욕구가 무엇이었는지 나는 알 수 없었지만,

습관적으로 만나서 천애고아 같은 쓸쓸함을 다소나마 잊게 해주었던 그가 떠난다는 것이 몹시 서운했다.

그가 입대하기 전날 우리는 프랑스문화원에서 상영하고 있던 영화「분홍신The Red Shoes」을 보러 갔다. 그 영화는 안데르센 동화를 소재로 만든 것으로서 예술가의 숙명을 다룬 영화였다. 마술의 분홍신을 신은 처녀가 춤을 추기 시작하면 영원히 그칠 수 없어 춤을 추다 힘에 겨워 쓰러져 죽음에 이른다는 그런 줄거리였다. 분홍신을 신고 춤추는 아름다운 무희로 모이라 샤라가 나오고 그녀의 연인이자 작곡가로 마리우스 고링이 나왔다.

그들은 서로 사랑해서 결혼까지 했으나 분홍신의 마술 때문에 서로 불화를 겪고 결국 그녀가 죽음으로써 그들의 사랑은 파멸에 이른다. 예술가를 끝까지 움켜쥐고 인간적 행복을 모두 빼앗으며 결국 죽을 때까지 예술에 피를 탕진하게 하는 이 분홍신의 마술은 무엇인가? 분홍신의 숙명적인 비극은 왜 또 예술가의 불멸의 환희와 맞닿아 있는가?

영화를 보고 끝으로 한잔하기 위해 하이마트로제에 들렀을 때 EK가 말했다.

"예술가란 이상한 동물이지. 분홍신 때문에 자신이 파멸에 이를 것을 알면서도 그 신을 안 신으면 못 산다는 거지. 아까 영화에서 두 사람이 결혼해 행복하게 살고 있을 때도 그 여자는 밤마다 몰래 분홍신을 바라보고 있지 않아? 결국 사랑이나 인간적 행복보다 분홍신을 택하지 않아? 무섭더군."

그리고 계속 담배를 피우고 있었다. 그러더니 문득 졸업하면 결혼해야지— 했다. 나는 무슨 말인지 몰라 가만히 있었더니, 지금 3학년이니까 내년에 졸업하면 결혼해야 할 것 아니냐고 묻는 것이었다.

"결혼?"

내가 결혼을? 그 말을 듣자 돼지가 자기에게 어울리지도 않는 진주목걸이를 성대하게 하고 있는 영상이 문득 떠올랐다. 아, 그것은 아니지. 그것은 아니다.

그때 느끼기로는 나와 결혼이란 그토록 걸맞지 않고 어딘가 우스꽝스럽고 자기의 본질을 망각한 몰지각한 처사라고 생각되었다. 메두사가 갑자기 선녀나 심청이로 변장하고 나온다 해도 그보다 우습지는 않을 것 같았으니까.

"우리가 이만큼 친하면 마땅히 그런 생각을 해볼 수 있다고 생각해. 남녀가 서로 이만큼 이해하고 서로의 본질에 접근해 있다는 것은 사랑한다는 것이 아닐까? 우리는 고향 친구고, 문학에 대한 지향이 같고…… 그리고 정직하게 말한다면 나는 너 이외의 어떤 여자하고도 어울릴 수 없을 것 같아……."

그것이 두 사람이 결혼하는 이유가 될 수 있을까? 비가 오나 눈이 오나, 꽃이 피거나 바람이 불거나, 한 지붕 아래서 지겹도록 굳세게 같이 살아야 할 이유가 될 수 있을까? 결혼한 히스클리프?

"말씀은 고맙지만, 솔직히 이야기해서, 나 같은 사람은 어떤 남자하고도 어울리지 않을 것 같아요. 미안해요……."

그동안 언제부터인지 너라고 부르며 반말을 해온 사이였는데 갑자기 존댓말이 공손하게 내 입에서 흘러나왔다. 아니다, 가장 큰 이유는 내가 그대를 사랑하지 않기 때문이고, 나는 어둠이 부족한 사람은 사랑할 수 없기 때문에 그대를 사랑할 수 없는 것이다. 나는 어떤 남자하고도 어울리지 않으며, 더구나 이성異性이라는 것을 한 번도 느껴보지 못한 대상에게 어찌 사랑이나 결혼을 생각해볼 수 있을까?

결혼의 프로포즈를 받는 순간 문득 어떤 한 남자의 영상이 떠올랐다. 여름방학의 어느 날 내가 학교 노고산 기슭 잔디에 앉아 있는데 산 위에서 「선구자」를 부르는 남자의 노랫소리가 들려왔다.

남자의 음색은 풍부했으며, 웅장하고 담대한 톤으로 남성의 고독과 투지를 가장 아름답게 표현한 노래 「선구자」를 열창하고 있었다. 노랫소리는 더위에 지쳐 초록빛이기를 포기하고 있는 듯 바래져 있던 숲속의 잎사귀들을 흔들어 숲을 초록빛으로 출렁이게 하고 있었고, 노래가 흘러가는 곳으로 구름도 서늘하게 흘러가는 것 같았다.

누구일까, 저 아름다운 목소리의 청년은. 누구일까, 누가 이 잠든 여름의 텅 빈 학교에서 「선구자」를 부르며 고독한 남성의 지성과 투지를 사르고 있는가.

나는 멍하니 앉아 그 남자가 산에서 내려와 지나가기를 기다렸다. 한참 후 남자가 초록빛이 출렁이는 산의 길을 뚫고 온통 흰옷을 입은 채로 내려오고 있었다. 여전히 무슨 노래를 부르면서. 아, 저 사람이구나…… 나는 숨을 죽이고 아라비아의 로렌스 같은 남자를 바라보았다.

그는 작년에 학생회장 선거에 입후보했던 철학과 학생이었다. 입후보 사진에 카이저수염을 기른 사진을 내서 여학생들이 "아니, 자기가 무슨 히틀러냐 오마 샤리프냐, 건방지게 콧수염을 기르고 다니게. 아무튼 자고로 철학과엔 괴짜가 많아." "저렇게 멋진 사진을 내서 여학생들에게 섹스어필하려는 것 아냐? 여학생 표만 다 모아도 어디니……" 등등 낄낄거리며 미워했던 그 사람이었다.

나는 물론 귀중한 한 표를 그 카이저수염이 보기 싫어 다른 사람에게 던졌는데(그는 물론 낙선하였다), 그 여름날 산에서 내려오는 그 모습을 보고 차라리 프리드리히 니체를 느꼈다. 젊은 지성다운 오만과 철학과 우수— 그리고 그는 시를 쓴다는 괴이한 소문도 있었다. 그 순간 나는 문득 그에게서 하나의 남성을 느낀 것이다. 생애 최초의 감정이라고나 해야 할 것이다.

N— 그 당시 내 가슴엔 N이 미신처럼 가득했으나, N은 천상의 별을 사모하는 마음 같은 것이었을 뿐 그 남자, 프리드리히 니체를 닮은 콧수염을 기른 그 남자는 문득 숲속의 향기처럼 시원始原의 진한 향기를 가지고 남성으로서 나에게 육박해오는 것이었다.

그날은 단지 그가 노래를 부르며 산길을 내려가는 것을 훔쳐보았을 뿐이었다. 그의 아름다움은 언젠가 절에서 보았던 법고춤을 추던 승려의 아름다움과 흡사해 보였다. 아주 정신적으로, 금욕적으로 보이면서도 아주 강한 성을 풍기던 화려한 법고춤. 봉황과 태극무늬가 단청빛으로 선명한 법고의 몸을 생사의 번뇌를 끊기 위해 그토록 신명에 차서 두드리던 젊은 승려의 아름다움 같은 것이었다.

그런데 EK가 결혼 운운하는 말을 하자 갑자기 그 남자의 모습이 떠오르는 것이었다. 흰색 와이셔츠와 흰색 바지를 입고 푸른 산속에서 고독하게 내려오던 모습, 「선구자」를 부르던 아름다운 목소리, 니체를 닮은 콧수염, 왜 이른바 청혼 비슷한 것을 받은 그 자리에서 그 남자의 모습이 떠올랐던 것일까? 말 한마디 나누어보지 않은 그 청년의 모습이 결혼이란 말을 듣자마자 왜 불시에 나타났던가.

인연만큼 기이하고도 무서운 것은 없을 것이다. 나는 많은 풍상과 기나긴 우회로와 우여곡절을 겪은 뒤 몇 년 후엔가 그 남자, 「선구자」를 부르던 카이저수염의 그 남자와 아플 정도로 뜨겁게 결혼했으니까 말이다.

아무튼 EK와 나는 서로 다른 헛된 슬픔에 빠져 말없이 앉아 있었다. EK가 한참 후 고개를 들고 말했다.

"like와 love는 다르다는 말을 하고 싶은 거지?"

그래요, 그대는 어둠이 부족하고 나는 어둠이 부족한 사람은 사랑할 수 없어요. 왜냐하면 나야말로 어둠의 혈육이니까…… 하이마트로제에서 나와 우리 집으로 가는 버스 속에서도 우리는 말 한마디 하지 않았다. 버스정류장에서 내렸을 때 우리는 잠시 서로의 눈을 쳐다보며 헛된 악수를 나누었다.

남자와 처음 나눈 악수였건만 지극히 건조한 느낌만이 있었다. 안녕, 잘 가요…… 우리 우정만은 평생 지켜요…… 이런 말들이 여름에 한 번 지나가면 그만인 은하수의 무늬들처럼 귓가에 남아 있다.

후에 그는 "시가 끝난 곳엔 절규만이 남는다. Cry! Cry!"라는 편지를 한 번 보내왔다. 그 뒤 공군 장교로 지방도시에 있을 때 "사랑이여, 내가 설명할 수 없는 것을 설명해다오. 나는 짧고 무서운 시간을 오직 사색과 교섭하며 외롭게 홀로 있다. 사랑에 대해선 아무것도 몰라야 하고 사랑의 행위는 아무것도 하지 말아야만 한단 말인가? 어느 누가 사색만 해야 하는 가……"라는 잉게보르크 바하만의 시구를 보내왔다.

그녀의 시 「사랑이여, 설명해다오」는 자신의 꿈과 비탄의 은유라고 하면서 파격적인 답장을 기다린다고 했다. 평생 우정을 지키자는 맹세도 헛되이, 그는 언제부터인가 내 인생의 앞에서 실종되어버리고 말았다. 언젠가 독일에서 "방금 베토벤 박물관에 다녀왔어. 그의 안경과 보청기를 보자 눈물이 솟구쳤어" 하는 그림엽서를 끝으로 그와 나는 서로 부재자성명을 내고 말았다.

밀봉된 내 영혼의
유일한 친구가 떠난 후

그해 가을학기에도 역시 최루탄이 자욱한 끝에 결국 휴교령이 내렸다. 그해엔 유신헌법이 공표되어 대학은 물론 국내외적으로 마치 벌집을 쑤셔놓은 듯 시끄러웠고 모든 사람의 가슴속엔 불길한 위기의식이 말세 지탄처럼 검게 피어올랐다.

휴교령 때문에 나는 다시 소공동 국립도서관에 꾸역꾸역 나갔다. 그러나 EK도 없는 도서관은 삭막했고 대화가 없는 내

가슴속은 마치 지구 최후의 날이 이미 지나간 폐허처럼 살풍경하기만 했다. 살풍경―사막―사하라.

　바로 그것이었다. 하나의 친구가 있는 것과 하나의 친구도 없는 것은 하늘과 땅 차이라는 말이 실감났다. EK―그는 밀봉된 내 영혼의 유일한 창구였으며 외부세계로의 현관 출입문과 같은 존재였다.

　그를 통해 나는 내 영혼의 탄소를 외부에 환기시키고 있었으며 때때로 싱싱한 외부의 공기를 호흡해왔던 것이다. 숨결은 끊겼다. 오직 고독과의 무서운 싸움만이 남았다. 그것은 나 자신과의 싸움이었고 EK가 없어져 이제 외부의 과녁이라고는 하나도 없었기에 독 묻은 나의 화살들은 오직 나 자신의 내부만을 향해 살육할 먹이를 찾아 부르르 떨리며 꽂히는 것이었다. 무엇이든 만삭이 되어야 낳는 것처럼 고통도 그 만삭에 이르러야 핏덩이를 낳는 것인가.

　어디를 바라보아도 모래, 모래들뿐이다. 인간과 인간이란 모두 모래와 모래처럼 고독과 불모가 넘쳤으며 삶이란 목마름의 헛된 광기였다. 모래, 황무지, 물. 어디를 바라보아도 물은 없었으며 어디를 바라보아도 모래는 천지였다. 통속적인 말이지만 나는 오아시스를 원했다. 그러나 물은커녕 조금만 방심하고 있거나 상황에 순종한다면 금방이라도 나 자신 하나의 모래무덤이 될 것만 같았다. 세상에서 잊혀지고 버림받은 하나의 모래무덤이.

내 동생 C는 술을 먹다가 어떤 사람과 아무것도 아닌 일로 다투다 그 사람을, 이유로서 성립될 수 없는 이유로 폭행하여 그 당시 청소년 교화소에 수감되어 있었다. 한 달 정도 거기에 있다가 작은 사건이고 나이 어린 미성년자라는 이유로 풀려나왔지만 그 당시의 집안은 말이 아니었다.

나는 그런 속에서 「우리의 갑각문화」라는 시를 쓰기도 했었다. 그것은 시라기보다는 차라리 운문으로 씌어진 문화진단서 같은 것으로서 사람과 사람 대신 모래와 모래가 살고 있는 가혹한 상황 비판의 절규였다. 그것은 너무나 메말라서, 시라기보다는 차라리 실패한 토막말들의 시체공시장 같은 것이었다.

그 시는 각고의 노력 끝에 쓰여진 하나의 보통 말들의 모임에 지나지 않았다. 나는 '시란 인간 이하의 어떤 힘과 인간 이상의 어떤 힘이 합쳐진 신비로운 어느 순간에 씌어진 것'이라 굳게 믿고 있었기에 「우리의 갑각문화」를 쓰고서도 시를 썼다는, 드디어 해냈다는 기분이 들지 않았다.

나를 압도하고 있던 사하라를
뛰어넘게 한「그림 속의 물」

　　　　　신춘문예 마감 날은 다가왔는데 정말 금수처럼 나는 괴로워했다. 12월 5일이 지나가버렸다(그 당시 대부분의 신문은 5일이 신춘문예 마감 날이었다). 12월 6일이 지나가고 12월 7일도 지나가고 있었다(그 당시「경향신문」만 마감이 늦어 12월 8일이었던 것으로 기억된다).

　12월 7일 오후가 되자 나는 핏속에서 금수가 울부짖는 것 같아 도저히 방 안에 있을 수가 없었다. 마치 아편중독자가 양귀비꽃을 목메어 찾으며 죽음을 걸고 천지를 헤매 다니는 것처럼 나는 추운 거리를 죽자 하고 돌아다녔다. 그러다 저녁이 되어 정신을 차려보니 나는 서대문구에 있는 청소년 교화소 담벼락 앞에 서 있는 것이었다.

　C야…… 나는 면회 한번 가보지 않아서 엄마한테서 독한 년, 죽일 년 소리를 듣고 있었는데 어떻게 하여 끝끝내 외면하고 싶었던 그 현장에 가게 되었는지를 알 수 없다. 나는 회색 그 우중충한 교화소를 올려다보며 담벼락에 얼굴을 묻고 울고 있었다. 눈물은 겨울바람 속에서 뜨겁게 타오르는 용암덩어리 같았다.

　C야…… 우리는 새롭게 태어나지 않으면 안 된다. 너도 나

도 지금은 무서운 껍질 안에 갇혀 있구나. 우리가 갇혀 있는 것은 무명과 갈애의 질곡이다. 새는 날아오르기 위해 껍질을 깨고 태어나지 않으면 안 된다고 한다. 우리를 무섭게 가두고 있는 것은 허무의 태이다. 허무와 무서운 불안이 우리를 수태하여 그 속에 칭칭 가두어놓았다. 이제 우리는 다시 태어나자. 너는 형벌의 감방 속에서, 나는 언어의 감옥 속에서. "가장 자유로운 인간이 되기 위해서는 최악의 제약도 받아들일 태세가 준비되어 있어야 한다. 이런 것을 피하는 사람은 환상적이고 자기 기만적인 자유밖에 얻지 못한다"고 어느 유대인 작가는 말했단다. 껍질을 깨자. 사랑하는 동생아. 우리는 다시 태어나자⋯⋯.

내 동생이 무릎을 꿇고 뼈가 시리도록 춥게 앉아 있을 회색의 건물 너머로 허무주의자의 임종 같은 노을이 붉게 타오르고 있었다. 나는 이제 갈 데까지 다 가보았다는 느낌으로 바닥에 떨어진 기분이었다.

그날 밤이 지난 다음 날 새벽이었다. 나는 갑자기 눈을 떴다. 연탄가스를 마셨는가 몸과 정신이 어질거리고 또한 이상하게도 가볍기도 했다. 습관적으로 FM 라디오를 켰다. 마침 모차르트의 「플루트와 하프를 위한 협주곡」이 흘러나오고 있었다.

그 음악소리는 오랜 가뭄 끝에 하늘에서 흘러내리는 물소리 같기도 했고 아니면 초록빛 손이 돌리는 그리운 영혼의 물레소리 같기도 했다. 모든 것은 예정된 것 같았다. 나는 드디어 펜을 들고 시를, 영감으로 충만한 시를, 내 몸속의 짐승과 천재가 합쳐진 듯한 아주 순하고도 조화로운 느낌에 잠겨 행복하게 잔잔히 써 내려가기 시작했다. 58행의 긴 시를 단숨에 썼다. 플루트와 하프의 율동이 시의 흐름을 더욱 부드럽게 흐르게 했다.

그림 속의 물

사랑스런 프랑다스의 소년과 함께
벨지움의 들판에서
나는 예술의 말(馬)을 타고
알 수 없는 그림을 그리고 있었다.

그림은 손을 들어
내가 그린 그림의 얼굴을
찢고 또 찢고

울고 있었고

나는 당황한 현대의 이마를 바로잡으며

캔버스에

물빛 물감을 칠하고, 칠하고.

나의 의학상식으로서는

그림은 아름답기만 하면 되었다.

그림은 거칠어서도 안 되고

또 주제넘게 말을 해서는 안 되었다.

소년은 앞머리를 날리며

귀엽게, 귀엽게

나무피리를 깎고

그의 귀는 바람에 날리는

은잎삭.

그는 내가 그리는 그림을 쳐다보며

하늘의 물감이 부족하다고,

화폭 아래에는

반드시 강이 흘러야 하고

또 꽃을 길러야 한다고 노래했다.

그는 나를 탓하지는 않았다.

현대의 고장난 수신기와 목마름.

그것이 어찌 내 죄일 것인가.
그러나 그것은 내 죄라고
소년은 조용히
칸나를 내밀며 말했다.

칸나 위에 사과가 돋고
사과의 튼튼한 과육果肉이
웬일인지 힘없이
툭, 하고 떨어지는 것이 보였다.

소년은 나에게 강을 그려달라고 부탁했다.
강은 깊이 깊이 흘러가
떨어진 사과를 붙이고
싹트고
꽃피게 하였다.
그리고 그림엔 노래가 돋아나고
울려퍼져
그것은 벨지움을 넘어
멀리멀리 아시아로까지 가는 게 보였다.

소년은 강을 불러

내 그림에 다시 들어가라고 말했다.
화폭 아래엔 강이 흐르고
금세 금세
환한 이마의 꽃들이 웃으며 일어났다.

피어난 몇송이 꽃대를 꺾어
나는 잃어버린 내 친구들에게로 간다.
그리고 강이 되어

스며들어
친구가 그리는 그림
그곳을 꽃피우는 물이 되려고 한다.
물이 되어 친구의 꽃을 꽃피우고
그리고 우리의 죽은 그림들을 꽃피우는
넓고 따스한 바다가 되려고 한다.

—1973년 『경향신문』 신춘문예 당선작

시 쓰기는
예술 치유

「그림 속의 물」을 완성함으로써 나는 그 당시 나를 압도하고 있던 나의 사하라를 비로소 뛰어넘을 수 있었다.

플란다즈의 소년—그것은 어느 동화 속의 예술에 미친 소년이지만(그는 너무도 가난했으나 그림에 대한 열정과 숭배가 대단했는데, 항상 박물관 속에 있는 루벤스의 그림을 보고 싶어 하다가 어느 날 드디어 입장료를 마련하여 그 그림을 보고 그 앞에서 숨을 거둔다) 어찌 보면 교화소 안에 있는 내 동생 C의 모습이 역으로 투영된 듯도 했다.

뮤즈 같은 소년, 창조와 질서에 대한 욕망을 가진 신 같은 소년, 세상의 미완성(불완전)을 보다 아름답게 완성시키기 위해 하늘의 물감을 칠하는 소년. 그 시를 쓰는 동안 나는 천마를 타고 있는 듯한 기분에 빠져 있었다.

말[言]은 말[馬]이다. 그것은 둘 다 현실의 지평을 넘어서 간다. 그리하여 말[言]의 성스러운 차원인 시는 천마天馬다. 그것이 아니라면 무엇이 우리를 오욕스러운 현실의 지평선 너머로 날아가게 하리. 무엇이 금수 같은 시인의 마음을 어질게 하리.

천마 페가수스는 날개가 달린 하늘의 말이다. 그는 머리카락 하나하나가 뱀으로 되어 있는 괴물 메두사의 목을 쳤을 때 그 피에서 솟구쳐 태어난 하늘의 말이다. 메두사라는 괴물은 머리카락 하나하나가 뱀으로 되어 있을 뿐 아니라 누구든 그 얼굴을 들여다보기만 하면 돌로 변해버린다.

그 목을 베었을 때 천마 페가수스가 태어났다는 것은 현실과 예술의 문법을 말해주는 이유가 아닐까? 현실은 메두사의 목처럼 갈래갈래 독사로 뒤덮여 있고 그것을 직접 들여다보면 우리는 돌로 변하고 만다. 그러나 시인은 메두사의 목을 펜으로 베어 넘긴다. 수천 번 수만 번 메두사의 목을 자른다. 거기에 천상의 영역인 시가 태어난다. 메두사와 천마— 그것은 곧 현실과 시의 관계다.

그러나 그럼에도 불구하고 시시포스는 행복하지 않았을까?

희망에는 가속도가 붙지 않는데 왜 절망에는 가속도가 붙을까?

불의 용인 도롱뇽은 아무 고통 없이 불 속을 걸어간다.

나도 도롱뇽처럼 지상적인 숙명의 병균을 깨끗이 씻고 불 속을 걸어가고 싶다.

불의 멸균— 그것이 시다.

시 쓰기는 하나의 예술 치유다. 변화의 말이자 새로운 나와 세계를 창조하는 은유 치유이기도 하다.

준열한 자기해부가 내쏟은 핏자국
―아픔을 삶의 원동력으로 뒤집은 '역전(逆轉)의 정신'

이제 시인 김승희가 어두운 세상의 병동에서 치른
그녀의 '아픔의 역정歷程'을 방전하기 시작했다.
『33세의 팡세』는 아픔의 개발開發, 아픔의 육아育兒를 빼고 달리는
자라나지 못하는 한 영혼의 발열發熱 바로 그것이다.
아픔을 삶의 원동력으로 뒤집은 그 '역전의 정신'이 감행한
준열한 자기해부가 내쏟은 선연한 핏자국―
『33세의 팡세』는 이제 따갑고 무서운 피 무늬.
전율하는 혈문血紋으로 세상에 번져갈 것이다.

김열규(金烈圭 · 문학평론가/전 서강대 교수)

그녀는 세상에 태어났다기보다 병상病床에 태어났다. 이 세상 전체가 커다란 병상이게 예비해놓고 그녀는 탄생한 것이다. 그녀가 평소에 흔하게 짓는 시늉, 그것도 마음의 시늉대로 말한다면 병상에다 스스로를 내던지면서 그녀는 자신의 삶을 시작한 것이다. 그녀는 온 세상을 병상이듯 살기 비롯했다.

그것은 야릇한 창생기創生記다. 어둠의 자락을 뚫고 그리고 그

것을 걷어내며 삶이 비롯한 것이 아니다. 찾아든 빛마저 막아내고 밀쳐내는 완강한 저항이 작동한 순간 하나의 삶이 시작한 것이다. 그녀가 꼬집어 그렇게 말하고 있는 것은 아니지만, 그녀의 시며 산문이며 대화 그리고 무엇보다도 문학하는 그 자세가 그 특이한 창생기에 대해 증언하고 있다. 그녀는 빛의 태胎에서 성큼 어둠 속으로 나선 것이다.

그렇기에 그녀에게 있어 세상은 어둠투성이의 병상이다. 거기에서 그녀는 아픔을 치르고 아픔을 살아간다. 그게 그녀에게 그렇게 어울릴 수가 없다. 까마득한 날, 먼 옛날부터 그렇게 예정된 듯한 어울림은 경이로울 지경이다. 거기서 사람들은 비밀스러운 '조화된 운명'이라 부를 만한 것의 낌새를 눈치챌 수도 있을 것이다. 사실 그녀의 작품을 낳은 갖가지 영감은 다름 아닌 이 '조화된 운명'에서 움튼 것들이다.

사람들은 예부터 어둠의 새들에게 신비를 기대했다. 소적새에겐 처절한 아픔의 씨앗을 그리고 부엉이에게는 신의 계시, 신령들의 공수를 소망했다. 낮의 새들과는 달리 어둠의 새들은 제 빛, 스스로의 밝음으로 세상을 보고 사물을 인식해야 한다. 그들의 몸뚱이가 통째로 '인식의 덩치', '감각의 결정結晶'이어야 한다. 부엉이가 공수를 내릴 수 있는 힘은 바로 여기에서 비롯한다. 그녀에게서 강하게 방전放電하는 힘을 느끼는 것은 바로 이 때문이다. 천둥은 스스로 어둠을 예비해놓고 그 울림을 울린다. 그렇듯이 번개는 깜깜 칠흑을 미리 갖추어 놓고서야 빛을 번쩍인다. 참다운 발광체發光體란 제 빛에 앞서 먼저 어둠을 잉태한다. 김승희는 그녀 자신의 삶을 방 전체로 선택했을 때 어둠도 더불어 선택해야 했던 것이다. 해는 어둠을 감당하지 못한다. 그러기에 해는 밝은 게 못 된다. 해는 반딧불 앞에서도 자신을 부끄러이 여겨야 한다.

그녀의 삶은, 스스로 말하고 있듯이 문학하는 일 바로 그 자체인 그녀의 삶은, 늘 진통하고 전율하고 그리고 작열한다. 튕기고 부딪는다. 튀고 맞닥뜨린다. 그녀가 위태해 보이는 경우가 있는 것은 바로 이 때문이다.

'위危'란 글자는 위험의 위이기도 하지만 위좌危坐의 위이기도 하다. 위좌란 곧추앉는다는 뜻이며, 똑바로 앉아야만 위좌라고 한다. 그녀는 위태한 그 자세로 세상을 똑바로 살아가는 것이다.

이제 시인 김승희가 어두운 세상의 병동에서 치른 그녀의 '아픔의 역정歷程'을 방전하기 시작했다. 『33세의 팡세』는 아픔의 개발開發, 아픔의 육아育兒를 빼고 달리는 자라나지 못하는 한 영혼의 발열發熱 바로 그것이다. 아픔을 삶의 원동력으로 뒤집은 그 '역전逆轉의 정신'이 감행한 준열한 자기해부가 내쏟은 선연한 핏자국—『33세의 팡세』는 이제 따갑고 무서운 피 무늬, 전율하는 혈문血紋으로 세상에 번져갈 것이다.

『33세의 팡세』 다섯 가지 예외의 책

30대는 대낮의 나이다.
아침과 저녁 사이에 있는 문지방 나이다.
태양이 정수리에 와 있는 시간으로 귀가 멍멍해지는 그런 순간들이다.
어쩌면 움직임이 정지되거나 사물들이 까무러치는 절정의 나이다.
젊음의 이쪽과 늙음의 저쪽 한가운데 쳐져 있는 유리벽—
김승희의 『33세의 팡세』는 그 경계의 유리벽을 부순다.
경쾌하면서도 가슴이 철렁 내려앉는 유리 깨지는 불안한 소리,
찔리면 피가 흐를 것 같은 유리 깨지는 소리,
시간의 외침 소리가 들린다.

이어령(李御寧·문학평론가)

1. 물과 뭍을 넘나드는 양서류 같은
물갈퀴와 허파를 지닌 시인

시인이 쓴 산문을 읽을 때 대체로 우리는 실망한다. 물고기를 물 위에 끌어올렸을 때처럼 언어의 비늘들이 떨어지고 상상력의 지느러미는 마른 잎이 되고 만다. 눈꺼풀이 없는 맑고 투명한 통찰력의 어안魚眼도 조끼 단추처럼 보인다. 물고기가 물속에 있을

때만 싱싱한 것처럼 시인의 언어는 시 속에 있을 때 아름답다.

그러나 여기 예외가 있다. 시인 김승희의『33세의 팡세』이다. 시적 밀도를 지니고 있으면서도 산문이 지니고 있는 질긴 힘줄이 있기 때문이다. 산문의 전달성, 그리고 무엇보다도 문장과 문장을 이어가는 튼튼한 관절을 지니고 있다. 그래서 시인 특유의 논리적 탈골의 위험이 없다. 김승희는 시와 산문 그러니까 물과 뭍을 넘나드는 신비한 양서류의 물갈퀴와 허파를 지니고 있는 것이다.

2. 20대의 섬세한 감각으로
30대의 세상을 그려낸 명문장

여성이 장갑을 끼는 이유는 손을 감추기 위해서라고 한다. 제일 먼저 손이 늙는다. 얼굴은 20대이지만 손은 나무의 나이테처럼 어김없이 시간의 흔적을 나타낸다. 20대의 감성도 열정도 그리고 꿈도 주름이 잡힌다. 장갑의 그 갑갑한 섬유질의 피부로 위장하지 않고서는 금세 들키고 만다.

그러나 김승희의『33세의 팡세』는 20대의 손 그대로이다. 20대와 똑같은 모세혈관의 섬세한 감각으로 30대의 세상을 그려낸다. 30대는 대낮의 나이다. 아침과 저녁 사이에 있는 문지방 나이다.

태양이 정수리에 와 있는 시간으로 귀가 멍멍해지는 그런 순간들이다. 어쩌면 움직임이 정지되거나 사물들이 까무러치는 절정의 나이다.

젊음의 이쪽과 늙음의 저쪽 한가운데 쳐져 있는 유리벽―김승희의 『33세의 팽세』는 그 경계의 유리벽을 부순다. 경쾌하면서도 가슴이 철렁 내려앉는 유리 깨지는 불안한 소리, 찔리면 피가 흐를 것 같은 유리 깨지는 소리, 시간의 외침 소리가 들린다.

3. 내면의 비밀을 송두리째 뒤집어
보이면서도 아름다운 고백

안에 있는 것이 밖으로 나오면 흉측해 보인다. 땀 냄새가 그렇고 콧물이 그렇고 진물이나 상처에서 흐르는 피가 그렇다. 하느님이 피부를 투명하게 만들지 않은 이유는 정당하다. 만약 턱뼈와 내장이 들여다보인다면 황진이가 온대도 대작할 충동을 받지 않을 것이다. 내 사랑하는 사람들이 병원 벽에 걸려 있는 인체 해부도처럼 되어버린다면 어떻게 할 것인가. 아무리 인턴처럼 하얀 가운을 입더라도 맨정신으로는 바라보기 힘들 것이다.

그런데 김승희의 『33세의 팽세』는 사람의 몸을 톱니바퀴가 환히 들여다보이는 수정시계처럼 만들어놓았다. 어느 장을 넘겨

도 우리가 감추려고 하는 일상의 모습들을 대담하고 솔직하게
겉으로 드러낸다. 그런데도 토하는 소리가 아니라 리드미컬한
시계 소리가 들려온다. 작고 섬세한 톱니바퀴가 용케 어긋나지
않고 맞물려 돌아가는 아슬아슬한 율동과 동심원을 그리는 유
사들이 파문을 만들어갈 때의 음향이ㅡ.

4. 치즈와 김치를 동시에 발음하고 있는
입술을 지닌 시인

치즈와 김치 냄새는 영원히 어울릴 수 없는 숙명을 지닌다. 감
각적으로만 그런 것이 아니다. 버터는 유목민들이 천 년의 초원
을 떠돌면서 만들어낸 문화의 냄새가 배어 있다. 발효된 동물성
이다.

김치는 뒷산에 선산을 모셔두고 천 년 동안 텃밭을 가꿔온 농
경민들의 마음을 지니고 있다. 발효된 식물성이다.

제목에도 광세란 말이 들어 있듯이 김승희의 글에는 외국어
와 토착어가 잘 어울린다. 생각도 그렇고 마음도 그렇다. 대학은
영문학을, 대학원은 국문학을 한 사람답게 치즈와 김치가 융합
된다. 절대로 합쳐질 수 없을 것 같던 두 냄새가 하모니를 이루
며 절묘한 듀엣을 연주한다.

사진 찍을 때 치즈라고 하는 사람과 김치라고 하는 사람이 있다. 그런데 『33세의 팡세』에 찍힌 김승희의 웃는 얼굴은 치즈와 김치를 동시에 발음하고 있는 입술이다.

5. 언제나 새 책처럼 다가오는 신선함

다섯 번째 『33세의 팡세』가 지닌 그 예외란 무엇인가. 이 책은 제목 그대로 33세에 쓴 글들을 모은 것이다. 꼭 그 나이가 아니라도 그런 언저리에서 쓴 글을 모은 것이다. 그런데 지금 20년 가까운 세월이 흘러 김승희는 어엿한 중견 교수가 되어 있다. 그런데 지금 읽어도 전연 시간의 흐름을 느끼지 않는다. 묵은 책인데 신간이나 다름없다. 색 바랜 사진첩을 바라보면서 그래 그때 이랬었지. 맞아 그때 헤어스타일 그리고 옷 스타일, 뭣보다도 그 배경들, 사진관에서 찍은 경직된 포즈…… 꼭 그랬던 거야. ―옛날 사진첩을 바라보면서 그렇게 말했던 기억이 있을 것이다.

그런데 여기 예외가 있다. 지금 막 찍은 사진처럼 옛 사진을 아무런 거부감 없이 펼쳐볼 수 있다면 그것이야말로 예외 가운데 예외가 아니겠는가.